함께 읽어
서로 빛나는

북코디네이터

Book Coordinator

함께 읽어
서로 빛나는

북 코디네이터

초판 1쇄 발행 2019년 7월 15일

지은이 이화정

펴낸이 강기원
펴낸곳 도서출판 이비컴

편 집 김광택
표 지 ALL designgroup
마케팅 박선왜

주 소 서울시 동대문구 천호대로81길 23 수하우스 201호
전 화 02)2254-0658 팩 스 02)2254-0634
메 일 bookbee@naver.com
출판등록 2002년 4월 2일 제6-0596호
I S B N 978-89-6245-169-6 03800

이 도서는 한국출판문화산업진흥원의 '2019 우수출판콘텐츠 제작 지원' 사업 선정작입니다.

「이 도서의 국립중앙도서관 출판예정도서목록(CIP)은 서지정보유통지원시스템 홈페이지
(http://seoji.nl.go.kr)와 국가자료공동목록시스템(http://www.nl.go.kr/kolisnet)에서
이용하실 수 있습니다.(CIP제어번호: CIP2019026015)」

함께 읽어
서로 빛나는

북코디네이터

이화정 지음

Book Coordinator

이비락樂

책에 대한 책은 넘쳐난다. 독서로 삶을 바꾼 이야기도 널려있다. 두 번째 책을 준비하며 생각했다.

'나는 왜 책을 쓰고 싶어 하는가?'

어떤 일을 하든 책 한 권은 써야 이력에 도움이 된다는 말을 수없이 들었다. 공저로 첫 책을 냈다면 일 년 안에 자기 책을 내야 작가로서의 입지를 다질 수 있다는 조언도 들었다. 비슷한 콘셉트의 책이 이미 많이 나왔고, 좋은 반응을 얻고 있는 책도 수두룩하다. 이제 내 원고는 쓸모 없어진 게 아닐까 하는 조바심에 마음이 급해지기도 했다.

첫 책 『모두의 독서』의 마지막 문장은 "우리 다시, 함께 책을 읽어요."였다. '다시'와 '함께'는 40대 중반에 책과 더불어 사는 삶을 반짝이게 해준 말이다. 이제 40대의 막바지에 이르러 꺼져 있던 마음에 환하게 불을 밝힌 말은 '연결'이다.

'초연결시대'라고 한다. 사람, 일, 데이터 등을 포함한 모든 것이 인터넷으로 연결된 사회에 살고 있다. 마음이 조급해질 때가 많지만 희망을 발견하기도 한다. 1인 브랜드의 가치가 높아지고 너도나도 자기만의 콘텐츠를 개발해야 한다는 목소리가 높다. 평범한 내가 시대의 흐름을 타고 무언가를 시도하려니 겁부터 나는 게 당연했다. 모두에게 공평하게 주어진 선물과 기회는 '시간'밖에 없다고 생각했다. 부와 학벌, 타고난 기질과 역량을 가진 사람들을 부러워하기보다는 주어진 시간에 최선을 다해 책을 읽으며 나를 위한 기회를 발견하려고 노력했다.

이 책은 고유한 내 이야기다. 나의 독서 목록과 나만의 책 읽는 방법이 들어있다. 독서 모임에서 만난 사람들의 생생한 후기도 기록되어 있다. 책의 공간을 탐구하며 찾아낸 일들, 그 모든 과정에서 보고 듣고 배운 나만의 책 이야기를 썼다. 비교할 필요도 경쟁할 생각도 없다. 지극히 개인적인 내용이지만, 모두의 이야기일 수도 있다는 희망에서 이 책은 출발한다.

이미 책을 써 본 경험이 있지만, 다시 책을 쓰기까지는 우여곡절이 많았다. 몇 번을 포기하다 용기를 낸 이유는 책이 주는 선물을 나누고 싶어서다. 책은 무언가를 다시 시도하는 이들에게 언제든 공평한 기회와 가능성을 열어준다. 늘 다른 목적을 가지고 책을 읽다가 온전히 나를 위해 다시 책을 읽게 되자 비로소 내 삶의 주인공으로 살아가는 느낌이 들었다. 나를 알고 싶어 읽은 책이 타인의 마음을 공부하는 도구가 되었다. 가족과 집이라는 울타리 안에만 머물다가 더불어 사는 세상으로 시선을 옮겨준 것도 책이었다. 책에 의지하며 충실하게 읽고 기록한 글들이 쌓이는 동안 아름다운 것들이 흘러넘쳤다. 혼자만 누리기에는 아까웠다. 오래도록 혼자 책을 읽다 사람들과 함께 읽으니 무미건조하던 삶이 놀랍도록 풍성해지고 반짝거렸다. 혼자서는 할 수 없지만 함께하면 가능해지는 일들이 생겨났다. 책의 공간에서 벌어지는 아름다운 풍경 덕에 책과 함께 나이 들어가는 삶을 긍정적으로 받아들이게 되었다.

책모임에서 만난 한 회원이 나를 보며 십 년 후의 자신을 꿈꾼다고 말한 적이 있다. 40대의 막바지를 보내며 더 잘 살고 싶어졌다. 나희덕 시인이 말한 '내 안에 깃들여 사는 소녀와 처녀와 아줌마와 노파'들과 사이좋게 지내며, 십 년 후에도 여전히 반짝이는 나날들을 보내게 될 나와 이름 모를 당신에게 편지 쓰는 마음으로 이 글을 썼다.

"우리는 이미 북 코디네이터"

북 코디네이터는 책과 삶을 연결하는 사람이다. 책과 책을 연결하고, 책과 사람을 이어주는 역할을 한다. 책의 공간을 탐구하고 책과 함께 일하기도 한다.

책의 연결고리를 꿰어나가며 자신의 삶을 가꾸고, 타인의 삶도 함께 돌보기 위해 애쓰는 이는 모두 북 코디네이터다. 자녀에게 평생 친구가 될 책을 골라 함께 읽고 책으로 대화하는 사람은 이미 엄마(아빠) 북 코디네이터다. 직장이나 교회 등 크고 작은 공동체 안에서 진정한 소통을 열망하며 책을 건네는 이도 북 코디네이터다. 좋은 서점을 발견하면 함께 가고, 감동받은 책을 소개해주며 꼭 읽어보라고 추천하는 사람도 북 코디네이터다. 책 모임에 참여해 의미 있는 책문화를 만들어나가는 이들도 마찬가지다. 우리는 이미 북 코디네이터로 살고 있다.

북 코디네이터의 본령은 '나눔'이다. 당신의 마음은 잘 있는지 궁금해하며 쓴 글을 떨리는 마음으로 내어놓는다. 혼자 읽기에서 함께 읽기로, 고독을 지나 공감과 연대의 세계로 나아가는 길에 다정한 위로와 격려의 말을 전하고 싶었다. 삶을 좀 더 풍성하고 아름답게 가꾸기 위해 책 씨앗을 심는 사람들을 생각한다. 이 책이 연결고리가 되어 함께 읽어 서로 빛나는 우리가 되길 소망한다.

차례

[책과 책의 연결] 혼자 읽다

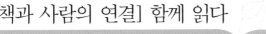

[책과 사람의 연결] 함께 읽다

[책과 공간의 연결] 찾아 읽다

[책과 일의 연결] 일로 읽다

부록

[책과 책의 연결]
혼자 읽다

① 나를 말해주는 책들

혼자 책을 읽다

『혼자 책 읽는 시간』

니나 상코비치의 『혼자 책 읽는 시간』을 읽으며 비로소 아이들, 남편, 부모님, 지인들의 누구로서가 아닌 '혼자'인 나를 의식하기 시작했다. 철저히 혼자가 될 수 있었던 늦은 밤, 스탠드 불빛 아래서 책을 읽었다. 고 3인 아들, 사춘기에 접어든 중3 딸, 가장의 무게에 버거워하는 남편이 잠든 시간이었다. 점점 쇠약해지시는 부모님 걱정도 잠시 밀어두었다. 다양한 관계로 맺어진 사람들 틈에서 완벽히 혼자일 수도, 그럴 용기를 내본 적도 없던 나에게 책이 말을 걸어왔다.

"살만해?"
"행복해?"

"애들 다 키웠고, 다 자기가 알아서 한다 하고, 넌 이제 뭐 할래?"
"남편 퇴직하면 어떻게 먹고 살 거야?"

아이들이 낸 학업 성과나 남편의 지위, 집이나 차, 옷차림새가 나를 드러내준다는 생각을 털어내려 애쓰며 살았다. 나다운 게 뭘까, 시시때때로 찾아드는 질문을 외면하고 살지도 않았다. 후련한 답을 얻은 적은 없다. 막연한 고민들을 구체적으로 풀어내고 싶었지만 표현할 길이 없었다. 마음 깊숙이 갇혀 있던 말들을 꺼내고 싶었고, 고유한 나만의 이야기를 들려줄 언어가 필요했다.

'지금 네 곁에 있는 사람, 네가 자주 가는 곳, 네가 읽는 책들이 너를 말해준다'는 괴테의 말을 붙들고 혼자 책을 읽었다. 제 때 일어서지 못해 저녁밥이 늦어지거나 세탁기 종료음을 놓쳐 구겨진 빨래를 꺼낸 적도 많았다. 혼자 카페에 앉아, 도서관 모자실 구석에서, 공원 벤치를 찾아 어디서든 책을 읽었다. 고요히 책 속에 머물렀다.

책이 던진 질문들, 소설 속 인물들이 다정하게 위로해 주었던 말들, 분노하며 울음을 터뜨리게 만든 사건들, 미안하고 부끄러워 고개를 숙이게 한 사연들, 눈부신 장면들과 아름다운 시어들… 차곡차곡 내 안에 쌓인 책의 말들이 빛났다. 그 이야기를 꺼내 사람들과 나누면 더 환해졌고 함께 빛났다. 반짝이는 나날들이었다.

목표를 가지고 본격적으로 독서를 시작한 것은 2015년 새해를 맞으면서다. 뭐든 다시 시작하고 싶었다. 『다시 나무를 보다』의 저자가 은퇴 후 다시 공부를 시작하는 모습에 자극받아 블로그를 열고 글을 쓰기 시작했다. 4년 가까이 치열하게 책을 읽고, 강의를 쫓아다니고, 글을 썼다.

버튼 하나만 누르면 온갖 볼거리가 넘쳐난다. 아무 생각 없이 편한 자세로 누워 누군가 대신 발품 팔아 얻은 정보를 쉽게 얻을 수 있다. 굳이 강의장을 찾지 않아도, 유명인들의 강의 동영상이나 팟캐스트를 들으며 책의 정수를 맛 볼 수도 있다. 책을 읽지 않아도 자세히 풀어 놓은 서평을 읽으며 내용을 파악하고, 누군가 곱씹어 놓은 글을 읽으며 사유의 즐거움도 누릴 수 있다. 자리를 잡고 앉아 책을 펴고 활자에 눈을 주고 머리와 가슴을 열고 책의 세계로 진입하는 건 만만치 않은 일이다. 집안일을 하는 사이에 시간을 확보해 책을 읽는 건 쉽지 않다. 퇴근 후 저녁 식사를 마친 뒤 노곤한 몸으로 서재에 앉는 것도, 저녁 설거지를 끝낸 후 쓰레기 처리를 한 뒤 책을 펴는 일도 녹록지 않다. 그에 비해 소파에 몸을 눕히는 것과 리모컨 버튼 하나로 달콤한 드라마의 세계에 빠져드는 건 얼마나 쉬운 일인가.

죽은 언니에 대한 상처를 극복하기 위해 시작한 독서. 하루 한 권씩 책을 읽어 나가는 작가의 치열한 독서 체험기를 읽으며 가슴이 뛰었다. 책은 저자 뿐 아니라 나에게도 어려서부터 가장 가까운 친구이자 도피처였다. 저자는 사랑하는 언니를 잃은 상실감을 어쩌지 못해 책 속으로 숨어들었지만 일 년 뒤 이렇게 고백한다.

'책은 삶 속으로 들어가는 도피처이다.'

40대 중반에 가슴을 뛰게 하는 일들이 그렇게 많을 줄 몰랐다. 혼자 읽기엔 아까운 책들이 많았다. 좋은 책을 읽으면 누군가에게 알려주고 싶었고 함께 읽고 싶었다. 책을 향한 열정은 점점 뜨거워졌다. 진정한 소통에 목말라하면서도 상처받기 두려워 망설였다. 책으로 소통하는 건 어떨까, 그 기대감으로 블로그와 책모임을 시작했다.

사람들은 자기들이 좋아하는 책을 공유한다. 어떤 책을 읽으면서 느낀 좋은 점이나 그 책 속에서 찾아낸 사상을 친구와 가족들에게 퍼뜨리고 싶어한다. 좋아하는 책을 공유할 때 독자는 자기들이 맛본 흥분감, 즐거움, 오싹함, 전율을 다른 사람과 함께 느끼려고 노력한다. 그런 목적이 아니라면 왜 공유하겠는가? 책에 대한 사랑, 특히 한 권의 책에 대한 사랑을 공유하는 것은 좋은 일이다. 하지만 그것 역시 양편 모두에게 까다로운 문제다. 엄밀하게 말해, 사람들이 책을 권할 때, 아무나 마음대로 보라고 자신의 영혼을 열어젖히는 것은 아니다. 하지만 그것이 자기가 제일 좋아하는 책이라고 말하면서 건네줄 때, 그런 행동은 그들 영혼의 적나라한 모습을 드러내는 것과 매우 비슷하다. 우리가 좋아하여 읽는 것이 바로 우리 자신이다. 어떤 책을 좋아한다는 것을 인정한다면 그 책이 우리 자신의 어떤 면모를 진정으로 나타내고 있음을 인정하는 것이 된다.

— 니나 상코비치, 『혼자 책 읽는 시간』, 웅진지식하우스, 130쪽

책 이야기를 나눈다는 건 단순히 정보를 교환하고 감정을 교류하는 선에서 그치지 않는다. 그 책이 나를 관통하는 사이 일어난 기이하고 놀라

운 비밀들을 공유하는 것이다. 책의 인물들 이야기를 하는 것 같지만 어느덧 자신의 내밀한 이야기를 들려주는 일이다. 혼자 책을 읽는 사이 많은 글들이 내 안에 쌓여갔다. 이 책 덕분에 나를 말할 수 있게 되었다. 자책하고 은폐하려고만 했던 잘못과 실수들에 대해 다른 방식의 이야기를 쓸 수 있었다. 나아가 어떤 사람으로 살고 싶은지, 무슨 일을 하며 살고 싶은지 말할 수 있게 되었다. 같은 책을 읽고 나누는 과정에서 우리는 함께 성장할 수 있다. 서로에게 자신의 영혼을 열어젖힐 용기만 있다면 잠재되어 있던 좋은 성품과 가치가 드러난다. 좋은 것은 끌어내 칭찬해주고, 못난 모습은 스스로 돌아보며 점검하면 된다. 한 권의 책이 가진 힘은 놀랍다. 책모임에 참석하는 사람들의 언어를 서서히 바꾼다. 서로에 대해 잘 알고 있다는 믿음을 뒤흔든다. 관심도 없고, 알지도 못했던 세계 속으로 순식간에 끌어당기기도 한다. 혼자 책을 읽으며 스스로를 보듬는 것은 한계가 있다. 칭찬과 격려의 말에 목말라하는 이들이 책모임에서 서로에게 들려주는 말들에는 삶의 에너지가 넘친다. 진지한 삶의 태도를 배우기도 한다. 혼자 일구는 삶은 버겁다. 보람을 느낄 일도 많지 않다. 하지만 책이 이끄는 삶은 다르다. 언젠가 한비야 씨의 강의를 들으며 가슴에 새긴 말이 있다.

'도울 기회가 생기면 절대 놓치지 말 것.'

그의 커다란 인생 원칙 중 하나라고 했다. 그의 책 『1그램의 용기』에 나오는 '사람과 사람으로 이어지는 친절의 선순환'이라는 구절은 『혼자 책 읽는 시간』에 나오는 친절에 대한 정의와 일맥상통한다.

> 친절함은 힘이고 친절한 행위는 사람들 사이에서 반복적으로 건네지면서
> 안전함의 그물망을 엮어 짜는 끈이라고 확신시켜주고 싶었다.
>
> – 니나 상코비치, 『혼자 책 읽는 시간』, 웅진지식하우스, 256, 257쪽

블로그에 책 이야기를 써서 이웃들과 나누고, 책모임을 여는 것도 그
물망을 짜는 행위다. 혼자서는 우리를 둘러싼 세계의 부조리에 대항할
힘이 없고, 구조적인 사회 문제를 해결할 수도 없다. 우리의 일상과 무관
하지 않은 가난, 차별, 폭력에 대해 마주하는 용기를 낼 수 있었던 것도
함께 읽은 책 덕분이었다. 『아픔이 길이 되려면』같은 책을 통해 공감하는
태도와 삶의 자세를 돌아보았다. 배우고 실천하는 일은 어렵다. 지속해서
해나가기도 힘들다. '친절함은 끈기이다.'라는 니나 상코비치의 말을 이
정표로 삼았다. 끈기 있는 친절함에 연대하는 방법은 좋은 책을 발견해
열심히 읽고, 많은 이들과 함께 읽으려 노력하는 것이다.

『혼자 책 읽는 시간』 덕분에 타인의 시선으로부터 자유로워지는 법을
배웠다. 외로워하지 않으면서 혼자 잘 놀 수 있게 되었다. 타인의 삶을 존
중하고 세상을 더 깊숙이 껴안는 사람이 되고 싶다는 열망을 품었고, 글
을 쓰는 사람이 되었다. 늦은 밤 식탁 의자에 앉아 시를 읽고, 잠을 아끼
며 소설을 읽었다. 나만의 공간, 날 위한 책상이 갈급하면 카페 구석에 자
리를 잡고 앉아 있곤 했다. 눈치가 보이도록 오래 책을 읽고 글을 썼다.

이 책을 읽은 2014년 가을 이후 나만의 독서 의자를 꿈꿔왔다. 니나 상

코비치는 아이들이 쏟은 우유와 각종 주스, 심지어는 고양이 오줌까지 받아내야 했던 얼룩덜룩하고 낡디 낡은 보랏빛 의자에 앉아 책을 읽었다. 일 년 동안 매일 한 권의 책을 읽고 블로그에 글을 남겼다. 깊은 상실감과 슬픔을 떨쳐버리기 위해 견뎌낸 시간은 언니의 삶이 죽음으로 끝나는 것이 아니라 현재 자신의 삶 속에 더 의미 있고 아름다운 삶으로 이어지고 있음을 가르쳐주었다.

나의 '보랏빛 의자'는 2017년에 만났다. 남편이 준 생일 선물이다. 〈최인아 책방〉에 갔을 때, 일인용 소파에 앉아 한없이 의자를 쓰다듬으며 부러워했던 내 모습이 떠오른다. 그림책『엄마의 의자』를 읽으며 꽃무늬 의자를 꿈꾸기도 했다. 일인 소파에 몸을 파묻고 책을 읽는 여주인공이 그려진『브로큰 휠 독자들이 추천함』의 표지가 잘 보이도록 책장에 세워놓기도 했다.

4년이라는 시간이 흐르는 동안 책을 읽는 모습을 가장 많이 본 사람은 남편이다. 책 속으로 숨어 들어가 나오지 않을까 노심초사했던 사람이고, 책을 읽고 울 때마다 말없이 머리를 쓰다듬어주고 자리를 비켜준 사람이다. 책으로 꾸는 모든 꿈을 지지해주는 사람이자 책을 만드는 사람답게 신랄한 잔소리꾼이기도 하다. 의자가 배달되던 날, 서로 마주보며 웃었던 순간을 잊지 못한다. 나만의 독서 의자에는 내 마음의 흔적이 배어 있다. 따스한 불빛 아래서 보낸 시간과 거기서 읽은 책들이 나를 말해준다.

반드시 읽어야만 하는 책, 행복과 교양을 위한 필독서 목록 따위는 없다. 단지 각자 나름대로 만족과 기쁨을 맛볼 수 있는 일정량의 책이 있을 뿐이다. 그저 자신에게 의미 있는 책들을 하나씩 찾아 읽으면 된다. 성의 있게 읽으며 조금씩 제 것으로 삼는 것, 그것이 각자에게 주어진 과제다. 누구에게나 혼자 책 읽는 시간은 필요하다. 그 시간은 지나온 삶을 돌아보는 시간이자 삶을 이끌고 나갈 힘을 비축하는 시간이기 때문이다.

30대의 나를 살린 책

『괜찮아 다 잘하지 않아도』, 『반짝이는 날들』

기억은 완전하지 않다. 마흔여덟의 나이에 기억하는 30대는 캄캄한 터널이 가장 먼저 떠오른다. 아이들 키우랴, 살림하랴, 독서 수업하랴 정신없이 살았다. 스무 살에 만난 남편과는 여전히 뜨겁게 사랑했다. 아이들은 까탈스럽지 않았다. 고만고만한 말썽들만 부리며 잘 자라주었다. 공동육아의 가치를 아는 이웃들과 품앗이하며 아이들을 같이 키웠다. 아파트 단지 내에서는 인정받는 논술선생이었다. 젊었고, 눈부신 나날들이었을 것이다.

그런데 왜 30대를 생각하면 터널부터 떠오를까. 정신없이 사느라 너무 힘들었다는 말 한 마디로 치부해버린 게 화근이었을까. 아름답고 애틋하고 행복한 것들을 깊이 가둬두고, 슬프고 외롭고 괴로워 혼자 울음을 삼키던 순간만을 더 선명하게 기억하고 있어서가 아닐까.

일상의 기록을 성실히 하고 싶었지만 여의치 않았다. 뭉텅이로 사라진 좋은 기억들을 생각하면 안타깝다. 요즘 엄마들의 육아일기를 보다가 착잡해지는 때가 있다. 산후우울증으로 고통 받았던 날들의 기록이나 '헬육아'같은 표현이 죄책감으로 얼룩진 과거의 기억을 생생하게 불러일으켜서다. 최근 서점에 쏟아지는 육아 에세이를 보면 힘든 시기를 잘 헤쳐 나가려는 지혜가 번뜩인다. 자신의 삶도 놓치지 않겠다는 생각이 분명하다. 그 책들을 읽으며 공감하고 위로받을 뿐 아니라 책을 쓴 사람처럼 살고 싶다는 의지를 활활 불태우기도 한다.

육아 시기를 지혜롭게 통과하는 그들이 기특하고 대견하기도 하지만 지나치게 자신을 채찍질하는 엄마들을 보면 안타깝다. 아이 키우는 것도 버거운데 하고 싶은 일은 많고, 마음은 달려가는데 몸은 안 따라주고, 남들은 저리 열심히 사는데 나만 뒤처지는 것 같아 괴로워하는 모습이 보여서다. 다 좋아 보이고, 다 따라 해야 할 것만 같아 마음이 분주한 건 나도 마찬가지다. 아이는 예쁜데 힘들어 죽겠고, 보람은 있는데 뭔가 허전하고, 점점 조급해지는데 마땅한 방법이 안 떠오르면 초조해지게 마련이다. 배움이든, 취미든 막상 시작했는데 이건 아니다 싶어 그만두고 싶어도 나만 뒤처지는 것 같아 앞만 보고 달리는 경우가 있다. 새벽잠을 줄여 책을 읽고, 한숨 돌릴 겨를도 없이 강좌나 모임을 쫓아다니는 모습을 보면 안쓰럽다.

조금씩, 천천히, 잘 살피며 가도 괜찮다고 얘기해주고 싶다. 그렇게까지 애쓰지 않아도 된다고, 힘을 빼고 자신을 잘 보듬으며 살라고 등을 두드려주고 싶다. 무언가를 위해 질주하는 삶은 언젠가는 한계에 부딪히고 넘어지게 마련이다. 그녀들이 과거의 나처럼 자주 넘어지지 않기를 바랄 뿐이다.

육아는 분명 힘들다. 살림은 때로 중노동이다. 다만 그게 전부는 아니라는 것, 그 사이사이 반짝이고, 경이롭고, 행복한 나날들이 더 많았다는 걸 뒤늦게 알았다. 소중하지 않은 날들은 없다. 좋았던 순간의 풍경, 아이의 천진난만한 말들, 웃음소리, 작고 연약한 몸에서 뿜어져 나오는 생명력에 목이 멘 순간들이 모여 내 삶의 무늬가 그려졌다는 걸 이제는 안다.

그 반짝이는 순간들을 그냥 흘려보내지 않고 붙드는 연습을 해야 한다. 소중히 보듬어 가슴에 새겨 넣고 글로 기록해 두었으면 좋겠다. 그런 성의 있는 행위는 삶이 힘들고 고통스러울 때 분명 힘이 된다.

뭉텅이로 지워진 풍경들을 하나둘 떠오르게 하는 고마운 이가 있다. 두 살 아기부터 초등생까지 네 아들을 키우는 블로그 이웃 '마더 루스'님의 육아 일기를 보면서 가슴 깊이 묻어둔 죄책감을 털어낼 수 있었다. 아이들이 집안 곳곳을 난장판으로 만들고 있다는 이야기 속에서도 사물과 풍경, 소리와 촉감에 대한 사유가 돋보였다. 아이 한 명 한 명 고유한 한 존재에 대한 사랑과 존중이 그대로 글에 배어나 뭉클했다. 동그란 배를 소중히 감싸 안고 찍은 사진으로 만나기 시작해 수시로 그녀의 일상을 들여다보았다. 화면 속의 아이가 걷고, 까르르 웃고, 뛰어다니는 모습을 보는 사이 나도 그렇게 내 아이들을 사랑했던 기억을 되찾았다.

아이를 키운다는 건 몸이 부서져라 씻기고 먹이는 전쟁 같은 시간을 감내한다는 뜻이기도 하다. 사진 바깥의 풍경은 보이지 않아도, 충분히 짐작할 만한 땀과 눈물이 존재한다. 공원에 펼쳐둔 린넨 돗자리, 탁자 위에 펼쳐둔 책들과 꽃, 간결한 밥상의 풍경을 담아 단아한 문체로 쓴 글에서 '육아와 살림'이라는 스트레스 속에서도 스스로의 삶에 품위를 부여하는 노력이 보였다. 도서관에서도 아이들 책뿐만 아니라 자신만을 위한 책들을 욕심껏 빌려와 쌓아두는 모습이 보기 좋았다. 잠자리에서 본인이 좋아하는 그림책을 펴고 아이들뿐 아니라 자신에게 아름다운 이야기와 그림을 선물하듯 읽어주는 모습이 고마웠다. 그 풍경을 상상하다 보면 어느새, 책을 읽다가 서로 꺼안고 장난치던 내 아이들의 얼굴이 떠오르고, 숨넘어갈 듯 깔깔대는 웃음소리가 귓가에 들리는 듯했다. '마더 루스'

님의 따스한 시선과 깊은 사유, 생명을 향한 벅찬 감동은 그녀가 소개 글에 썼듯이 일상이 시로 승화되는 것처럼 보인다.

> 삶이 달콤할 때는 감사하며 축하하라. 삶이 쓸쓸할 때는 감사하며 성장하라.
>
> – 샤우나 니퀴스트, 『괜찮아 다 잘하지 않아도』, 두란노, 15쪽

오래 다니던 직장을 잃고, 아이는 유산되고, 남편과는 매일 똑같은 일로 다투는 뒤죽박죽인 삶이지만 저자는 담담하다. 자신의 아픔, 상처, 내밀하고 사적인 이야기를 풀어놓으며 괜찮다고, 다 잘하지 않아도 된다고 말한다. 인생은 달콤 쌉싸름한 초콜릿과 같다고, 삶이 달콤할 때는 감사하며 축하하고, 삶이 쓸쓸할 때는 감사하며 성장하라고 넌지시 말을 건넨다.

40대 초반, 삶이 엉망진창인 듯싶고 하루하루가 버겁기만 하던 그때, 결혼생활, 자녀, 일, 관계, 신앙… 모든 것이 미숙하고 어렵게만 느껴졌던 시절에 이 책을 만났다. 뭐하나 제대로 하는 건 없으면서 다 잘하고 싶었던, 아니 잘 해야만 한다고 스스로를 몰아세웠던 시기였다. 신간 소개 기사를 읽고 주저 없이 책을 산 이유는 제목 때문이었다.

"괜찮아, 다 잘하지 않아도"

어느 누구에게서도 들어보지 못한 말이었다. 책이 그토록 깊은 위로와

평안을 주리라곤 예상하지 못했다. 한 권의 책이 삶 속으로 깊숙이 들어와 메말랐던 마음 한복판에 물길을 냈다. 치유와 회복, 희망의 언어로 가득 찬 그 책이 보물 같았다. 책장 깊숙이 숨겨두고 틈만 나면 들여다보는 비밀책이 되었다. 여전히 엄격한 잣대를 들이밀고 자책하기 일쑤인 나에게 이 책은 '버둥거리며 나아가는 건 인간적인 것'이며 '상한 마음을 싸매고, 고통이 과연 끝날까 의아해하며, 이따금씩 눈물을 흘리며 부르짖는 건 인간적인 것'이니 가끔은 맘껏 울라고 해주었다. 마음을 추스르고 나면 이 말을 되새겼다.

'모든 게 무너져버린 상황에서 내가 상상할 수 있는 가장 희망적이고 흥미진진한 것은 무너진 잔해 속에서 아름다운 것이 피어날 수 있다는 것이다. 바로 그것이 목표다.'

– 샤우나 니퀴스트, 『괜찮아 다 잘하지 않아도』, 두란노, 83쪽

작가의 또 다른 책 『반짝이는 날들』을 닉네임으로 삼고 일상 속 삶의 보물들을 건져내며 반짝반짝 빛나는 삶을 꿈꾸게 된 것도 다 이 책 덕분이다. 샤우나 니퀴스트는 자신의 인생이 빛나고 아름다운 것이라 믿으며 어떤 것도 놓치고 싶어 하지 않는다. '더 많은 사람, 더 많은 음식, 더 많은 활동, 더 많은 아이디어, 더 많은 책을 찾아' 헤매다 문득 놓치고 있는 것들, 부서진 것들을 발견한다. 오늘을 즐기며 살라는 유명인들의 말에 대해 심사가 뒤틀린 듯 그녀는 이렇게 말한다.

글쎄요, 그래서 당신네들이 유명한 거겠지요. 훌륭한 일들을 척척 해내 시니까요. 저 같은 사람들이야 울거나 미치지 않고 하루를 무사히 통과하면 다행이고요.

- 샤우나 니퀴스트, 『반짝이는 날들』, 청림, 115쪽

그녀는 자신에게 필요한 건 판에 박힌 위로의 말, 아름답고 거창한 말이 아니라 그저 혼자가 아니라는 사실을 알게 해주는 말이었다고 고백한다. 어쩌다 마음속 깊이 담아 두었던 이야기를 꺼내게 되는 자리가 있다. '어머, 저만 그런 줄 알았어요.' 라는 말이 튀어나오는 순간 마음 벽이 허물어진다. 30대는 미숙한 일들에 둘러싸여 모든 일을 좀 더 잘 해내기 위해 분투한 시절로 기억된다. 그때 이 한 마디가 얼마나 위로가 되었는지 모른다. 50대를 바라보는 지금, 30대를 통과하는 후배들의 두 손을 부여잡고 해주고 싶은 말 한마디를 고르라면 망설임 없이 이 말을 선택하겠다.

"괜찮아요, 다 잘하지 않아도!"

40대의 내가 10년 후의 나에게 쓰는 편지
『그녀에게』

독서 모임에서 즐겨 다루는 책이 있다. 나희덕 시인의 『그녀에게』다. 이 시집에 있는 〈다시 십 년 후의 나에게〉라는 시에 이런 구절이 나온다.

> 나는 오늘 또 한 통의 긴 편지를 쓴다
> 다시, 십 년 후의 나에게
> 내 몸에 깃들여 사는 소녀와 처녀와 아줌마와 노파에게
> 누구에게도 길들여지지 않는 그 늑대여인들에게
> 두려움이라는 말 대신 사랑이라는 이름으로
>
> – 나희덕, 〈그녀에게〉, 예경, 167쪽

지나간 30대의 미숙한 나와 화해한 후 40대 중반의 삶은 분명 달라졌다. 나와 사이좋게 지내는 것이 가능해졌다. 모임 과제로 '자신에게 편지 쓰기'라는 조금은 식상한 과제를 내어준 적이 있다. 자칫하면 지나온 세월을 무심히 돌아보거나 앞으로 더 잘하자는 공허한 다짐으로 채웠을 텐데, 이 시집을 읽고 쓰는 편지는 분명 달랐다. 누군가는 십 년 전의 자기에게, 어떤 이는 십 년 후의 자신을 상상하며 편지를 썼다. 10년이라는 세월이 도저히 가늠이 안 되어 일 년 후의 나에게 편지를 쓴 이도 있었다. 나는 십 년 후 환갑에 가까운 나를 상상해보며 편지를 썼다.

58세의 이화정에게

네 안의 소녀는 여전히 풀꽃을 어여삐 여기며 수시로 쪼그리고 앉아 꽃들에게 말을 걸고 있을까? 네 몸에 깃들여 사는 처녀의 두근거리는 가슴은 고장 나지 않은 채 여전히 너를 달뜨게 만들고 있을까? 너의 아줌마다움 속에는 기품과 여유, 느긋한 표정과 우아한 몸짓을 잃지 않으려는 노력이 배어있을까? '노파'라는 단어를 그저 '늙은 할머니'에서 '품위 넘치는 어르신'이라고 바꾸기 위해 여전히 노력하고 있을까?

2018년 7월 누군가 네게 말했지.

"당신을 보며 십 년 후의 저를 꿈꿔요!"

십 년 후에 눈부시게 빛날 그 사람 앞에서 난 어떤 사람이 되어 있을까? 나를 닮고 싶다는 그이들을 위해 잘살아야겠다고 다짐하며 넌 마음속으로 이런 약속을 했어. 십 년 뒤 내가 대단한 뭔가가 되어 있지 않더라도 이 말은 꼭 해주겠다고.

"그 말 덕분에 하루하루가 행복했어요. 당신 덕분에 열심히 살았어요. 고마웠어요, 정말."

십 년 후의 너는 여전히 좋은 사람들 사이에서 그들 덕분에 반짝이고 있을 게 틀림없겠지. 환갑을 바라보는 나이지만 너는 여전히 네 안에 깃들여 사는 소녀와 처녀와 아줌마들과 재미나게 노닥거리고 있을 테고. 어쩌면 다시 70이 되는 너에게 편지를 쓰고 있진 않을까?

추신 : 미래의 너는 지금의 나에게 무슨 말을 하게 될까?

2018.7.9 48세의 화정이가 58세의 화정에게

책 속에서 찾은 또 다른 나

말하고 싶은 나 : 좋은 건 나누고 싶은 법

『그리운 메이 아줌마』

　살아있다는 것 자체가 경이로울 때가 있다. 아름다운 자연 풍경이나 예술 작품이 압도하듯 눈 앞에 펼쳐질 때다. 책을 읽으며 온몸에 전율이 이는 순간에도 생생하게 삶을 의식한다. 대형 병원에서 검진 순서를 기다리며 사람들을 바라보고 있을 때도 그렇다. 질병과 싸우며 한계를 극복하며 나아가는 모습 속에서도 삶의 경이를 체험한다.

　별 기대 없이 읽은 책에서 벅찬 감동을 느낄 때 누구든 붙들고 이야기를 하고 싶어진다. 이 책 저 책 읽는데 몇 장을 몰입해서 읽기 힘든 날들을 보내다 집어 든 책『그리운 메이 아줌마』. 오래전 아이들을 데리고 수업할 때 교재로 썼던 책인데 그때 느끼지 못했던 수많은 감정이 밀려들었다. 슬프고 아름답고 충만한 감동으로 가득 차 한동안 책의 세계에서 빠져나오지 못했다.

옮긴이의 말대로 '한 단어도 버릴 것이 없는 절제된 언어'로 '존재의 숭고함과 고귀함'을 보여주었다. 청소년 문고로 한정 짓기엔 너무나 아까운 작품이다. 귀하고 본질에 가까운 것일수록 찾기 어려워 보이지만 사실은 우리 삶 곳곳에 펼쳐져 있다. 작가의 역량은 따뜻하고 섬세한 눈길로 관찰한 일상과 평범한 사람들의 삶 속에서 보물 같은 이야기를 건져내는 데서 발휘된다. 치유의 힘을 가지고 있는 아름다운 이야기를 읽으면 마음 한편에 온기가 퍼진다. 아련한 그리움과 슬픔에 먹먹해지기도 하지만 한동안 순하고 맑은 사람으로 만들어주는 게 문학의 힘이다.

훗날 돌아보면 중요한 계기가 된 일이 지극히 사소하고 평범한 일로부터 시작되었다는 걸 알고 깜짝 놀랄 때가 있다. 이웃에게 이 책을 빌려준 뒤 돌려받으면서 나누었던 이야기가 내가 꿈꾸던 독서 모임의 시작이 되었기 때문에 두고두고 이 책이 고마웠다.

12살 서머는 마을과 떨어진 숲의 낡은 트레일러에서 나이 많은 오브 아저씨와 함께 산다. 엄마를 잃고 친척 집에 맡겨졌던 서머가 오브 아저씨와 메이 아줌마를 만난 건 여섯 살 때다. 슬퍼하는 아이를 기막히게 잘 알아보는 오브 아저씨, 오직 사랑으로 가득 찬 커다란 통 같은 메이 아줌마는 서머를 '작은 천사'라 부르며 애지중지 돌본다.

서머는 아저씨가 아줌마 머리를 빗겨주는 모습이나, 아저씨의 아픈 무릎에 연고를 발라주는 아줌마의 손길에서 어릴 적 엄마로부터 받은 넉넉한 사랑 덕분에 그것이 사랑인 줄 알 수 있다고 고백한다. 세심하고 따스한 사랑을 받으며 행복한 나날을 보내던 서머는 6년 뒤 메이 아줌마와 사별한다. 남겨진 오브 아저씨와 서머는 서로를 보살피느라 자신의 슬픔과 상실감을 감추며 힘겹게 살아간다. 그런 두 사람 앞에 서머의 친구 클리터스가 나타난다. 메이 아줌마를 그리워하다 병이 난 아저씨를 위해 클리터스는 죽은 사람들과 대화를 한다는 한 교회 목사를 찾아내고, 세 사람은 여행을 떠난다. 비록 그 목사를 만나진 못했지만 여행길에서 클리터스가 꿈에 그리던 의사당 건물을 방문하며 세 사람은 각자 이 여행의 의미를 발견한다. 남루한 현실과 헤어짐의 고통 속에서도 메이 아줌마의 깊은 사랑의 기억과 곁에 있는 오브 아저씨와 클리터스 덕분에 '우리는 장엄하고 우아한 존재'가 될 수 있음을 서머는 깨닫는다. 집에 돌아온 서머는 평소 아줌마가 좋아하던 올빼미가 밤하늘로 날아가는 것을 발견하고 눈물을 터뜨린다. 아줌마가 너무너무 보고 싶었다고 고백하며 참아왔던 슬픔과 그리움을 쏟아 놓는 서머. 다음 날, 세 사람은 아줌마를 떠나보내는 의식을 치르며 모든 것을 자유롭게 날려보낸다.

담담하고 차분한 어조로 이야기를 끌고 나가는 서머는 독자에게 슬픔을 강요하지 않는다. 그런데도 늘 읽을 때마다 같은 장면에서 울게 된다. 절제된 언어들이 차곡차곡 마음에 쌓이다가 어느 순간 폭발하게 만드는 작품을 만나기는 쉽지 않다. 감정을 추스르고 나면 맑고 개운해진 마음이 남는 이야기, 그대로 외워뒀다가 두고두고 꺼내 쓰고 싶은 아름다운 문장들을 만날 수 있는 책이 『그리운 메이 아줌마』다.

이 작은 책 안에 모든 사랑이 들어있다. 입양한 먼 친척 아이를 향한 사랑, 죽어가는 엄마가 어린 딸을 향해 부어준 넉넉한 사랑, 머리를 빗겨주고 아픈 무릎에 연고를 발라주는 부부간의 애틋한 사랑, 무심한 듯 보이지만 말할 수 없이 따스한 친구 간의 사랑. 그 중심에 오직 사랑뿐인 커다란 통 같은 메이 아줌마가 있다.

거짓말, 배신과 모욕의 말들이 난무하고, 이것이 인간인가 싶은 추악한 모습이 넘쳐나는 세상을 보기 괴로울 때 이런 이야기가 위안이 된다. 메이 아줌마의 세심한 관심과 친절한 행위에서 어떻게 사랑해야 하는지를 배웠다. 말을 해야 될 때와 하지 말아야 할 때를 아는 클리터스의 사려 깊은 행동에서 관계의 어려움이 어디서 기인하는지 깨달았다. 우는 서머를 안고 말없이 눈물을 닦아주는 크고 투박한 오브 아저씨의 손길을 보며 타인의 아픔에 공감하는 법을 익혔다. 이 책을 여기저기 추천해주었다. 읽는 이들마다 깊이 감동하며 하나 같이 혼자 읽기엔 아깝다고 했다. 어떻게든 자녀가 읽기를 바랐고, 지인들과 함께 읽었다.

좋은 것은 나누고 싶어지는 법이다. 이 책을 통해 말하고 싶은 나를 발견했다. 책은 혼자 읽을 때보다 함께 읽을 때 훨씬 더 풍성해진다. 그 원리를 이 책이 가르쳐주었다. 내 안에 책의 말들이 차곡차곡 쌓여가는 동안 특별히 아끼는 문장들을 좋아하는 사람들에게도 들려주고 싶었다. 어쩌면 독서 모임을 할 수 있는 원동력이 거기서 나왔는지도 모른다.

그리고 마침내 둥근 지붕이 나타났다. 그 모습은 우리 세 사람 모두가 상상했던 것보다 훨씬 더 근사했다. 의사당 건물은 마치 폭이 넓은 치마를 입은 근엄한 여왕처럼 잿빛 콘크리트를 펼치고 서 있었고, 거대한 둥근 지붕은 아침 햇살 속에서 순금 색으로 반짝이고 있었다. 나는 그 건물이 우리 주의 의사당이라는 사실이 낯설면서도 자랑스러웠다. 우리는 다른 사람들이 생각하는 것처럼 단순히 폐광 지역에 사는 생활 보호 대상자가 아니었다. 우리는 햇빛 속에 굳건히 서서 눈부시게 빛나는 장엄하고도 우아한 존재였다.

– 신시아 라인런트, 『그리운 메이 아줌마』, 사계절, 100쪽

내게도 그리운 메이 아줌마의 이야기를 해마다 읽는다. 독서 모임을 시작하는 이들에게 자신있게 추천한다. 보석처럼 빛나는 서머의 고백처럼 책을 읽는 자신이, 그 책을 들고 모인 '우리'들이 장엄하고 우아한 존재라는 확신을 주는 책이기에.

쓰고 싶은 나 : 읽는 사람에서 쓰는 사람으로

『작가의 시작』

2015년 1월부터 블로그를 시작했다. 4년이 지난 지금 글쓰기는 가장 중요한 일과가 되었다.

글이 막힐 때나 뭘 써야 할지 막막할 때 처방전 같은 책이 있다. 미국의 소설가이자 에세이스트, 그리고 작가들이 사랑하는 글쓰기 멘토인 바버라 애버크롬비가 쓴 『작가의 시작』이다. 그는 글을 쓰는 것이 작가의 전유물이 아니며, 글을 쓰는 순간 누구나 자기 삶을 이야기하는 작가가 될 수 있다고 강조한다. 상처받는 것이 두려워 마음의 울타리를 단단히 세워놓고 살았던 내가 공개적인 글을 쓰다니, 상상도 하지 못했던 일이다. 블로그를 시작할 당시 처음부터 할 말이 많은 것은 아니었다. 그저 읽은 책이 좋아서 뭐라도 끄적이고 싶은 심정으로 시작했다. 모니터 앞에 앉아 있어도 도저히 나의 언어로는 표현할 길이 없어 막막한 날이 많았다. 겨우 할 수 있었던 건 마음에 담아두고 싶은 글귀들을 옮겨 적는 것뿐이었다. 본격적으로 필사를 하기 시작했고, 블로그에 몇 구절이라도 옮겨두었다. "책이 너무 좋았다"라는 감정 과잉 상태의 부족한 글이었지만, 꾸준히 쓴 글이 차곡차곡 쌓여갔다.

아침에 블로그를 열면 1년 전의 글부터 4년 전의 글이 뜰 때가 있다. 얼굴이 화끈거릴 정도로 창피한 글을 수정해서 다시 올리다가 어느 순간부터 그만두었다. 그동안 읽은 책이 나에게 얼마나 귀한 선물을 주었는지, 읽는 사람에서 쓰는 사람으로 만들어준 책의 힘이 얼마나 위대한지

명백한 증거가 된다고 생각해서다. 책의 언어들 덕분에 나를 표현하는 말들을 찾을 수 있었다. 팔이 아프도록 필사를 하는 동안 좋은 문장을 몸으로 익혔다. 좋은 글은 고유한 자기 이야기를 가감 없이 들려주는 데서 출발한다는 것도 배웠다. 글을 쓰는 행위 자체가 얼마나 숭고한 일인지 날마다 깨닫는다. 글을 쓰는 동안은 좋은 사람이 되고 싶다는 열망이 생긴다. 한 자 한 자 성의 있게 삶을 밀고 나가는 기분이 든다. 좋은 글을 쓸 자신은 없지만 정성스럽게 쓸 수는 있다. 방대한 지식이나 탁월한 사유를 담은 글을 쓰지는 못하지만 일상 속에서 길어 올린 작고 사소하고 아름다운 것들에서 감동 받은 이야기는 스스로 기꺼이 감격하며 쓴다. 그 자체가 행복하다.

마흔을 훌쩍 넘은 나이가 되어서야 자신을 혹독하게 몰아세우는 것만이 능사가 아님을 알게 되었다. 조바심을 낸다고 일이 술술 진행되지도 않고, 아무리 노력해도 넘을 수 없는 벽이 있다는 것도 선선히 수긍하게 되었다. 무언가를 새로 시작하고 싶어도 쉽게 기회가 주어지지 않는다. 자신감도 점점 수그러든다. 그럴 때 책을 읽고 글을 쓰는 일이 유일한 대안이자 희망이 되어주었다. 알고 싶어 파고들면 '모르는 게 진짜 많구나!' 한탄하면서도 '이제라도 알게 되어 얼마나 다행이야!'라고 기뻐하며 책을 읽었다. 그 책을 다른 이들도 읽으면 좋겠다는 생각으로 블로그에 소개했다. 사람들 틈에서 외롭고 허전할 때면 소설 속 다정한 인물들이 주고받는 대화 속에서 위로받았다. 그렇게 받은 따스한 기운을 나처럼 수시로 쓸쓸해지는 이들에게 나눠주고 싶었다. 누군가에게 편지를 쓰는 마음으로 글을 썼다.

책을 읽으면 읽을수록 고민해야 하는 문제들이 늘어갔다. 가슴 아프고 안타까운 이야기들을 가슴에 품었다. 아무것도 보탬이 되지 못하는 사실에 무력해져도 외면하지 않으려 애썼다. 그런 고민을 함께 나누면 힘이 날 것 같아 손을 내밀듯 초대의 글을 썼다. 그러는 동안 수많은 블로그 이웃들과 책이라는 끈으로 연결되었다. 글을 읽고 감응하는 사람들과 친구가 되고 동지가 되었다.

나는 이 책이 너무 좋았다. 한 장 한 장이 새로운 모험 같았고, 마지막에 제시된 인용문들은 내 마음에 빛과 자극이 되어 주었다.
– 애비게일 토머스, 표지 추천사 중에서

제목이 눈에 띄어 사서 읽게 된 『작가의 시작』이 나 또한 너무 좋았다. 한 장 한 장 소중히 아끼며 읽었다. 이 책이 얼마나 위로가 되고 힘이 되고 있는지 필사를 하며 알았다. 만년필로 책에 있는 문장을 옮겨 적은 후, 그 밑에 언제든 지울 수 있도록 연필로 깨알같이 적어 놓은 메모에는 소심한 내 성격이 그대로 드러나 있다. 누구에게도 들키고 싶지 않은 마음을 써 내려간 그 글이 이미 나를 위로하고 있었다. 안정희 선생님의 책 『기록이 상처를 위로한다』에서처럼 말이다. 그렇게 책이 내 삶을 이끌었고, 내가 쓴 글이 마음을 돌보았다.

상처받은 인간은 기록하며 자신을 치유한다. 기록은 쓰는 이의 마음부터 어루만진다. 인간이 기록에 몰입하는 이유다. 또한 기록은 다른 사람의 상처를 치유하기도 한다.

- 안정희, 『기록이 상처를 위로한다』, 이야기나무, 63쪽

4년이 지난 지금 글쓰기는 가장 중요한 일과가 되었다. '아무것도 아닌 나'라고 스스로를 폄하했던 내가 이제는 '글을 쓰는 사람'으로서 자부심을 갖게 되었다. 대단한 글을 써서가 아니다.

'글을 쓰는 이유는 우리가 사는 세상이 너무나 아름답고 감각과 지각으로 가득해서 그에 대한 진실을 알려주고 싶기 때문'이라는 캐럴린 시의 말을 나 또한 믿기 때문이다.

'이 세상과 글쓰기를 사랑한다면 그 두 가지가 당신을 상상조차 할 수 없는 곳으로 끌어올려 줄 것이다'라는 그의 말대로 글을 쓰는 동안 내 의식은 한껏 고양된다. 실수투성이의 못난 나를 책의 언어로 감싸 안으며 다독일 수 있게 되었다. 수없이 실패하고 좌절했던 순간들을 묻어두려고만 했던 나에게 그 기억들을 꺼내 다른 결말로 새 이야기를 이어갈 수 있게 해준 것도 글쓰기 덕분이다. 글을 쓰는 동안만큼은 내 의지대로, 내 기준으로, 내가 주체가 되는 삶을 살 수 있었다. 깜박이는 커서는 온전히 나만 의지해 앞으로 나아갈 수 있다. 글자들이 앞을 향해 나아가는 모습을 보면 기쁘고 힘이 났다. 내가 만들어낸 것이므로 소중했고, 그렇게 쓰여진 글을 읽으면 그 글이 다정하게 말을 거는 것 같았다. 나를 위한 글쓰기가 어느 순간 이름 모를 누군가의 삶에 따스한 온기로, 그날 하루치의 격려로, 때로는 그 사람의 삶을 바꿀 작은 씨앗으로 가닿을 수도 있다는 걸 알았을 때 전율했다.

글쓰기는 누구에게도 할 수 없는 말을 아무에게도 하지 않으면서 동시에 모두에게 하는 행위이다. 혹은 지금은 아무에게도 할 수 없는 이야기를, 훗날 독자가 될 수 있는 누군가에게 하는 행위이다. 너무 민감하고 개인적이고 흐릿해서 평소에는 가장 가까운 사람에게 말하는 것조차 상상할 수 없는 이야기를.

가끔은 큰소리로 말해보려 노력해 보기도 하지만, 입안에서만 우물거리던 그것을, 다른 이의 귀에 닿지 못했던 그 말을 전혀 모르는 사람들에게는 적어서 보여줄 수 있음을 알게 된다. 글쓰기는 전혀 모르는 사람에게 침묵으로 말을 걸고, 그 이야기는 고독한 독서를 통해 목소리를 되찾고 울려 퍼진다. 그건 글쓰기를 통해 공유되는 고독이 아닐까? 우리 모두는 눈앞의 인간관계보다는 깊은 어딘가에서 홀로 지내는 것 아닐까? 그것이 둘만으로 구성된 관계 일지라도. 말이 실패한 것을 글이, 아주 길고 섬세하게 전할 수 있는 것 아닐까?

- 리베카 솔닛, 『멀고도 가까운』, 반비, 100쪽

늦은 밤, 블로그에 글을 쓸 때 혼자여도 외롭지 않았다. 나의 글을 읽고 감응하는 사람들 덕분이었다. 댓글로 공감한다고, 자기도 그렇다고 이야기해주는 사람들과 무언의 대화를 나누는 시간이 좋았다. 읽은 책이 너무 재미있어 리뷰를 쓸 때는 신나게 수다를 떠는 것처럼 써내려갔다.

풀리지 않는 숙제를 안고 한숨 쉬며 앉아 있다가도 글을 쓰려고 노력했다. 글을 쓰는 과정에서 고통을 극복한 작가들의 글을 수없이 읽었기 때문이다. 파커 J. 파머가 우울증을 겪던 시절, 글을 쓰며 자신을 보듬는 장면을 그려보기도 했다.

여러 해 동안 글쓰기는 인생과 협조하는 하나의 방식이었다. 내게 글쓰기란 머리에 생각을 가득 채워 그것을 종이에 옮기는 것이 아니다. 그것은 글쓰기가 아닌 타이핑이다. 글쓰기는 종이나 화면 위에서 자기 자신과 대화하며 내면에서 일어나는 일을 펼치는 것이다. 그것은 예약도 비용도 필요 없는 대화 치료의 한 방식이다.

– 파커 J. 파머, 『모든 것의 가장자리에서』, 글항아리, 17쪽

바버라 애버크롬비도 글쓰기의 가치에 대해 이렇게 말한다.

글쓰기를 통해 우리는 엄청난 삶의 혼돈을 정돈하고 저편으로 건너간다. 또한 글을 씀으로써 좋은 순간들을 붙잡아둔다. 글을 씀으로써 우리는 더욱 깊이 있고 의식적인 삶을 살 수 있다.

– 바버라 애버크롬비, 『작가의 시작』, 책읽는수요일, 들어가는 말 중에서

블로그 카테고리 안에 '작가의 편지'를 연재한 적이 있다. 첫 책 『모두의 독서』를 읽고 리뷰를 올린 분들께 화답하는 글을 썼다. 미지의 독자를 향해 쓴 글을 읽고 감응해주는 사람들이 신기하고 고마웠다. 수많은 책에서 침묵으로 말을 걸어준 작가들이 생각났다. 『모두의 독서』를 읽고 쓴 이야기들은 반대로 독자가 나에게 말을 거는 것과 마찬가지였다. 성의를 다해 리뷰에 대한 답장을 썼다.

책 속에서 연결되는 작가와 독자, 쓰는 사람과 읽는 사람, 질문하는 이와 무언의 답을 하는 자, 그 인연은 특별하고 소중하다. 책의 언어로 짓는 둘만의 공간, 혹은 여러 사람들이 완성해나가는 '우리들의 방' 이야기를 성실하게 기록하겠다. 나는 이제 글을 쓰는 사람이니까.

성찰하는 나 : 타인의 고통을 가늠하기 위한 최소한의 노력

『이것이 인간인가』

늦은 밤 샤워를 하던 중이었다. 따끈해졌다 싶어 물줄기에 몸을 내밀었는데, 아직은 미지근한 물 때문에 몸을 웅크리고 "으 추워!" 소리를 내질렀다. 순간 잠깐 느낀 추위가 무색할 정도로 등줄기가 서늘해지며 책에서 읽은 내용이 떠올랐다. 10개월을 수용소에 갇혀 있었던 작가가 두 번째 겨울을 맞이하면서 추위와 굶주림에 대한 공포를 묘사하는 대목이었다.

> 이것은 앞으로 몇 달 동안, 그러니까 10월부터 내년 4월까지 우리들 열 명 중 일곱 명은 죽는다는 뜻이다. 죽지 않은 사람은 매 순간, 매일매일, 하루하루 고통 속에 살아갈 것이다.
>
> ......
>
> 우리의 배고픔이 한 끼를 굶은 사람의 그것과 같지 않듯이, 우리의 추위에도 특별한 이름이 필요할 것이다. 우리는 '허기'라는 말을 쓴다. '피로', '공포', '고통'이라는 말도 쓴다. '겨울'이라는 말도. 하지만 이것은 전혀 다른 것들이다. 자기 집에서 기쁨을 즐기고 고통을 아파하며 살아가는 자유로운 인간들이 만들어내고 사용하는 자유로운 단어들이다. 만일 수용소들이 좀 더 오래 존속했다면 새로운 황량한 언어들이 탄생했을 것이다. 영하의 날씨에 바람 속에서 셔츠와 팬티, 올이 성긴 천으로 만든 윗도리와 바지만 입은 채, 더할 수 없이 허약해지고 굶주린 육체로, 종말이 다가와 있는 것을

의식하면서 하루 종일 노동하는 것의 의미를 설명하려면 새로운 언어가 필요하다.

– 프리모 레비, 『이것이 인간인가』, 돌베개, 188~189쪽

나의 '추위'와 작가가 느꼈던 그 '추위'의 간극을 가늠할 수조차 없어 심장이 오그라드는 느낌이었다. 유난히 추위를 많이 타는 나로서는 영하의 날씨에 맨발로 걷고, 찬물로 강제 샤워를 하고, 담요 한 장으로 긴 겨울밤을 버텨야 하는 수용소의 그 '추위'가 공포스러웠다. 사실, 이런 글을 쓴다는 것 자체가 죄스럽다. 경험하지 않은 것, 감히 상상할 수도 없는 타인의 고통에 대해 아는 척하는 글쓰기가 양심에 찔린다.

이 책을 읽을 때마다 작가에게 최대한 예의를 다하고 싶었다. 프리모 레비는 극한의 고통 속에서도 단테의 『신곡』을 외우며 사유의 끈을 놓지 않으려 사력을 기울였다. 그는 오로지 수용소를 나가 이 이야기를 전하겠다는 일념으로 살아남는다. 그는 인류가 저지르고 있는 죄악을 고발하면서도 인간다움이란 무엇인가 치열하게 파헤친다. 그가 살아남을 수 있었던 이유이면서 자신도 끝까지 지켜내려 했던 '인간적인 모습'은 과연 무엇일까?

지옥의 풍경이 그러할까, 끔찍한 유대인 학살과 포로수용소에 대해 작가는 의외로 '침착하고 절제된 언어'로 담담하게 이야기한다. 이 책의 마지막 장을 덮는 순간, 물밀듯 밀려오는 벅찬 감동을 표현할 길이 없었다.

30대 후반 처음 이 책을 읽었다. 육아로 지친 일상 가운데 수시로 이 책을 꺼내 표시한 부분을 다시 읽곤 했었다. 아무 생각 없이 사는 삶에 경종을 울리듯 아프고 고통스런 문장들로 스스로를 후려치는 느낌이 들

때가 많았다. 살면서 제대로 읽어내지 못한 게 얼마나 많은가? 책 한 권을, 가장 가까운 가족의 마음을, 어마어마한 세상의 한 자락을 말이다. 내 인생 책이 뭘까 생각하면 왜 제일 먼저 이 책이 떠올랐는지 십 년 가까이 흐른 지금에야 비로소 깨달았다. 이 한 권의 책에 기록된 과거의 역사는 지금 현재 내 삶의 문제와도 긴밀하게 얽혀 있다. 아우슈비츠는 사라지지 않았다는 것, 눈에 보이지 않지만 여전히 존재하는 수용소에 갇혀 살고 있을지도 모른다는 섬뜩한 자각이 이 글을 쓰는 원동력이 되었다.

책을 읽은 이상, 나는 작가의 기억을 이어가야 하는 의무가 있다. 읽는 것 자체가 고통스러워도 다시 읽고 새기고 기록하는 이유는 타인의 고통을 가늠하기 위한 최소한의 노력이라도 해야겠다는 생각 때문이다. 더 중요한 건 정신 차리고 사유와 성찰을 게을리 하지 않는 것이다. 그럴 때 비로소 우리는 인간적일 수 있다. 어쩌면 우리는 교묘하게 속이고 억압하며 인간이기를 포기하게 만드는, 보이지 않는 수용소에 수시로 갇힐 수 있다. 내키는 대로, 남 신경 쓰지 않고 자유롭게 사는 게 대세인 지금, 타인의 고통에 민감해지려는 노력을 게을리 한다면 점점 더 비인간적이고 삭막한 거대한 수용소에 갇혀 사는 셈이 될 지도 모른다.

개별적으로든 집단적으로든, 많은 사람들이 다소 의식적으로 '이방인은 모두 적이다'라고 생각할 수 있다. 이러한 확신은 대개 잠복성 전염병처럼 영혼의 밑바닥에 자리 잡고 있다. 그것은 우연적이고 단편적인 행동으로만 나타날 뿐이며 사고체계의 밑바탕에 깔려 있는 것은 아니다, 하지만 그러한 일이 발생하면, 그 암묵적인 도그마가 삼단논법의 대전제가 되면, 그 논리적 결말로 수용소가 도출된다. 수용소는 엄밀한 사유를 거쳐 논리적 결론에 도달하게 된, 이 세상에 대한 인식의 산물이다. 이 인식이 존재하는 한 그 결과들은 우리를 위협한다. 죽음의 수용소에 관한 이야기는 모든 이들에게 불길한 경종으로 이해되어야만 할 것이다.

– 프리모 레비, 『이것이 인간인가』, 돌베개, 작가의 말 중에서

글을 쓰는 인간의 행위가 얼마나 존엄한지 이 책을 통해 알았다. 극한 상황을 딛고 쓴 글이 한 인간의 틀을 부수는 힘이 얼마나 대단한지도 깨달았다. 책상에서 손을 뻗으면 닿는 거리에 늘 꽂혀 있는 이 책은 하얀 표지에 때가 타고 낡은 티가 확연하다.

아름다운 일을 하고 싶어하는 나 : '진정한 성공이란'

진정한 성공이란

– 랄프 왈도 에머슨

자주 그리고 많이 웃는 것

지혜로운 사람들에게 존경받고 아이들에게 사랑받는 것

정직한 비평가들에게 인정받고,

거짓된 자들의 배신을 감내하는 것

아름다움을 분별할 줄 아는 것

다른 사람들의 좋은 점을 발견할 줄 아는 것

아이들을 건강하게 기름으로써,

조그만 정원을 가꿈으로써,

사회 환경을 개선함으로써

조금이라도 더 나은 세상으로 만들고 떠나는 것

당신이 한때 이곳에 살았음으로 인해

단 한 사람의 인생이라도 행복해지는 것

이것이 성공이다

40대 중반의 전업주부가 품을 수 있는 꿈에는 어떤 것들이 있을까? 근사한 카페 주인이 되거나, 다시 취업하거나, 아파트값이 오르거나, 아이가 명문대에 합격하거나, 남편이 승진하거나, 한 달 정도 유럽 여행을 하는 정도일까.

책을 읽는 동안 하고 싶은 일이 많아졌다. 한마디로 표현한다면 '의미 있는 일'이다. 어떤 일을 해야 의미를 찾을 수 있는지 알아가는 게 내 독서 여정이었는지도 모른다.

랄프 왈도 에머슨의 시를 즐겨 읽는다. 주위에 '성공적인' 삶을 사는 사람들을 보며 심란해질 때나 헛발질을 하는 듯한 느낌이 찾아들 때 이 시를 읽으면 마음 어딘가에 씨앗이 움트는 소리가 들린다. 내 삶의 여정에 이정표가 되는 아름다운 이 시에는 '세상'까지는 아니더라도 내 주변을 아름답게 하는 일이라면 기꺼이 뛰어들고 싶게 만드는 힘이 있다. 처음 블로그를 열고 글을 쓰기 시작한 뒤로 여러 번 이 시를 소개했다. 새 독서 모임을 열면서 여섯 명의 멤버들에게 일일이 손글씨로 적어 선물하기도 했다. 아름다운 것을 분별할 줄 아는 게 진정한 성공이라 다짐하며 열심히 찾아다녔다. 쪼그리고 앉아 풀꽃을 들여다보고, 틈나는 대로 음악을 들었다. 아름다운 소문을 쫓아가며 영화를 보고, 그림 앞에 머물렀다. 밥을 짓다가도 옥상에 올라가 해 지는 모습을 오래 바라보았다. 책을 읽으며 숨이 막힐 듯 아름다운 문장들을 수집했다. 만년필을 들고 경건한 마음으로 옮겨 적다 보면 아름다운 기운이 나를 둘러쌌다. 이야기를 나누는 중에도 상대방의 얼굴에 떠오르는 아름다운 표정을 차곡차곡 마음에 새겼다. 마음의 결들이 세심하고 어여쁜 무늬를 그리기 시작했다. 따스한 말을 나누며 온기를 퍼뜨리는 사람들과 교류하는 동안 작고 사소한 행위 하나가 사람을 얼마나 행복하게 하는지 배웠다. 단 한 사람의 인생이라도 행복하게 만들고 떠날 수 있으면 성공이라니, 무조건 성공하고 싶었다. 한 사람의 인생 전부를 행복하게 만들어 줄 자신은 없지만 짧은 순간이나마 웃을 수 있게, 살맛 나는 찰나의 순간이나마 만들어 주고 싶었다. 어떻게 행복하게 해줄 수 있을까? 내 존재 자체가 기쁨이 되게 하는 건 자신이 없었다. 책은 어떨까? 그 사람이 책을 펼치는 순간 마음이 환해지도록, 가슴 언저리가 뜨듯해지도록 할 수 있진 않을까? 그런 마음으로 '책보물 찾기'에 매진했다. 좋은 책을 찾아 읽고 나누는 일, 그것이 내가 하고 싶은 의미 있는 일이고, 아름다운 일이다.

'아무것도 할 수 없을 것만 같은 나날들'에서 '반짝이는 나날들'이 되기까지 나와 함께 했던 책 이야기를 널리 전하는 것이 이 글을 쓰는 이유다. 육아서를 읽으며 수시로 좌절했던 엄마였고, 성찰보다는 성공을 좇아이리저리 헤매다 넘어지기 일쑤였던 미숙한 사람이었지만, 그 실패의 경험들이 누군가에게는 도움이 될 거라 믿는다. 새로운 가능성으로 다가온 책이 없었다면 지금의 나는 없다. 성공의 기준을 외부에 두고, 남의 기준에 맞추면 결핍감만 심해질 뿐이다. 인생의 충만감과는 거리가 먼 조건들에서 자유로워지기까지 오랜 시간이 걸렸다. 지금도 여전히 마음이 약해져 주눅이 들 때가 있다. 그럴 때 이 시를 읽는다. 덕분에 성공보다는 성장하는 삶, 소유하기보다는 존재하는 삶을 꿈꾸며 힘차게 나아간다.

❸ 책 속에서 찾은 길

책이 이끄는 길 : 명함을 파다

전업주부는 명함을 만들 기회가 없다. 아무리 일을 많이 해도 수치화되지 못하고, 아무리 중요한 성과를 내도 보상받을 길이 없다. 아이를 낳아 길러 번듯한 성인으로 이 사회에 내어놓아도 교육 전문가라는 경력은 인정되지 않는다. 살림의 어느 한 부분에서 장인의 경지에 이르더라도 살림 장인이라고 불러주지 않는다.

어느 날 문득 명함을 가진 사람들에게 맹렬한 질투를 느꼈나 보다. 아니면 첫 책 『모두의 독서』를 함께 쓴 저자들이 기자, 교사, 피디로 소개될 때 나는 구색을 갖출 타이틀이 없는 게 민망하고 미안해서였는지도 모르겠다. 작고 네모난 종이에 '난 이런 사람입니다'라고 소개하는 명함. 회사 이름과 직함, 연락처가 찍혀 있을 뿐이지만, 어떤 일을 하는 사람이라는 게 단박에 설명되는 게 부러웠다. 어쩌다 나를 소개할 일이 있으면 누구 엄마고, 예전에 뭘 했고, 지금 애들이 몇 학년이고, 어디 사는지 등의 얘기를 할 수밖에 없었다. 그 말들이 나를 설명해주는 게 아니었는데도 말이다. 나의 정체성을 명함 하나로 보여줄 수는 없다. 더 중요한 이야기를 담지 못할 수도 있다. 하지만 어떻게 명함을 만드느냐에 따라, 그 안에 어떤 말을 담느냐에 따라 삶의 풍경이 달라질 수도 있다. 말은 힘이 세기 때문이다. 처음 명함에 새긴 말은 '되고 싶은 나'였다. 그 말이 내 삶을 이끌어가며 어느덧 명함에 적힌 모습대로 사는 모습을 발견하게 되었다.

> 당신에게 꼭 맞는 책을 골라드립니다.
> 책과 함께하는 따뜻한 모임을 만듭니다.
> 늘 책을 읽고 부지런히 글을 씁니다.

첫 번째 명함은 남편이 디자인해주고, 문구도 함께 만들었다. 까만 바탕에 아끼고 좋아하는 책들의 제목을 이어 적었다. 어둠을 배경으로 회색 글자들이 빽빽이 늘어선 가운데 노란 글자들이 솟아오르는 모양이다. 북 코디네이터 이화정, 책들 사이에서 내 이름이 노랗게 빛났다.

책을 한 권 한 권 읽을 때마다 잃어버린 것들을 되찾았다. 이전의 나보다 조금 더 나은 모습을 꿈꾸었고, 책이 나를 그렇게 만들어줄 거라 믿었다. 결국 이렇게 내 이름을 다시 찾았다.

책과 사람을 이어주고, 책과 책 사이를 연결하는 일을 한다는 의미를 담고 있는 '북 코디네이터'라는 말이 오늘도 나를 이끌고 나간다. 책으로 소통하는 책모임이 따뜻하고 행복한 시간이 되도록 애쓰는 동안 일 년이 훌쩍 지났다.

두 번째 명함을 만든 이유는 처음 명함을 만들 때 막연히 계획했던 것을 실행하고 싶어서였다. 나처럼 남다른 마음으로 책을 다시 읽기 시작한 사람이나, 뒤늦게 책의 세계에 발을 내딛는 사람들을 위한 추천도서 목록을 만들고 싶었다. 해마다 명함을 새로 만들면서 지난 일 년간 읽은 책들을 선별해 소개하겠다고 마음먹었다. 서점에 가서 무슨 책을 사야 할지 모를 때나 도서관에 가서 책을 고르기 어려울 때 참고가 될 만한 목록이 된다면 얼마나 보람이 될까 생각했다. 4년 동안 매해 80~100권 정도의 책을 읽었다. 까다롭게 골라 읽은 책 중에서도 가장 좋은 책을 선별해서 두 번째 명함에 욕심껏 책 제목을 새겨 넣었다. 처음 명함엔 28권, 두 번째 명함엔 무려 55권의 책 제목이 들어갔다. 『스토너』, 『이것이 인간인가』,『혼자 책 읽는 시간』은 다시 읽어도 여전히 좋았으므로 또 실었다. 어떤 책은 씨앗이 되어 마음 밭에 자리 잡았고, 어떤 책은 뿌리가 되었다. 두세 번 읽은 책들은 쭉쭉 가지를 뻗는가 하면 작은 열매가 되기도 했다. 햇살에 반짝이는 이파리처럼 눈이 부셨고, 바람결에 춤추는 가지들처럼 자유로웠다. 책과 더불어 행복했다. 그 책들이 내 안에 한 그루 나무가 되었다. 그 나무는 명함 속 초록색 바탕 위에서 지금도 쑥쑥 자라는 중이다.

아직도 많은 이들이 '나를 설명하는 말들'을 찾아 헤맨다. 그들을 만나면 명함을 건네며 간곡히 얘기해주고 싶다.

"책에서 한 번 찾아보세요. 제가 좋아했던 책들이 캄캄한 마음에 노란 불빛이 되어주었어요. 여러분들도 나를 말해주는 빛나는 말들을 찾을 수 있을 거예요."

원고를 쓰는 2019년 1월 22일 현재, 새 명함이 나왔다. 새해 명함 디자인을 어떻게 할까 고심하며 2018년 읽은 책들을 정리하다 한 이미지가 분명히 다가왔다.

"길"이었다.

방황하다 찾은 나만의 책 길

『나의 산티아고, 혼자이면서 함께 걷는 길』

2018년 여름, 두 번째 책의 원고를 열심히 쓰던 중이었다. 투고를 앞두고 기획안에 쓸 자료 조사를 위해 서점에 나가 봤지만 매번 좌절해서 돌아왔다. 결국 쓰기를 포기했다. 아무것도 손에 잡히지 않았다. 단골 서점인 〈밤의 서점〉에 들러 주절주절 하소연했다.

"너무 훌륭한 책이 많아요. 제가 쓰려고 했던 책과 비슷한 책들이 서점에 떡하니 놓여있더라고요. 책은 또 왜 그렇게 잘 만들었대요? 그냥 다 때려치웠어요!"

'밤의 점장' 님은 순하고 맑은 얼굴로 "다 똑같아요! 저도 그런걸요. 동료 번역가들의 책은 왜 그렇게 잘 나가는 걸까요?" 서로 마주 보고 웃었다.

"저 뭐 읽을까요?"

한 치의 망설임도 없이 손을 뻗어 서가에서 빼내 내 앞에 내민 책은 『나의 산티아고, 혼자이면서 함께 걷는 길』이었다. 산티아고라니! 제주도에도 못가서 병이 날 지경이었던 나는 속으로 뜨악했지만, 점장님이 추천해준 책들은 단 한 번도 나를 실망시킨 적이 없었으므로 흔쾌히 사들고 와서 읽기 시작했다. 그날 밤, 난 산산조각이 나서 길가에 버려진 것 같은 내 마음을 발견했다. 독서실에 있는 딸아이를 기다리며 밤 11시가 되어가던 여름밤, 그렇게 산티아고를 걷는 저자를 따라 혼자서 마음 순례길에 올랐다. 마음 순례길에 오른 지 일주일이 되어갈 무렵, 〈밤의 서점〉 인스타그램에 사진 한 장이 올라왔다. 다이어리에 쓴 손글씨 사진이었다.

> "자신의 작업을 존중하라." 굳이 경쟁자(같은 분야)의 출중한 작업물을 찾아보고 비교하는 일을 하지 말 것. 특히 SNS 그만 봐! ㅋㅋ
> (자기 작업에 자신감을 가지려면 어떻게 해야 하나요? 답변 더 있으면 알려주세요.)
>
> – 출처: 인스타그램 〈밤의서점〉 @librairie_de_nuit

'헉!! 아니 창피하게 내 얘기를 쓰시다니!' 이렇게 생각할 수밖에 없었다.

점장님을 다시 만난 날 다짜고짜 "으~ 이거 딱 제 얘기인 거죠?" 했더니 "엥? 제 얘긴데요!" 해서 둘이 얼마나 웃었는지 모른다. 평소 세 배의 하트가 날아들면서 댓글도 다 자기 얘기 같다고 폭풍 공감을 하더라는 얘기도 들었다.

자신의 작업을 존중하라는 말이 질투심, 시기하는 마음, 열패감에 시달리던 나에게 얼마나 큰 위안과 힘이 되었는지 모른다. 그즈음 블로그에 '3년 전 오늘' 글이 올라왔는데, 열어보고 깜짝 놀랐다. 잠시 SNS를 떠나겠다고 선언한 후 50일간의 마음 순례를 마치고 다시 글을 쓰던 중이었다. '질투하는 마음'이라는 주제로 글을 쓰기까지 고민이 많았다. 나의 치부를 드러내는 글이 될 수도 있다는 생각이 들어서였다.

질투는 배가 아픈 것이 아니라 마음이 아픈 것이다. 누군가 나를 질투한다 해도 여전히 그 사람은 나의 동료인 것을 잊지 말아라. 그리고 내가 누군가를 질투한다고 나를 형편없다고 여기지 마라. 질투는 인간의 자연적인 본성이다.

— 이철환(CBS TV '세상을 바꾸는 시간 15분' 강의 중에서)

책을 내고 '작가'라는 타이틀이 생겼다. '작가님'이라는 호칭이 부담스럽기도 하고 자랑스럽기도 했다. '동종 업계'에서 일하는 사람들이 너무나 매력적인 콘셉트로 책을 내면 부러웠다. 출간 후 뜨거운 반응을 얻고, 사랑받는 걸 보면서 질투도 했다. 내가 쓰고 있는 글과 비슷한 내용의 책이 이미 훌륭한 책으로 만들어져 세상에 나올 때마다 좌절하고 주눅이 들었다. 나만의 고유한 이야기를 소신 있게 쓰면 된다는 걸 알고 있었다. 소통하는 방식이 꼭 책이 아니어도 된다고 스스로를 다독이기도 했지만 마음이 힘든 건 힘든 거였다. 그 마음을 억누르며 다른 사람과 비교하면서 스스로를 괴롭히는 시간에서 빠져나오려고 발버둥 치곤 했다. 수첩 여기저기에 흔들리는 말들이 난무했다.

'부럽다, 정말 부럽다. 하지만 이 마음을 뛰어넘고 싶다. 의연하게 오늘을 잘 살고 싶다. 중요한 것을 놓치지 말아야 한다. 내 글을 소중히 여기면서. 세상에 널리 알려지는 것보다 중요한 건 실제의 삶이다. 눈앞에 있는 사람들과 제대로 관계 맺으며 사는 것. 여린 사람들, 소외된 사람들, 쓸쓸한 사람들을 들여다보는 사람이 되어보자.'

내가 카미노에서 원하는 건 행복을 가로막는 마음속 장벽을 제거하는 거야.

......

중요한 건 제 깜냥만큼 열심히 걷고 전념하고 추구하되 집착하지 않는 태도일 것이다. 불가의 가르침처럼 "내가 이 일을 하는 것 자체는 나에게 무한히 중요하지만, 내가 하는 일이 대단하다는 생각이 고개를 들 때마다 그걸 비웃을 수 있는" 태도를 배우고 싶었다.

– 김희경, 『나의 산티아고, 혼자이면서 함께 걷는 길』, 푸른숲, 134쪽, 138쪽

장벽을 부수는 일이 어쩌면 순식간에 이루어질 수도, 반대로 평생이 걸릴 수도 있겠다고 생각했다. 내 마음의 장벽을 부수고 다시 쌓고, 허물어지는가 싶으면 더 견고해지고…… 어떻게 없애야 하는 걸까 골몰했다. 수첩의 다른 면에는 스스로 내린 지침들이 어지러이 적혀 있다.

내 깜냥, 내 영역, 내가 할 수 있을 만큼만, 그래 그렇게 너에게 집중해. 시간이 지나면 괜찮아질 거야. 더 멋지고 근사한 너를 향해 나아가. 조급해하지 말고. 더 열심히 하라고 다그치지도 말고. 내가 아닌 다른 존재처럼 되기를 꿈꾸기보다 내가 가진 것으로 뭔가를 해보는 게 더 중요해. 한 걸음씩 가보자, 또 마음 상해도, 또 실망해도, 또 실수해도…… 책이 전부는 아니지. 책보다 내가 더 소중하다고 말해주는 이가 있잖아.

SNS를 멀리하고 최소한의 스케줄만 잡고 혼자서 그렇게 50일을 보냈다.

침묵 속에 있었지만 온 우주가 나를 향해 말을 거는 것 같았다. 실수는 아름다움을 향해 나아가는 거라고, 그러니 다시 시작하라고 격려해주는 그림책이 있었다. 다시 시작할 수 있다면 처음으로 가서 그 마음을 다시 주워 돌아오라고 얘기해주는 책도 있었다. 어느 날 아침에는 성경 묵상 글을 공유하는 단체 카톡방에 이런 글이 올라왔다. 더 많이 갖기 위해 늘 바쁘고, 욕망하는 것이 많으면 우리는 더 많은 일을 벌이고 더 많이 실패하고 결국 상처받을 수밖에 없다고.

내가 바라는 게 뭘까? 책을 내서 많이 팔리는 것? 유명해지는 것? 인세를 충분히 받는 것? 많은 이들 앞에서 강의하는 것? 나를 아는 사람이 다 나를 좋아해 주는 것? 인정받는 것? 칭찬받는 것? 여기저기서 나를 찾아주는 것? 바라는 것이 많을수록 실망하고 좌절할 순간이 더 많아질 게 뻔하다. 그렇다고 모든 일이 허망할 뿐이라며 아무런 욕망 없이 사는 삶이 편하고 행복할까?

리베카 솔닛의 『멀고도 가까운』에 "그는 자신의 황량함을 살아낼 필요가 있었다."라는 구절이 있다. 로버트 하스가 릴케에 대해 쓴 글의 내용이다. 황량함을 견디며 사는 것, 그 황량함에도 씨앗을 뿌리고 땅을 고르는 것. 나는 무엇을 선택하고 싶었을까?

'인간의 본성'과 '인간의 감정'에 대한 통찰력 – 그것은 첫째, 나를 위로하고, 나를 이해하는 소통의 도구로 사용된다. 그리고 타인을 위로하고, 타인을 이해하는 소통의 도구로도 사용된다. 사람을 감동시키는 것은 그의 재능이 아니라 가치 있는 것에 대한 그의 태도이다. 나를 인정하는 것은 나를 기다려주는 것. 언젠가는 멋진 사람이 될 거라고, 언젠가는 이 장벽을 넘을 수 있다고, 고치기 힘든 습관이나 상황들을 극복할 수 있으리라고... 내가 내 손을 잡아주어야 남도 내 손을 잡아주는 것. 나를 정성껏 보살펴 주는 것, 그것이 모든 인간관계의 시작이다.

– 이철환(CBS TV '세상을 바꾸는 시간 15분' 강의 중에서)

마음 순례 길에서 조각난 마음들을 쓸어 담고 다시 꿰매는 동안 이전과는 다른 결로 드러나는 내 마음을 만나게 되었다. 질투하는 마음, 누구나 그럴 수 있다고 인정하니 조금은 마음이 편해졌다. 남들도 다 비슷한 마음으로 힘들어하는 걸 알게 되면서 스스로 못났다고 구박한 게 좀 미안해졌다. 질투심에 눈이 멀어 내가 하고 있는 소중하고 가치 있는 일을 못 알아보는 실수는 더 이상 하고 싶지 않았다. 내가 하고 있는 일을 제일 먼저 내가 존중해 줘야겠다고 결심했다. SNS를 자주 들여다보면 또 마음이 흔들릴 게 뻔했지만, 다시 블로그를 열고 주제 독서 모임 〈실수를 모아 아름답고 탁월하게〉 공지를 올렸다.

"우리는 늘 실수하고 넘어지며 수시로 부서집니다. 우리가 감추려하고, 떨쳐내려고 하는 그 모든 실수들이 사실은 우리 자신을 이루어가는 중요한 그 '무엇'이 될 수도 있다는 것을 발견하는 자리가 되길 소망합니다. 실패의 정의를 다시 내리고, 사소한 경험들을 중요한 자산으로 다시 새겨 넣으며, 실수를 실력으로 가다듬는 방법을 함께 고민하고 싶습니다. 우리에겐 실수를 모아 아름답고 탁월하게 살아간 이들이 남긴 책들이 있습니다. 우리는 그 책들로 단단히 연결될 거예요. 우리의 실수들이 모인 자리에 아름다운 흔적이, 섬세하고 탁월한 삶의 기술들이 새겨지리라 믿어요."

- 열등감, 질투심, 좌절감에 시달리는 사람들이 옹기종기 모여
- 바닥을 친 자존감을 어영차 끌어올려 자신의 마음과 일을 존중하는 법을 연구하는 모임
- 실수를 실력으로, 탁월함을 향해 나아가는 법
- 타인과의 관계, 믿음, 삶의 방향성, 용기, 아름다움 등에 관한 성찰

우리는 늘 실패한다. 우리가 배웠던 것, 세상의 큰 목소리들이 확신에 차서 말하는 것들과 우리의 사소한 경험이 잘 맞아떨어지지 않고 엇나갈 때 우리는 실패한다.

......

그런데 우리는 그 실패의 순간마다 변화한다. 사람들마다 하나씩 안고 있는 이 사소한 당신의 사정들이 실상은 서로 연결되어 있다는 데까지는 생각이 미치지 못하더라도 적어도 그 사정 이야기를 들어줄 사람이 어딘가에는 분명히 있을 것이라고 믿게 되는 것이 바로 그 변화이다. 그리

고 그 사람은 있다. 우리를 하나로 묶어줄 것 같은 큰 목소리에서 우리는 소외되어 있지만, 외따로 떨어진 것처럼 보이는 당신의 사정으로 우리는 서로 연결되어 있다.

– 황현산, 『밤이 선생이다』, 난다, 175~176쪽

책을 펼치는 순간 내 앞에 길이 놓인다. 철저히 혼자 걷는 나만의 길이다. 그 길 위에서 부서진 마음 조각을 만나기도 하고, 앞만 보고 숨차게 달려가느라 놓친 영혼을 의식하기도 한다. 허겁지겁 왔던 길을 돌아가 여기저기 흘린 정신줄을 다시 부여잡기도 한다. 마음만 먹으면 기웃거리며 다른 이의 길에 합류할 수도 있다. 책 속에서 각자의 길을 걷고 있는 인물들에게 말을 걸면 된다. 때로는 책 속에서 걸어 나와 따스한 온기를 가진 사람들의 손을 부여잡고 함께 길을 걸을 수도 있다. 나만의 길이자 당신과 다정히 함께 걷는 길이고, 다함께 손에 손 부여잡고 걸을 수 있는 길이 우리 앞에 있다. 바로 책 속에서 찾은 길이다.

'완전함'이 아닌 '온전함'을 향해 나아가는 길

『모든 것의 가장자리에서』

파커 J. 파머의 신간 소개 글이 짧막하게 올라왔을 때, 가슴이 뛰었다. 두 번째 책의 출간 기획서 세부 목차를 막 완성한 직후였다. 수없이 망설이며 고민하는 나날들 끝에 용기 내어 다시 시작한 일이었다.

50대의 삶을 그려보며 40대 후반을 지나고 있는 내가 지금 무엇을 해야 하는지 고민했다. 질병과 죽음, 노년에 대한 책을 찾아 읽는 건 아름답고 우아하게 나이 들고 싶어서다. 그 책들이 한결같이 가르쳐준 것은 죽음을 의식하며 살 때 지금, 여기, 눈앞의 시간이 더없이 생생하고 의미 있으리라는 것이었다. 하염없이 터널 속을 걷는 것 같았던 30대를 지나 40대 중반에 다다랐을 때, 다시 책을 읽으며 반짝이는 나날들을 꿈꿨다. 매일 책을 읽고 글을 썼다. 꼬박 서너 시간 걸리는 글을 써서 블로그에 올리곤 했다. 책들이 나에게 묻는 것 같았다. 글쓰기는 답을 찾아가는 과정이었다. 시간이 흐른다는 걸 의식할 새도 없이 30대가 지나가 버렸다. 더 이상 허망하게 시간을 보내고 싶지 않아 치열하게 40대를 살았다. 50대를 생각하면 벌써 하루하루가 아깝다. 그런 내게 여든에 접어든 저자가 말한다.

> 나이듦이 좋은 것은 끝자락에서 바라보는 시선이 놀랍기 때문이다.
>
> – 파커 J. 파머, 『모든 것의 가장자리에서』, 글항아리, 14쪽

잃는 것과 쇠퇴하는 것들 사이에서 새롭게 다가오는 '삶의 선물'들을

이야기하는 서문을 읽으며 펑펑 울었다. 남편이 놀라서 물었다. "아니 지금 서문에서 케이오 패 당한 거야?"

아니다. 사실은 첫 장에 있는 '젊고, 나이든, 혹은 그 사이 어딘가에 있는 내 독자들에게'라는 글을 읽을 때부터였다.

『역설에서 배우는 삶의 지혜』를 읽으며 40대 중반의 흔들림 속에서 중심을 잡았던 날들이 떠올랐다. 파주의 한 카페에서 글을 쓰다가 서둘러 마무리하고 길을 나섰다. 당장 책을 살 수 있는 서점을 검색해 보았다. 이화여대 안에 있는 서점이 가장 가까웠다. 한달음에 달려가 책을 샀다. 폭염이 이어지던 7월의 마지막 날, 책을 품에 안고 밖으로 나왔다. 구름과 어우러진 하늘빛이 폭염으로 신음하는 땅 위에 보내는 위로인 듯 푸르고 아름다웠다.

이미 삶의 끝자락에 가까워진 이가, 지나온 풍경들을 경이롭게 바라보며 모든 것이 삶의 선물이었다고 고백하고 있었다. 그 서문을 읽으며 책을 잡고 있던 손이 떨렸다. 글쓴이의 마음이 생생하게 전해졌다. 문장은 유려하고 아름다웠다. 내 글을 책으로 묶어내도 될까? 두려움이 엄습했다. 좋은 글을 쓰고 싶다는 열망과 제대로 쓸 수 없어 좌절하는 마음을 잘 알고 있다는 듯 저자는 말한다.

'작가'란, 누군가가 현명하게 관찰했듯이, 오로지 쓴다는 사실에 의해 구별되는 사람을 뜻한다. 비록 출판계의 요정이 한 장의 계약서도 남기지 않는다 해도, 계속 글을 쓰고 있다면 성공이라고 선언할 수 있었다. 그것은 실현 가능한 목표이고, 내가 통제할 수 있는 것이다.

– 파커 J. 파머, 『모든 것의 가장자리에서』, 글항아리, 127쪽

어린 시절 외할머니는 첫 손녀였던 나를 무척 아끼고 사랑하셨다. 내가 태어나기 훨씬 전에 돌아가신 외할아버지를 상상해 본 적이 있다. 『손녀딸 릴리에게 보내는 편지』라는 책을 읽었을 때다. 노교수가 어린 손녀에게 쓴 편지 형식의 글이었는데, 자신이 살면서 배우고, 경험한 것들을 조곤조곤 가르쳐주고, 안내하고, 당부하는 글이었다. 외할아버지가 살아계셨다면 학자의 언어를 뛰어넘는 말로, 정직하게 땅을 일구며 체득한 삶의 지혜들을 가르쳐주셨을 것이다.

이 책을 읽는 동안 파커 파머가 마음속 외할아버지처럼 느껴졌다. 따스하고 든든했다. 한 문장 한 문장이 다정한 목소리가 되어 마음에 저장되었다.

'할아버지, 훌륭한 책을 쓸 자신은 없어요. 하지만 이렇게 아름다운 책을 소개하는 글을 쓰지 않고는 견딜 수가 없어요. 마음 다해 누군가에게 전해주고 싶어요. 책은 정말 놀랍다고, 당신과 함께 읽고 싶다고 초대하는 글을 쓰고 싶어요.'

마음만으로는 할 수 없는 일이 있다. 책의 세부 목차를 쓰고 기획서를 작성할 무렵이었다. 한 번 넘어진 마음을 일으켜 세울 수가 없었다. 걷잡을 수 없이 수렁에 빠졌다. 쓰던 글을 멈추고 블로그를 닫았다. '마음 순

례' 길을 떠난다고 알리고 50여 일을 보냈다. 이 책이 내게 특별하게 다가온 이유는 구절구절마다 그 길에서 품었던 생각들이 겹쳐졌기 때문이다.

파커 J. 파머는 '자기 삶을 그만 마케팅하고, 그런 방식으로 살지 말라고' 따끔하게 혼을 내기도 하고, 여전히 두리번거리는 나를 위로해주기도 했다.

> 삶의 중요성을 알아차리고 그 힘으로 마음을 회복하려면, 숲이나 산속을 또는 해변을 따라 혹은 사막을 걷는 것만큼 좋은 게 없다. 그런 곳에서는 자연의 만물이 나를 위로하고 고양시킨다. 거기서 나는 내가 "만물 가운데 하나일 뿐"이라는 앎에 다다른다.
>
> – 파커 J. 파머, 『모든 것의 가장자리에서』, 글항아리, 36쪽

50여 일 동안 마음을 깊이 들여다보았다. 그 시간을 내 언어로 기록하진 못했다. 그런 내게 이 책은, 순례길 끝자락에 놓여있는 선물이었다. 그런 시간이 왜 필요했는지 비로소 수긍이 되어 고개를 떨구고 눈물을 쏟았다. 차원이 다른 눈물이었다.

'역설적으로 사는 것은 인격의 온전함에 이르는 열쇠다. 그것은 자기모순을 끌어안는 능력에 달려있다'고 강조하는 파커 파머는 '온전해지려면, 어둠과 빛 둘 다 나라고 말할 수 있어야 한다'고 말한다.

그가 인생 멘토로 삼은 토머스 머튼은 '많은 이들이 자기의 본 모습을 위장하며 살고 있다'고 말했다. 파커 J. 파머는 '글쓰기를 통해 가면이 사라지면서, 진짜 얼굴이 나타나고, 직면해야 할 것들을 명확히 바라볼 수

있다'라고 강조한다.

『모든 것의 가장자리』에서 그는 다양한 삶의 경계를 인식하며 전체를 조망하는 자가 누릴 수 있는 혜안을 독자에게 선물한다. '나이듦에 관한 일곱 가지 프리즘'이라는 소제목에서 드러나듯, 출발점에서부터 시작하여 가장자리를 넘어 죽으면 어디로 가는가를 헤아린다. 영혼 깊숙이 안쪽으로 손을 뻗는 이야기부터 세상에 관여하며 진실과 정의를 향해 바깥으로 손을 뻗으며 살아가는 모습도 보여준다. 젊은이와 노인이 서로의 잠재력을 일깨워주며 상생해야 함을 강조하고, 나이가 들수록 직업과 소명을 정확히 구별해야 할 필요를 역설한다. 돈을 버는 일이 자신의 정체성을 드러내는 전부가 되지 않도록, 자신이 하는 일에 어떻게 의미를 부여하며 삶을 영위해나갈 것인가 하는 '공공선'에 대한 묵직한 질문을 남기기도 한다.

책 한 권에 80년 삶의 무게가 실려 있다. 미처 책을 다 읽기도 전에 앞장에 이렇게 적었다.

'48년 내 생애를 통틀어 성경 이후 최고의 책이다.' 누구에게나 유익하고 감동을 줄 만한 책이라고 확신하지만, 이 책이 내게 더 특별한 이유를 한두 가지로 두루뭉술하게 말하기엔 부족하다.

'나는 삶의 위험들을 과장했고, 스스로의 회복탄력성을 과소평가했다.'는 고백은 내 이야기이기도 하다. 글을 쓰는 사람으로서의 소명을 다시 발견하게 해준 것도 감사하다. 파커 파머가 쓴 아름답고 심오한 시들을 읽으며 행복했다. 매 순간 죽음을 의식하며 더 생생하고 충만한 삶을 사는 지혜를 누리고 살 수 있도록 길잡이가 되어줄 책을 만나서 감사했다. 많은 책을 좋아하고 아끼지만 이렇게 순식간에 사랑에 빠진 책은 드물다. 이 책의 한 글자 한 글자가 소중했다. 마음 순례가 끝나갈 무렵 인정하게 되었다. 온전함에 이르는 지름길 같은 건 없으며, 이제 다시 새로운 길로 들어서야 한다는 것을.

> 유일한 길은 우리가 우리 자신의 모습이라고 알고 있는 모든 것을 애정 어린 팔로 감싸 안는 것이다. 이기적이되 관대한, 악의적이되 동정적인, 비겁하되 용감한, 기만적이되 신뢰할 수 있는 모습들 말이다. "나는 그 모두다"라고.
>
> – 파커 J. 파머, 『모든 것의 가장자리에서』, 글항아리, 238쪽

파커 J. 파머는 자신을 '적당히 보통 사람이었으며, 온전해지기를 갈망하는 갈등투성이의 복잡한 영혼'이라고 고백한다. 가슴이 뭉클했다. 세 번의 극심한 우울증을 통과하면서도 빛을 향해 나아갔던 기록은 숭고하다. 내 손을 잡아 이끄는 것 같던 그의 글을 읽으며 오늘도 보이지 않는 길을 걷는다.

진지하고 정직한 자기 성찰을 통해 연민으로 자신을 수용하는 은총을 향해 기꺼이 나아가고자 할 때, 우리에게는 커다란 보상이 주어진다. 우리가 "나는 나의 빛뿐만 아니라 나의 그림자, 위에서 나열한 모든 것이다"라고 말할 수 있을 때, 우리는 우리 자신의 모습으로 더욱 편안해지며, 다양성으로 풍요로운 지구상에서 더욱 안락해진다. 그리고 우리만큼이나 부서진 전체인 타자들을 더욱 받아들이면서, 마지막 날까지 생명을 주는 사람으로서 더

나은 삶을 살 수 있다.

– 파커 J. 파머, 『모든 것의 가장자리에서』, 글항아리, 239쪽

이를 깨닫기 위해 노년까지 기다릴 필요도 없고 기다려서도 안 된다고 힘주어 말하는 그는 우리가 두려워하고 회피하고 싶은 죽음에 대한 새로운 시선을 안겨준다.

한 번도 있는 모습 그대로 살아본 적이 없었음을 깨달으며 죽는 것보다 더 슬픈 일이 있을까. 진정한 자아로, 자신이 아는 한 최선의 방식으로 여기에 존재했으며, 현실에 치열했기 때문에 자유롭게, 그리고 사랑으로 삶을 영위했음을 깨달으며 죽는 것보다 더 은혜로운 일이 있을까.

– 파커 J. 파머, 『모든 것의 가장자리에서』, 글항아리, 241쪽

이 책 덕분에 마지막 순간을 기대하며 다시 길을 나서겠다고 마음먹었던 그 가을을 기억한다. 또 넘어지고 주저앉아 있고 싶을 때가 있을 거라는 걸 안다. 그럼에도 기대하며 나아가려 한다. 마음의 눈을 열고 귀를 기울이며 꾸준히 발걸음을 옮기다 보면, 주변을 둘러싼 모든 것들이 가르쳐 줄 것이다. 파커 J. 파머가 외쳤던 주문 '온전함은 목적이다. 하지만 온전함은 완전함을 의미하지 않는다. 그것은 삶의 필수 요소로서 부서짐의 수용을 의미한다.'를 따라 외쳐 본다. 더디 가더라도 꾸준히 걷겠다.

겨울을 보내고 2019년 봄이 찾아올 무렵, 두 번째 책 계약을 했다. 단

번에 마음의 결정을 내린 이유는 출판사 대표님의 이 말 때문이었다.

"부족하지만 함께 북 코디네이터 분야를 개척할 수 있으면 좋겠습니다. 마인드가 좋으셔서 꼭 좋은 길을 내실 것입니다."

[책과 사람의 연결]
함께 읽다

④
함께 읽어 서로 빛나는 우리

선향 : 아름다운 책의 향기로
선한 영향력을 끼치는 사람들 (2015년 1월~)

한 명 두 명 함께 책을 읽기 시작했다. 내 아이, 우리 집 문제에만 코 박고 살다가 독서 모임을 통해 이웃과 더불어 사는 법을 배우게 되었다. 세상에서 벌어지는 거의 모든 일이 나와 무관한 일이 아니라는 것을 알게 되었고, 함께 고민하기 시작했다.

단지 책을 읽는 것에서 그치지 않고 좀 더 의미 있는 무언가를 위해 나아가고 싶었다. 뭔가 대단한 일을 할 수는 없어도 외면하지 않고 지속해서 관심을 두는 일부터 하자고 마음을 모았다.

책이 우리 삶에 스며들도록 천천히, 조금씩, 마음으로 읽고 한 달에 한 번 모여 책 이야기를 나눴다. 그렇게 모인 지 5년이 되어간다. 그동안 이사나 출산 등의 이유로 회원이 바뀌기도 했지만 〈선향〉이라는 이름에 걸

맞게 각자의 자리에서 책의 향기를 나누기 위해 애쓰며 살고 있다.

지금은 독서 모임이 활성화되어 여기저기에서 다양한 모임이 열리고 있지만 처음 선향이 꾸려질 때만 해도 주위에 독서 모임이 흔치 않았다. 40대 중반의 가정주부인 내가 함께 책을 읽자고 제안할 때만 해도 '독서 모임은 책을 아주 많이 읽고 말을 잘하는 사람들이나 하는 거 아녜요? 아유~ 나는 못 해요.'라고 말하는 사람이 많았다. 한 명 한 명 책을 소개해 주고 이야기를 나누며 개별적으로 초대했다. 지금은 8명이 거의 결석하지 않고 모인다. 처음에는 책을 다 읽지 못한 상태에서 오는 사람이 몇 있었지만, 요즘은 거의 완독해오는 데다 미리 공유한 발제문에 맞춰 준비도 성실하게 해온다. 모임 초기에는 책 이야기 반, 수다 반이었다면 지금은 세 시간이 모자랄 만큼 집중도가 높다. 오랜 시간 꾸준히 참석하면서 스스로 변화를 감지할 때 회원들의 얼굴에선 빛이 난다. 다양한 장르의 책을 읽는 동안 생각의 틀이 넓어지고, 사유가 깊어지면서 자연스레 우리가 쓰는 언어가 바뀌었다. 책을 읽으며 얻은 좋은 문장들을 나누기 위해 빼곡히 필사를 해오거나 발표할 내용을 성의 있게 정리해 온다. 말하는 이나 듣는 이나 눈이 반짝인다. 상대방의 이야기에 집중하며 듣다 보면 그 빛이 더 밝아진다. 함께 읽어 서로가 빛나는 순간이다.

독서 모임은 자신에게 '가능성'을 선물하는 자리다. 자신만의 좁은 틀을 깰 기회, 책을 읽기 전의 나보다 조금씩 더 나은 나로 성장할 기회를 자신에게 주는 시간이다. 우리는 아직 미약하지만 자신의 영역에서 조금씩 확장해나가는 연습을 하고 있다.

2018년 4월 선정 도서는 『엄마와 함께한 마지막 북클럽』이었다. 평생을 여성과 난민들을 위해 헌신적인 삶을 살았던 메리 앤 슈발브의 삶을 읽었다. 췌장암 말기투병 중에 아들과 단둘이 진행했던 북클럽 이야기를 나누며 우리도 아이들과의 북클럽을 준비하고 시작해보면 어떨까 하는 의견이 나왔다. 얼마 뒤 한 회원이 7살 딸아이와 그림책을 읽고 이야기를 나눠 기록하는 북클럽을 시작했다. 큰맘 먹고 용기를 내 겨우 책모임에 참석했다고 고백을 한 어떤 회원은 시간이 흐를수록 소신 있고 단단해진 모습으로 변신했다. 그는 '북 코디네이터 공부 모임'에 신청하며 이렇게 말했다. "처음 하는 일들은 여전히 너무 두렵고 자신이 없어요. 하지만 저, 일단 해보겠습니다!"

깊이 들여다보면 알게 된다. 내가 뭘 어려워하고, 어떤 문제 때문에 힘들어하는지. 알게 되면 관심이 생기고, 애정이 생긴다. 책은 제일 먼저 우리 자신을 돌볼 힘을 선물한다. 스스로 문제를 진단하고 해결해나갈 수 있도록 길잡이가 되어준다. 실수투성이에 뭐 하나 뜻대로 되는 게 없다고 자책하며 불평했던 자신을 돌아보며 자신과 화해할 기회를 주기도 한다. 스스로 새로운 가능성을 주고 싶어질 때 가장 먼저, 쉽게 시도해볼 수 있는 일이 자신 안에 '책 씨앗'을 심는 일이라고 생각한다.

우리는 조금씩, 우리가 할 수 있는 것들을 각자의 삶으로 가져가 씨앗을 심고 가꾼다. 자신뿐만 아니라 아이의 삶에, 이웃의 울타리 안에도 심고 싶어 부지런히 책 씨앗을 모으고 이웃과 나누려 노력한다.

삶이 불행하다고 여겨지는 순간을 잘 돌아보면 결핍감에 시달리거나,

다른 사람의 기준에 맞춰 나를 규정하려고 할 때일 경우가 많다. '저 사람은 벌써 저만큼 가졌어, 저렇게 잘 나가는데 나는 지금 뭐 하고 있는 거지? 언제쯤 나도 보란 듯이 잘 살 수 있을까?' 눈만 뜨면 우리를 유혹하고 좌절시키는 환경에 둘러싸여 영향력은커녕 나 하나 추스르기 힘든 세상에 살고 있는지도 모른다. 그럴 때 내 안에 나무 하나 굳건히 자랄 수 있도록 애쓰는 건 할 수 있지 않을까? 함민복 시인의 〈흔들린다〉에 이런 구절이 나온다.

나무는 가지를 벨 때마다 흔들림이 심해지고
흔들림에 흔들림 가지가 무성해져
나무는 부들부들 몸통을 떤다

나무는 최선을 다해 중심을 잡고 있었구나
가지 하나 이파리 하나하나까지
흔들리지 않으려 흔들렸었구나
흔들려 덜 흔들렸었구나
흔들림의 중심에 나무는 서 있었구나

— 함민복 글, 한성옥 그림, 『흔들린다』, 작가정신

이 시를 알게 된 후 상상해보곤 한다. 책 씨앗이 자라고 잎을 틔우고 가지가 튼튼해지고 뿌리가 뻗어 나가는 모습을.
처음부터 원래 그랬던 것은 없다. 처음부터 책을 잘 읽는 사람은 없고, 원래부터 말을 잘하는 사람도 드물다. 조금씩 나아지고 노력한 만큼 자란다. 선향에 하나둘 합류한 이들이 그랬고, 모임 자체가 그렇게 성장했다.

모든 시작은 기다림의 끝이다. 우리는 모두 단 한 번의 기회를 만난다. 우리는 모두 한 사람 한 사람 불가능하면서도 필연적인 존재들이다. 모든 우거진 나무의 시작은 기다림을 포기하지 않은 씨앗이었다.

– 호프 자런, 『랩걸』, 알마, 52쪽

선향 회원들은 자신뿐 아니라 가족과 이웃에게 그런 씨앗을 심는 사람들이다.

선향을 돌아보며

심명숙

독서 모임 첫날, 햇살 좋은 창가에 둘러앉아 우린 서로가 좋아하는 시를 낭송하기 시작했다. 시에 대한 예의라며 자리에서 일어나 도종환 님의 '흔들리는 꽃'을 낭송했다. 아이들을 키우며 나 자신의 연약함에 괴로워하던 시절, 많은 위로를 얻고 새 힘을 받았던 시다. 처음엔 한 달에 한 권 정도는 충분히 읽을 수 있을 거라 생각했지만 막상 바쁜 일상을 지내며 책을 읽는 게 쉽지만은 않았다. 모임 전날에서야 늦은 밤까지 헉헉대며 읽기도 하고, 어떤 날은 반 정도만 읽어 가기도 했다. 그래도 책을 읽고 있는 내가 기특했고, 비록 정독은 못 했어도 모임을 통해 다른 사람들의 다양한 생각과 의견을 들을 수 있어 유익했다. 무엇보다 오롯이 나 자신을 위해 시간을 내고 무언가를 하고 있다는 게 큰 위안이 되고 마음의 여유도 더 생기게 되었다. 어떤 좋은 책이라도 두 번을 읽는 법이 없었고 읽다가 중간에 포기하기 일쑤였던 내가 선향의 역사 속에서 서서히 달라져 갔다. 요즘 나는 선향에서 선정된 책은 두 번은 기본으로 읽는다. 미리 주어진 질문에 답하기 위해 일상의 삶에서 계속 곱씹어 생각한다. 책 가운데 머물러 있기에, 책에 대한 이해도 깊어진다. 어느 날 '아하!' 하는 새로운 통찰이 생기는 것을 경험하게도 되었다.

이렇듯 선향은 나의 일상처럼 하나의 삶이 되었다. 카페는 타인과 만나는 장소로만 여겼던 내가 어느새 조용한 카페에서 책을 읽으며 시간을 보내게 되었다. 병원 외래를 가거나 미용실에 갈 때, 어디든 대기 시간이 길어질 것 같으면 난 늘 책을 챙겨간다. 아무에게도 방해받지 않고 조용히 책을 읽으며 보내는 시간은 나의 내면의 힘을 끌어올리는 좋은 순간들이다. 때로는 잘 읽히지 않는 책들도 있고 관심 밖의 분야들을 다루는 책들도 있어 잘 와 닿지 않을 때도 있다. 하지만, 이런 책들을 통해 나의 마음과 시야를 넓혀 가며 내가 사는 세상에 한 걸음 더 나아갈 수 있었다.

가장 좋았던 시간은 소설을 읽으며 내가 경험하지 못했던 세계 속으로 들어가 보는 것이었다. 그 속에서 등장인물들이 경험하는 시간과 환경을 함께 느낄 뿐 아니라 인간의 내면을 심도 있게 바라볼 수 있어서 좋았다. '어쩌면 저럴 수 있을까?'라는 생각이 들 때도 사실은 나의 마음속 깊은 곳을 들여다보는 것과 마찬가지였다. 나 역시 저렇게 연약한 인간이라는 것을 인정할 수밖에 없었다.

책 속의 아름다운 문장들을 적어보고 음미하며 때론 낭송해 보는 시간이 좋았다. 예전엔 줄거리 위주로 읽고 인물의 내면 묘사 부분은 슬쩍 건너뛰기도 했었다. 하지만 필사를 통해 자연풍경을 나타낸 부분들이 아름답게 다가오기 시작했고, 그곳에 내 마음이 오래 머무르는 것을 보게 되었다. 앞으로 나는 『사랑하는 안드레아』를 다시 읽어보려고 한다. 이 글을 쓰며 필사 노트를 뒤적거리다 보니 요즘의 나에게 꼭 필요한 부분들이 적혀 있는 것을 보았다. 사춘기를 맞이한 둘째 아이와의 관계가 달라질 것이라는 기대감이 벌써부터 든다. 사실 이미 읽었던 책을 다시 꺼내기가 쉽지 않기에 평소에 필사를 좀 더 해야겠다는 생각이 든다. 책에서 좋은 구절을 만났을 때 바쁘다는 핑계로 책에만 표시해 둘 경우가 많았는데, 앞으로는 때에 맞는 지혜와 여유를 주는 필사 노트를 가지런히 정리하고 자주 애용도 해야겠다.

최근에 나는 나태주 님의 『꽃을 보듯 너를 본다』라는 시집을 읽었다. 꽃을 보듯 내가 나를 봐 줄 때 일그러진 나와의 관계가 회복되며, 더 나아가 나와 너의 관계를 회복할 것이라는 생각이 들었다. 꽃은 혼자 자랄 수 없고 땅, 물, 공기, 바람 등 여러 환경이 필요하다. 독서 모임에 함께하는 선향 멤버들이 서로가 서로에게 좋은 환경이 되어 줄 수 있다는 생각이 들었다. 그럼으로써 우리는 더욱 향기로운 꽃이 될 것이다. 혼자 책을 읽고 사색하는 시간도 좋지만, 때로는 독서 모임에서 함께 책을 읽었으면 좋겠다. 서로가 서로에게 빛을 발할 수 있는 좋은 환경을 자신에게 줄 수 있기에 나는 더욱 독서 모임을 권한다. 일단 버겁고 힘들더라도 한비야 님처럼 '1그램의 용기'를 내어 한 발만 내디뎌 보길 바란다. 나도 모르는 사이에 새로운 생각과 행동을 시도하고 있는 나를 보게 될 것이다.

김형진

책을 주제로 이야기를 나누는 것은 마치 무형의 예술작품을 만들어가는 느낌입니다. 우리는 한 달에 한 번 〈선향〉 독서 모임 속에서 한 컷 한 컷 주인공이 되어 영화를 찍듯 서로의 대화를 통해 섬세한 감정의 교감과 신뢰를 쌓아갔습니다. 우리가 담아 간 마음속 영상에는 따뜻했던 눈빛, 공감의 목소리, 새로운 시각에 대한 설렘, 자신의 속 깊은 응축된 이야기, 친절한 표정과 경청하는 다정한 마음이 담겨있습니다. 독서 모임을 마치고 돌아갈 때는 가슴 가득 연인이 건네는 꽃다발을 한 아름 안고 가는 기분으로 기쁨, 희망, 평화가 가득한 긍정적인 하루를 보낼 수 있었습니다.

책을 통해서 희로애락을 함께 발견하며 감정의 골짜기로 한없이 빠져보다가도 공감과 위로를 받으며, 나의 존재와 삶의 방향에 대해 생각해보는 의미 있고 소중한 시간이었습니다. 서로를 구속하지 않고 자유로운 사유의 시간 속에서 책을 알아가며 나의 존재를 확인할 수 있고, 성실하게 준비해야만 우리의 책 이야기 잔치에 푹 빠지는 희열을 느낄 수 있었습니다. 건조했던 삶에 무료해질 즈음 촉촉한 단비 같은 책 한 권이 큰 힘이 되었습니다. 저는 생명과학 분야의 지식 책들은 익숙하나 인문분야는 많이 읽을 기회가 없어서 독서 모임을 통해 다양한 분야의 책의 매력을 조금씩 알아가고 있습니다. 황현산 선생님의 『사소한 부탁』을 읽을 때는 지식인의 명료한 지혜와 겸손함에 대해 깨닫게 되고, '여름은 오래 그곳에 남아'를 읽으면서 좋았던 구절을 낭독해 녹음해두니 그때의 여운과 설렘의 감정을 두고두고 꺼내 볼 수 있어서 좋았습니다. 혼자 책을 읽는 시간을 갖는 것은 나를 알아가는 매우 중요한 시간이며, 함께 읽고 담화하는 가운데 나의 존재감을 느끼고 타인과의 연대가 생기는 경험은 삶을 살아가는 데 있어서 큰 힘이 됩니다. 내가 미처 생각하지 못했던 시선들을 알게 되는 경험만큼 값진 기쁨은 없을 것입니다.

추수옥

〈선향〉에 참여한 지 얼마 되지 않았지만, 한 달에 한 번 모임을 위해 책을 읽고 준비하는 일이 재미있습니다. 사는 모습은 다르지만 책이란 공통점으로 모여서 대화를 나누며 따뜻함을 느꼈습니다. 내 의견을 말할 때는 준비했던 것보다 잘 표현하지 못해 아쉬울 때도 있지만, 오롯이 내 생각에 집중할 수 있는 시간이 있다는 것이 즐거웠습니다. 또한 내가 뭔가 하고 있다는 안정감이 들었습니다. 육아에 지친 나의 마음에 기쁨을 주고, 따뜻한 말로 위로를 받는 시간이었습니다.

『나이듦, 그 편견 넘어서기』를 읽을 때, 자료를 조사하고, 정리하다 보니, '나이듦'에 대하여 내가 걱정하던 막연한 미래가 조금 더 선명하게 다가온 시간이었습니다. 나의 성장, 경험, 건강에 관심을 갖게 되었습니다.

『꽃을 보듯 너를 본다』의 '봄'을 읽으며, 시를 통해 내 마음의 봄을 발견하게 되어 기뻤습니다. 같이 준비했던 꽃과 관련된 그림책을 보며 어린 시절의 추억을 떠올릴 때는 저절로 미소가 지어졌습니다. 어린 시절의 소중한 추억, 좋은 그림책이 아이들이 자라서 힘들 때 힘이 되어준다는 선생님의 말씀에 아이들에게 소중한 추억과 책을 많이 남겨주고 싶다는 생각을 했습니다. 내 마음이 말랑말랑해지고, 〈선향〉의 선생님들이 꽃처럼 아름다워지는 시간이었습니다.

사실 이렇게 글을 쓰는 것도 정말 오랜만이고 자신이 없었습니다. 책모임을 하면서 서로의 생각을 솔직하게 나누다 보면 표현하게 되고, 행동하게 되는 것 같습니다. 나와 소통하고 싶고, 사람들과 소통하고 싶은 마음이 생깁니다. 그리고 이 책도 보고 싶고 저 책도 보고 싶고 점점 책의 세계에 빠지게 됩니다. 〈선향〉의 선한 영향력으로 점점 변화하는 나를 기대하게 됩니다.

이은미

2018년은 〈선향〉이라는 첫 독서 모임을 시작한 의미 있는 한 해였다. 내 인생의 큰 전환점이 되었다. 선한 향기로 주위를 풍요롭게 하는 분들과 만나는 시간이다. 혼자라면 읽지 않았을 세상에 관한 이야기, 아름다운 소설들, 앞으로의 삶을 생각하고 준비하게 하는 이야기들로 내 책장은 채워져 갔다. 낯선 사람들, 나와 다른 결을 가진 사람들에 대한 선입견이 있던 내가 독서 모임을 하며 타인을 받아들이는 연습을 하고 있다. 책에 줄을 긋고 발제문을 생각하다 보면 뭔가 대단한 나만의 일을 하는 듯 뿌듯해진다.

『엄마와 함께하는 마지막 북클럽』을 나눈 시간이 가장 좋았다. 책에 대한 궁금증과 세상에 대한 관심이 생기기 시작했다. 내 아이와 북클럽을 하는 상상을 했고, 난민, 사회 문제에 대해 새로운 시선이 필요하다는 생각을 했다. 선향 이름으로 'UN 난민 기구'에 후원하는 선생님을 통해 책을 읽고 생각하고 행동하는 것까지 확장되는 구체적인 사례를 보는 것이 큰 도움이 되었다. 『여름은 오래 그곳에 남아』를 읽고 마음 가는 구절을 녹음한 경험도 좋았다. 녹음할 때 많이 떨리고 긴장됐지만, 다른 분들의 목소리로 낭독되는 책은 또 다른 책이 되어 감동을 준 시간이었다.

아이만 키우며 나를 잊고 살았다. 독서 모임은 내 안의 숨겨진 나를 찾아가는 시작이 되었다. 낯가림도 심하고 책도 많이 읽지 않던 나였다. 큰 용기를 내서 시작한 책읽기는 나도 할 수 있다는 자신감을 주는 계기가 되었다. 아이들이 책 읽고 공부하는 엄마라고 좋아하고 격려해줄 때 시작하길 잘했다는 생각이 든다. 나에게 온 기회를 놓치지 않아 다행이다.

김봉순

〈선향〉 2기와 인연을 맺게 된 계기는 작년 2월 〈그림책으로 삶을 읽다〉에 참여하게 되면서부터다. 정신없이 30대를 보내고 마지막 문턱에서 주저앉고 싶었던 그때 〈그림책으로 삶을 읽다〉 모임을 통해 꾹꾹 눌러 두고 외면했던 내 삶의 단편들을 읽고 마주할 수 있었다. 모임 마지막 날 윌 슈발브의 『엄마와 함께하는 마지막 북클럽』이라는 책을 추천해 주시며 육아를 하는 엄마들이 꼭 읽어볼 책이라고 하셨다. 그 책을 읽게 되면서 〈선향〉 6월 모임부터 함께하게 되었다. 내가 그 책을 읽는 동안 7살

딸이 '북클럽'이라는 단어의 뜻을 물어서 설명을 해주며 "나중에 서율이도 더 크면 엄마랑 북클럽 하자."라는 말에 딸이 흔쾌히 승낙을 했다. 첫 모임을 마치며 "저도 윌과 메리 앤처럼 서율이가 더 크면 북클럽을 하고 싶어요."라고 하자 "마음이 동할 때 어떤 크기로든 형태로든 행동하는 것이 중요해요." 라는 응원을 듣고 바로 서율이와 '시소'라는 이름을 짓고 '엄마와 딸의 행복한 북클럽'을 시작했다. 아이와 그림책을 보고 생각을 나누고 이야기를 나누는 것은 어른들의 북클럽과 크게 다르지 않다. 이제 아이는 마음에 와닿는 그림책을 만나면 "엄마 우리 이 책으로 꼭 북클럽해요."라고 먼저 제의해준다.

독서 모임을 하다 보면 책, 그림책, 그리고 모이는 사람들의 이야기가 촘촘하게 이어져 있다는 것을 알고 놀라는 경우가 있다. 작년 가을 양평의 〈산책하는 고래〉에서 가졌던 그림책 워크샵에서 "우리들의 마음 밭에 뿌려진 책씨앗이 무럭무럭 자라길 바란다"고 하셨는데, 그 씨앗은 혼자서 자랄 때보다 함께 나누는 독서 모임에서 더 튼튼하게 자랄 수 있다. 서로에게 책에서 찾은 물과 양분을 나누며 나무를 키우고 있는 것이다.

지난 일 년 동안 〈선향〉, <그림책으로 삶을 읽다>, <그림책으로 삶을 품다>, <실수를 모아 아름답고 탁월하게>에 참여하며 그림책, 책, 사람, 그리고 수많은 사람의 이야기를 만났다. 나에게 그 시간은 '초대'였다. 책으로부터 받은 '초대'이고, 또 함께하는 사람들에게 받은 '초대'였다. 나 또한 누군가에게 책에서 만난 어느 페이지, 한 구절, 한 장면을 건네며 책과 내 삶으로 초대하고 싶다. "당신과 함께 책을 읽고 마음을 나누고 싶어요. 혼자 걸으면 조금 서툴고 더디고 벅찰 수 있겠지만 꼭 함께 걸으며 힘내서 걸어가고 싶어요. 함께 심은 '책 씨앗'에 같이 물 주고 양분을 주어 나무가 울창해진 숲길을 같이 걷고 싶어요."

주제 독서 모임 1 : 나만을 위한 진심의 공간을 짓다

(2017년 9월 ~ 2017년 11월)

철학이나 경제나 정치는 어려운 이야기지만 공간에 대해서는 누구나 자신의 이야기가 있다. 자신의 현재를 이야기하고 나면, 인테리어 이야기는 사라지고 없다. 사실 우리에게는 공간의 문제보다 마음의 문제가, 관계의 문제보다는 본인의 문제가 더 깊었기 때문이다. 자신의 공간과 타인의 시선에 대한 대화는, 가장 내밀한 인간의 진심에 다가서도록 만든다.

– 김현진, 『진심의 공간』, 자음과모음, 319쪽

책모임을 시작한 지 3년이라는 시간이 흘렀을 즈음의 일이다. 그동안 진행해오던 모임을 돌아보며 마음이 복잡했다. 내가 주도하는 모임부터 출판사가 진행하는 작가와의 북토크, 단발성 책모임, 교회 북클럽, 학부모 독서 동아리, 책쓰기 모임 등 책 관련 모임에 수도 없이 참여했다. 책을 좋아하는 사람들과의 교감은 충만했고, 배우고 깨닫고 성장하는 시간은 보람 있었다. 하지만 받아들이기 힘든 생각들, 의외의 해석, 미묘하게 다른 감정의 결들을 맞추는 건 쉽지 않았다. 순식간에 온 마음을 열어 보이고 싶은 사람이 있었고, 저절로 마음 문이 닫히는 경우도 있었다. 서서히 마음 벽을 허무는 사람이 있는 반면, 모임을 쑥대밭으로 만들고 나간 이들도 있었다. 온 열정을 불살라도 아깝지 않은 모임이 있었고, 애정을 쏟고 쏟았지만 소진되는 느낌만 드는 모임도 있었다. 하나부터 열까지 다 끌고 가야 하는 때도 있었고, 협력하여 만든 시간이 흡족해 감동스러운 시간도 있었다. '해도 그만 안 해도 그만'이라고 여겨 허탈감을 주는 멤버도 있었고, 매번 기대와 설렘을 안고 달려와 힘을 주는 멤버도 있었다. 어느 날 문득 '아, 지친다.'라는 생각이 들었다.

가장 오래된 책모임을 잠시 중단하고 두어 달이 흘렀다. 독서 모임의 가치를 다른 방식으로 실현하고 싶다는 생각을 했다. 책을 조금 더 깊이 나누고 한 주제를 좀 더 오래 들여다보고 싶었다. 마침 건축가 김현진 선생님의 『진심의 공간』을 탐독하던 중이었다. 독서 모임을 통해 그런 공간을 만들고 싶다는 열망에 사로잡혔다. 〈나만을 위한 진심의 공간을 짓다〉를 기획하게 된 강력한 동력은 '진심'이라는 말이었다.

책모임의 가치를 알뿐 아니라 간절하게 모임을 원하는 사람을 만나 책을 읽고 싶었다. 자신의 삶에 성의를 다하는 사람을 만나 새로운 마음가짐으로 '삶이라는 건축물'을 함께 짓고 싶었다. 살면서 이토록 정성을 쏟은 일이 있었나 싶을 만큼 마음을 쏟아부었다. 지나온 내 삶을 돌아보게 해준 책, 잃어버린 내 목소리를 찾아준 책, 역할의 삶에서 존재의 삶을 꿈꾸도록 한 책, 일상의 공간을 아름답게 읽어내며 진심의 공간을 가꾸도록 만든 책 여덟 권을 정했다. 책을 선정하고 나서 모두 다시 정독했다. 책을 다시 읽는 기쁨이 그렇게 크리라곤 예상하지 못했다. 깊이 읽고, 연결 짓고, 한 주제를 향해 나아가는 네 번의 책모임을 그렇게 시작했다. 가장 큰 선물은 역시 사람들이었다. 네 명의 신청자, 그저 함께해주는 것만으로도 감사했다.

모임에 대한 기대감이 크고 책임 의식이 남달랐던 회원들을 만나면서 방전되었던 마음이 100% 충전되었다. 선물 같은 사람들 덕에 다시 책모임을 꾸릴 계획을 세우고 준비에 돌입했다.

2018년에는 다양한 책모임을 열어 사람들을 만났는데, 책과 더불어 삶을 나누는 책모임의 기반이 1기 모임에서 세워졌다. 진심은 통한다는 것, 진심과 진심이 만나면 놀라운 일이 벌어진다는 것을 가르쳐준 1기 회원들이 지금도 고맙다. 진심의 공간에서 뜨거운 마음으로 만나 읽은 책은 다음과 같다.

반짝이는 책모임

〈나만을 위한 진심의 공간을 짓다〉

"온갖 종류의 정신과 힘이 부단히 흐르며 반짝이는 그릇"(버지니아 울프, 『자기만의 방』, 민음사, 69쪽)이 되고 싶은 당신을 위한 책모임

우리가 책을 읽는 목적은 무엇일까요? 유행처럼 번지는 책모임에 관심이 가고, 그 자리에 참석하고 싶은 마음이 드는 이유는 뭘까요? 그 어느 때보다도 소통이 활발한 시대, 당신은 정말로 흡족한 교감을 나누며 마음결이 맞는 사람들과 행복한 교제를 나누고 있나요? 나를 돋보이게 만드는 책을 들고 근사한 카페에 앉아 우아하게 커피를 마시며 나누는 책모임을 상상하는 당신에게 제안합니다. 그 이상의 책모임, 깊이 있는 책 읽기, 성장하는 책 읽기, 삶을 가꾸는 책읽기를 지향하는 책모임이 여

기 있습니다. 보이는 것 너머를 추구하는 당신이라면, 부서질 듯 위태로운 살얼음 같은 삶 위에서 과감히 도끼가 되어주는 책을 집어들 용기가 있다면, 나를 말해줄 언어를 애타게 찾아 헤매고 있다면, 책으로 교감하는 경이로움을 경험해보고 싶다면 신청하세요.

총 4회 격주 진행(2개월) / 평일 저녁

- 나만의 공간을 찾아 나를 위한 것들로 채우기
- 내가 좋아하는 공간, 사진 한 컷으로 풀어내는 나의 삶 이야기
- 내가 정말 하고 싶었던 이야기를 담은 책들을 찾아 떠나는 여행
- 나를 위로하는 시와 그림들
- 나만의 공간 가꾸기
- 존재하는 삶, 나를 위한 진심의 공간

#1 나만의 공간을 위한 투쟁의 역사

버지니아 울프, 『자기만의 방』 / 호프 자런, 『랩걸』

- 여자로 산다는 것의 의미
- 자유의 문을 열 수 있는 두 가지 열쇠
- 나만의 열쇠 찾기
- 나의 삶에 의미를 부여하는 연습하기

#2 우리가 하고 싶었던 이야기들

조남주, 『82년생 김지영』 / 은유, 『글쓰기의 최전선』, 『싸울 때마다 투

명해진다』

  - 그녀가 들려주는 '나'의 이야기

  - 엉킨 실타래의 발견

#3 이제 우리가 이야기할 시간

  일자 샌드, 『센서티브』, 『서툰 감정』 / 브레네 브라운, 『마음 가면』 /

나희덕 시선집, 『그녀에게』

  - 내 감정 들여다보기, 내 마음 읽기

  - 내 감정을 돌보고 위로하는 시간

  - 어떻게 표현할까

#4 진심의 공간에서 존재하는 삶으로

  니나 상코비치, 『혼자 책 읽는 시간』 / 김현진, 『진심의 공간』 / 김지원,

『행복의 디자인』

  - 소모되는 나, 소비하는 삶에서 존재하는 삶으로

  - 나만의 공간 찾기

  - 진심과 진심이 만나는 우리의 공간 꿈꾸기

이 모임을 통해 우리는 달라진 시선으로 세상을 응시했다. 고요하고
단단한 내면의 세계, 나만을 위한 진심의 공간을 구축하며 살고 싶어졌
다. 책이라는 끈으로 언제 어디서든 연결되어 있다는 생각만으로도 큰

위안이 되었다. 서로를 만났다는 것만으로도 뿌듯하고 감사했다.

모임 덕분에 꿈에 그리던 나만의 공간을 만들 수 있었다. 거실 한 편에 만든 공간이라 완전한 서재는 아니지만, 이 공간에 앉아 있으면 세상 부러울 것이 없었다. 방 세 개에 흩어져 있는 책장에서 아끼고 좋아하는 책들만 모아 '엄마의 책장', '아내의 서가', '허락받고 가져갈 것-까칠한 도서관'이라는 별칭이 붙은 나만의 책 공간을 만들었다.

모임을 기획하고 준비하고 진행한 두 달 동안 내 안에 꿈틀거리던 무언가가 쏟아져 나왔다. 멤버들과의 마지막 모임을 남겨두고 우리는 각자 자신만을 위한 공간을 준비하고 잘 가꿔서 서로에게 소개하기로 했다. 꼭 눈에 보이는 공간이 아니어도 되었다. 가장 나다운 모습으로 머물 수 있는 시간과 장소, 지치고 힘든 나를 일으켜 세우고 돌보는 의식 같은 것을 공유했다. 우리가 함께 읽은 책에 대해 깊이 이야기를 나누고, 한 걸음 더 들어가 다른 책과도 만나보았다. 그림책을 함께 보고 글도 쓰면서 우리는 어느덧 자기만의 방에서 스스로를 위로하고 돌보는 연습을 시작했다. 나 자신부터 살뜰하게 돌보며 타인의 삶도 존중하는 진정한 관계를 맺는 법을 배우게 되었다. 가장 먼저 서로에게 친절한 말을 들려주고 격려해주었다. 그러는 사이 더 나은 삶을 향해 손잡고 나아가는 특별한 책 동지가 되었다. 모임에서 힘을 받아 좀 더 긍정적이고 활력 있는 모습으로 지내는 모습을 서로에게 보여주어 기뻤다. 이 모임이 책을 많이 읽은 사람이나 어떤 자격을 갖춘 특별한 사람만을 위한 모임으로 비쳐지지 않을까 걱정할 때도 있었다. 하지만 우리가 나눈 이야기를 공유하며 책이 우리에게 주는 가능성을 보여주고자 노력했던 그 진심은 누군가에게 전해졌을 거라 믿는다.

  '공간'이라는 한 가지 주제를 놓고 두 달에 걸쳐 격주로 만났다. 네 번의 만남으로 긴밀하게 소통했던 이 모임은 정말 하고 싶었던 독서 모임이 어떤 형태인지를 깨닫게 해주었다.

주제 독서 모임 2 : 그림책으로 삶을 읽다

(2017년 9월 ~ 2018년 4월)

아이들을 다 키우고 나서 비로소 내 삶을 돌아볼 여유가 생겼다. 오랜 시간 나를 위한 책읽기는 미뤄둔 채 아이들을 위해 책을 읽었다. 피곤하고 지친 몸으로 의무감에 읽어주던 그림책이 어느 날 새롭게 다가왔다. 나를 위해 펼쳐든 그림책 속에 더없이 깊고 오묘하고 아름다운 세계가 펼쳐졌다. 하나의 완벽한 예술품이라고 해도 손색없는 그림책들을 찾아 읽으며 행복했다. 그림책의 세계로 들어가 나의 삶을 읽고, 세상을 다시 배우는 느낌이 들었다. 철학적인 메시지가 풍부해 그림책을 덮고도 한참 여운이 남았다. 눈길을 사로잡는 아름다운 풍경에 오래 머물렀다. 가슴 먹먹한 이야기에 눈물을 쏟기도 했다. 아이들을 위해서가 아니라 나를 위해 그림책을 펼치며 미지의 세계로 들어가는 설렘도 컸다. 그림책에 매료된 후 한 권의 그림책으로 삶이 얼마나 풍요로워질 수 있는지 사람들과 나누고 싶었다. 책모임에서 그림책을 소개하고, 수업하는 아이들에게 읽어주는 동안 황량했던 마음 밭이 비옥한 땅이 되었다.

그림책으로 태교를 하고, 아이들의 잠자리에서 책을 읽어주고, 공부에 도움이 되라고 좋은 책을 골라주는 일을 수없이 해왔다. 뒤늦게 깨달은 사실이 있다. 가장 중요한 것은 책을 읽는 나 자신이 재미있고 감동받고 행복해야 아이도 그 시간을 온전히 즐긴다는 것이다. 힘든 하루를 마치고 잠자리에 들기 전 함께 책을 읽는 시간이 아이뿐 아니라 엄마에게도 행복한 시간이 되면 좋겠다는 생각을 했다. 그림책의 가치와 그림책의 행복을 엄마가 먼저 누린다면 얼마나 좋을까? 엄마가 함께 깔깔대며 재미있어하는 모습을 보며 자라는 아이는 얼마나 행복할까? 책에서 느끼는 경이로움으로 잠시 침묵하는 시간, 때로는 눈시울이 뜨거워지고 목소리가 떨리고, 끝내 눈물이 툭 떨어지는 엄마의 모습은 또 어떤가?

그림책을 끌어안고 잠시 생각에 잠기면 온 우주를 품은 듯 충만해질 때가 있다. 삶의 기쁨과 감격을 누리며 사는 비결이 한 권의 그림책에 담겨 있다. 자신만을 위한 시간이 간절하고, 책을 읽을 여건은 안 되지만 책의 세계에 빠져보고 싶은 사람이라면 그림책을 다시 펼쳐보길 바란다. 아름다운 종합예술로서의 그림책을 경험하고 나면 책에 대한 애정지수가 높아지리라고 확신한다.

자신을 위해 그림책 세계를 경험해보고 싶은 사람들과 소통하고 싶어서 그림책 모임을 열었다. 이 모임만큼은 아이를 위한 책 정보를 얻고, 그림책 교육을 도모하는 딱딱한 자리가 아니었으면 했다.

▰▰ 반짝이는 책모임 ▰▰

〈그림책으로 삶을 읽다〉

그림책을 곁에 두는 이유

그림책을 공부하다 보면 텍스트뿐만 아니라 그림 읽는 방법도 터득할 수 있습니다. 한 권의 그림책에 자신의 삶을 대입해 지나온 삶을 돌아보기도 하고, 어떤 삶을 꿈꾸고 있는지 발견하게 되기도 하지요. 제게 그림책은 쉽고 친절한 삶의 이정표 같은 것이었습니다.

가치 있고 의미 있는 삶을 정의 내리기는 여전히 어렵지만, 곁에 두고 읽는 그림책들은 지금의 모습보다는 조금 더 나은 나를 꿈꾸게 합니다. 집안 곳곳에 펼쳐 둔 그림책은 분주한 일상 속에서도 놓치지 않아야 할 소중한 가치를 일깨워 주기도 하지요.

그림책 모임에 앞서

자격증을 따기 위해, 아이들을 더 잘 교육하기 위해 공부하는 모임이 아닙니다. 책의 한 분야로서의 그림책을 읽고 내 삶을 더 깊이 들여다보며 자신을 보듬고 위로하는 시간, 타인의 삶과 세상에 대해 마음 열고 배우는 시간, 진정한 성공을 꿈꾸며, 내 삶에 의미를 부여하는 연습을 위한 시간으로 이 모임을 시작합니다.

그림책의 세계에 초대합니다

아무런 글자 없이 그림만으로 이루어진 책에서도 수백 권의 책에서 배운 것보다 더 진한 감동과 깨달음을 얻습니다. 혼자 보기엔 너무 아깝고, 벅찬 감동과 여운이 깊은 그림책들이 많아 오랜 시간 그림책 모임을 준비해 왔습니다. 그림책을 사랑하시는 분들을 기다립니다.

총 6회 격주 진행(3개월)

- 삶을 풍요롭게 하는 지름길, 내 곁에 그림책 한 권

- 그림책의 역사

- 그림책 평론집 살펴보기

- 주제별 그림책 읽기 : 그림책과 삶(우정 / 상실 / 사랑 / 가족 / 감정 /
  죽음……)

- 그림책으로 세상 읽기 (환경 / 정치 / 사회 / 역사 / 예술……)

- 작가별 작품 세계 탐구

- 그림책 읽기의 실제

- 그림책과 연결 지어 책읽기

[함께 읽을 책들]

천상현, 김수정, 『그림책 상상 그림책 여행』

도로시 버틀러, 『쿠슐라와 그림책 이야기』

가와이 하야오 외, 『그림책의 힘』

최혜진, 『유럽의 그림책 작가들에게 묻다』

현은자 외, 『그림책의 그림 읽기』

최은희, 『나를 불편하게 하는 그림책』

- 한 회당 지정된 이론서 한 권 읽어오기 → 발제 → 토론

- 주제별 큐레이션 사례 보기

- 심층 분석하며 그림책 읽기

- 각자 그림책 소개하기 → 나만의 그림책 서가 만들기

- 관련된 글, 책 읽기

2017년 9월 25일 1기 모임을 시작한 후 2018년 7월 19일 4기 모임을 끝으로 〈그림책으로 삶을 읽다〉 모임을 마무리했다. 총 스물세 분과 그림책 인연을 맺었다. 그림책 전문가도 아닌 사람이 관련 기관도 통하지 않고 개인적인 모임을 연다면 과연 누가 신청을 할까 싶어 정말 오래 고민했다. 블로그 공지만 보고 신청하는 분들이 고맙고 신기해서 어떻게 알고 오셨는지 물어보았다. 블로그에 쓴 글을 오래 지켜보신 분, 그림책 모임을 애타게 찾던 분들이 대다수였다. 이 그림책 모임의 취지는 분명했다. 그림책 이론을 섭렵하여 분석적으로 잘 읽어내기 위해서가 아니었다. 좋은 정보를 나누는 데 초점을 맞추지도 않았다. 아이들 교육과 학습에 도움이 되기 위한 도구로 연구하지 않겠다는 점도 분명히 했다. 결혼 전 국어 학원 강사로 일할 때부터 글쓰기, 독서, 논술 수업을 하며 수업 도구로 접한 그림책들을 온전히 다른 관점으로 보기 시작했기 때문이었다. 그림책 자체에 집중하고 예술적 가치를 향유하며 삶을 풍요롭게 누리기 위해 그림책을 함께 읽고 싶어 만든 모임이었다. 함께 읽으며 감동을 나누고 그림책을 통해 사유하며 삶을 좀 더 깊이 읽어내는 모임이 되길 바랐다. 배낭 가득 자료와 책을 넣고, 그림책이 가득 든 에코백까지 양손에 들고 집을 나설 때마다 마음이 설렜다.

전주에서 새벽 버스를 타고 오는 사람, 두 아이를 유치원에 챙겨 보내고 뛰어오는 사람, 잃어버린 자아를 찾기 위해 뭐라도 하고 싶다며 나오는 사람, 고단한 현실에 돌파구가 필요한 사람, 새로운 가능성을 찾아 나선 사람, 그저 그림책이 좋아서 나누려는 사람, 그림책을 만드는 사람…… 그분들의 갈망, 반짝이던 눈빛, 감동에 겨워 눈물짓던 순간을 생생하게 기억한다. 깊이 들여다볼수록 심오한 메시지를 던져주는 그림책들과 그 가치를 알아보고 사랑에 빠진 분들 덕분에 참 행복한 시간이었다.

〈그림책으로 삶을 읽다〉라는 모임 이름에 걸맞게 그림책으로 우리의 삶을 읽었던 시간은 지금까지도 이어지고 있다. 그림책 속에서 나를 읽고 타인을 읽고 세상을 배웠던 그분들은 여전히 내 마음에 특별한 '비밀결사대'로 남아있다.

책을 열렬히 사랑하는 사람들은 자신들도 모르는 사이에 놀라울 정도로 특이한 비밀결사를 구성한다. 모든 것에 대한 호기심과 연령의 구분 없이 섞이지 않음이, 결코 서로 만나는 일 없이도 그들을 한데 모아 놓는다.

– 파스칼 키냐르, 『은밀한 생』, 문학과 지성사, 216쪽

주제 독서 모임 3 : 그림책으로 삶을 품다
(2018년 4월 ~ 2018년 9월)

〈그림책으로 삶을 읽다〉 모임에 참석했던 분들 중에 후속 모임을 열어 달라고 요청하는 분이 있었다. 쉬고 싶은 마음이 컸지만 고민 끝에 그림책 모임을 다시 열었다.

"한 걸음 더 들어가 보겠습니다"라는 모 뉴스 프로그램의 멘트처럼 그림책 세계 속으로 조금만 더 깊이 들어가 보고 싶었다. 위로, 힐링, 치유라는 말과는 다른 결의 그림책 언어도 찾고 싶었다. 그림책은 늘 뭔가의 도구나 보조 교재, 소통의 창구 또는 성찰의 계기 역할을 하지만, 그림책은 그저 그림책으로 온전히 존재해야 하지 않을까 늘 고민했다. 모임을 진행하면서 '나는 그림책을 끊임없이 해석하고 분석하고 이용하고 있지는 않은가?'라는 불편한 질문을 수시로 던지게 되었다.

도서관 신간 코너에서 빌려왔는데 반납 기한이 다 돼서 바쁜 마음으로 읽은 그림책이 있다. 마음이 몹시 지친 날, 책장 앞에 주저앉아 그림책을 보기 시작했다. 안데르센의 『백조 왕자』 이야기를 요안나 콘세이요가 그렸다. 그림이 독특하고 난해했다. 글도 빽빽해서 한참을 읽었다. 마지막 장을 펼치는데 숨이 턱 막혔다. 마지막 쐐기풀 옷을 다 완성하지 못하고 던진 바람에 마지막 왕자의 한쪽 팔이 백조의 날개로 그대로 남게 되는 건 잘 아는 이야기였다. 안타까움은 잠깐, 왕자들의 마법이 풀려 해피엔딩으로 끝나 안도하지 않았던가. 그런데 눈앞에 펼쳐진 그림에서 얼굴이 일그러졌다. 커다란 호숫가에 서있는 막내 왕자의 뒷모습을 보는데 여운

이 강렬했다. 왕자는 푸른 색조로 펼쳐진 호수 저쪽 끝에서 백조들이 어우러진 모습을 지켜보고 있었다. 왕자의 한쪽 팔은 하얀 깃털로 뒤덮여 있었다. 비스듬히 서 있어서 얼굴 표정은 보이지 않았다. 무슨 생각을 하는지, 어떤 심정인지 도무지 알 수 없는 장면이었다. 빌려온 그림책들을 보고 난 뒤 전날 읽다 말고 엎어둔 리베카 솔닛의 『멀고도 가까운』을 펼쳤다. 이어지는 챕터에 백조 왕자 이야기가 나왔다. 가슴이 뛰기 시작했다. '여기서 보고 빌린 건가? 2년 전 읽은 이 책의 내용이 잠재의식 속에 있었나?' 막내 왕자에 대한 글은 이렇게 펼쳐진다.

하지만 막내 오빠는 아직 한쪽 팔이 완성되지 않은 윗도리를 입는 바람에, 한쪽 팔은 여전히 백조의 날개인 채로, 그렇게 영원히 백조 인간으로 살게 된다. 계모의 미움을 받아 새가 되어 버린 남자들의 마법을 푸는 데 무덤가에서 손에 피를 묻혀 가며 모은 쐐기풀과 침묵으로 지은 윗도리가 왜 있어야 하는가 하는 질문에 대해, 이 이야기는 대답할 필요가 없다. 이야기는 그저 추방과 외로움, 애정과 변신에 대한 이미지, 자신의 이야기를 입 밖에 낼 수 없어 거의 죽음 직전까지 갔던 여주인공의 이미지를 설득력 있게 전해줄 뿐이다.

– 리베카 솔닛, 『멀고도 가까운』, 반비, 29쪽

두근거리는 가슴을 진정시키고 책장 앞에서 책들을 뽑기 시작했다. 그렇게 이 책의 모임을 기획하고 열었다.

〈그림책으로 삶을 품다〉

책을 읽는 동안 책 속에서 펼쳐지는 공간들을 상상해보곤 했습니다. 책 속 인물들이 현실의 삶에 나타난다면 어떤 모습을 하고 있을까 그려 보곤 했습니다. 그림책을 읽다가 서늘하고 푸른 색조에 떠오르는 시가 있었습니다. 책장 앞에 서 있으면 이 책과 저 책 사이에서 서로를 애타게 부르는 소리가 들리기도 하고, 수많은 장면들이 겹쳐지기도 합니다.

그들을 만나게 해주고 싶었습니다. 얼굴 없는 소설의 인물을 그림책에서 만나면 가만히 쓰다듬어주고 싶었습니다. 그림책에서 못다 한 이야기를 책이 들려주면 깊게 껴안고 등을 쓸어주고 싶었습니다.

난해한 리베카 솔닛의 문장과 씨름하다 그림책에서 그 의미를 비로소 이해하고 깊게 고개를 끄덕였던 순간을 음미하고 싶었습니다. 시 속 화자의 나지막한 읊조림이 그림책 속 여인의 표정으로 되살아나는 순간을 붙들어 놓고 싶었습니다. 그림책과 책들이 따로 꽂혀 있는 책장 앞에서, 그림책과 시와 소설이 해후하는 장면의 경이로움을 함께 나누고 싶어 모임을 엽니다.

- 북 코디네이터의 그림책 모임

그림책이 미처 이야기하지 못한 그 마음을 구체적 언어로 풀어낸 시와 소설, 에세이를 함께 읽습니다. 자신과 타인, 세상을 더 뜨겁게 품는 자리로 초대합니다.

모든 훌륭한 책들은 인간의 경험이 가진 복잡성과 전체성을 따른다. 우리가 잊고 싶어 하는 것들과 더 많이 원하는 것들에 대해 다룬다. 우리가 어떻게 반응하고 어떻게 반응하기를 원하는지를 다룬다. 책들이 바로 경험이다. 그것은 사랑이 주는 위안, 가족의 성취, 전쟁의 고통, 기억의 지혜를 입증하는 저자들의 말이다. 기쁨과 눈물, 즐거움과 고통, 모든 것이 보랏빛 의자에 앉아 책을 읽는 동안 내게 왔다. 나는 그렇게 가만히 앉아서 그토록 많은 것을 경험한 적이 없었다.

— 니나 상코비치, 『혼자 책 읽는 시간』, 웅진지식하우스, 179쪽

우리를 연결하는 빨간 선을 만나는 시간에 초대합니다.
나의 이야기와 당신의 이야기가 만나 우리의 이야기로 이어질 거예요.
마치 혈관처럼 삶에 생명을 불어넣는 책과 그림책의 세계에서 만나요.

작가가 홀로 들어가 자신이 마주한 미지의 영역을 기록으로 남긴 것이 책이라는 신기한 삶이다. 만약 작가가 그 여정을 성공적으로 마친다면, 훗날 다른 이들이 그 길을 따를 것이다 한 번에 한 명씩, 그 역시 홀로 떠나는 여정이지만, 작가의 상상력과 교류하며, 작가가 닦아 놓은 길을 가로지른다. 책은 고독함, 그 안에서 우리가 만나는 고독함이다.

—리베카 솔닛, 『멀고도 가까운』, 반비, 85쪽

리베카 솔닛이 걸어간 그 길 입구에서 여러분을 기다립니다. 결국은 홀로 걸어야 할 길이지만 책이라는 신기한 삶 속에서 우리는 자주 만나게 될 거예요. 격려하는 말 한 마디, 따스한 교감의 시선들, 마주 잡은 두 손으로 서로의 삶에 친절을 베푸는 시간이 되었으면 좋겠습니다. 그 친절의 힘이 우리 삶을 이끌고 나아가길 기대합니다.

지독한 여름이 청명한 가을로 바뀌면서, 소설의 분위기도 전환되고, 에이미와 이저벨의 삶도 무거움을 벗는다. 많은 사건들이 있었다. 그 사건들이 결국 그들의 삶에는 자극이 되었고, 그 자극들을 통해 그들은 가벼워졌고, 격랑을 건너갔으며, 한순간을 넘겼다. 그들 사이의 선도 조금 느슨해져졌다. 한순간 죽은 듯했지만 삶은 훌쩍 흘러가 있었다. "계속 나아갈 뿐이다. 사람들은 계속 나아간다. 수천 년 동안 그래왔다. 누군가 친절을 보이면 그것을 받아들여 최대한 깊숙이 스며들게 하고, 그러고도 남은 어둠의 골짜기는 혼자 간직하고 나아가며, 시간이 흐르면 그것도 언젠가 견딜만해진다는 것을 안다." 어쩌면 그래서 삶은 그대로인 것 같으면서도 달라지고, 달라지는 것 같으면서도 그대로인가 보다.

　- 엘리자베스 스트라우트, 『에이미와 이저벨』, 문학동네, 옮긴이의 말 중에서

나눌 이야기		읽을 책
1	- 우리를 연결하는 빨간 선을 찾아서 - 불현듯 나타난 우리들의 살구 - 연대의 끈 - 똑같은 이야기 속으로 - 아름다운 사건이 일어나는 공간, 시 - 아름다움의 순간, 그림책 - 처연하고 아름다운 삶, 소설	글책	리베카 솔닛, 『멀고도 가까운』
		그림책	요안나 콘세이요, 『백조 왕자』 세르주 블로크, 『어느 날 길에서 작은 선을 주웠어요』, 『나는 기다립니다』
2	- 삼킬 수 없는 말들, 쏟아내지 못한 이야기들	글책	나희덕, 『그녀에게』
		그림책	이세 히데코, 『그 길에 세발이가 있었지』 윤석남/한성옥, 『다정해서 다정한 다정 씨』
3	- 각자 자신의 황량함을 살아내는 법 - 흔들리는 삶 속에서도 - 내 안의 올리브 키터리지	글책	엘리자베스 스트라우트, 『올리브 키터리지』 라이너 마리아 릴케, 『두이노의 비가』
		그림책	함민복/한성옥, 『흔들린다』
4	- 이제, 우리들의 이야기 - 읽기, 쓰기, 고독, 연대에 대하여 - 언어 / 이야기의 힘 - 다시 처음으로, 당신의 이야기는 무엇인가? - 우리의 태피스트리 혹은 은하수	글책	리베카 솔닛, 『멀고도 가까운』
		그림책	나탈리아 체르니셰바, 『다시 그곳에』 에런 배커, 『사샤의 돌』

〈그림책으로 삶을 품다〉라는 이름으로 아홉 번의 모임을 진행하는 동안 내 삶뿐만 아니라 참석한 이들의 삶도 품게 되었다. 모임에선 수시로 웃음과 감탄이 오갔고, 깊어가는 가을 저녁엔 다 함께 눈물을 쏟았다. 이 모임은 책과 삶을 연결하는 자리였고, 수없이 많은 '그녀에게' 손을 내미

는 자리였다. 서로가 내민 손을 부여잡고 주어진 삶을 긍정하는 연습을 하는 동안 우리는 점점 더 성의를 다해 살아가고 싶다는 생각을 했다.

어떤 책이 누군가를 위로할 수 있으려면 그 작품이 그 누군가에 대한 정확한 인식을 담고 있어야 한다는 것. 위로는 뜨거운 인간애와 따뜻한 제스처로 가능한 것이 아니다. 나를 제대로 이해하지 못한 사람이 나를 위로할 수는 없다. 더 과감히 말하면, 위로받는다는 것은 이해받는다는 것이고, 이해란 곧 정확한 인식과 다른 것이 아니므로, 위로란 곧 인식이며 인식이 곧 위로다. 정확히 인식한 책만 정확히 위로할 수 있다.

– 신형철, 『슬픔을 공부하는 슬픔』, 한겨레출판, 38쪽

우리는 위로받기 위해 독서 모임에 가는 지도 모른다. 누군가 내 이야기에 몸을 기울이며 들어주길 갈망하며 말이다. 하지만 독서 모임을 통해 매번 깨닫는 것은 책을 읽는 행위 자체를 통해 우리는 조금씩 자신을 이해하는 힘이 생긴다는 것이다. 책을 읽을 때마다 자신과 화해할 기회를 얻는다. 자신을 용납하고, 이해하고, 끌어안는 동안 자연스럽게 스스로를 위로할 수 있는 힘이 생긴다. 조금씩 단단해지는 내면을 마주하며 성장하는 동안 나누고 싶은 마음이 생긴다. 독서 모임은 그 과정을 공유하며 아직은 연약한 마음들을 서로 북돋우는 자리다. 같은 책을 읽고 공유되는 책의 말들이 조금씩 힘이 세지는 걸 느끼며 더 뜨거운 가슴으로 삶을 품는 자리다. 모임이 가르쳐준 교훈이다.

주제 독서 모임 4 : 실수를 모아 아름답고 탁월하게

(2018년 10월 ~ 2018년 11월)

세상 어딘가에는 단 한 사람일지라도, 보이지 않고 설명할 수도 없는 그 마음을 헤아리는 사람이 있다는 걸 믿는다. 독서 모임은 그런 사람을 찾는 자리이자 그런 사람이 되기 위해 연습하는 자리다. 지난 몇 년 동안 수없이 많은 독서 모임을 진행하면서 얻게 된 확신이다.

2018년 여름, 모든 SNS와 두어 달가량 거리를 두고 지냈다. '긴밀한 소통'에 대해 고민하는 시간이 필요했다. 블로그 이웃이 늘어나고, 인스타그램 친구도 많아지면서 좋은 분들과 소통하는 기쁨을 누렸지만, 불편한 것들이 생기기 시작했다. 나만의 소통 방식에서 오는 문제였다.

학창 시절에도 친구가 많은 편은 아니었다. 깊게 사귀는 타입이었다. 예민한 성격 탓에 관계를 맺는 데도 서툴렀다. 잘 지내려고 온갖 신경을 쓰느라 마음고생을 많이 했다. 셋이서 친하게 지내는 것이 제일 어렵다는 걸 체감한 시기다.

블로그에 글을 쓰는 것은 많은 이들에게 일방적으로 이야기하는 방식이다. 가끔 댓글을 남겨주시는 분들이 반가웠다. 직접 만나 이야기를 나누고 싶은 사람도 있었다. 서로를 오래 지켜보았고, 마음결이 잘 맞는 것 같고, 추구하는 것도 비슷한 분들과 직접 만나려고 시도했다. 감사하게도 좋은 분들을 많이 만났다. 오랜 관계의 보람과는 다른 기쁨이 있었다. 책 이야기를 통해 풀어내는 인생의 지혜들이 반짝거리는 그 시간들이 좋아서 자꾸 독서 모임을 열었다. 블로그를 쉬는 동안에도 모임은 계속 열었고, 강의나 포럼, 북토크도 열심히 찾아다녔다. 지역 서점도 부지런히 찾아다녔다. 눈을 마주 보며 이야기하는 기쁨, 정감 넘치는 목소리를 듣는 즐거움, 사람들 사이에 흐르는 감동의 기류에 몸을 맡겨보는 소중한 시간이었다.

기대에 차서 관계를 맺지만, 서로를 알아가고 함께 시간을 보내는 동안 처음의 마음이 그대로 유지되는 건 참 힘들다. 호감을 가지고 만난 사이여도 실망하는 일이 생기고, 함께 시작한 일이 씁쓸한 기억으로 남기도 한다. 서로를 열렬히 응원하며 같은 길을 가다가도 성큼성큼 앞으로 나아가는 동료를 보면 쓸쓸하다. 무너진 마음을 추스르지 못해 애를 먹기도 한다. 두 팔 벌려 달려오던 사람을 뜨겁게 껴안았다가도 또 다른 이를 향해 달려가는 이의 뒷모습을 보는 것도 견디기 어려운 일이었다. 이 모든 것이 힘겨워 울타리를 쳐놓고 적당히 선 그어가며 만나자고 마음먹어도 잘 안 되는 것이 사람 마음이다. 저 멀리 기척만 보여도 울타리를 뛰어넘어 달려 나가고, 또 상처 받을 게 뻔해도 문을 열어주게 된다. 어쩔 수 없는 마음이다.

SNS를 통해 수많은 이들과 긴밀하게 소통하고 있다고 믿으면서도 그 마음이 허공을 딛는 듯한 나날 속에서 과감히 '혼자 걷는 길'을 경험하게 해준 책은 『나의 산티아고, 혼자이면서 함께 걷는 길』이었다. 『아름다운 실수』라는 그림책을 만난 것도 행운이었다.

작가의 이야기를 읽는 동안 지난 세월 부서진 마음의 조각들을 하나하나 주우며 따라 걷고 있는 나 자신을 발견했다. 고민하고 있던 문제에 방향을 제시하는 말들, 아무리 마음을 다잡아도 자꾸 무너져 내리는 마음을 추켜세우는 단단한 문장들을 발견해서 기뻤다. 책 한 권을 읽는다고 금세 달라지지는 않겠지만, 읽고 또 읽고 새기고 또 새기면 조금씩 단단해진다는 것을 믿는다. 모임 주제들을 정하고 하나하나 책들을 모으고 단어들을 축적하는 동안 마음의 빈틈이 채워진다. 모임을 통해 더 견고하게 마음을 쌓고 다진다. 그 과정에서 수시로 가슴이 뛰었던 모임이 〈실수를 모아 아름답고 탁월하게〉였다.

═〓 **반짝이는 책모임** 〓═

〈실수를 모아 아름답고 탁월하게〉

1. 우리의 내면을 단단하게 해주는 '역동적인, 단단한, 아름다운 언어' 모으기
필사하기, 낭독하기, 나누기

삶을 깊이 있고 윤택하게 만들어주는 요소들은 우리가 마음을 쏟기만 한다면 우리의 주변 어디에나 숨어 있다. 매우 하찮은 것이라고 하더라도 내 삶을 구성하는 하나하나 깊이를 뚫어 마음을 쌓지 않는다면 저 바깥에 대한 지식도 쌓일 자리가 없다. 정신이 부지런한 자에게는 어디에나 희망이 있다고 새삼스럽게 말해야겠다.

– 황현산, 『밤이 선생이다』, 난다, 212쪽

2. 마음을 쌓고 정신을 부지런히

두 달간 일기 쓰기

권태롭다는 것은 삶이 그 의미의 줄기를 얻지 못해 사물을 새롭게 바라볼 수 있는 감수성을 잃었다는 것이다. 유행에 기민한 감각은 사물에 대한 진정한 감수성이 아니다. 오히려 그 반대다. 거기에는 자신의 삶을 구성하는 온갖 것들에 대한 싫증이 있을 뿐이며, 새로운 것의 번쩍거리는 빛으로 시선의 깊이를 대신하려는 나태함이 있을 뿐이다. 우리가 사물을 바라보며 마음의 깊은 곳에 그 기억을 간직할 때에만 사물도 그 깊은 내면을 열어 보인다. 그래서 사물에 대한 감수성이란 자아의 내면에서 그 깊이를 끌어내는 능력이며, 그것으로 세상과 관계를 맺어 나와 세상을 함께 길들이려는 관대한 마음이다. 제 깊이를 지니고 세상을 바라볼 수 없는 인간은 세상을 살지 않는 것이나 같다.

– 황현산, 『밤이 선생이다』, 난다, 192쪽

3. 사물에 대한 감수성을 끌어올려 깊은 시선으로 세상 읽기

우리 곁의 든든한 그림책들

[삶을 깊이 있고 윤택하게 만들어주는 요소들]

- 혼자서는 책의 힘으로 : 세상을 바라보는 시선과 삶에 대한 사유 속에 말할 수 없이 따스한 온기가 묻어나는 책을 지속적으로 읽는 것
- 서로에게는 수호천사로 : 타인의 삶을 남다른 시선으로 바라보기

- 내 시야에 들어오는 작은 사물 하나도 오래 들여다보며 의미를 부여
  하기
- 그런 것들이 하나 둘 모여, 내 삶의 깊이를 더하고 삶의 결을 아름답
  게 만드는 일임을 믿고 실행하기

	나눌 이야기		읽을 책
1	- 실수의 새로운 정의 - 우리가 넘어졌던 순간들 - 망친 것 / 놓친 것 / 부족한 것 / 되돌릴 수 없는 것 - 마음을 따라 걷는 길 - 유연하게, 너그럽게, 충만하게 사는 법	글책	김희경, 『나의 산티아고, 혼자이면서 함께 걷는 길』
		그림책	코리나 루이켄, 『아름다운 실수』 베아트리체 알레마냐, 『숲에서 보낸 마법같은 하루』
2	- 실수를 실력으로 - 반복, 축적, 견디는 힘 - 별이 되고 책이 되다	글책	황현산, 『밤이 선생이다』
		그림책	코랄리 빅포드 스미스, 『여우와 별』 이상희/김세현, 『책이 된 선비 이덕무』
3	- 탁월함은 어디에서 오는가 - 남다른 시선 / 섬세한 손길 / 마음을 움직이는 말 / 게으르지 않은 발 / 탐구하는 마음	글책	최혜진, 『유럽의 그림책 작가들에게 묻다』
		그림책	이수지, 『선』
4	- 탁월함을 향해 읽고 쓰고 이야기하다 - 내 삶의 키워드 만들기 통로 / 난로 / 코모레비 / 끈 / 씨앗	글책	황현산, 『밤이 선생이다』 최혜진, 『유럽의 그림책 작가들에게 묻다』
		그림책	키워드별 그림책 큐레이션

이 모임을 통해 가슴 깊이 묻어두었던 '실수와 실패'에 대해 새로운 정의를 내릴 수 있었다. 지나온 실패의 경험 덕분에 지금의 내가 있다. 수없이 넘어지고 그르친 일들을 헤쳐나가며 생긴 흔적들이 아름다운 무늬로 남을 수 있다는 걸 알았다. 자책과 회한으로 얼룩진 과거의 나와 화해한 시간이었다. 앞으로도 여전히 잘 풀리지 않는 일들 앞에서 힘겨워하고 실수할 내가 뻔히 보인다. 그럴 때 모임에서 나누었던 다정한 말들이 나를 일으켜 세울 것이다. 『아름다운 실수』라는 그림책 덕분에 실수를 모아 아름다운 그림을 그릴 수 있다는 걸 알았다. 실수가 쌓여 실력이 되고, 탁월함을 향해 나아갈 수 있다는 가능성도 보았다. 이제는 후회로 남은 마지막 장면을 다른 방식으로 이야기할 수 있게 되었다.

그림책의 매력은 그림과 이야기에 있다. 다양한 그림과 이야기 속에는 사람이 있기 때문이다. 그림책은 책 자체로 좋은 창작물이 되기도 하지만 그것을 시작으로 문화와 철학을 다시 만들어내기도 한다. 특히 그림책은 언어를 넘어 세계 각국에 공유될 뿐만 아니라 시대를 넘어 다음 세대에 전해진다. 오랜 시간에 걸쳐 아동 문학의 한 부분에서 독립적인 장으로 자리 잡게 된 그림책은 시각 요소에 담긴 창의성과 상상력으로 작가뿐 아니라 독자에게 커다란 매력으로 다가간다. 이렇게 그림책은 국경을 넘어, 세대를 넘어 독자들 속에서 숨 쉬고 소통한다.

- 천상현/김수정 공저, 『그림책 상상 그림책 여행』, 안그라픽스, 마치는 글 중에서

잡지《그림책 상상》은 2008년 1월에 창간해 12호를 끝으로 아쉽게 폐

간되었다. 이 책을 구해 읽으며 항상 고마운 마음을 가지고 있었다. 그림책의 가치를 세상에 널리 알리며 많은 이들과 '그림책으로 상상하고 여행하는' 기쁨과 즐거움을 나누려는 마음이 담긴 책이기 때문이다. 전국 각지에 그림책 열풍이 불게 된 것은 보이지 않는 곳에서 오랜 시간 그림책을 아끼고 사랑한 이들의 노력 덕분이다. 그림책 자체가 가진 예술적 가치와 이야기의 힘 때문이기도 하겠지만 함께 모여 읽을 때 누릴 수 있는 행복은 어마어마하다. 그림책 모임을 하면 할수록 실감하게 된다. 전 연령층이 그림책을 통해 예술을 향유하는 삶을 누릴 수 있다는 점은 여러 사회 문제의 대안이 될 수도 있다. 고령화 사회에서 생겨나는 고독과 소외를 해소하는 방법으로도 그림책 모임을 활용하면 좋을 것 같다. 지역 도서관이나 사회 복지 시설에서 노년층을 위한 그림책 읽기 모임이 다양하고 사려 깊은 방식으로 열렸으면 좋겠다. 이런 모임은 북 코디네이터로서 해보고 싶은 일 중에 하나다. 나이가 많이 들어 눈과 귀가 어두워져 책을 읽기 어려울 때 그림책은 즐거운 대안이 될 수 있다. 나는 노후에 '그림책 읽어주는 할머니'로 동네 도서관을 드나드는 모습을 상상하곤 한다. 큰 이변이 없다면 20년쯤 후에는 또래 할머니 할아버지들과 그림책 독서 모임을 부지런히 열 가능성이 높다.

지금도 미술관이나 음악회를 가고, 뮤지컬과 콘서트를 찾아다니기에는 여러 제약이 뒤따른다. 비싸고, 멀고, 마음의 여유가 없어서 마음을 접을 때가 많다. 그렇다고 포기하며 살고 싶진 않다. 머리부터 발끝까지 전율이 이는 예술의 감동을 기억하기 때문이다. 그런 내게 그림책은 언제든 강렬하고 깊은 감동을 선사한다. 그림책을 펼쳐 그 속으로 빠져들 때마다 차원 높은 세상으로 건너갔다가 되돌아오곤 한다. 충만하고 풍요로운 그 경험이 그림책 모임을 이끌어 가는 원동력이다. 그림책은 삶을 읽어내는 시선에 깊이를 더하고, 공감하고 소통하는 마음의 결을 세심하게 가꾸는 데 도움을 준다.

> 책읽기는 내 안에 깃든 언어의 농도를 높이는 작업이다. 내 혈관에 우리 시대의 말보다 짙은 생명의 수액이 시퍼렇게 흐르면 역삼투압 현상이 발생한다. 이내 삶의 방식을 뺏기기는커녕 되레 몸 밖의 오염된 말도 흡수해 기꺼운 자양분으로 삼을 수 있다. 나를 살리는 문장이 이내 몸 곳곳에 기숙하면 자칫 세상에 휘둘리지 않을 강단이 생긴다. 이를 '존재를 의탁하는 책읽기'라 부름 직하다.
>
> – 박총, 『읽기의 말들』, 유유, 63쪽

책읽기가 내 안에 깃든 언어의 농도를 높이는 작업이라면, 그림책 읽기는 '생각의 농도를 높이는 작업'이 아닐까 한다. 한 권을 읽는 데 십 분도 채 안 걸리는 그림책이지만, 그 책이 던진 질문을 붙들고 하루 종일 생각한 적도 있다. 아름다운 장면이 펼쳐지는 그림책을 읽고 며칠 마음 앓이 하던 문제를 내려놓기도 했다. 『미스 럼피우스』처럼 작고 얇은 그림책 한 권이 마흔 넘은 아줌마인 내게 새로운 꿈을 심어주었고, 그 꿈을 실행하도록 도와주기도 했다. 그림책이 주는 힘은 놀랍다. 세상에 휘둘리지 않을 강단이 생길 뿐 아니라 문제 많고 걱정거리투성이인 세상을 끌어안을 마음도 먹게 한다. 모이면 더 아름다워지고 풍성해지는 것들이 많지만, 책이 모여 있는 풍경만큼 보기 좋은 건 없다.

일 년이 넘도록 꾸준히 그림책 모임을 열었고, 그림책 강의도 수없이 쫓아다녔다. 그림책 관련 책들도 열심히 찾아 읽었다. 유행처럼 그림책 모임이 생겨나고, 그림책 강좌가 봇물 터지듯 열렸다. 유익하고 알찬 강좌도 많았다. 그림책 작가가 직접 들려주는 이야기를 통해 작품을 더 깊이 이해하게 되었고, 그림책이 나오기까지의 과정을 들으며 애정이 더 커지기도 했다. 그림책을 아끼고 사랑하는 마음으로 함께 모여 읽는 모임은 참석한 사람들의 후기만 보아도 감동이 되었다. 그런데 어느 순간부터인가 피로감이 몰려들었다. 위로나 치유, 감동의 순간은 분명 있는데, 스스로 일어서도록 돕거나 지속적인 후속 조치는 없어보였기 때문이다. 그림책 모임을 점검해야겠다는 생각이 들었다. 그래서 〈실수를 모아 아름답고 탁월하게〉 모임을 끝으로 그림책 모임을 잠시 쉬기로 했다. 두어 시간의 긴밀한 교감에서 얻는 감동은 클 수밖에 없다. 삶의 고질적인 문제로 괴로워하는 사람이 그 자리에서 얻는 위로는 분명 값지다. 그런데 모임에서 받은 에너지로 힘겨운 일상을 지속하려면 어떻게 해야 할까? 그 질문이 머리에서 떠나지 않았다.

명확히 설명할 수는 없지만 나는 그림책과 '치료'라는 말의 결합이 조금은 불편하다. 그림책에 대한 깊은 애정, 사람을 향한 진심과 성의를 가지고 모임을 여는 선생님들을 알고 있고, 보이지 않는 곳에서 열리는 아름다운 그림책 모임에 대한 소식을 자주 접한다. 그래도 뭔가 찜찜했다. 본질이 훼손되고 있다는 느낌, 그림책이 이용당하고 있다는 생각에 괴로웠던 적이 한두 번이 아니었다. 난 그림책 관련 자격증이 없다. 특정 단체에 속하지도 않았다. '자격'이라는 테두리 안에 있지 않으면 말할 자격이 없다는 사회적 통념에 동의하고 싶지는 않다. 지금은 SNS를 통해 솔직한 내 의견을 밝히며 목소리를 내는 연습을 하고 있다. 소심하고 겁이 많아서 아직은 두루뭉술한 표현에 그치지만, 많은 이들과 활발하게 의견을 주고받으며 함께 고민하고 있다.

2019년 2월 『그림책테라피가 뭐길래』를 쓴 오키다 다쓰노부, 김보나 선생님의 강의를 듣고 그림책 모임에 대한 열의가 다시 생겼다. 그림책이 주는 순전한 기쁨을 체험하도록 초대하고 손을 잡아 이끄는 강의였다. 무언가를 알려주고 전해주기 위해서가 아니라 그저 그림책에 매료된 사람으로서 그림책이 주는 선물을 나누려는 마음이 고스란히 전해졌다.

이 책에는 '그림책의 주인공은 그림이다.'라는 말이 나온다. 그림책 모임을 하는 내가 그 자리를 차지하면 안 된다. 그림책은 읽는 사람마다 자유롭게 상상하고 해석할 수 있다. 따라서 작품을 함부로 활용하면 안 되고, 내 식대로 해석해서 틀을 만들어서도 안 된다. 각자의 느낌과 생각을 존중하며 그림책 속에 숨겨진 보물을 더 열심히 찾아내 그 기쁨을 함께 누리면 그만이다.

'그림책을 감상하는 데에는 아무런 이해관계가 없기 때문에 느낀 것을 솔직하게 받아들이기 쉽다.'는 말도 잘 새겨두었다. '내 모임 기획안이 과연 내 것인가? 그림책으로 만든 자료가 내 것인가? 그림책으로 쓴 글이 나에게서 나온 것인가?'라는 질문에 절대 그렇지 않다고 답할 수밖에 없다. 저자가 준 이야기다. 많은 이들이 느끼고 생각하고 함께 나눈 이야기들이 내 속에 들어와 다시 만들어진 이야기일 뿐이다. 앞으로 모임을 열

때마다 그림책을 수단으로 삼고 있진 않은지 매순간 냉정하게 묻고 돌아보기로 결심했다.

어른이 그림책을 읽고 전하는 감상에는 그 사람의 가치관이나 사고 등이 반영되기 쉽다.

– 오카다 다쓰노부, 『그림책테라피가 뭐길래』, 나는별, 43쪽

정신 똑바로 차리고 잘 살아야겠다는 생각을 하게 만든 구절이다. 무엇을 가치 있게 여기는지, 어떤 마음가짐으로 사는지, 그림책을 대하는 태도가 어떤지 수시로 점검하면서 살려고 한다. 그림책을 읽는다는 건 나를, 내 삶을 읽어내는 것이기도 하니까.

그림책 모임을 하며 '테라피'라는 개념을 적용해본 적은 없지만 궁금했다. 강의에서 '그림책 테라피 활동에 정답은 없다.'(51쪽)는 구절에 대해 질문을 했고, '치유의 결과는 있지만 치유를 목적으로 하지는 않는다.'라는 명쾌한 답을 들었다.

정답은 없지만 정도(正道)는 있지 않을까? 그 강의 자체가 사실은 그 정도를 보여주는 것이어서 매우 흡족하고 마음이 놓였다. 그림책 모임이 어떠해야 하는지 실체를 본 느낌이었다. 따뜻하고, 즐겁고, 편안하게. 이끄는 사람의 충만한 기운이 구석구석까지 미치는 모임이면 된다. 그저 보여주고 읽어주는 것처럼 보이지만 온 마음을 다해 초대하고 이끌어 '함께하려는' 마음으로 진행하면 되는 거였다.

앞으로 다시 그림책 모임을 연다면 참여한 이가 스스로 답을 찾을 수

있도록 물꼬를 터주는 자리가 되었으면 좋겠다. 마음을 추스르고 일어서 도록 돕는 그림책 친구를 소개하는 자리, 집으로 돌아가는 길 그 친구들 손을 잡고 신나게 발걸음을 뗄 수 있도록 말이다. 책의 힘에 의지해 지속 적으로 자신의 삶을 가꾸어나가길 바라는 진심을 나누는 자리이길 소망 한다.

온라인 독서 모임 〈처음 북클럽〉

매달 둘째 주 토요일 밤 9시, 전국 각지에 사는 여덟 명이 컴퓨터 앞에 자리를 잡고 앉는다. 2018년 8월 11일 모임엔 미국으로 이사 간 멤버가 참석해서 글로벌한 북클럽으로 거듭났다. 온라인 독서 모임 〈처음 북클럽〉 멤버들 옆에는 젖먹이 아기가 막 수유를 마치고 버둥거리며 놀고 있거나 엄마한테 매달리는 개구쟁이 소년들을 뜯어말리는 사태가 벌어지기도 한다.

"오늘 밤은 엄마가 중요한 책모임에 참석해야 해. 잘 때 책을 못 읽어줘서 미안해."

이렇게 아이들에게 미리 양해를 구하고 시작한다. 친정 식구들이 둘러앉아 맥주 파티가 한창인데도 이 시간을 놓칠 수 없다며 컴퓨터 앞에 앉아 있던 회원도 있었다.

정각 9시, 반가운 인사와 함께 시작되는 북클럽은 두 시간 동안 한순간도 분위기가 흐트러지지 않는다. 두 시간이 어찌나 빨리 지나가는지 끝나고 나서도 한참이나 그 충만한 기운을 어쩌지 못해 아쉬워한다. 어떤 곳에서도 경험해보지 못한, 버릴 것 하나 없는 말들이 쌓여있는 채팅방. 다음 날이 되면 이런 후기들이 올라온다.

바람이 살랑인다. 널어놓은 빨래길 사이로 들어와 내 마음속에서 춤을 춘다. 설거지하던 손은 이내 물기를 걷어내고 어젯밤 그 충만한 마음을 진정시키기 위해 다시 대화창을 열어야만 했다. 한 달 동안 끙끙거리며 끌어안고 다닌 그녀들에 대한 이야기가 폭죽처럼 터진다. 마주잡은 두 손, 지금 내게 북클럽이 그러하다. 지난 겨울 열심히 달려왔던 길이 끊어졌을 때 우연히 들렀던 블로그, 한 꼭지 한 꼭지 써둔 책 이야기에 '좋아요'를 정성껏 눌렀다. '나 여기 있어요. 좀 봐 주세요.' 그런 마음으로 답글도 하나씩 달면서. 그렇게 닿은 인연으로 참여하게 된 내 인생 처음 북클럽! 내민 손을 반갑게 잡아주신 화정 작가님께 마음 다해 감사함을 전하며, 그 선한 영향력이 더 많은 그녀들에게 가닿아 모두를 반짝이게 할 거라는 걸 안다.

– 이주희 인스타그램 as.it.is_ljh

한 달에 걸쳐 정해진 책을 읽고, 메모하고, 발제하고, 타이핑해 놓은 것을 질서 있게 공유하고, 토론한다. 책과 함께했던 시간 속에서 느끼고 고민했던 것들을 나눈다. A4 스무 장이 훌쩍 넘는 알곡 같은 기록물이 남고, 모임이 끝난 후에도 두고두고 읽으며 책을 삶에 새긴다.

『아픔이 길이 되려면』을 읽고 어느 때보다 뜨거운 마음으로 모임에 참석했던 이들이 공통적으로 고백한 말이 있다. 책으로 연결된 우리는 세상에 작은 길을 내는 사람들이라고.

얼굴 한 번 본 적 없는 이들이 어떻게 그렇게 순전한 마음으로, 그토록 진지한 자세로 한 자리에 모인 것인지. 처음엔 닉네임으로 만난 우리는 모임을 거듭할수록 서로의 이름을 불러주고 싶었다. 먼저 좋았던 구절을 녹음한 파일을 공유하며 목소리로 만났다. SNS에 올라온 사진을 찾아보며 얼굴을 익히기도 했다. 이사 소식을 챙기고, 아들의 입대 소식에 위로를 보내고, 상심한 이를 위해 커피 쿠폰을 보내고, 서점 개업을 함께 응원했다. 그렇게 조금씩 서로의 삶을 열어 보이며 친밀해지고 있다. 쉽게 만날 수 없어서 더 소중하고 애틋한 정을 나누는 우리는 서울, 일산, 안산, 구미, 부산, 미국까지 곳곳에 흩어져 살지만 순식간에 책으로 연결된다. 그 놀라운 경험, 그 안에 흐르는 따스한 기운과 연대의 가능성에 늘 놀라워한다. 북클럽에 참여할 여건이 안 되는 아기 엄마, 먼 거리 때문에 만날 수 없는 사람, 시간에 쫓기는 직장인이 언젠가는 내가 여는 북클럽에 참여해보고 싶다고 댓글을 남기기 시작했다. 그렇게 안타까워하던 이들을 위해 온라인 북클럽을 열었다. 결정적인 계기가 된 것은 『건지 감자껍질파이 북클럽』이라는 책 덕분이다.

『모두의 독서』를 출간한 후 상상하곤 했다. 누군가 우연히 도서관 혹은 서점(아무래도 동네 서점이나 헌책방일 가능성이 높다.)에서 『모두의 독서』를 발견한 후 벌어지는 풍경이다. 책을 집어 든 이는 요즘 사람들과의 관계에 치여 마음이 너덜너덜해져 있거나, 공들여 해왔던 일이 수포로 돌아가 허전한 마음을 가눌 길 없어 책의 숲으로 숨어든 사람일지도 모른다.

제 책이 어쩌다 건지 섬까지 갔을까요? 아마도 책들은 저마다 일종의 은밀한 귀소본능이 있어서 자기한테 어울리는 독자를 찾아가는 모양이에요. 그게 사실이라면 얼마나 즐거운 일인지요.
— 메리 앤 섀퍼, 애니 배로스, 『건지 감자껍질파이 북클럽』, 이덴슬리벨, 20쪽

책이 펼쳐지는 순간 그 사람과 내가 연결되고, 같은 활자를 통과하며 우정이 싹트는 상상을 하면 헤벌쭉 웃음이 번진다. 책으로 연결된 사람들의 아름다운 이야기를 수없이 읽은지라 언젠가 나도 누군가와 함께 삶

의 한 페이지를 써 내려가는 상상을 저절로 하게 되었다. 『서재 결혼 시키기』에서 앤 패디먼은 이렇게 말하지 않았던가!

> 책들은 우리의 삶의 이야기를 써 나간다. 책들이 우리 서가에(또 창틀에, 소파 밑에, 냉장고 위에) 쌓이면서 그 한 권 한 권이 우리 삶의 한 장을 구성하게 된다. 어떻게 그렇지 않을 수 있겠는가?
>
> – 앤 패디먼, 『서재 결혼 시키기』, 지호, 서문 중에서

『건지 감자껍질파이 북클럽』은 그동안 읽었던 책과 서점, 북클럽 관련 책들 중에 가장 강렬한 감동을 선물한 책이다. 책이 인간에게 줄 수 있는 위안, 살아갈 이유, 고통을 견딜 수 있는 힘에 대해 이토록 아름다운 서사로 펼쳐낸 책은 만나지 못했다. 해피엔딩임에도 마지막 페이지를 넘기고 오래 흐느껴 울었다. 전쟁으로 잃은 것들, 사람들과 그 사람 수만큼의 인생, 그 안에 새겨진 아름다운 이야기들, 그들이 지켜내려 했던 삶의 가치들에 대한 애도였다. 고마움의 눈물이기도 했다. 폭력과 야만 앞에서도 인간의 존엄과 품위를 지켜낸 사람들에게 고개 숙여 인사하고 싶었다. 신념으로 무장한, 특별한 영웅과는 거리가 먼 그저 동네 아저씨, 농부, 가정주부인 사람들이 보여준 선의와 용기 있는 행동에 가슴이 뜨거워졌다.

이 책은 작가와 독자의 인연으로 편지를 주고받게 된 '줄리아'와 '도시'를 중심으로 현재와 과거가 교차되며 이야기가 전개된다.

1940년 6월 채널제도 건지 섬에 독일군이 상륙한다. 하루하루 공포와 굶주림 속에 살아가던 섬사람들이 어떻게 북클럽을 열게 되었는지, 그

모임을 통해 삶이 어떻게 바뀌어나갔는지 편지글 형식으로 펼쳐진다. 줄리엣이라는 작가는 건지 섬에 얽힌 사연을 취재하는 과정에서 섬사람들과 편지를 주고받는다. 횟수가 더해질수록 편지를 쓴 사람들은 과거의 아픈 상처들을 털어놓고, 스스로 정리하며 의미를 찾는다. 편지를 통해 그들 사이의 우정은 돈독해지고 결국 각별한 사이로 발전한다. 건지 섬에서 일어난 이야기를 책으로 쓰는 동안 줄리엣과 두 남자 사이에서 벌어지는 사랑 이야기도 로맨틱하게 전개된다. 고통스러운 과거를 의연하게 뚫고 지나온 지혜롭고 용기 있는 사람들의 이야기이자, 삶의 고통스러운 순간들을 북클럽으로 이겨내는 감동적인 구절들을 타이핑해 놓은 노트가 7쪽이 넘었다. 전쟁과 굶주림, 생존의 위협에 처해본 적이 없는 나는 삶이 힘들다고 징징댈 자격이 없다고 생각했다. 기껏 감정의 어려움 때문에 식음을 전폐하는 일은 더 이상 없어야 하지 않을까 부끄러운 마음으로 고백하게 했던 책이다.

지나온 삶 속에서 죽고 싶을 만큼 힘들었던 순간이 없었던 것은 아니다. 마음의 상처는 눈에 보이지 않아도 피가 철철 흐르는 느낌이 들고, 돈 문제로 겪은 비참함은 떠올리기도 싫다. 책을 읽다 보면 가늠이 된다. 힘들다고 여겨지는 것들의 본질을 자각하게 되는 순간이 있다. 정말 아파해야 할 것들에 눈물을 쏟고 있는지 돌아보게 된다.

이 책을 가까이 두고 펼쳐볼 때마다 표시해놓은 구절들이 내 삶을 돌볼 것이다. 정말 소중한 것들을 잘 지키며 살고 있는지 때때로 질문을 던질 것이고, 그 앞에 숙연한 마음으로 고개를 저을지도 모르겠다. 어떤 형태로든, 누구와 만나든 책은 생명력을 가지고 삶 속으로 침투한다. 누군가에겐 씨앗이 되고, 이미 싹을 틔운 자리에서는 거름이 된다. 어떤 이에겐 풀리지 않던 숙제의 열쇠가 되기도 하고, 이미 문을 열어본 경험이 있는 사람에겐 새로운 창이 되기도 하는 자리가 북클럽이다. 책을 읽는 내내 가슴이 뛰었다. 새로운 북클럽을 열어야겠다는 생각 때문이었다. 이름하여 '처음 북클럽'. 감자껍질파이 북클럽처럼 어쩌다 결성된 초보자들의 북클럽. 시작하는 북클럽. 책에 대한 책, 책을 위한 책, 책모임에 대한 책만 읽는 북클럽. 책과 사랑에 빠지는 북클럽. 온라인 북클럽은 그렇게 탄생했다.

그래서 제가 독서를 좋아하는 거예요. 책 속의 작은 것 하나가 관심을 끌고, 그 작은 것이 다른 책으로 이어지고, 거기서 발견한 또 하나의 단편으로 다시 새로운 책을 찾는 거죠. 실로 기하급수적인 진행이랄까요 여기엔 가시적인 한계도 없고 순수한 즐거움 외에는 다른 목적도 없어요.

– 메리 앤 섀퍼, 애니 베로스, 『건지 감자껍질파이 북클럽』, 이덴슬리벨, 22쪽

발제의 어려움과 부담, 진행자로서의 어려움을 다 내려놓고 그저 책이 좋아서 모이는 모임을 다시 시작하고 싶었다. 책을 펼쳐 낭독하는 기쁨을 누리는 모임, 많은 말을 나누지 않아도 교감할 수 있는 시간이 절실히 필요한 시점이었다.

'과연 어떻게? 누구와? 또 시행착오를 겪고, 마음을 다치고, 흐지부지 될지도 모르는데?'

이런 회의 속에서도 생각했다.

'알아. 그래도 북클럽을 열겠어. 어쩌면 우리도 이런 고백을 하게 될지

모르는 일이니까.'

독서를 하며 위안을 얻었냐고요? 그렇습니다. 하지만 처음부터 그런 건 아니에요. 모임에 가서도 혼자 구석에서 조용히 파이를 먹다 오는 게 전부였습니다. 톰슨은 학회에서 영구 제명되었고 건지 섬으로 와서 채소를 키우고 있어요. 이따금 제 짐마차를 함께 타고 인간과 신과 그 사이 모든 것에 대해 대화를 나누지요. 만약 제가 '건지 감자 껍질파이 북클럽'에 속하지 않았다면 이 모든 일을 모르고 살았을 테지요.

– 메리 앤 섀퍼, 애니 베로스, 『건지 감자껍질파이 북클럽』, 이덴슬리벨, 159쪽

책을 읽고 나서 가만히 있으면, 그 책의 감동과 가치와 가능성은 조용히 자취를 감춘다. 가슴을 뒤흔든 문장을 만났다면, 책 속에서 발견한 가능성을 삶 속으로 연결하고 싶은 의지가 꿈틀거렸다면, 무언가 해야 한다. 다시 첫 장으로 돌아가 책을 읽든, 노트를 펼쳐 끄적이든, 사람들에게 책 이야기를 하든 말이다. 우리는 끊임없이 마음먹고 결심하지만 삶으로 증명해내지 못한다. 선의를 품지만 그것이 전달되도록 움직이지 않는다. 다 그렇다. 그게 더 자연스럽다. 제자리에 멈춰있는 듯한 느낌이 들고, 쉽게 마음먹고 더 쉽게 포기하며 산다. 그래서 어제의 나도 오늘의 나도 별반 다르지 않고 내일의 다른 모습도 기대하지 못한다. 그런데 아닐 수도 있다. 건지섬 사람들이 그랬다. 시작은 북클럽이었다. 시도는 해볼 만하지 않을까? 북클럽에 한 번 가보는 거다!

[책과 사람의 연결] 함께 읽다   123

〈처음 북클럽〉을 돌아보며

'처음 북클럽' 회원들에게 묻다. "나에게 책이란~"

- 이주희 : 흩어지는 마음을 지금의 이곳, 이 자리에 붙들어 주는 가
장 든든한 벗
- 이경진 : 내 기분이나 컨디션에 상관없이 언제나 옆에 있어주는 친구
- 오용숙 : 모험을 할 수 있는 용기를 주는 것
- 전세란 : 자랑하고 싶은 그 무엇
- 하정민 : 나의 삶 자체

오용숙

1. 참여 소감 : 닮고 싶은 멘토를 만날 수 있어서 가장 좋았다. ^^ 시간
과 거리의 제약으로 늘 부러워만 했던 북클럽이었다. 북클럽이 어떤 것이
고, 어떻게 꾸려가야 하는지, 어떤 책을 골라야 할지 등 여러 가지를 배
우고 있다. 북클럽을 통해 책을 좀 더 자세히 읽고, 스스로를 가지런히 세
울 수 있게 되었다.

그리고 처음 시작할 때는 멤버들의 얼굴도 나이도 모른 채 오로지 책
에만 집중하여 대화를 나눌 수 있어서 좋았다. 그리고 북클럽의 횟수가
쌓일수록 서로를 조금씩 알아가고, 이해하고, 친해진다. 오프라인 모임
에서는 이런 관계를 만들기 쉽지 않다. 새로운 사람을 만날 때 온갖 잣대
를 들이대고 섣부른 평가를 하고, 평가를 받기 마련인데, 온라인 모임에

서는 오로지 "책"이라는 기준만 있었다. 그 기준은 타인을 쉽게 배척하지 않아서 더욱 좋았다.

북클럽을 열면 열수록 책과 사람이 곁에 남는다.

2. 온라인 북클럽의 아쉬운 점 : 마주 보고 대화를 나누는 것이 아니라서 대화의 호흡을 놓칠 때가 있다. 먼저 올라온 질문과 답을 생각하고 있는데, 다음 화제로 넘어갈 때가 그렇다.

3. '처음 북클럽' 이후 새로 시작하게 된 것 & 바뀐 점 : 책 속에서 발견한 좋은 문구를 타이핑하게 되었다. 처음에는 온라인 북클럽에서 대화를 나누기 위해 시작한 일이었지만, 자료를 정리하는 일이 책을 오래 기억하고, 기억을 다시 불러오는 데도 큰 도움이 된다는 것을 깨달았다. 읽은 책이 쌓이고, 자료가 모이는 것이 즐겁다.

4. 나에게 책이란? : 40대를 맞이할 때 책은 '평정심'을 주는 물건이었다. 책은 주위의 시선이나 힘든 일 때문에 끊임없이 흔들릴 때, 마음을 다잡을 수 있도록 도와주었다. 잠시 현실에서 벗어나 숨을 가다듬을 수 있도록 도와주기도 했다.

지금 나에게 책은 새로운 모험을 할 수 있도록 용기를 주는 도구이다. 『아픔이 길이 되려면』처럼 소신을 지키고 묵묵히 제 길을 걸어가는 저자의 이야기를 만나면 '나도 할 수 있는 일이 없을까?'라고 생각하게 된다.

사회 문제에 관심 없던 나에게 뭔가를 해보라고 책이 속삭였다. 『건지 감자껍질파이 북클럽』을 읽고는 전쟁의 아픔에 대해 아이들과 깊게 토론하게 되었다. 전에는 생각지도 못했던 일들이었다.

새로운 사람을 만나고, 낯선 환경에 뛰어드는 것을 두려워하던 나에게 『열두 발자국』은 '좀 더 적극적으로 방황하라'고 이야기해 준다. '길을 잃어봐야 새로운 지도를 얻을 수 있다'고 등을 토닥여준다. 책이 주는 격려가 모험을 할 때 기운을 북돋아준다.

이경진

내가 '처음 북클럽'을 만났을 때는 10년 간의 독박 육아와 객지 생활로 지칠 대로 지쳐있던 시기였다. 우연히 읽었던 『모두의 독서』에서 "나를 말해주는 것이 없는 언어의 가난으로 점점 비루해졌다."라는 표현에 마음 놓고 울었다. 모성애의 부족이나 나약함이라는 단어를 떠올리면 죄책감과 부끄러움을 뒤섞어 나를 채찍질했는데, 언어의 가난이라는 말에는 쉽사리 내 탓을 찾을 여지가 없었나 보다.

아는 사람 하나 없는 곳을 떠돌며 아이들을 키우다 보니 성인들과 대화하는 것에도 자신감이 없었고, 셋째 아이 출산 8개월 즈음이었기에 급격히 저하된 체력과 뇌기능으로 독서 모임을 따라갈 수 있을지 걱정이 앞섰다. 하지만 밖에 나갈 수 없기 때문에 이 온라인 북클럽은 나를 위한 것이라는 마음으로 신청했던 것이 벌써 1년이 되었다.

물론 처음에는 아이들이 모두 잠든 후 선정도서를 읽는 것만으로도 버거웠고 리더를 통해 공지되는 미션에 머리가 하얘지기 일쑤였다. '역시 난 안 되겠어. 포기할까?' '어차피 대면하는 것도 아닌데... 아이들 핑계 대고 못하겠다고 할까?' 모임 직전까지도 고민을 했었다. 하지만 막상 모임이 열리면 어처구니없는 동문서답이라며 스스로 주눅 들었던 나의 의견이 현명한 대답이 되었고, 공감의 말들이 속속 올라왔다. 잘했다고, 힘겨운 시간 속에서 책을 읽어내고 사색하는 당신은 정말 대단하다고 말해주는 사람들에게 둘러싸이니 어깨가 펴지고 더 열정적으로, 주체적으로 텍스트를 읽고자 매달리게 되었다. 무엇보다 일곱 명의 친구, 언니들을 얻었다. 비록 온라인으로 만나는 모임이지만 정겨운 인사와 녹음파일로 우리는 랜선을 뛰어넘었다.

수많은 문장들을 필사하고, 일기를 쓰고, 순간순간 스쳐가는 생각들을 붙잡고자 메모를 하며 노트들을 채워가고 있다. 의도한 대로 한 문장이 써지지 않아 좌절하던 경력단절의 여성이 처음 북클럽 1년 후 북 코디네이터 공부 모임을 신청하고 선정도서들을 읽으며 또 하나의 문이 열리기를 기다리고 있다.

전세란

나에게 책에 대한 결핍이 있었음을 '처음 북클럽'에서 『열두 발자국』을 함께 읽으며 알게 되었다. 어릴 적부터 책을 좋아하고, 책을 습관처럼 읽는 아이에 대한 부러움이 있었다. 그들과 비슷해지려 종종 책을 읽기는 했지만 여전히 독서는 새해 계획 중 하나였다.

엄마가 된 후 아이에게 책을 친구로 만들어 주고 싶었다. 관련된 책을 읽고 정보를 검색했다. 아이를 위한 책읽기로 시작해 점점 나를 위한 책을 읽게 되면서 책이 재밌어졌다. 좋은 책을 추천하는 블로그 이웃이 늘었고, 그런 글을 즐겨 읽으며 계속 읽고 싶은 책이 늘고, 또 찾아 읽었다. 그 후 독서 모임이 눈에 들어오기 시작했다. 나는 독서 모임을 한 번도 경험하지 못했다. 당연히 책을 많이 읽는 사람들이 모이는 거라 생각했다. 함께 책을 읽으며 깊고 어려운 이야기를 하겠지. 그러던 중 '처음 북클럽' 공지를 보았다. 독서 모임을 처음 하는 사람만 한다니, 나도 살짝 참여해 볼까 하는 마음이 들어 신청부터 했다. 신청하고 나서는 책을 많이 읽고 좋아하는 사람들만 모일 텐데 내가 무슨 이야기를 할 수 있을까 걱정되었다.

첫 책은 『건지 감자껍질파이 북클럽』. 선정된 책을 겨우 완독한 후 모임에 참석했다. 첫 모임부터 다른 분들의 많은 독서량과 책 이야기에 기가 죽었다. 하지만 독서 모임을 해보니 읽었지만 눈에 들어오지 못한 내용을 알게 되고, 모인 사람들의 다른 생각을 들을 수 있어 재밌었다. 책 읽기는 부족했지만 계속 함께하고 다양한 책을 읽으며 깊은 대화를 나누고 싶었다.

그때 용기를 내어 신청을 하고, 지금까지 포기하지 않고 계속하고 있어 너무 다행이다. 여전히 한 달 동안 읽고 생각하며 정리해야 하는 책의 무게가 가볍지는 않다. 그래도 조금씩 성장하고 있기에 즐겁고 행복하다. 처음에는 말이 아닌 글로 표현해야 하는 일이 어색하고, 생각을 정리하며 써야 하는 일도 너무 어려웠다. 온라인 대화가 주는 답답함과 아쉬움도 있지만, 오프라인 못지않은 따뜻함과 배려가 느껴진다. 아마도 서로가 말이 아닌 글로 쓰기 때문에 한 번 더 생각을 거치기 때문인 것 같다.

뒤늦게 책과 친해져서일까? 나처럼 책과 거리가 먼 사람들에게 책을 건네주고 싶은 마음이 든다. 독서를 권장하는 많은 책들이 계속 출간되는 이유인가 보다. 이제 막 재미를 느낀 나조차 이런 생각이 드니 말이다. 누군가에게 책을 권하고, 건네주는 일은 마음처럼 쉽지 않다. 자칫 자기 자랑으로 비칠 수도 있고, 알은체로 보일 수 있기에 신중을 기해야 한다. 화정 님의 북 코디네이터 일이 얼마나 어렵고 의미 있는 일인지 새삼 깨닫게 된다. 내가 책이 주는 재미와 길을 알아가듯이 다른 이에게도 알려주고 싶다. 어렵지만 조심스럽게 한 권 한 권 내 마음을 담아 건네는 법을 배우고 실천해 보려 한다.

이주희

〈처음 북클럽〉을 생각하면 언제나 함께 생각나는 책이 있다. 북클럽의 첫 번째 책인 『건지 감자껍질파이 북클럽』이다.

"제 책이 어쩌다 건지 섬까지 갔을까요? 아마도 책들은 저마다, 귀소본능이 있어서 자기한테 어울리는 독자를 찾아가는 모양이에요. 그게 사실이면 얼마나 즐거운 일인지요?"

책에서 이 구절을 읽을 때마다 내 마음은 이렇게 읽는다.

"처음 북클럽이 어쩌다 저에게 왔을까요? 아마도 이 특별한 인연은 얼마나 운명 같은 일인지요?"

열심히 하던 일을 그만두고 힘든 시간을 보내고 있을 때 무슨 이유에서였는지 독서 모임을 해보고 싶었다. 지역에서 열리고 있는 모임을 검색해 보았지만, 마흔 중반을 훌쩍 넘긴 독서 왕초보 아줌마는 참여도 하기 전에 괜시리 주눅부터 들어 문의조차 못하고 있을 때였다.

그때 우연히 화정 작가님의 〈반짝이는 나날들〉 블로그에서 처음 북클럽 회원 모집 공지를 보게 되었고, '앗, 처음 북클럽이라니! 독서 모임 초보자를 모집한다고? 우와! 이런 모임이면 용기 내서 가볼 수 있겠다!' 하며 신나하던 것도 잠시. 부산에 사는 내가 참여하기엔 너무 먼 거리였기에 아쉬운 마음을 댓글로 전했다. 화정 작가님은 멀어서, 아이들이 어려서 오프라인 모임에 나올 수 없는 그녀들의 마음을 모아 주셨고, 그렇게 온라인 독서 모임 〈처음 북클럽〉이 시작되었다.

한 달에 한 번 온라인상으로 만나는 북클럽은 매번 따뜻했고 풍성했으며 그 시간이 끝난 후에도 여운은 오래도록 지속되었다. 대화창을 열어 나누었던 이야기를 다시 보다 보면 읽었던 책들은 더 애틋해졌고 감사했다. 특히 음성파일을 공유하는 것이 무척이나 좋았는데, 시를 낭송하거나 좋았던 문장들을 읽으며 서로의 안부를 묻는 그녀들의 목소리는 마주 앉아 이야기 나누지 못하는 아쉬움을 대신하는 것 이상의 감동이었다. 나는 책을 읽으며 위로받았고 주변을 살뜰히 보살피는 따뜻한 마음과 친절합을 화정 작가님과 멤버들에게 선물 받았다. 책을 읽은 1년이 그 이전의 삶과 크게 달라진 것은 없다. 그러나 분명한 것은 책이 어떻게 살아야 하는지에 대하여 자꾸 보여주고 이야기하며 진실되게 이끈다는 것이다. 함께 읽은 모든 책이 그러했으니 말이다.

그렇기에 책과 함께 할 앞으로의 시간들이 과거와 다를 것이며 기대되는 것이 아닐까? 그런 의미에서 나에게 북클럽은 『건지 감자껍질파이 북클럽』에 나온 말과 같이 '책과 친구는 다른 삶이 있다는 사실을 일깨워'준 소중한 인연이다.

하정민

2018년 봄, 둘째 서현이를 낳고 산후조리를 하며 그 어느 때보다 책을 많이 읽었다. 신생아들은 먹고 자고 먹고 자고를 반복하니 서현이가 잘 때 책을 꺼내 읽었다. 누군가를 위해서가 아니라 오롯이 나를 위해서… 그런데 책을 읽다가 좋은 문장, 기억하고 싶은 장면이 생기면 "작가는 왜 이렇게 표현했을까? 당신은 어떻게 생각해요?"라고 누군가에게 묻고 이야기를 나누고 싶었다. 가족과의 대화로는 해결되지 않았다. 일상적인 대화가 아닌 책을 읽고 나누는 대화가 하고 싶었다. 그때 책 친구였던 용숙 님의 소개로 온라인 북클럽을 알게 되었다. 처음엔 망설였다. 그전에 참여한 온라인 그림책 토론이 좋지 않은 기억으로 남아 있었기 때문이다. 카카오톡 PC 버전으로 나누는 대화는 상대방의 목소리에 귀 기울이고 눈을 마주 볼 수 없어 허공에 떠도는 듯했다. 내가 한 마디 하려고 하면 벌써 대화는 저만큼 올라가 있었다. 하지만 어떻게든 책 이야기를 나누고 싶었고, 밖으로 나갈 수 없는 나에게 온라인 북클럽은 최선의 방법이었다.

그렇게 참여한 '처음 북클럽'에서 처음 함께 읽은 책은 『엄마와 함께하는 마지막 북클럽』이었다. 아직도 제일 기억에 남는 책이다. 처음 독서 모임을 해보는 이들과의 북클럽이었기에 화정 선생님이 발제를 해주셨다.(지금은 각자 책 속에서 질문을 하나씩 찾아내는 수준까지 도달했다.) 그중에 "어머니가 가르친 교훈들 중 내 자녀에게도 반드시 가르쳐주고 싶은 것은?"이라는 질문이 있었다. 나는 '친절과 감사'라고 답했다. 이전까지 나는 친절함은 자연스럽게 나오는 것이라 생각했다. 하지만 책을 읽고 함께 이야기를 나누고 나니 친절하기 위해선 노력해야 한다는 것을 깨달았다. 그리고 자연스럽게 그림책 『위를 봐요』가 떠올랐다. 온라인 대화를 나누며 『위를 봐요』 속 그림들을 함께 보았고, 친절함에 대해 이야기 나누었다. 그렇게 나는 책과 책이 연결되는 경험을 하게 되었다.

"책은 읽는 동안 뭔가 덧붙이게 합니다. 우리가 보고 듣고 겪은 일과 새로 읽은 것을 연결하게 합니다. 책은 책과 아직 책으로 쓰인 적 없는 것들(우리 자신의 이야기를 포함해서)을 연결하게 합니다."

정혜윤 PD의 『삶을 바꾸는 책읽기』에서 말하는, 연결되는 책읽기를 <처음 북클럽>을 통해 느끼게 되었고, 그 연결은 북클럽에서 함께 읽는 책뿐만 아니라 나의 모든 책읽기에서 빛을 발하고 있다.

나는 <처음 북클럽>을 통해 이제야 책 읽는 즐거움을 알게 되었다. 특히 『아픔이 길이 되려면』을 통해 '함께' 읽는 책읽기의 즐거움을 알게 되었고 '함께'라는 단어는 지금 내 삶의 가장 중요한 가치가 되었다. 누군가가 "책을 왜 읽어요?"라고 묻는다면 나는 여러 가지 이유를 들어 설명하겠지만, 그중에서도 가장 자신 있게 말할 수 있는 것은 바로 "함께 읽는 즐거움을 느낄 수 있기 때문"이라고 답할 것이다. 다시 한 번 "함께 읽는 즐거움"을 알게 해주신 화정 선생님께 감사드리며 오래도록 '함께' 읽자고 말하고 싶다.

❺ 책이라는 길 위에서 만난 세상

독서는 혼자서 하는 외로운 행위이지만 세계와 손잡기를 요구하는 행위
이기도 하다.

– 루이스 버즈비, 『노란 불빛의 서점』, 문학동네, 65쪽

책을 펼치는 순간 길이 펼쳐진다. 혼자 묵묵히 걸어야 하는 길이 대부
분이지만 책 속에서는 다양한 인물을 만날 수 있다. 그중에서 나랑 비슷한
사람이 나오면 화들짝 놀랄 때가 있다. '헉, 나랑 똑같은 생각을 했어'라는
탄식은 같지만 내용은 극과 극이다. 와락 반가운 마음이거나 엄청 찔려 불
편하거나. 책이라는 길 위에서 타인의 삶을 깊이 들여다볼 기회를 얻는 건
다행스러운 일이다. 내 안에만 매몰되어 살다가 다른 이의 마음을 읽으며
내 마음이 어떤지 비로소 알게 되었다. 타인의 삶은 어떻게 다른지 지켜보
는 동안 내 삶을 돌보는 법을 익혔는지도 모른다. 책 속에 펼쳐지는 다양
한 삶의 풍경을 읽으며 내가 알지 못했던 세상을 알아가는 것 또한 얼마나

의미 있는 일인지. 직장에 다니는 것도 아니고, 사회 활동을 폭넓게 하지도 못하는 내가 세상을 배울 수 있는 길은 독서밖에 없었다. 책모임을 연다는 의미는 나와 결이 다른 사람들의 취향과 관심사, 각기 다른 가치관과 삶의 태도를 보고 듣고 배우겠다는 의지의 표현이기도 하다. 가만히 아무 생각 없이 앉아 있는 게 아니라 적극적으로 나와 다른 사람들의 이야기를 들어보겠다는 마음으로 애쓰며 앉아 있는 것이다. 책을 읽는 것 또한 그렇다. 책을 펼치는 순간 글쓴이와의 관계가 시작되고, 무언의 대화가 오가는 것이다. 한 발 더 나아가 독서 모임은 더 많은 에너지를 들여 세상 속으로 걸어 들어가는 것이리라. 그 길에서 마음에 맞는 사람만 만나는 건 아니다. 배울 게 많은 사람, 신선한 자극이 되는 사람, 의견 충돌이 있어 불편해도 서로를 성장시키는 사람을 만나는 건 고마운 일이다. 간혹 마음의 가시처럼 내내 불편한 사람이 나타날 수도 있다. 모임을 운영하는 동안 마음속에 정한 9:1 법칙이 있다. 열에 하나는 반드시 나를 힘들게 하는 부분이 있다는 것. 그 하나 때문에 모임을 포기하는 순간 보석 같은 아홉 사람을 잃는 것이고, 90% 나를 성장시킬 가능성을 포기하는 셈이 된다. 독서 모임은 무궁무진한 가능성을 만들어낸다. 용기 있는 사람들, 성의 있는 사람들, 함께 성장해나갈 사람을 만나기 위해 수시로 모임을 연다. 신청자가 없어 무산되기도 하고, 기관이 요구하는 인원수를 채우지 못해 열지 못한 적도 있었지만, 실망하지 않고 새로운 모임을 시도한다. 분명 만나야 할 사람을 만나고, 함께 무언가를 해보고 싶은 사람과 이어지기 때문이다. 좋은 것들을 나누고 공유하는 기쁨이 독서 모임 안에 있다. 그 안에서 누리는 책의 가치를 더 많은 이들에게 전하는 삶을 꿈꾼다.

연대의 끈을 잡고 걷다

『피프티 피플』

나를 중심으로 펼쳐지는 좁은 삶의 반경 안에서는 대부분 평화로운 일상이 펼쳐진다. 가끔 가까운 사람이 다치거나 병에 걸리거나 죽음에 이르면 평안한 일상은 순식간에 무너진다. 시아버님이 위급한 상황에서 시술을 잘 받으신 덕에 건강을 회복하신 일, 아빠가 옥상에서 집수리를 하시다가 전기톱에 크게 다쳐 수술하신 일이 최근에 겪은 심장 떨어질 뻔한 일이다. 나 또한 원인 모를 염증 때문에 전신마취를 하고 유선 절제술을 받은일이 있다. 더 커지면 위험하다는 말이 무서워 6개월마다 관리해야 하는혹들이 가끔 심란할 뿐 더없이 평화롭고 안전한 삶을 살고 있다. 어쩌면그렇게 착각하고 사는 것일지도 모르지만 뉴스를 볼 때마다 그 생각은 수시로 흔들린다. 지금 이 시간에도 어딘가는 불타고, 예고 없이 건물이 무너지고, 말도 안 되는 살인이 일어나고, 영혼을 죽이는 폭력이 난무하기 때문이다.

『피프티 피플』에는 한 병원을 축에 두고 언제 어디서 누구에게나 일어날 수 있는 예측 불가의 사건 사고들이 벌어지고, 거기에 연루된 수십 명의 사연이 전방위로 펼쳐진다. 죽고 다치고 헤어지고 재회한다. 사랑하고오해하고 증오하고 용서한다. 작은 호의가 큰 기회로 돌아오고, 작은 친절이 무너진 마음을 세우고, 성의를 다한 행위가 목숨을 살린다. '지옥구덩이속에서도 타인을 챙길 줄 아는' 사람들, '어두운 곳에서도 좋은 사람이 되려고 노력'하는 사람, '켜켜이 쌓인 상처에 연고를 발라주는' 것 같은 사람,

'죽은 사람에게도 다정하게 말을 걸고 예의를 지키는' 사람들이 바글대는 이 책이 불안하고 공포스러운 이 세상을 살아갈 용기를 준다.

　냉한 사람인데 에너지를 너무 발산한 나머지 지쳐버렸다. 설아는 해바라기 센터의 옥상으로 올라갔다. 기부금을 투명하게 쓰고, 세세하게 기록하고, 그걸 공개하고 나면 또 1년이 갈 것이다. 살이 찢어지고 뼈가 부러진 채 다친 동물처럼 실려온 여자들에게, 아이들에게 그 일이 이제 지나갔다고 말해주면서 1년이 갈 것이다. 그 와중에 누군가는 또 바보같은 소리를 할 테고, 거기에 끈질기게 대답하는 것도 1년 중 얼마 정도는 차지할 테다. 가장 경멸하는 것도 사람, 가장 사랑하는 것도 사람, 그 괴리 안에서 평생 살아갈 것이다.
　누가 쳐다보는 듯한 느낌이 들어서 고개를 돌렸다. 본관의 입원실 낮은 층 창가에 있던 사람이 잠깐 망설이더니 설아에게 손을 흔들었다. 설아도 마주 흔들어주었다. 창이 어두워서 잘 보이지 않았지만 손바닥만은 다정했다.

– 정세랑, 『피프티 피플』, 창비, 266쪽

　'설아'는 스스로를 냉하다 하지만 사실은 낯모르는 이에게 마음을 담아 손을 흔드는, 손바닥마저 다정한 사람이다. 삭막하고 냉랭한 세상 속에서 사는 우리에겐 설아 같은 다정한 사람이 필요하지 않을까. 이 소설을 읽으며 인물을 대하는 지은이의 마음이 섬세하고 따스하게 전해져왔다. '마음의 결'이 맞는 사람들과 소통하고 싶은 욕구는 누구에게나 있을 터, 이 책이 내 마음의 갈라진 틈 사이를 부드럽게 채워주는 듯했다. 그 마음결의 미세한 부분까지 맞는 사람을 만나는 것은 인생의 큰 선물이 아닐까. 같은 책을 읽고 나서 이야기를 나누다 보면 그 결이 어느 정도 맞는지 가늠이 된다. 아주 색다른 결을 만나기도 하는데, 독특하고 아름답다 여기면 내 안에 새겨 넣으려고 노력한다. 그 과정이 다소 고통스러울지라도 먼 훗날 내 삶의 무늬는 한결 더 아름답게 남을 거라 확신한다. 이 책에 수두룩한 '손바닥마저 다정한' 사람들을 내 삶 속에서도 만나 다정한 이야기를 나누며 살고 싶다.

> 오늘은 다운의 길지 않은 인생에서 최악의 날이었다. 하지만 친구가 옆에 있었다. 옆에 있다는 걸 확인하고 싶어서 다운은 정빈의 어깨에 살짝 몸을 기댔다.
>
> – 정세랑, 『피프티 피플』, 창비, 366쪽

SNS상의 다정한 이웃들의 글과 마음 덕분에 시시때때로 살얼음판 같은 일상을 견뎌내지만, 가끔은 다운이와 정빈처럼 서로의 체온과 어깨에 와닿는 존재의 무게감이 필요할 때도 있다. 가사 노동은 힘에 부치고, 아이들과 남편을 마음으로 뒷바라지하는 것도 버거울 때가 많다. 내 소중한 시간과 노동력에 상응하는 대가가 어미와 아내로서의 보람만으로는 채워지지 않을 때, 내게도 일상을 벗어날 아름다운 틈새가 절실하다.

아빠는 자주 뭐라 했지만 원모가 원하는 것은 애초에 그런 삶이 아니다. 요즘은 아무도 큰 회사에서 평생 일하지 못하니 처음부터 틈새를 찾는 게 나을 것이다. 아름다운 틈새, 연모를 위한 틈새가 어딘가에는 있을 것이다.

작은 집을 짓고 싶어. 연모는 생각했다.

– 정세랑,『피프티 피플』, 창비, 318쪽

내겐 그 대안이 책모임이다. '아름다운 틈새', 바쁜 일상을 비집고 들어갈, 마음의 여유라고는 한 톨도 없지만 그래도 비집고 들어갈 틈새가 절실하다. '안전한 틈새', 전쟁의 공포를 이겨내고, 무탈한 일상이 오히려 기적 같은, 불안한 하루하루를 감사로 채워갈 안전한 틈새 안에서 함께 기도하고 어깨를 맞댈 수 있는 사람들을 찾고 싶다. 책으로 연결되는 끈을 누군가는 힘 있게 부여잡고, 누군가는 모른 척 슬그머니 놓아버린다. 어떤 이는 그 끈으로 칭칭 서로를 동여맨다. 연대는 책의 끈을 함께 잡고 내 삶의 반경에서 한 걸음 밖으로 발을 딛는 행위다. 내 앞에 놓인 끈을 덥석 잡지 못할 때, 함께 잡아줄 이를 기다린다. 언젠가는 만날 사람들, 그래서 책모임을 연다.

역사 속으로 걷다

『토지』

야만적인 폭력과 악으로 치닫는 사람들의 무리 속에서도 인간다운 삶을 지켜내려는 사람들의 이야기 『토지』. 박경리 선생님은 '고난의 역정을 밟고 가는 수없는 무리. 이것이 우리 삶의 모습이라면 이상향을 꿈꾸고 지향하며 가는 것 또한 우리네 삶의 갈망이다. 그리고 진실이다.'라고 말한다. 『토지』를 통해 참혹한 근대사를 읽으면서도 처연한 아름다움에 어쩔 줄 모른 채 몇 달 동안 속앓이를 했다.

간도에서 연해주 방면으로 방황하는 동안 차츰 국가의 운명이 자기 개인의 문제와 밀착해서 이동진을 어지러운 수렁 속으로 밀어 넣기 시작했다. 자기 자신은 무엇이며 겨레란 또 무엇이며 국토란 무엇인가 하고 자신과 연대되는 대상을 향한 감정을 캐보기에 이르렀다. 그는 냉혹하게 국가와 황실을 새로운 각도에서 인식하려 했다.

– 박경리, 『토지3』, 마로니에북스, 270쪽

친일파의 만행과 독립투사들의 고행을 마주하는 것이 힘들었다. 진저리 나는 인간들의 모습을 대면하는 것이 가슴 답답하고 두려웠다. 그럼에도 『토지』 스무 권은 준엄하게 나를 가르쳤다. '서재인과 의인' 사이에서 고뇌하는 이동진처럼 나도 '책만 읽으면 뭐 하나, 나는 바뀌지 않는데.'라는 고민을 껴안고 살았다. 이 책을 읽으며 교과서로만 배운 역사를

'나'의 삶에 밀착시키려는 노력을 시작했다. 마지막 장면에서 해방이 되었다는 소식이 전해지자 서희는 '자신을 휘감은 쇠사슬이 요란한 소리를 내며 땅에 떨어지는 것'을 느낀다. 마지막 권을 끝내면서 후련한 마음은 들지 않았다. 여전히 우리를 옭아매는, 보이지 않는 쇠사슬을 의식하게 되어서다. 일본의 패망이 시시각각 다가오고 있지만 희망의 기운은커녕, 무력감에 시달리는 인물들의 한탄과 자조가 귀에 들리는 듯했다. 땅을 빼앗기고, 나라를 잃고, 자식을 뺏기고, 살림을 강탈당하고, 몸과 영혼까지 탈탈 털린 사람들이 다시 전쟁과 분단의 역사 속으로 밀려들어갈 터였다.

독립을 위해 온 삶을 바친 이들의 입에서 '또다시 조선은 공중분해가 되고 말 게야.'라는 구절을 쓰는 작가의 심정은 어땠을까. 남북 분단의 역사를 떠올리니 가슴이 오그라들었다. 때로 책을 읽는다는 게 버겁다. 몰라도 되는 것, 굳이 알고 싶지 않았던 것을 알게 되었을 때 그렇다. 상상조차 못 해본 일, 설마 그 정도까지인 줄은 몰랐던 일, 받아들이기 힘든 사건이 책에서 튀어나올 듯 생생하게 펼쳐질 때도 괴롭다. 가슴이 철렁하고 공포에 휩싸인다. 꾹 참고 돌덩이를 옮기듯 책장을 넘긴다. 그거라도 해야 된다는 생각으로 읽는다. 25년이라는 시간을 거쳐 완성된 이 작품을 생각하면 가슴이 시큰거린다. 원주에 있는 〈박경리 문학의 집〉에 갔을 때 가장 뭉클했던 순간은 육필 원고를 보았을 때다. 누렇게 색이 바랜 원고지와 함께 놓여있던 만년필에는 테이프가 감겨 있었다. 선생님의 안경, 단아한 필체, 고쳐 쓴 흔적을 오래 들여다보았다. 암 투병 중에도 집필을 멈추지 않았던 선생님에게 토지는 어떤 의미였을까. 온몸과 마음을 바쳐 쓴 글을 너무 쉽게 읽어버린 건 아닌지 마음이 먹먹해졌다.

'생명과 문학의 미학'이라 불리는『토지』를 나는 어떻게 몸으로, 삶으로 읽어낼 수 있을까. 책을 읽으며 작가가 주는 새로운 시선으로 세상을 볼 때가 있다. 그 눈을 통해 사물 너머를 바라보고 생명의 경이로움과 인간 심연에 깃든 아름다움과 선함을 들여다볼 수 있다.『토지』를 읽으며 잠시나마 역사 속으로 걸어들어갔던 경험은 2018년에 가장 잘한 일로 기억할 것이다. 독서가 주는 귀한 선물이다.『토지』의 끝나지 않은 이야기는 내 안으로 흘러들어와 앞으로 읽을 수많은 책들과 계속 이어질 것이다. 시대를 초월해 인간과 삶의 본질에 천착하며 살았던『토지』속 인물들 또한 여전히 어딘가에서 그 삶을 이어가고 있을 것이다. 누군가는 명희처럼, 혹은 환국이처럼 살고 있고, 저 어딘가에는 병수 같은 이들도 있을 것이다.

> 간절하게 간절하게 소망했던 것, 그것은 참된 것과 아름다움에 대한 그것이었다. 소망하는 것만으로도 병수는 간신히 자신의 생명을 지탱할 수 있었다.
>
> – 박경리,『토지20』, 마로니에북스, 107쪽

'꼽추'로 태어나 악의 화신 같았던 부모 조준구와 홍씨 부인의 학대와 처참한 삶의 질곡 속에서도 순결한 영혼을 잃지 않았던 조병수는『토지』에서 유난히 마음이 갔던 인물이다. 지금도 여전히 혹독한 시대적 운명과 싸우며 이 세상을 좀 더 살만한 세상으로 만들어주는 수많은 '병수'가 존재함을 믿어 의심치 않는다.

책장에 꽂힌 토지를 볼 때마다 나는 어떤 모습으로 살고 있는지, 저들 어디쯤에 존재하는지, 어떤 자세로 살아가야 할지 끊임없이 질문할 것이다. 이동진이 서재를 박차고 나가 나라의 운명에 온몸을 밀착한 채 싸우는 모습을 보며 다짐했다. 당장 어떤 행위를 하진 못하더라도 더 이상 모른 척하지 말고, 사회에서 일어나는 문제들을 더 관심 있게 지켜보고 지속적으로 고민해보자고 말이다.

삶의 힘든 시기마다 책보물 창고 속에서 이 책을 꺼내들게 될 것이다. 『토지』의 아름다운 자연 묘사들을 가끔 찾아 읽으면 버거운 일상에서 잠시 숨통이 트이기도 할 것이다. 어린 서희와 봉순이가 놀던 마당의 풍경이나 능소화가 흐드러지게 핀 모습을 생각하면 그냥 좋았다. 푸르스름한 밤하늘과 처연히 빛나던 새벽 달빛, 겨울 햇살이 부서지는 섬진강가의 풍경들을 떠올리면 삶이 생생하게 느껴지기도 했다. 삶의 무게에 짓눌리는 기분이 들 때 '참된 것과 아름다운 것'을 소망하며 살았던 착하고 순한 사람들을 떠올리면 그 시간을 잘 버틸 수 있을 것 같다.

현관에 둔 책장은 칸막이가 없이 양쪽으로 책을 꽂을 수 있다. 현관 쪽으로 책등이 보이게 책을 꽂으면 거실 쪽에서는 책의 뒷모습이 보인다. 『토지』 스무 권의 책마다 색띠가 알록알록 붙어 있다. 수없이 밑줄을 긋고 띠지를 붙였다. 책을 읽다 눈이 붓도록 운 적도 많았다. 필사하고 요점 정리를 한 노트도 두툼하다. 저 책들이 내 삶의 토지 같다는 생각이 들었다. 한 권 한 권 마음의 땅을 일구듯 열심히 읽은 흔적 앞에서 토지에 나온 사람들을 떠올리곤 한다. 책 속에 깃든 고귀한 정신을 마음속에 잘 간직하고 싶다. 이름 석 자 분명하게 남기지 못했어도 최선을 다해 자기 삶을 일구고 간 민초 개별의 삶을 오래 기억하는 게 내 몫이라고 생각한다. 모든 걸 희생하며 대의를 위해 목숨 걸고 싸운 이들의 삶의 태도를 어떻게 내 삶에 접목시킬지 평생 숙제가 남은 셈이다. 역사의 길 위에서 희생당한 사람들 덕분에 편하고 자유롭게 살고 있음에도 모든 게 당연한 듯 여기며 살았던 나, 마음 불편한 일들에는 눈 가리고 못 들은 척 외면하며 지냈던 시간은 '흑역사'로 묻어두려고 한다. 이제는 『토지』를 읽은 흔적처럼 성의 있는 태도로 성실하게 삶을 일구는 '흙 역사'를 남겼으면 좋겠다. 삶이 흔들리려 할 때마다 이 토지 위에 힘주고 서겠다.

아파하며 걷다

『아픈 몸을 살다』

2018년 여름, 아빠가 크게 다치셨다. 집수리를 하다가 전기톱에 옷이 말려들어가 사고를 당하신 거였는데, 수술 후 입원 치료를 받으시는 동안 병원을 오가며 쓴 글에 이웃들의 다정한 위로와 진심 어린 걱정, 함께 기도하겠다는 고마운 말들이 밀려들었다.

아무리 가까운 사람이라도 큰 걱정거리를 털어놓는 것은 상대방 마음에 부담을 줄 수 있다는 걸 알고 있다. 남의 일을 자기 일처럼 끌어안고 아파하는 친구에게는 조심하게 된다. 내 아픔에 허덕이며 누구든 붙잡고 하소연하던 때가 있었다. 곁을 지키며 답이 안 나오는 문제를 같이 고민해주던 지인들에게 두고두고 미안하다.

사려 깊은 사람이 되기 위해 노력한다. 마흔이 훌쩍 넘어서야 비로소 타인의 아픔에 공감하는 것이 무슨 의미인지, 어떤 것이어야 하는지 깨달았다. 경험하지 못한 것은 이해하지 못한다고 이제야 솔직하게 말하게 되었다. 아는 척하거나 이해하는 척하지 않고, 경험한 만큼만, 받아들일 수 있는 만큼만 타인을 수용하는 것이 상대방을 진정으로 존중하고 배려하는 것임을 시행착오 끝에 깨달았다. 공감은 시간을 들여 그 사람이 겪었을 일의 전후 맥락을 곰곰이 헤아려보는 마음이다. 어떤 심정일지 내 경험에 비추어 가늠해본다는 뜻이다. 아픔을 겪은 사람 앞에서 생각하곤 한다. 내가 겪은 고통을 100이라 쳤을 때 지금 이 사람의 아픔은 몇 배 정도일까? 그 시간을 거치면 내가 할 수 있는 최선이 무엇인지 알게 된다.

그의 문제를 조금 가져다 대신 짐을 져줄 수 있다면 함께 지려고 노력한다. 마음을 표현할 수 있는 말들을 고심해서 골라 전하거나, 아무것도 도움이 안 될 것 같으면 그 자리에 서서 눈을 감고 기도한다. 심각한 문제면 알람을 설정하고 정해진 시간에 기도하기도 한다. 내가 어려울 때마다 나보다 더 열심히 기도해주는 사람이 있다는 걸 알게 된 후, 그들에게서 배운 것들을 조금이나마 따라 하려고 노력하게 되었다.

아빠 이야기를 쓰기 전에 고민했다. 누군가에겐 민폐가 될까 싶어서다. 그럼에도 이야기를 꺼낸 이유는 『아픈 몸을 살다』에서 읽은 구절 때문이다.

> "아주 걱정되네요." 캐시와 나를 바라보던 눈빛과 걱정하고 있다는 말에서 그 의사가 단지 질환 문제를 설명 중인 의료 전문가로서뿐 아니라 한 명의 인간으로서 말하고 있음을 알 수 있었다. 그가 나를, 또 우리 부부를 염려하고 있다는 것을 느꼈다.
>
> ……
>
> 진심으로 걱정하는 마음을 제대로 표현하는 사람이 되는 연습을 평생에 걸쳐 해왔기에 그는 단 몇 초를 이처럼 의미 깊은 순간으로 만들 수 있었을 것이다. 모든 의사나 간호사들이 그렇게 환자의 고통에 가닿을 수 있는 것은 아니다.
>
> — 아서 프랭크, 『아픈 몸을 살다』, 봄날의책, 241~242쪽

블로그에 아빠와 나를 걱정해주는 댓글이 올라올 때마다 이름도 모르

고 만난 적도 없는 이들의 위로에 깊이 감동했다. 비밀 댓글에는 자신이 겪은 아픈 이별과 질병의 고통, 회한이 빼곡하게 쓰여 있었다. 그 글들을 읽으며 생각했다. 어쩌면 우리도 그렇게 서로의 이야기를 들려주면서 걱정하고 위로하는 마음, 격려하는 말을 잘 전하는 연습을 하고 있는지도 모른다고.

> 이야기는 병을 고통과 상실 너머로 고양할 수 있는 유일한 방법은 아니지만, 사람들 대부분이 가장 쉽게 의지할 수 있는 방법이다.
> – 아서 프랭크, 『아픈 몸을 살다』, 봄날의책, 14쪽

밥을 짓고 반찬을 만들어 병원을 오가며 오직 감사뿐이었다. 아빠를 보러 갈 수 있다는 것만으로도 더 이상 바랄 게 없었다. 하루가 정신없이 흘러도 잠시 책을 펴고 앉았다. 그 시간이 주는 위로와 평안이 이렇게 큰 것인 줄 몰랐다. '다만 당신 앞에서 열리는 가능성을 보길 바랍니다.'라는 아서 프랭크의 말에 가만히 고개를 끄덕였다. 아빠를 위해, 그리고 언젠가는 아픈 몸을 살게 될 나 자신을 위해 이 구절을 기록해 두었다.

한 사람의 전환이 사회의 전환으로 확장되는 지점에 이야기가 있다. 아픈 몸이 이야기가 되고 이야기에 공명하는 사람들의 원이 커지면 질병의 고립은 연결의 계기가 된다. 홀로 아팠던 몸의 경험은 한 사회의 자원과 지식이 된다. 아픈 사람의 낭비되고 버려진 시간은 사회적으로 귀중한 시간이 된다. 병자, 환자, 피해자, 희생자는 가장 멀리 여행한 사람이자 남들이 보지 못한

것을 본 사람, 다른 시각과 경험을 가진 사람이 된다.

– 아서 프랭크 『아픈 몸을 살다』, 봄날의 책, 254쪽

북 코디네이터라는 직함을 내걸고 일하는 나의 정체성을 고민할 때마다 가장 먼저 떠오르는 말은 '연결'이다. 이야기로 연결될 수 있는 가능성이 열린다면 기꺼이 내 이야기를 들려주고 싶다. 책의 길에서 발견한 아름다운 이야기들을 열심히 전파하려고 한다. 함께 들어야 할 이야기라면 사람들과 모여 들으면서 말이다.

아픔과 죽음, 상실에 대한 책은 선뜻 읽고 싶지 않을 수 있다. 그럼에도 많은 이들에게 이 책을 강력히 추천했다. 처음 매료된 장면을 자세히 들려주면 대부분 기꺼이 읽겠다고 했다.

극심한 통증으로 잠을 못 이루는 밤에 아서 프랭크는 아내의 조화로운 일상을 훼손하고 싶지 않다는 생각으로 아내를 깨우지 않는다. 아내의 잠이 유일하게 남은 일상의 질서라 여기며 '아내의 잠은 아껴줄 수 있었다'고 말하는 그는 깊은 밤 창가에 서서 홀연히 찾아온 아름다움과 마주한다.

창밖에는 나무 한 그루가 있었고 나무 바로 위쪽의 가로등이 나무 그림자를 서리 긴 창문에 떨어뜨리고 있었다. 그곳에, 암흑과 고통밖에 없는 듯했던 한밤중의 창에 아름다움이 있었다. 아름다움의 얼굴을 볼 때 우리는 제자리에 있게 된다. 모든 것이 조화로워진다. 창을 바라보는 동안 그 아름다움은 내 안에서 짧은 시가 되었다.

나뭇가지 뒤 가로등이

서리 낀 창 위에

무늬를 던진다

유리를 닦지 마라

사람들이 깨어날라

- 아서 프랭크 『아픈 몸을 살다』, 봄날의 책, 58~59쪽

삶의 가장 절박한 순간에도 아름다움을 발견하고, 그것의 힘으로 고통을 견디는 사람의 글이라니……. 그 밤의 풍경과 글쓴이의 마음이 고스란히 전해졌다. 아서 프랭크는 혼자 있어도 자신을 표현함으로써 연결되는 경험을 이야기한다. 표현하는 말은 누군가를 향한 것이기에 자신의 감정을 드러내고 말하는 순간 함께일 수 있다는 자각은 내게도 의미 깊었다. 저자 스스로 형편없는 시구라 표현하지만, 아내뿐만 아니라 다른 사람들의 잠과 그들의 조화로운 일상을 아끼고 지켜주려는 마음이 잘 표현된 아래 구절은 어떤 시보다 감동적이다.

질병과 통증은 삶을 조각내지만, 사는 이유를 모두 빼앗겼다고 혹은 사는 이유가 막 사라질 참이라고 느끼는 순간에 우리는 다시 조화를 발견하곤 하며, 그렇게 계속 살아갈 수 있다.

- 아서 프랭크 『아픈 몸을 살다』, 봄날의 책, 60쪽

평소에는 소중함을 모르는 평범한 일상이 누군가에게는 가장 간절한

소원이 될 수 있다. 잃고 나서야 얼마나 소중한지 깨닫게 되는 일들이 얼마나 많은지. 아빠의 왼쪽 팔은 완전히 회복되지 않았다. 친정에 가면 거실 구석에 파라핀 치료기가 놓여 있다. 초봄에 사고를 당한 후 한여름에도 손이 저리고 시큰거려 매일 뜨거운 파라핀에 손을 담가 찜질을 하셨다. 가을을 지나 겨울이 오는 동안 아빠는 내내 장갑을 끼고 다니셨다. 해를 넘겨 봄이 다시 왔지만 여전히 아빠의 맨손은 보기 힘들다. 그래도 아빠는 가만히 계시질 않는다. 틈만 나면 여기저기 집안 구석구석을 손보고, 마당 가득 농사를 지으며 이것저것 만드는 게 취미이신 분이다. 손가락이 완전히 구부러지지 않아 공구를 잡는 게 불편하시지만 여전히 뚝딱거리며 집안 곳곳을 누비신다. 그런 아빠를 보면 마음이 놓이기도 하지만, 순간순간 손을 주무르며 창밖을 내다보시는 모습엔 가슴이 아리다.

　　정작 죽음의 공포, 암이라는 병에 대한 불안은 가을, 회복기에서부터 시작되었다. 언덕길이 보이는 창가에 앉아서 아이들이 뛰어가고 시장바구니를 든 주부가 지나가는 풍경을 바라보며 세상은, 모든 생명, 나뭇잎을 흔들어주는 바람까지 더없이 소중하게 느껴졌다. 살고 싶다고 생각했다. 아름다운 것들, 진실이 손에 잡힐 것만 같았고 그것들을 위해 좀 더 일을 했으면 싶었다. 고뇌스러운 희망이었다. 글을 쓰지 않는 내 삶의 터전은 아무 곳에도 없었다. 목숨이 있는 이상 나는 또 글을 쓰지 않을 수 없었고, 보름 만에 퇴원한 그날부터 가슴에 붕대를 감은 채 『토지』의 원고를 썼던 것이다.

　　　　　　　　　　　　　　　　　　　－ 박경리, 『토지1』, 마로니에북스, 8쪽

박경리 선생님도 아름다운 것들에 눈길을 주며 고통을 감내하셨던 분이다. 생명을 존중하는 마음이 남다르셨던 것도 죽음의 문턱에서 강렬한 삶의 욕구와 애정을 느꼈기 때문일 것이다.

아픈 사람과 아프지 않은 사람, 상실의 경험이 있는 사람과 아직 잃어보지 못한 사람이 책의 길에서 서로 만나는 장면을 상상해본다. 타인의 아픔을 함께 나눠 본 사람의 이야기가 아직 어떻게 해야 할지 몰라 고민하는 사람에게 전해지면 어떨까. 말로 표현하는 사람과 마음만 가지고 있는 사람들이 어우러져 서로에게서 배울 수 있는 자리를 꿈꾼다. 이들이 다양한 공간에서 연결되길 바란다. 『아픈 몸을 살다』라는 책으로 서로가 연결되어 각자가 겪은 고통의 경험을 나누었으면 좋겠다. 아파하며 힘겹게 걸어야 할 길에 들어설 때 부디 이 문장을 기억할 수 있기를 바란다.

질병이나 삶에서 마주치는 다른 재앙 때문에 언제나 놀라겠지만, 그래도 나는 괜찮을 것이며 어디로 가든 괜찮을 것이다. 어디로 가든 그곳에서 새로운 나의 일부를 찾을 것이고 선(善)에 이바지할 것이다. 그곳에서 나는 새로운 차원의 사랑을 발견할 것이다. 신은 창문을 닫으시면서 문을 여신다.

– 아서 프랭크, 『아픈 몸을 살다』, 봄날의 책, 246쪽

손을 잡고 걷다
『아픔이 길이 되려면』

의사이자 사회역학자인 저자가 '질병의 사회적 책임'을 묻는 책이다. 『아픈 몸을 살다』를 쓴 아서 프랭크는 질병 서사 연구, 의료사회학, 의료윤리학 분야에 중요한 책들을 썼다. 우리나라 의사가 쓴 이 책은 더 아프고, 심각하게 다가올 것 같아 사 놓고도 쉽게 펼치지 못했다. 아픔과 고통에 대한 주제를 다룬 책들을 읽기 시작하면서 이 책을 만난 것이 얼마나 다행인지 모르겠다. 이 책은 혼자 읽어서는 안 될 책이었다. 온라인 독서 모임 〈처음 북클럽〉에서 함께 읽었고, '북 코디네이터 공부 모임'에서도 중요하게 다루었다. 모임 일주일 전 각자 나누고 싶은 이야기 주제를 단톡방에 공유했다. 평소와는 다른 반응들이 나왔다. 우리 사회의 구조적 문제에서 기인하는 가난, 차별, 억압, 무관심 때문에 아픈 사람들의 이야기를 읽느라 다들 버거워했다. 국가로부터 버림받았다고 느끼거나 존재 자체를 거부당한 채 병들어 죽어가는 사람들에게 무관심했다는 죄책감도 밀려들었다. 책모임이 아니면 읽지 못했을 거라는 고백이 이어졌다. 이제라도 알게 되어서 고맙고, 함께 고민할 수 있어서 힘이 된다는 의견도 많았다.

『아픔이 길이 되려면』 발제문

1. 참사를 기록하고 기억하면 되는 것인지, 우리가 해야 할 다른 뭔가가 있는 건 아닌지 함께 나눠보고 싶습니다.

2. '세월호 참사'나 '가습기 살균제 사망 사건' 등에서 보듯 우리는 사회의 시스템을 믿고 따르지만 그 결과는 처참합니다. 보통 사람들이 의심 없이 살아가기엔 위험천만한 이 사회에서 어떻게 살아가야 하는지, 본질적이지만 우리의 삶의 자세나 방법에 대한 고민을 해보고 싶습니다.

3. 낙태 문제와 관련하여 의사결정과정에서 여성이 배제된 이유는 무엇이고, 어떻게 하면 주체가 될 수 있을지 생각해 보고 싶습니다.

4. 사회적 사건을 겪고 고통받는 이들의 아픔에 공감하며 함께 아파하고, 불합리에 분노하는 것 외에 함께 고민하고 행동해야 하는 것에는 어떤 것들이 있을지 이야기 나누고 싶습니다.

5. 건강한 공동체(건강한 사회적 관계망)에 대해 이야기 나누고 싶습니다. 알고 계시는 건강한 공동체의 예가 있는지, 아니면 만들고 싶은(또

는 이상적인) 건강한 공동체의 모습은 어떤 것인지 함께 나눠보고 싶습니다.

6. "그러나 로세토 이야기는 어떤 공동체에서 우리가 건강할 수 있는지에 대해 질문을 던집니다. 개인이 맞닥뜨린 위기에 함께 대응하는 공동체, 타인의 슬픔에 깊게 공감하고 행동하는 공동체의 힘이 얼마나 거대하고 또 중요한지에 대해서요.(296쪽)"에서 말하는 것처럼 한 개인이 건강한 공동체를 이루기 위해선 어떤 일을 해야 하는지에 대해 이야기 나누고 싶습니다.

7. '데이터가 없다면, 역학자는 링 위에 올라갈 수 없다. 그러나 역학자가 적절한 데이터를 가지고 있다면 싸움이 진행되는 링 위에서 큰 힘을 발휘할 수 있다.'는 리처드 클랩 교수의 말을 인용하며 김승섭 교수는 이런 설명을 덧붙입니다.

한국에서 교수로 일하며, 콜센터 상담사, 소방공무원, 병원 인턴/레지던트, 해고 노동자, 그리고 성소수자의 건강에 대해 말하기 위해 항상 데이터를 먼저 수집했습니다. 그 데이터를 분석해 학술 논문을 쓰고, 그 근거에 기초해서 어떠한 사회적 변화가 필요한지 말했습니다. 그것은 학자인 제가 '링 위에 올라가는' 방법이었습니다.

– 김승섭, 『아픔이 길이 되려면』, 동아시아, 109쪽

우리의 링은 어디인가?

링 위에 올라갈 수 없는 나는 어떻게 해야 하나? 그리고 무엇을 할 수 있는가?

'재난에서 나타나는 삶의 복잡성'을 인정하는 것, 피해자와 일반 국민의 갈등도 당연히 존재한다는 것을 인정하는 것.

"갈등을 대하는 자세가 한 사회의 실력이다." 그 실력은 결국 개개인이 모여 만들어내는 것이라면, 나는 어떤 실력을 보탤 것인가?

아픔이 길이 되려면 --

이 미완의 문장을 각자 채워볼까요?

이미 위에서 한 얘기들을 한 마디로 정리하시면 됩니다.

누군가 해야 할 일이 아니라 내가 해야 할 일을 찾으려는 모습을 보며 책 모임의 가치를 새삼 느꼈다. 책을 읽는 내내 아프고 괴롭고 막막했지만 멤버들은 다양한 방식으로 이 책의 의미를 나누었다. '타인의 고통을 외면하고 살았던 나를 돌아보게 되었다', '아픔을 뚫고 나가는 그 길에 초대해주어서 고맙다.', '이제라도 제대로 알게 되어 다행이다.', '저자가 꿋꿋하게 걷고 있는 길을 응원하며 손잡고 함께 걷고 싶다.'…… 이렇게 다짐하는 사람들과 밤이 깊도록 이야기를 나누었다.

'북 코디네이터 공부 모임'에서는 어떻게 하면 공감지수를 높여갈 수 있는지 논의했다. 사회 문제를 지속적으로 개선해나가기 위해 필요한 자세를 점검하며 관련 그림책을 찾아보기도 했다. 메네나 코틴의 『눈을 감고 느끼는 색깔 여행』, 조앤 슈워츠의 『바닷가 탄광 마을』, 정진호의 『위를 봐요』 등이 거론되었다.

『아픔이 길이 되려면』은 학자의 시선으로 바라보는 사회 풍경이다. 차별, 사회적 고립, 고용 불안 등이 인간의 몸을 해칠 수 있다는 연구 가설을 탐구하는 사회역학을 연구하는 학자가 들려주는 이야기다. 소설가가 이 이야기를 재현한다면 어떤 방식으로 들려줄까? 공부 모임에서 연결해서 읽은 책은 정세랑 작가의 『피프티 피플』이다. 50여 명의 생생한 인물이 그려내는 사회상이 『아픔이 길이 되려면』과 긴밀하게 맞닿는 지점을 찾아 비교해보는 활동을 했는데, 참석한 분들이 모두 놀라워했다. 그날 주제 중 하나가 '책 읽기 방식'이었는데, 이 두 책은 융합 독서의 사례로서 손색이 없었다.

〈처음 북클럽〉의 마지막 질문에 회원들은 이렇게 답했다.

- 아픔이 길이 되려면, '함께 아파하고 기뻐할 수 있는 감수성'의 실력을 보태고 싶습니다. (정하늘)
- 결코 쉽지 않겠지만 그들의 입장이 되어 보아야 합니다. 상처 난 마음에 잠시나마 들어가 보는 것이 중요합니다. (이주희)
- '함께' 아파하고, 치료법도 '함께' 만들어가야 합니다. (최은미)
- 외면하거나 모른척하지 않고 '아픔과 마주 보기'가 제일 먼저일 것 같

습니다. (오용숙)

- 도망치지 말고 손잡고 함께 걸으면 됩니다. (이화정)
- 그 아픔을 잊지 않고 기억하며 그들의 아픔을 알아봐 주는 노력을 멈추지 않아야겠습니다. (전세란)
- 각자의 다른 생각이 모두 환영받는다고 느낄 수 있는 안전하고 편안한 시선을 가져야 한다고 생각합니다. 그런 시선을 가졌을 때 함께할 수 있고 건강한 공동체를 이룰 수 있다고 생각합니다. (하정민)
- 원인을 따지거나 이념이나 잣대를 들이대기보다 그들이 아프다는 것, 차별받고 있다는 것에 집중하고 내 마음과 힘을 보태고 싶습니다. (이경진)

리베카 솔닛은 『여자들은 자꾸만 같은 질문을 받는다』에서 '마침내 말이 말할 수 없음을 깨뜨리고 나오면, 사회가 이전까지는 용인하던 것이 더는 용인할 수 없는 것이 된다.'(39쪽)고 말한다. 우리가 할 일은 마침내 말하게 된 사람들의 이야기를 귀 기울여 듣는 것부터 시작하면 된다. 누군가 무언의 침묵으로 말할 때든, 목청껏 이야기할 때든 외면하지 말고 마주 보는 것부터가 시작이다. 타인의 고통을 나눈다는 이야기는 함부로 할 수 없다. 지속적인 관심과 책임 있는 태도가 필요한 일이다.

'갈등을 대하는 자세가 한 사회의 실력이다.'라는 김승섭 교수의 말처럼 우리는 우리 사회의 실력을 높이기 위해 사회 구성원으로서 갈등이 시작되는 자리를 들여다보는 역할부터 감당해야 한다. 『아픔이 길이 되려면』 같은 책을 읽는 것부터가 시작이다. 제대로 알면 다음 단계를 가늠해볼 수 있다. 혼자 읽지 않고 함께 읽자고 권하는 것은 그리 어렵지 않은 일이다. 참사를 기록한 글이나 타인의 고통을 섬세하게 다룬 문학작품, 예를 들어 『아픔이 길이 되려면』, 『아픈 몸을 살다』, 『피프티 피플』 등의 책을 외면하지 않고 읽어내는 것이 우리가 함께 시작할 수 있는 일이다. 그러다 보면 세상은 달라지기 시작할 거라고 믿는다. 우리가 그 기록된 말들을 읽고 주변으로 확장시키는 역할을 해야 한다. 이 책을 누군가에게 전하는 것이 그 첫걸음이다. 손잡고 함께 걷다 보면 아픔이 길이 되어 많은 이들이 덜 아픈 세상을 만나게 되지 않을까, 조심스럽게 희망을 품어본다.

과학자와 함께 걷다

『송민령의 뇌과학 이야기』

　뇌과학이라니! 세상에, 내가 어쩌다 이런 책을 읽게 되었을까 되물으면서도 참 재미있게 읽은 책이다. 카이스트에서 바이오 · 뇌공학과 박사과정을 밟고 있는 이 젊은 과학자의 지혜와 섬세함, 나이를 뛰어넘는 통찰력에 깊이 감동했다. 쥐의 뇌 실험, 인공지능, 신경학 등 전문적인 과학 이야기를 쉽게 설명하면서 마지막 문단엔 꼭 자기만의 이야기로 마무리 짓는 글의 구성이 훌륭했다. 질문을 스스로 도출해내는 능력이 탁월한 학자라는 생각이 들었다. 자신뿐 아니라 사회 전반의 문제들을 짚고 넘어가며 나와 너, 우리가 어떻게 소통해나갈 것인가를 뇌과학자의 관점에서 풀어나갔다. 일반 독자를 소외시키는 학자의 언어가 아닌, 편안하고 사려 깊은 문장으로 끊임없이 독자를 초대하는 느낌이 들어 좋았다. 나처럼 뇌과학의 'ㄴ'자도 모르는 사람도 포기하지 않고 끝까지 다 읽게 만들었다는 것만으로도 놀랍다. 내가 좋아하는 학자는 어려운 이야기를(과학이든, 심리학이든, 역사든) 알기 쉽게 풀어 설명해주는 사람이다. 그들의 세계에서만 통하는 어려운 언어로 잘난 척하지 않으며 말이다.

　『송민령의 뇌과학 이야기』는 나의 뇌가 어떻게 생겼는지, 내 마음과 뇌는 어떤 연관이 있는지, 도대체 내가 왜 그랬는지를 탐구하는 내용으로 채워져 있다. 나를 이해하는 열쇠가 될 수 있는 뇌에 대해 아는 것은 '너'에 대한 이해로 이어져 '우리'를 공감하고 이해하는 폭을 넓혀가는 일이라고 한다.

사람들은 객관적인 외부 세계에서 살아간다기보다는, 외부 세계를 내면화해 만든 내적 표상의 세계에서 살아간다. 경험이 고유하기에, 온 인생에 걸쳐 변화하는 뇌 신경망도, 뇌 신경망이 담아내는 표상의 세계도 고유하다. 이런 관점에서 보면 한 사람 한 사람이 대등하고도 고유한 하나의 세계이다. 나도 하나의 신경망, 당신도 하나의 신경망, 나도 하나의 세계, 당신도 하나의 세계인 것이다. 놀랍지 않은가? 우리 모두는 지구에 살고 있지만, 한편으로는 75억 개의 서로 다른 표상의 세계에서 살고 있다.

– 송민령, 『송민령의 뇌과학 연구소』, 동아시아, 151쪽

사회, 역사, 과학 분야의 책보다는 소설을 즐겨 읽는 나로서는 과학자가 이야기하는 이 '고유성'에 대한 정의가 신선했다. 소설을 읽으면서 항상 느끼는 게 있다. 〈안나 카레니나〉의 첫 구절을 빌려 표현하자면 사람은 다 비슷하지만 각기 다른 모습으로 살아간다. 결혼 생활만이 아니다. 일 년에 수십 권의 소설을 읽어도 같은 인물은 하나도 없다. 그러니 표준화하려는 의도를 의심하면서 편리와 효율만을 추구하는 시스템에 자신을 꿰어 맞추지 말아야 한다. 큰 재난 앞에서 희생당한 사람들을 한데 묶어 바라볼 게 아니라 한 사람 한 사람 살아온 인생을 개별화하여 바라봄으로써 존중하는 태도도 돌아보아야 한다. 사회의 일원으로서 다른 구성원에 대해 어떤 시선과 태도를 가지고 있는지는 함께 어우러져 살아가는 데 있어 매우 중요한 문제다.

사람이 수단이 아니라 목적인 현대사회에서는, 사람들의 다양성이 예전보다 존중받는다. 하지만 '세상에는 다양한 사람이 있고, 너와 나는 다르고,

나는 이 다름을 존중한다'에서 끝나면, '너는 그래라, 나는 이럴 테니'라는 단절로 이어지고 만다. 또 서로 다른 사람들이 함께해야 하는 상황이 되면 근대국가의 방식으로 돌아가기 쉽다. 다양성이 상생으로 이어지려면 다른 가운데 어우러지는 노력, 차이를 긍정적으로 활용하려는 노력이 필요하다.

　　　　　　　　　　　　－ 송민령, 『송민령의 뇌과학 연구소』, 동아시아, 250쪽

　송민령의 문장은 이렇게 단순 명쾌하다. 과학자와 함께 걸으면서도 주눅들지 않고 유쾌하게 대화를 나누는 느낌이 드는 이유는 이런 쉬운 일상의 언어로 과학 이론을 설명하기 때문이다. 어깨너머로 실험실 풍경을 들여다보고 공부하는 책상을 들여다보는 것은 좀 지루하고 어렵기도 했지만 말이다.

　'나는 이렇구나'라고 나를 이해하고, '너는 그렇구나'라고 너를 이해하고, 거기에서부터 '그럼 이제 우리 어떻게 할까'를 함께 고민하는 쪽으로.

　　　　　　　　　　　　－ 송민령, 『송민령의 뇌과학 연구소』, 동아시아, 255쪽

　결국 뇌과학은 '우리'를 향해 가는 학문이라는 데 매혹되었다. 자기만의 철학을 가진 전문가들이 자기 일을 더 사랑하고, 더 잘 해낸다는 느낌을 받는다. 『랩걸』의 호프 자런도 나무를 사랑하는 마음이 남달랐다. 나무 이야기를 들려줄 때, 과학적 지식을 꼼꼼하게 담으면서도 나무를 살아있는 생명체로 존중하며 식물의 관점에서 연구한 흔적이 돋보인다. 읽다 보면 나도 모르게 그 나무에 대한 애정이 생길 정도로 말이다.

　『아내를 모자로 착각한 남자』에는 정신 질환의 환자 한 명 한 명을 환자 이

전에 한 인간으로 존중하며 치료한 올리버 색스의 이야기가 담겨 있다. 우리 사회에도 통찰력 있는 시선으로 인간을 바라보며 자기의 분야에서 탁월한 성과를 내고 있는 송민령이라는 과학자가 있다는 데 자부심과 안도감을 느낀다. 과학이라는 학문이 결국은 인간을 더 깊이 이해하기 위해 존재하며, 나아가 더 나은 세상을 꿈꿀 수 있게 해준다는 걸 확인한 뜻깊은 시간이었다.

〈마이북〉서점 대표님의 추천을 받고 처음엔 당혹스러웠다. 책이 너무 어려워 보였기 때문이다. 사실 처음에는 읽다가 어려워 밀쳐둔 책이었다. 각종 데이터와 실험 내용은 건너뛰며 읽기도 했다. 그러다 서대문 자연사 박물관에서 진행하는 저자 강연 소식을 듣고 망설임 없이 신청했다. 강의가 끝나고, 미처 읽지 못한 끝부분을 읽다가 가슴이 벅차올랐다.

> 과학과 기술이 사회를 바꾸는 구체적인 모습에 영향을 끼칠 수 있으려면 새로운 과학 지식을 정확하게 이해하되, 나라는 맥락, 사회라는 맥락과 연결 지을 수 있어야 한다. 그래서 이 책에서는 뇌과학과 인공 지능에 대한 지식뿐만 아니라, 뇌과학이 현실과 부딪히며 생겨난 의문들(예: 자유 의지는 존재하는가)와 윤리적 쟁점들(예: 신경교육)을 함께 다루었다. 또 시민들이 과학에서 어떤 역할들을 하는지, 시민 과학을 위해서 어떤 노력이 필요할지 살펴봤다.
>
> – 송민령, 『송민령의 뇌과학 연구소』, 동아시아, 350쪽

'시민의 참여'라는 챕터에서 저자는 '최고의 전문가들이기도 하지만 편향된 의견을 세련된 전문 지식으로 포장할 가능성'에 대한 위험을 지적하며 '전문가의 말을 귀담아들을 필요는 있지만, 전문가의 말만 믿어서

는 안 되는 것'이라고 강조한다. '특정 분야의 전문가 몇 사람이 다 헤아리기에 인간의 삶은 너무 깊고, 사회는 너무 다채롭기 때문'에 다양한 영역의 전문가들이 필요하다고 역설한다.

그 전문가들이란 사회 구석구석에서 자신만의 경험을 축적해온 시민들이다. 문제 해결에 필요한 전문적인 방안을 제공하지 않더라도, 지구에 사는 사람이라면 누구나 자신에게 심각한 영향을 끼칠 과학 기술에 대한 정보를 요구하거나 조리 있게 의견을 제시하거나 사회적 합의를 통해 제약을 가할 권리가 있다. 지구촌에서 살아갈 생존권과 관련되기 때문이다. 4대강 사업을 통해 절절하게 체감했듯, 여러 사람에게 돌이킬 수 없는 영향을 초래할 일을 독단으로 추진할 자격은 누구에게도 없다.

– 송민령, 『송민령의 뇌과학 연구소』, 동아시아, 351쪽

자신만의 경험을 축적해온 시민을 전문가라고 칭해주는 과학자의 말에 어깨가 으쓱했다. 고유한 내 경험이 축적되어 사회를 건강하고 다채롭게 만드는 데 기여한다면 기꺼이 내 삶의 전문가가 되고 싶어졌다. 뇌과학 전문가가 제안한 시민으로서의 권리를 잘 이행하고 싶다. '정보를 요구하기' 위해 제대로 알기 위한 노력을 게을리하지 않기, '조리 있게 의견을 제시하거나 사회적 합의를 통해 제약을 가하기' 위해 함께 읽으며 목소리를 내는 연습하기. 그런 의미에서 〈처음 북클럽〉 2019년 4월 도서로 이 책을 뽑았다. 결국 독서 모임은 각자가 삶의 전문가로 거듭날 수 있는 가장 적합한 대안이라는 확신이 든다.

[책과 공간의 연결]
찾아 읽다

⑥
나만의 자리를 찾아 읽다

엄마의 책장 :
엄마, 아내에서 한 존재로 고양되는 자리

> 어떻게 살고 싶으며, 어떤 사람이 되기를 바라는지, 즉 집과 시와 책은, 삶
> 의 바람과 동의어이다. 책장의 구조와 그 사람의 공간에서 발견한 책의 배
> 열들을 살펴보면, 그는 어디에 의지하며 살고 있는지, 그의 인생에서 큰 의
> 미를 주는 것은 무엇인지 알 수 있다.
>
> – 김현진, 『진심의 공간』, 자음과 모음, 175쪽

니나 상코비치의 『혼자 책 읽는 시간』은 여러모로 소중한 책이다. 책
속으로만 도피하려는 나를 삶 속으로 다시 이끈 책이기 때문이다. 이 책
때문에 블로그를 시작했고, 이 책 덕분에 오래 꿈꾸던 '나만의 독서 의자'
를 마련할 수 있었다.

내게 가장 소중한 공간이자 가장 의미 있는 장소를 꼽으라면 거실 한

편에 마련한 내 서재다. 책을 읽고 글을 쓰고 쉬는, '나만의 방'이다. 이 자리에서 버지니아 울프를 읽었고, 나혜석을 만났으며 매일 몇 시간씩 글을 썼다. 가장 눈에 띄는 자리에 '글 쓰는 여자의 공간' 달력을 놓았고, 아끼는 그림책들을 창가에 세워두고 바라보기도 했다.

2014년 창천동으로 이사를 할 때 정든 살림을 반 토막 내고 오느라 애를 먹었다. 혼수로 해온 낡은 가구들도 처분해야 했다. 폐기물 수거 트럭은 가구를 그대로 싣지 않고 내리는 족족 쪼개고 부수어 차에 실었다. 5층 창가에서 그 풍경을 내려다보며 내 가슴도 탕탕 부서졌다. 남편은 마음이 횅한 나를 위해 빠듯한 이사 예산을 쪼개 콘솔과 벤치를 사주었다. 화장대 겸 책상 겸 내 방이 되기도 하는 기특한 가구였다. 3년 후 콘솔 옆에 일인용 의자가 놓였다. 스탠드 불빛이 은은하게 퍼지는 작은 서재가 비로소 완성된 느낌이었다. 문을 닫고 들어가 온전히 혼자가 될 수 있는 공간이면 더 바랄 게 없겠지만, '엄마 의자'라고 명명된 이 자리에 앉는 순간 식구들도 더 이상 엄마나 아내의 역할을 요구하지 않았다. 한 번에 완벽하게 세팅된 자리가 주는 흡족함과는 비교할 수 없었다. 오랜 시간 꿈꾸고 기다려왔던 공간이기에 더없이 소중했다.

아름다운 책들은 표지가 보이게 책장에 세워 두고 수시로 눈을 맞췄다. 책이 건네는 말을 수집하고, 책에 감응하기 위해 부지런히 글을 쓰는 이 공간에서 나라는 존재가 가장 반짝이는 느낌이 들었다.

책에 몰두해 있다가 고조된 감정을 추스를 사이도 없이 밥을 하러 일어서야 할 때 더 앉아 있고 싶어 아쉬워하곤 했다. 글쓰기에 탄력이 붙어 마지막 문장을 향해 신나게 나아가고 있을 때 빨래가 끝났다는 신호음이

들리면 갈등하던 자리이기도 하다. 자잘한 집안일로 일어섰다 앉았다 하는 시간을 피해 늦은 저녁부터 새날이 되기까지 몇 시간을 꼼짝없이 앉아있기도 했다.

일정이 없는 날에는 밖에 나가 자리를 잡고 앉아 있을 때가 많았다. 집에는 자잘한 일거리들이 널려 있어 집중하기가 쉽지 않아서다. 눈에 거슬리는 것들을 지나치지 못하고 꼼지락거리느라 계획한 일들을 하지 못하기 때문에 그럴 때 가기 좋은 카페 명단을 마련해두었다. 공부하는 곳, 몰래 숨으러 가는 곳, 특별한 사람을 초대하는 카페가 따로 있다. 나를 위로하는 곳, 쉬는 곳, 슬퍼하는 곳, 자존감을 회복하는 곳이라는 별칭을 붙인 카페도 있다. 우아해지고 싶어 가는 장소가 있고, 비 내리는 날 멍하니 있기 좋은 곳도 있다. 커피 잔이 예뻐서 가는 카페, 음악이 좋거나 풍경이 괜찮아서 찾는 곳도 있다. 커피 맛이 좋은 카페를 가장 즐겨 찾지만, 어떤 장소든 각각의 의미를 담고 이름을 붙여서 나만의 공간으로 만들려고 노력한다.

카페의 탁자 위에는 읽고 있는 책들이 놓인다. 재미있어서 틈만 나면 펼치는 책, 독서 모임 책, 공부하는 책들이다. 최소 서너 권을 동시에 읽는 편이라 외출할 때도 한 권만 들고 나온 적이 별로 없다. 어디에 자리 잡고 앉아도 책이 빛나는 공간, 치열하게 읽고 쓰는 공간을 만들며 온전한 존재로 자리매김하려 애쓴다.

어느 날 문득 자신의 인생에 대해 더 깊이 생각하고 가치 있게 사는 것이 무엇인지 질문을 던져 답을 찾고 싶은 마음이 들면, 이전에 품고 있었던 집의 가치, 공간과 사물과의 관계가 완전히 다르게 느껴진다. 어느 곳에서 어떤 것들을 지키며 마지막 시간들을 살게 될지 조금은 선명해진다. 나 자신이 원하는 공간에서 자신이 정한 방식으로 끝까지 살 수 있도록, 가족들도 나의 마지막 삶을 인정해주는 마음을 가지기를 간절히 바란다. 그리고 자신이 가장 중요하게 여기는 일상의 관계와 공간과 사물을, 자신의 존엄과 동일하게 지키기를 소원한다.

– 김현진, 『진심의 공간』, 자음과모음, 271쪽

이 책을 읽고 유서를 써 본 적이 있다. 엄마가 얼마나 삶을 사랑했는지 두 아이에게 고백하며 엄마를 위해 해주었으면 하는 장례 절차들을 적어 나갔다.

병원이 아니었으면 좋겠지만, 그건 어렵겠지? 엄마가 쓴 책과 엄마가 특별히 아꼈던 책들을 전시해 줄래? 가장 환하게 웃는 사진들을 벽에 붙여줘. 엄마가 돈을 마련해 놓을 테니 부의금은 받지 마. 엄마를 좋아하고 아껴줬던 사람들에게만 연락하고. 그들이 슬퍼하는 공간이기보다 엄마를 추억하고 좋았던 순간들을 나누는 자리가 되었으면 좋겠어. 삶이 얼마나 소중한지 돌아보는 자리가 되도록 해줘. 적당한 순간에 엄마가 써놓은 편지를 낭독해 줄래? 서로를 껴안고 등을 토닥이는 시간이 되면 좋을 거 같아.

엄마가 하루하루를 아까워하며 최선을 다해 살았다고 너희들이 얘기해주었으면 좋겠어. 그 자리에 모인 이들에게 꼭 전해줘. 엄마가 '여러분들을 정말 사랑했다'고. 천국에 가서 사랑하는 예수님을 만나 좋아하고 있을 테니,

슬퍼하지 말라고. 이제 어서 집에 돌아가 엄마가 읽으라고 채근했던 책을 읽고 일상의 소중함을 충만히 누리며 사시라고…… (참, 이왕이면 음악도 엄마가 준비해 놓은 걸로 틀어 줘!)…… 하민, 하연, 슬퍼하지 마. 그리고 엄마가 남겨놓은 책들을 봐. 거기... 엄마 있다! ^^ 사랑해!

죽음을 의식할 때 삶은 더 눈부시게 반짝인다. 유서를 써보는 경험이 새로운 삶의 경이로 들어서는 특별 처방인 걸 알게 되었다. 가장 편하고, 가장 좋아하는 공간에서 마지막을 맞이하려면 일상의 모든 공간에 애정을 쏟아붓고 의미를 담아야 한다는 것도. 책에서 수시로 느끼는 이 경이로움을 날마다 누리며, 가장 나다운 모습으로 살다가 그렇게 마지막 순간을 맞이했으면 좋겠다.

하나님이 부르시는 그날까지 책을 읽다가 천국에 가고 싶다. 가장 사랑하는 나만의 공간, 일상의 반짝임을 놓치지 않으려 애쓴 내 방, 책에 둘러싸인 곳에서 품위 있게 죽고 싶다. 내 삶과 사랑하는 이들에게 고마워하면서, 무엇보다 그 모든 것을 허락하신 그분께 감사 고백을 드리면서 눈을 감게 되기를 오래전부터 기도하고 있다. 무엇을 하든, 어디에 있든, 그 공간의 완성이 그 자리에 진심을 다해 존재하는 나, 그리고 당신이었으면 좋겠다.

아내의 책상 : 축적의 힘

"나는 엄마가 엄마 책상을 가지고 있는 게 참 좋아요."

"아빠도 그렇게 생각한다. 엄마가 늘 공부를 하지 않더라도 엄마 몫의 책상에 앉아 책을 읽고, 편지를 쓰고, 차를 마시며 무얼 생각하는 게 좋아 보이고."

"친구들 집에 가도 엄마 책상이 없는 집이 더 많아요. 아뇨, 거의 다 없는 것 같아요."

– 이순원, 『아들과 함께 걷는 일』, 실천문학사, 95쪽

늘 나만의 공간을 꿈꾸다가 가장 쉽게 바꿀 수 있는 식탁에서 출발했다.

〈선향〉 첫 모임에서 가장 먼저 배운 것은 시를 읽는 행위가 일상을 예술로 끌어올리는 힘이 있다는 것이었다. 중년 가정주부의 일상은 단조롭다. 지루하게 반복되는 집안일은 서서히 자존감을 갉아먹는다. 우아하고 품위 있게 살고 싶은 욕망은 음식물 쓰레기를 치우고, 욕실의 묵은 때를 박박 닦는 동안 빛이 바랜다. 그러다 문득 펼쳐 든 책들이 일상의 풍경을 바꿀 수도 있다는 걸 책모임에서 발견했다. 불현듯 아름다운 문장에 감탄해 낭독을 하고, 그림책 한 장면에 매료되어 화장대 위에 펼쳐두고 감상했다. 식탁 위에 스탠드를 놓고

시집을 놓아두었다. 비루한 일상 때문에 다친 마음을 시의 언어들이 위로해 준다는 것을 잘 아는 회원들은 각자의 방식대로 시집을 곁에 둔다. 모임에서도 시집과 그림책을 즐겨 읽는다.

– 박소영 이화정 지은이 한선정, 『모두의 독서』, 하나의 책, 72쪽

그다음에는 책장 한 편에 '엄마의 책장'을 만들었다. 엄마가 아끼는 책들을 꽂아둔 곳, 엄마의 마음이 사는 곳, 엄마의 꿈이 자라는 공간이었다. 책의 공간을 가꾸기 시작한 지 3년 만에 드디어 엄마의 의자가 생겼다. 하지만 엄마 몫의 책상은 여전히 식탁이었다.

남편이 목공을 배운다고 했을 때 내심 기대한 건 작은 책장이었다. 애지중지하는 책들만 따로 꽂아놓고 싶었다. 손재주가 많은 남편은 홍송으로 협탁을 만들어왔다. 시집 서른 권이 들어가는 앙증맞은 크기였다. 협탁 위에는 그림책을 세워두거나 꽃병을 놓아두기도 한다. 그 후로도 서랍이 세 개나 달린 모니터 받침대와 아카시아 협탁 하나를 더 만들었다.

2018년 7월 무더운 토요일이었다. 볼일을 마치고 집에 들어왔더니 남편이 소파에 기절한 듯 누워있고 책장 앞에 새 책상이 놓여 있었다. 짙은 나무색의 아담한 책상이었다. 일반 의자보다 높이가 낮은 1인용 소파에 맞춰 손수 제작한 '아내의 책상'이었다. 다른 나무보다 재질이 단단해 무척 고생을 했다고 한다. 두 주에 걸쳐 땀을 뻘뻘 흘리며 나사를 박고 사포질을 하고 기름칠까지 한 책상. '이화정의 책상'이 아니라 '아내의 책상'이라고 부르는 이유다.

나만의 책상 나만의 공간에서 책과 머무는 시간은 가장 온전한 나를

마주하는 시간이다. 그런 의미에서 누구나 자신만의 책상이 필요하다. 식탁을 책상으로 쓰던 시절부터 지금까지 지나온 모든 시간이, 책과 노트를 펼쳤던 모든 공간이 지금의 나를 만들었다.

《조용한 열정》은 55세에 신장 질환으로 세상을 뜨기까지 생의 절반을 은둔하며 1,800편에 가까운 시를 썼던 에밀리 디킨슨을 그린 영화다. 그녀가 세상과 소통하고 싶어 써 내려간 편지와 시 속에는 조용하고 뜨거운 열정이 그대로 담겨 있다. 사랑, 자연, 죽음, 이별, 신성함을 주제로 쓴 시들은 생전에 단 몇 편만 발표되었다. 그것도 가명으로.

식구들이 잠든 새벽마다 에밀리는 작은 탁자에 앉아 시를 쓴다. 그 시간조차도 엄한 아버지에게 허락을 받아야 했다. 밤의 침묵을 뚫고 자그락대는 치맛단을 여미며 작은 탁자에 앉는 에밀리의 모습을 숨죽이며 바라보았다. 종이와 펜, 때로는 책 한 권을 살며시 내려놓고 그녀가 시를 쓰기 시작하면, 화면에 그녀의 시가 한 줄 한 줄 나타나고 시를 낭독하는 에밀리의 목소리가 들려온다. 숨 막히게 아름다운 장면이지만, 마음 한구석은 말할 수 없이 아팠다. 에밀리가 온전히 자기다운 모습으로 존재하며 행복을 누릴 수 있는 공간인 '작은 탁자'를 여전히 가지지 못한 '우리'들이 너무 많다고 생각했기 때문이다.

영화를 봤을 당시 나만의 책상이 없다는 생각에 그 장면이 더 인상에 남았는지도 모른다. 식탁의 1/3이 내 책상이라 여기며 지내던 때였다. 거실 쪽의 작은 탁자는 여러 권의 책을 펼쳐놓을 수가 없었다. 식탁 가득 책과 노트를 펼쳐놓고 글을 쓰거나 자료를 만들다 말고 저녁밥을 짓고 밥상을 차리려면 난감할 때가 한두 번이 아니었다. 나는 나대로 식구들

눈치를 봤지만, 식구들도 식탁이 아닌 엄마 책상에 비집고 앉아 밥을 먹는 기분이 들었을 것이다.

『자기만의 방』을 읽은 후 사면이 벽으로 둘러싸인 내 공간에 대한 열망, 스스로 생계를 책임지고 사는 삶에 대한 고민이 시작되었다. 어떻게든 내가 '존재하는' 공간을 확보하기 위해 힘썼다. 사방이 뻥 뚫린 공간 안에서도 독서 의자에 앉아 내 세계 안으로 몰입하기, 책상 아닌 식탁에서도 사유하는 인간으로 존재하며 읽고 쓰기, 밥하고 빨래하고 변기를 닦으면서 가사 노동의 가치와 수고의 값어치(누가 주진 않지만)를 헤아리며 나 자신을 존귀하게 여기기, 독서 모임의 공간에서 서로의 존재감을 한껏 살려주기가 그 노력의 흔적이다. 여전히 지금도 나는 주부이자 엄마로, 작가로, 북 코디네이터로 식탁에 앉아 책을 펼치곤 한다. 책을 읽고 글을 쓰고 사색하고 음악을 듣는 자리가 곧 나의 책상이다. 형태가 어떻든 이름을 무엇이라 붙이든 그저 내가 '있는' 자리라는 게 중요하다.

박웅현의 『여덟 단어』는 2014년 가을에 읽은 책이다. 2015년 독서 모임을 준비하며 이 책을 다시 읽었을 때 '기록'과 '축적'의 의미를 곱씹어볼 기회가 있었다. 모임을 앞두고 '나만의 의미 있는 여덟 단어'를 미리 생각해오라고 했다.

박웅현의 여덟 단어 :
자존, 본질, 고전, 견(見), 현재, 권위, 소통, 인생
이화정의 여덟 단어 :
죽음, 품위, 개별화, 맥락, 공감, 목소리, 언어, 일관

- 죽음을 의식하며 살자. 천국에 갈 거지만, 그래도 죽음 앞에서는 삶의 태도가 달라지리라.
- 내 삶에 품위를 부여하자. 내 삶의 서사를 존중하자. 살아온 이야기. 고유하고 특별한 것이다.
- 개별화. 전체 속의 하나, 무리 속의 한 사람을 주목하자. 상관없는 일이 될 수 없고 남의 일이 아니게 된다.
- 맥락을 짚어 본질을 꿰뚫어 보는 사람이 되자.
- 공감 능력을 갈고닦자. 소통의 출발은 공감이다.
- 내 목소리를 내는 사람이 되자. 뒤에 숨어서 얘기하지 말고, 남의 말에 기대어 말하지 말고, 내 입장과 견해를 표현하는 사람이 되자.
- 나를 설명하는 언어를 찾아 쓰자.
- 일관된 정직을 추구하며 살자. 생각과 말, 행동, 삶이 일치하도록.

2015년에 뽑은 이화정의 여덟 단어는 이후 변화가 있었다. 매해 몰두하는 단어가 달라지기 때문일 수도 있고, 책을 읽는 동안 진짜 중요한 것들을 향해 나아가며 덜어낸 까닭도 있다. 2018년에는 '언어, 말, 침묵'에 대해 깊이 파고들었고, 삶의 방식 가운데 '성의'를 다하는 것과 '축적'의 힘을 믿게 된 것이 큰 수확이다. 4년의 삶은 달랐다. 책장에 늘어나는 책들과 필사 노트, 블로그에 쓴 글들, 만난 사람들 사이에 차곡차곡 쌓여가는 뭔가가 있었다. 그게 무엇인지 아직은 잘 모르겠다. 배우고, 깨닫고, 좋아하게 된 것이 많아졌다. 실수하고, 상처받고, 실망하는 순간도 많았다. 감추고 싶지만 오히려 더 나 다운 모습으로 살도록 도와준 시간이기에 소중히 여긴다. 책을 고르는 안목, 연결하는 재미, 기획하는 힘도 서서히 쌓여갔다.

살아오면서 잘한 것이 있다면, 뭐든 시작하면 열심히 하고 꾸준히 하려고 노력한 것이다. 나이 들어가며 더 애쓰는 건 무슨 일이든 정성을 다하는 것이다. 결과가 다 좋았던 건 아니지만 언제나 배울 점은 남았다. 『슬픔을 공부하는 슬픔』에서 읽은 글귀가 너무 좋아 여러 번 반복해서 읽었다. 노트에 옮겨 적으며 몸에 새겨지길 바랐다.

> 인간은 무엇에서건 배운다. 그러니 문학을 통해서도 배울 것이다. 그러나 인간은 무엇보다도 자기 자신에게서 가장 결정적으로 배우고, 자신의 실패와 오류와 과오로부터 가장 처절하게 배운다. 그때 우리는 겨우 변한다. 인간은 직접 체험을 통해서만 가까스로 바뀌는 존재이므로 나를 진정으로 바꾸는 것은 내가 이미 행한 시행착오들뿐이다.
>
> – 신형철, 『슬픔을 공부하는 슬픔』, 한겨레출판, 176쪽

축적의 힘을 믿는다. 탁월함은 한 번에 오는 것이 아니다. 매일 조금씩 애쓰는 동안 연마되는 기술이다. 2018년 12월 29일 일산으로 이사 오면서 내 방이 생겼다. 아내의 책상은 작은 숲이 보이는 창가에 자리를 잡았다.

기획자의 공간
– 나만의 책 공간에서 모이고 흩어지는 책들

책모임을 기획하고 진행하는 일을 이제는 천직으로 여긴다. 일대일 만남부터 열 명 내외의 모임, 저자 초청 강의까지 두루 경험해 보았다. 준비과정부터 마지막 후기를 올리기까지 마음 졸이고 스트레스받는 일은 많지만, 일단 하고 나면 세상 어떤 모임에서도 경험할 수 없는 감동과 기쁨이 커서 그간의 어려움을 금방 까먹는다. 다양한 책모임을 열고 다른 사람들이 여는 책모임에도 부지런히 쫓아다니는 이유는 그 자리만큼 깊고 넓은 배움의 장이 흔치 않기 때문이다. 혼자 아무리 많은 책을 읽고 파고들어 공부해도 자기 틀을 깨며 나아가기는 쉽지 않다. 여러 사람들을 만나 다양한 이야기를 듣는 동안 중요하고 본질적인 것들을 가려내는 혜안이 생기고, 서로 부대끼는 관계 속에서만 발견할 수 있는 자신의 진짜 본모습을 발견하기도 한다. 여러 사람이 모이는 자리다 보니 당연히 불편한 일이 생기고, 마음이 상하기도 한다. 하지만 적당하게 가면을 쓰고 만나는 수많은 모임과는 분명히 다르기 때문에 책모임을 계속한다. 책모임은 어떻게든 책과 거기 모인 사람과의 유대를 향해 나아간다.

책모임에 대해 쓴 글이 몇 편 있다. 지금에 와서 다시 읽어보면 부글대는 감정을 꾹꾹 누르며 쓴 글도 있고, 그간의 노력이 다 소용없구나 하는 허탈한 심정으로 쓴 글도 눈에 띈다. 두 시간이 조금 넘는 모임을 위해 길게는 한 달, 모임에 임박해서는 한 주 내내 책을 읽고 또 읽었다. 관련된 책을 찾아 두루 얽힌 맥락을 짚어내고, 숨겨진 의미들을 찾고 분석하는 동안 제일 좋았던 건 나였다. 누구나 같은 방식으로 책을 읽진 않는다. 각자의 취향대로, 좋아하는 방식대로 읽으면 된다. 모임을 통해 각자에게 더 적합하고 좋은 독서 방법을 찾아나가면 된다. 깊이 읽고 곱씹어 보니 내게는 좋았던 내용이 다른 사람에겐 별로인 경우도 있고, 대강 읽어왔는데 그런 의미가 숨겨진 줄은 몰랐다며 감탄하는 일도 생긴다. 책을 파헤치며 읽어야 될 때도 있고, 그저 편하게 음미하고 즐기며 읽어야 할 책도 있다.

회원의 성향, 모임의 목적, 진행 방법, 진행자의 유무, 토론의 형식에 따라 책모임은 천차만별이다. 어떻게 하면 좀 더 분위기 좋고 유익하며 보람 있는 책모임을 만들까 궁리하다가 상황과 목적에 맞게 독서 모임을 기획하는 일이 퍽 즐겁고 보람된 일이라는 걸 알게 되었다. 독서든 일이든 삶이든 중요한 건 그것이 어떤 가치를 향해 나아가느냐다.

광고기획자가 쓴 『기획은 2형식이다』를 읽으면서 내가 하고 있는 일의 방향성을 다시 한 번 확인할 기회가 있었다. 기획력은 능력이 아니라 태도에 있다는 점에 깊이 공감했다. 좋은 콘텐츠는 좋은 가치를 담아야 한다는 것도 다시 마음에 새겼다. 내가 기획하는 모임이 사람들에게 유익하고 의미 있는 시간을 만들어 그들의 삶에 좋은 영향력을 끼칠 수 있다면 얼마나 가슴 떨리는 일이 되겠는가. 넘쳐나는 책 중에서 보물 같은 책을 가려내고, 불필요한 정보를 덜어내도록 돕는 일, 기존의 정보를 다시 편집하고 조합하여 새로운 가치를 부여하는 일도 의미가 있다. 고수들은 복잡하게 얘기하지 않는다. 단순하고 명쾌하며 새롭게 이야기한다. 능력 있는 기획자는 깊이 관찰하고, 새로운 눈으로 보려는 노력을 게을리하지 않고, 잘 정리하여 보기 좋게 꿰어 이야기하는 사람이다. 좋은 책과 유익한 강의는 읽고 듣는 자에게 스스로 만들어낼 무언가를 던져준다. 내가 기획하는 모임도 그런 가치를 추구한다. 힐링, 치유, 가벼운 동기부여에만 그치지 않고, 책을 읽는 사람 스스로가 자신을 다시 바라보고 재해석하며 새로운 길로 나아갈 계기를 마련해주는 것. 그 과정을 같이 하며 함께 성장하는 삶을 꿈꾼다. 책을 좋아하는 사람들이 책의 세계를 향해 더 깊이, 더 다양한 방식으로 탐험을 할 수 있도록 돕고 싶다. 책과 친하지 않은 사람들에게는 신선하고 재미있는 독서 경험을 제공하고 싶다. 독서 문화를 기획한다는 의미는 내 삶 자체를 기획한다는 뜻이기도 하다. 책을 동력 삼아 힘차게 삶을 향해 나아갈 수 있어 행복하다.

인문, 독서, 여행을 아우르는 잡지를 창간하겠다는 꿈을 키우고 있는 아들에게도, 이제 막 대학생이 된 딸에게도 좋은 모델이 되고 싶다. 1인 미디어 시대에 스스로 일을 만들어 할 수 있는 기반이 책으로부터 나온다는 것을 일깨워주고 싶다. 혼자 읽기에서 함께 읽기로 나아가는 동안 수많은 가능성과 마주할 수 있다는 것도 가르쳐주고 싶다.

제 일과 삶을 스스로 기획해서 먹고 살 수 있다는 가능성을 실현해 보여준다면 더 바랄 게 없겠다.

누군가 만들어 놓은 콘텐츠를 소비만 하다가 만들어내는 사람으로 바뀌는 경험은 매력적인 일이다. 읽은 책들 속에서 끊임없이 아이디어가 샘솟는 요즘, 자다가도 벌떡 일어나 핸드폰 메모장을 열고 메모할 때가 많다. 책에서 읽은 한 구절에서 영감을 받아 새 독서 모임 콘셉트를 잡기도 한다. 기획 노트에는 이 책 저 책의 문장들과 아이디어들이 차곡차곡 쌓이고, 하나의 주제를 두고도 책, 그림책, 영화, 음악의 콜라보가 머릿속에서 펼쳐진다.

북 코디네이터로서 할 수 있는 여러 가지 일들을 체계적으로 정리하는 동안, 무엇보다 기획력이 중요하다는 걸 알게 되었다. 수없이 많은 독서 모임이 있지만, 어디에서도 경험할 수 없는 콘텐츠를 만들어내는 일이 앞으로 내가 주력하고 싶은 분야다. 좋은 아이디어를 생각해내고 프로그램을 짜고 실행하는 힘, 그것은 오랜 시간 무언가를 쌓아왔을 때 가능한 것이다. 책장에 빼곡하게 들어찬 필사 노트들, 독서 노트와 자료들이 축적의 힘을 증명한다.

책모임을 하며 겪은 시행착오가 많다. 블로그를 운영하면서도 수시로 회의를 느끼곤 했다. 열정을 다해 한 일에 보람은커녕 씁쓸함만 남았던 기억도 많다. 얼마 전까지만 해도 실패라고 생각했던 일들에 이제는 '축적'이라는 다른 이름을 붙인다. 실패, 보람, 좌절, 포기, 다시 시작, 실수...... 이 모든 것들이 쌓여 내 콘텐츠의 자양분이 된다는 걸 믿는다. 그렇게 축적된 것들이 언젠가는 의미있는 일로 발현되기를 기다린다.

꼭 돈을 벌어야만 가치 있는 일은 아니다. 겉으로 보기에는 사소해 보이는 일도 엄청난 잠재력을 갈고닦는 중요한 행위일 수 있다. 나처럼 뭐 하나 내세울 것 없는 사람이 책이라도 붙들고 고군분투하고 있다면, 이 책이 힌트가 되었으면 좋겠다.

나는 하나의 본보기가 되고 싶다. 세상이 중요한 근거로 삼는 학위나 수료증, 자격증 등이 없어도 좋아하는 일을 파고들어 실력을 갈고닦고, 직접 발로 뛰며 경험하며 쌓은 일들이 이력이 될 수 있다는 것을 증명해

보이고 싶다. 그 길이 너무 멀고 막막해서 가끔은 어딘가 숨어들어 아무 일도 없었다는 듯 시침 뚝 떼고 책만 읽으며 지내고 싶을 때도 많다. 하지만 오늘도 책을 읽고 책으로 사는 법을 고민한다. 이 책을 읽는 분들도 자기 삶을 스스로 기획하는 사람으로 거듭나길 응원한다.

❼ 나를 기다리는 책을 찾아가다

도서관, 있는 그대로의 내 모습이 받아들여지는 장소

마쓰이에 마사시가 쓴 『여름은 오래 그곳에 남아』에는 일본 국립 현대 도서관 설계 경합을 벌이는 이야기가 나온다. 책의 공간에 대한 묘사들 가운데 단연 돋보이는 장면은 사카니시 도우루가 그의 스승인 건축가 무라이 슌스케에게 초등학교 시절 드나들던 도서관에 대해 말하는 부분이다.

도서관 정면에는 큰 오시마 벚나무가 있어서 현관 위쪽까지 잎사귀가 무성하게 퍼져 있었다. 여름에는 넓은 나무 그늘이 생기고 냉방이 없는 초등학교에서는 도서관이 제일 시원했다. 들어가면 공기 냄새가 확실하게 바뀌는 것이 느껴졌다. 아무도 시키지 않았어도 우리가 조용해진 것은 나무와 책 냄새 때문이었을지도 모른다.

– 마쓰이에 마사시, 『여름은 오래 그곳에 남아』, 비채, 179쪽

서대문구에 사는 동안 주로 두 도서관을 이용했다. 도심 한복판에 아파트와 상가로 둘러싸여 있는 도서관은 걸어서 갈 수 있는 거리에 있었다. 다른 도서관은 한 번에 가는 버스가 없고, 마을버스로 갈아타지 않는 이상 10분 넘게 언덕길을 올라가야 있다. 하지만 주로 이곳을 이용했다. 이유는 딱 하나, 도서관 주위가 나무로 둘러싸여 있기 때문이다. 계단을 오르는 동안 창밖으로 가슴이 탁 트이는 풍경이 펼쳐지면 그렇게 좋을 수가 없었다. 계단참에 서서 여름엔 녹음을 즐기고, 가을엔 온통 노랗게 물든 바로 앞 중학교 교정을 내려다보는 기쁨이 컸다. 3층 문을 열면 익숙한 책 냄새가 훅 다가오는데, 그 순간이 너무 좋았다. 특히 신착도서 코너로 가는 발걸음은 연인을 만나러 가는 것처럼 설렜다.

"초등학교 도서관은 주위에 신경 쓰지 않고 혼자 있을 수 있는 장소였던 것 같아요. 저한테는 그렇다는 이야기지만, 옆에 친구가 앉아 있어도 책을 읽고 있을 때는 혼자 있는 것이나 같았습니다."

선생님은 생각에 잠겼다가 말했다.

"혼자서 있을 수 있는 자유는 정말 중요하지. 아이들에게도 똑같아. 책을 읽고 있는 동안은 평소에 속한 사회나 가족과 떨어져서 책의 세계에 들어가지. 그러니까 책을 읽는 것은 고독하면서 고독하지 않은 거야. 아이가 그것을 스스로 발견한다면 살아가는 데 하나의 의지처가 되겠지. 독서라는 것은, 아니 도서관이라는 것은 교회와 비슷한 것이 아닐까? 혼자 가서 그대로 받아들여지는 장소라고 생각한다면 말이야."

– 마쓰이에 마사시, 『여름은 오래 그곳에 남아』, 비채, 180쪽

책의 세계로 들어가는 순간의 경이로움을 경험할 수 있는 곳이 바로 도서관이다. 놀라고 감탄하고 눈물짓고, 낄낄거리는, 있는 그대로의 내 모습이 책들에게 받아들여지는 장소라는 점도 얼마나 고마운 일인가. 도서관에는 내가 경험해보지 못한 미지의 영역이 숨어있다. 설레는 마음으로 책등을 훑으며 새 책들과 눈 맞추는 순간을 얼마나 사랑하는지!

도서관 하면 떠오르는 책이 또 한 권 있다. 느티나무 도서관 박영숙 관장님이 쓴 『꿈꿀 권리』다. 2015년, 40대를 훌쩍 넘은 나에게도 꿈꿀 권리를 다시 찾아준 책이다. 아이들 책을 빌리러 십여 년을 들락거리다가 온전히 내 책을 보기 위해 도서관에 다닌다는 사실에 새삼 감동한 것도 이 책 덕분이다.

'최고의 독서 교육은 엄마는 엄마의 책을 읽고, 아이는 아이의 책을 읽는 것'이라는 말에 공감하며 아이의 삶이 내 삶인 양 착각하고 살았던 적은 없는지 돌아보았다. '자기 자신을 위해 도서관에 오세요. 내 가슴을 뛰게 만드는 책을 만나세요.'라는 문장에 힘주어 밑줄 긋던 기억도 생생하다. 아이를 잘 키우는 것보다 더 중요한 것은 부모 이전에 온전한 한 인간으로서 바로 서는 것임을 깨닫게 해준 귀한 책이다. 대부분 몰입의 즐거움과 기쁨을 주지만, 때로는 무거운 책임으로 돌아오기도 하는 책읽기에 대해 깊이 생각하도록 이끌어준 책이기도 하다. 이 책에서는 도서관에 혼자 머무는 시간의 가치를 이렇게 말한다.

책은 삶의 길목마다 멈춤의 여백을 열어주는 열쇠다. 숨 가쁘게 쫓기던 일상에 성찰과 사유의 시간을 연다. 담금질 하듯 자신을 돌아보고 둘레를 둘러보게 한다. 그럴 때야 당연하게 여겼던, 혹은 어쩔 수 없다고 여겼던 모든 것이 다시 보일 수 있다. 정말 어쩔 수 없는 것일까? 더 나은 길은 없을까? 어쩌면 이 길에서 확 벗어나면 또 다른 세상이 보이지 않을까?

그렇다면 도서관은 끝없이 오르고 올라야 하는 삶의 계단을 다시 오를 수 있도록 숨을 고르는 계단참 같은 곳이 아닐까.

멈춰 섰던 시간이 남기는 여운에는 묵직한 진동이 있다. 고요한 성찰과 사유의 끝에서 세상과 대화하는 자신을 만난다. 참 신기하게도, 다른 세상을 만나고 다른 사람을 존중하게 될 때 자기 자신도 있는 그대로 받아들이고 존중하는 힘이 생긴다. 책으로 세상을 읽고 다양한 삶을 만나면서 내 삶에 대해서도 괜찮다고, 괜찮을 거라고, 이해하고 신뢰하기 때문일 것이다. 그렇다면, 그렇게 자신을 긍정하는 시간이 쌓이면서 오롯이 '나'로 살아갈 힘을 갖게 되지 않겠는가.

– 박영숙, 『꿈꿀 권리』, 알마, 230쪽

『여름은 오래 그곳에 남아』에도 '파묻혀 있는 책들과 만나기 위한 장소'가 도서관이라는 말이 나온다. '책과 기적처럼 만나기도' 하는 공간이다. 이 두 책이 서로 만나는 순간을 지켜보는 것만으로도 황홀하다.

서점에서 책보물 찾기

동네에 서점이 생기기 시작했다. 서점에 들어서면 구겨져 있던 마음이 펴졌다. 책에 둘러싸여 있으면 위로와 평안이 노란 불빛처럼 스며들었다. 서점 주인과 정답게 책 이야기를 나누는 것도 좋았다. 책의 공간에 머물 때, 온전히 나에게 집중하고 있다는 걸 발견했다.

30대를 돌아보면, 취업 자료나 자기 계발이 필요해서, 결혼 준비나 살림에 필요한 책을 찾으러, 다급한 마음으로 육아 정보를 얻기 위해 서점으로 달려가곤 했다. 아이들 교육을 위해 엄마로서 무엇을 해야 할지 몰라 서점을 헤맸다. 마음이 엉망진창이 되면 처방전이 될 책을 애타게 찾기도 했다. 어떤 책도 명확한 답을 주지 않았다. 그러면서 기대하는 마음이 점점 사라졌다.

40대 아줌마인 내가 책방에 드나든 건 순전히 그 공간에 머무는 느낌이 좋아서다. 책이 무언가 해주기를 바라며 악착같이 읽어대던 시기를 지나 다시 책을 읽기 시작한 것은 마흔 중반이 되어서다. 40대에 만난 책들은 겹겹이 쓰고 있던 마음 가면을 한 꺼풀씩 벗겨주었다.

서점이 가진 가장 중요한 역할은, 상투적인 말일지는 모르겠지만 무슨 책이든 구할 수 있는 환경을 만들기보다는 책과 조우하거나 혹은 자신의 세계관에 접근할 수 있는 공간 기능을 조성하는 데 있다고 생각한다. (후지모토 소우)

— 시미즈 레이나, 『세상에서 가장 아름다운 서점』, 학산문화사, 41쪽

이 글은 황현산 선생님의 에세이, 『사소한 부탁』에 소개된 건축가가 말한 서점 이야기다. 이 글의 원문이 거실 콘솔 위에 늘 펼쳐두는 『세상에서 가장 아름다운 서점』에 실려 있다는 걸 발견하고 찾아 읽었다. 가슴이 뛰었다. 책을 욕심껏 사서 쟁여놓으면 꼭 이렇게 보물찾기 놀이에서 아주 찾기 어려운 장소에 숨겨진 보물을 발견한 것 같은 순간이 찾아온다.

밤의 서점

클릭 한 번으로 책은 살 수 있겠지만 그곳에 이야기는 없다. 서점으로 향하는 길목의 풍경, 서점을 가득 채운 공기, 그곳에서 일하는 사람들의 배려와 그곳에서 만나는 사람들과의 대화는 사소하지만 많은 이야기를 담고 있다. 우리는 편리하고 효율적인 삶을 탐욕스럽게 추구하지만 결코 그것만으로 채워질 수 없는 존재이다. 그렇기에 우리는 서점을 찾는지 모른다.

– 시미즈 레이나, 『세상에서 가장 아름다운 서점』, 학산문화사, 들어가는 글 중에서

연희동에 자리 잡은 〈밤의 서점〉은 '밤의 점장'과 '폭풍의 점장'이 함께 운영하는 곳으로, 이름 그대로 밤에 어울리는 서점이다. 어두운 골목길, 환하고 우아한 자태로 존재감을 뽐내는 서점 앞에서 바로 들어간 적은 별로 없다. 잠시 서성이며 창 너머의 서점 풍경을 음미하는 즐거움이 크기 때문이다. 해리포터에 등장하는 호그와트 마법 학교 도서관 풍경 속으로 들어가는 느낌이 들기도 하는 이 공간은 나의 동굴이자 피난처 같은 곳이다. 걸어서 갈 수 있는 거리에 이런 매력적인 동네 서점이 있다는 건 얼마나 큰 행운인지.

혼자만의 고즈넉한 시간이 필요할 때 서점 한구석에 몸을 맡기면 온갖 소음에 지친 마음이 평안해진다. 내가 원하는 대로 사는 게 아니라 세상이 원하는 방식으로 살고 있다는 생각이 들면 오롯이 나 자신이 만나고 싶어진다. 가장 나다운 모습이 무엇일까, 서가를 천천히 돌며 책들과 눈맞추다 보면 그 제목들이 내게 말 거는 것 같았다. 서늘하고 축축한 마음을 의자에 툭 널어놓고 가만히 책을 들여다보거나 필사를 하고, 정성 담아 내온 차 한 잔을 마시고 나면 마음이 보송해져서 서점 문을 나설 수 있었다.

가끔 주절주절 속상한 일이나 정리되지 않는 고민을 점장님에게 털어놓으면 가만히 듣고 있다 총총걸음으로 서가에 가서 책을 한 권 뽑아들어 내민다. 그 순간의 설렘과 기대 때문에 책방을 들락거렸는지도 모르겠다. 만병통치약처럼 언제나 그 책이 시원하게 막힌 가슴을 뚫어주었으니까. 말을 주고받다가 "저 뭐 읽을까요?" 하면, 어쩌면 그리 한 치의 망설임도 없이 책을 골라주시는지! 마법 상자 같은 이 서점을 오래오래 지켜내기 위해서는 단골손님 갖고는 부족하지 않을까 싶어 홍보대사를 자처하고 나선지 오래다.

'엄청난 가능성이 숨 쉬고 있는 이곳에서는 몰려드는 도시의 어둠과 고요한 말과 말 사이의 여백이 우리를 압도한다.' 『노란 불빛의 서점』에 나오는 루이스 버즈비의 표현이 떠오르는 밤의 서점이 오래오래 그 자리를 지키길 소망한다.

〈밤의 서점〉에서 만난 책보물

- 『나의 산티아고, 혼자이면서 함께 걷는 길』: 책을 쓰다 좌절하고 포기
  한 마음을 일으켜 세워준 책
- 『세상에서 가장 아름다운 서점』: 서점 예찬의 삶을 시작하다.
- 『랩걸』: 책을 전하는 징검다리의 역할과 책씨앗을 심는 아름다운 일에
  대한 소명의식을 견고히 다진 책
- 『그 여름은 오래 그곳에 남아』: 점장님의 애정책은 틀림없다. 두고두고
  아껴 읽는 책

서점, 리스본

동네 서점에 가면 숨겨진 보물을 찾는 기쁨을 만끽할 수 있다. 봄볕이
좋아 연남동 거리를 걷다 만난 〈서점, 리스본〉. 2015년 열병을 앓듯 읽은
《리스본행 야간열차》에서 딴 이름의 서점이라니. 책을 읽고 난 후 본 영화
에서 한동안 헤어 나오지 못했던 기억을 꺼내 서점 주인과 이야기를 나누
었다. 놀랍게도 책방 주인은 『그래도, 사랑』, 『다시, 사랑』, 『스타카토 라디
오』 등을 쓴 정현주 작가님이었다. 책장에 꽂힌 책들 중에 좋아하는 책이
많아서 얼마나 신나게 얘기를 나누었는지 모른다. 특히 존 버거의 『내가
아는 모든 언어』를 읽고 몹시 매료되어 있던 터에 그가 쓴 책들을 한 곳에
모아 놓아서 얼마나 반가웠는지. 이럴 때 보물찾기하는 아이의 심정이 되
어 마음속으로 환호성을 지른다. 같은 작가를 좋아한다는 것만으로도 책
방 주인에 대한 호감도는 급상승하기 마련이다. 아직 읽어보지 못한 작품

중에서 추천을 부탁했다. 동네 서점에서 누릴 수 있는 가장 큰 기쁨이 바로 책 추천을 받는 것이다. 대부분의 책방지기들은 자신이 아주 아끼고 좋아하는 책을 손님들에게 추천하는 순간을 좋아한다. 『A가 X에게』는 그렇게 〈서점, 리스본〉에서 만난 책이다.

책과 음악, 은은한 조명, 책이 뿜어내는 향기 가득한 아름다운 공간에서 오래 이야기를 나누었다. 남다른 큐레이션 감각에 감탄하며 책장 속에서 찾아낸 또 다른 보물은 『작가의 책상』이다. 저명한 작가들의 작업 풍경을 담은 흑백 사진집이다. 너무 멋져서 가슴이 쿵쾅거렸다. 마지막으로 작가님의 책 중에서 한 권 골랐다. 고요한 봄밤에 읽은 『우리들의 파리가 생각나요』는 김환기 화백과 아내 김향안 여사의 편지그림을 소재로 사랑의 본질에 대해 깊이 탐구해가는 여정을 담은 책이다.

책에 둘러싸여 고요한 시간을 누리는 동안 벅찬 일정으로 복잡했던 마음이 가지런히 정돈되었다.

"그 책이요…."

조심스럽게 책을 펼쳐 보고 있을 때 책방 주인이 다정하게 말을 걸면 그렇게 좋을 수가 없다. 책은 때로 마법 같은 순간을 선물한다. 처음 만난 사람에게 친근감을 느끼는 놀라운 경험을 하고 싶다면 동네 책방에 가보길 바란다. 서점 문을 나오는 순간 뒤돌아 다시 들어가고 싶은 마음이 들었던, 따스하고 아늑한, 멋진 책들의 집 〈서점, 리스본〉.

어떤 책을 뽑아들어도 실망스럽지 않고, 새로운 세계를 만나는 기쁨을 선사하는 이런 동네 서점이 더 많아지기를, 오래오래 그 자리를 지키고 있기를 바란다.

〈서점, 리스본〉에서 만난 책보물

- 『A가 X에게』: 고통을 위로하고 어루만지는 편지, 저항하고 기록하는 손. 폭력과 불의에 대항하기 위해 손을 맞잡고 둘러선 풍경이 생생하게 그려진, 편지로 구성된 소설이다.
- 『우리들의 파리가 생각나요』: 김환기 화백과 김향안 여사의 편지를 토대로 쓴 에세이. 부부 사이의 '가장 아름다운 연대'를 보여준다. 진짜 사랑은 서로를 성장시킨다.
- 『작가의 책상』: 글쓰기의 50가지 풍경과 작가들의 매혹적인 말들.

산책하는 고래

친정 가까이에 동네 서점이 생겨 얼마나 기뻤는지 모른다. 친정 나들이 길에 서점을 들를 수 있다는 생각에 늘 설레곤 한다. 〈산책하는 고래〉는 그림책 출판사 '고래이야기'가 서울 홍대에서 경기도 양평 용문산 자락으로 터전을 옮기면서 문을 연 동네 서점이다. 1층은 책방 겸 북스테이 공간으로 어린이들을 위한 그림책을 모아둔 '그림 책방'과 어른들을 위한 단행본 책이 있는 '거실 책방'으로 꾸며져 있다. 천천히 바다를 헤엄치는 고래처럼 작은 공간을 구석구석 유영하다 보면 그곳이 아니면 절대 만나지 못할 것 같은 책을 만나게 된다. 농부이자 철학자, 시인이자 소설가인 웬델 베리의 『오직 하나뿐』이라든지 시각장애인들이 미각, 촉각, 후각, 청각 등 여러 감각으로 세상과 관계를 맺는 법을 경험하고 배울 수 있는 기회를 주는 그림책 『눈을 감고 느끼는 색깔 여행』을 이곳에서 만났다. 책을 사면 정성스럽게 내려주시는 핸드드립 커피 맛도 훌륭하다. 책을 들고 뒷마당에 나가 새 소리를 들으며 읽을 수 있다는 것도 매력적이다. 겨울이면 벽난로 앞에서 책에 둘러싸여 장작 타는 소리를 들으며 밤새도록 책을 읽을 수 있는 북스테이가 가능한 이곳은 내겐 비밀 별장과도 같다. 헉헉대며 살다가 도저히 한 발짝도 나아갈 수 없을 때 하루 찾아가 머물면 누적된 삶의 피로가 말끔히 가실 수 있는 비밀 장소……. '그림 책방'의 작고 아늑한 2층 다락방 공간에 올라가 어릴 적 아랫목에 배를 깔고 누워서 읽던 책들을 떠올리며 동화책과 만화를 뒤적이는 즐거움도 누릴 수 있다. 작은 책방에서만 누릴 수 있는 책의 물성을 손으로 느끼며 책을 고르는 기쁨도 크다. 생태와 자연 코너, 페미니즘 도서들, 역사와 사회 책들, 진중한 소설과 에세이들은 책방 주인의 취향과 가치관에 따라 다양한 큐레이션을 선보이며 책을 고르는 즐거움을 더해준다. 살림집에 그대로 책방을 차린 덕분에 작은 부엌 주변에는 알록달록한 요리책과 먹거리에 대한 사유와 철학을 담은 책들이 진열되어 있는데, 역시 남다른 안목이 느껴지는 곳이다.

처음 방문한 날, 좋아하는 책들이 놓여있어 처음 뵙는 서점 대표님께 호들갑을 떨며 책 이야기를 했던 기억이 생생하다. 『랩걸』, 『여름은 오래 그곳에 남아』, 『채링크로스 84번지』, 『이것이 인간인가』…… 눈에 잘 띄는 곳에 있던 그 책들을 새삼스럽게 쓰다듬어주었던 것도.

평소 동네 서점과 협업하며 독서 문화를 활성화하는 일을 해보고 싶었다. 북 코디네이터로서 동네 서점을 소개하고 독자들을 연결해 다양한 서점 문화를 경험하도록 돕고 싶었다. 동네 서점이 오래 자리를 지키기 위해서는 꾸준히 서점을 방문하는 이들이 있어야 하고, 인증 사진만 찍고 그냥

가는 게 아니라 인생책이 될 수도 있는 좋은 책들을 구매하는 것이 중요하다. 서점에서 운영하는 다양한 책문화 프로그램이 있으면 좋겠지만, 책방을 운영하는 것만으로도 버거운 책방지기들에게는 만만한 일이 아니다. 행사를 기획하고 진행하고, 큐레이션 아이디어를 나누거나 홍보를 대행해주는 일도 필요하지 않을까 생각했다. 고향에 자리한 서점이라 애착이 갔고, 책 취향도 마음에 맞았던지라 서점 대표님과 협의해서 2018년 9월에 그림책 모임 회원과 선향 회원을 주축으로 그림책 워크숍을 열었다. (그림책 워크숍은 303쪽 참조)

유아부터 어른까지 모두 함께 아름다운 자연 속에서 책을 보고, 그림을 그리고, 책 보물찾기를 하며 한바탕 책과 놀았던 그날의 풍경이 소중한 추억으로 남았다. 주말 교통 체증을 뚫고 오느라 짜증을 냈던 아이들이 돌아가는 길에는 언제 다시 하냐고 물어봤다는 얘기를 듣고 얼마나 기뻤는지 모른다. 두 번째 워크숍은 2019년 6월 6일 상암동 복합문화공간 '문화비축기지'에서 열었다. 품격 있는 책 문화를 선보이고, 모두가 책을 더 좋아하게 만드는 일, 이보다 보람차고 가치 있는 일이 또 있을까.

〈산책하는 고래〉에서 만난 책보물

- 『오직 하나뿐』: 땅을 직접 일구는 농부이자 작가의 글이라 단단하고 힘이 있다. 자연을 대하는 자세와 삶을 살아가는 태도를 돌아보게 해주는 책
- 『사랑한다는 걸 어떻게 알까요?』: 세상의 모든 사랑이 모여 있는 듯 마음이 따뜻하고 화사해지는 책

- 『내가 라면을 먹을 때』: 내가 알지 못하는 세계와 애써 외면하는 것들이 얼마나 많은가. 강렬한 여운이 남는 그림책

꿈틀 책방

김포에 자리 잡은 〈꿈틀 책방〉은 페이스북에서 발견하고 찾아간 곳이다. '꿈틀'이라는 이름에서 뭔가 가슴속에서 움트는 느낌이 들었고, 소중한 꿈을 담는 틀이라는 의미인 듯도 싶어 호감이 갔다. 오래전부터 책방을 열고 싶은 꿈을 갖고 있었다. 실제로 계약 직전까지 갔다가 무산된 적도 있다. 높은 임대료와 부수적인 일들을 감당하다 보면 도무지 행복하게 책방을 운영할 자신이 없었다. 이후 다른 방식의 책방을 꿈꾸며 공간이 필요 없는 서점을 운영해보기도 하고, 지금은 서점 문화에 기여하는 콘텐츠를 만드는 쪽으로 방향을 잡았다. 하지만 지금도 잘 정돈된 책의 공간에 들어서면 매혹당하고 다시금 책방에 대한 그림을 그리곤 한다.

책을 아주 좋아하는 사람들끼리는 찌릿찌릿 전기가 통한다. 책방에 들어서는 순간 환대의 기운이 느껴지면 그 강도는 더 세진다. 얼마 지나지 않아 함께 간 지인 두 분과 나, 책방지기님은 어제 밤늦도록 수다 떨다 오늘 다시 만난 친구처럼 신나게 책 수다를 떨었다. 읽었던 반가운 책을 꺼내들고는 "이 책 너무 좋죠!" 하면 "와, 그거 읽으셨어요? 진짜 좋죠!"하면서 함박웃음이 그치질 않았다.

신영복 선생님의 책들, 서점을 소재로 한 소설들, 아름다운 그림책들이 가지런히 놓여있었다. 작지만 단정하고 정갈한 공간에서 같은 책을 읽는

사람만이 누릴 수 있는 즐거움을 맘껏 누리며 시간가는 줄 모르고 이야기를 나눴다.

추천해주신 책을 구입하고 그냥 헤어지기 아쉬워 내가 사는 지역의 동네 책방을 구경시켜드리기로 약속을 잡고 나왔다. 책은 순식간에 처음 만난 사람도 친구로 만들어주는 놀라운 힘을 가졌다는 걸 실감한 날이었다. 재미있다고 추천받은 『어느 날 서점 주인이 되었습니다』는 그날 저녁 읽기 시작해서 새벽 2시까지 단숨에 읽었다. 그 책을 읽으며 언젠가 서점을 연다면 책모임 멤버들과 함께 책방을 차리고 싶다는 생각을 했다. 책을 중심으로 많은 이들이 함께 하는 아름다운 공동체를 꿈꾸고 있기 때문이다. 열악한 여건 속에서도 동네 골목에 자리 잡은 책방의 존재가 얼마나 귀하고 고마운지 많은 이들에게 얘기해주고 싶다.

책방지기가 고심하여 골라놓은 책들은 대형 서점에서는 절대 경험할 수 없는 즐거움을 선사한다. 어떤 책을 골라도 가치 있는 내용, 감동이 넘치는 이야기들을 만날 수 있다는 건 얼마나 기쁜 일인지!

그 즐거움을 누리게 해주는 모든 동네 책방 주인들에게 감사한다.

이후 방문할 때마다 대표님과 나눈 이야기도 소중하다. 책을 사랑하고, 책과 더불어 사는 사람들 사이에 흐르는 기류는 언제나 정겹고 따스하다. 서점 문화를 어떻게 활성화시킬 것인지, 책방이 살아남기 위해 지역 주민들과 어떻게 연대해야 하는지, 지속 가능한 책방 운영을 위해 필요한 것은 무엇인지, 고민을 함께 나누는 동안 같은 길을 걷는 사람으로서 동지의식 같은 게 생겨 든든하다.

〈꿈틀책방〉에서 만난 책보물
- 『어느 날 서점 주인이 되었습니다』: 서점은 '세상에서 가장 아름다운 제품을 파는 곳'이라는 정의에 반한 책
- 『처음처럼』: 신영복 선생님의 글과 그림, 삶의 지침서
- 『애너벨과 신기한 털실』: 세상을 변화시키는 손길과 마음, 나도 애너벨처럼 살고 싶다.

완벽한 날들

2017년 속초에 있는 〈완벽한 날들〉에서 북스테이를 한 뒤로 동해 하면 이제 푸른 바다와 함께 완벽했던 그날이 떠오른다. 혼자 차를 몰고 여행을 떠난 건 처음이었다. 서울을 출발해 속초에 도착하기까지 내리 세 시간을 달렸다. 음악을 크게 틀어놓고 완벽하게 혼자인 시간을 누리는 게 실감이 날 무렵 눈물이 줄줄 흐르기 시작했다. 아름다운 선율에 압도당해서였는지, 혼자 길을 나선 내가 대견해서였는지, 쉼 없이 달려온 시간들에 대한 회한 때문이었는지, 운전하는 손으로 눈물을 닦아내면서 달리던 순간을 잊지 못한다.

서점에 도착해 커다란 통유리 안쪽으로 책이 진열된 풍경을 바깥에서 한참 쳐다보다 들어갔다. 세련되고 우아한 실내 풍경에 감탄이 절로 나왔다. 직사각형의 대형 책상 위에 진열된 책들 사이에 풍성하게 꽂힌 생화는 얼마나 책과 잘 어울렸든지! 그림책 표지가 보이도록 진열된 책장 앞에서 조심스레 책을 꺼내보았다. 책보물을 발견하는 기쁨을 만끽하는 시간이다.

빨간 후드 점퍼를 입은 소녀가 아빠 손을 잡고 걸어가는 뒷모습이 인상적인 『거리에 핀 꽃』은 〈완벽한 날들〉에서 찾아낸 보물 같은 책이다.

 너무 작아 눈에 안 띄는 연약한 풀꽃 앞에 쪼그리고 앉아 있는 모습. 소녀는 보도블럭의 민들레가 밟히지 않도록 조심조심 걸으며 향기를 맡고, 삭막한 도심의 벽들 사이에 겨우 뿌리를 내리고 피워 올린 작은 풀꽃에 다정한 눈길을 보내며 걷는다. 조심스레 꺾은 꽃들을 죽은 새 위에 놓아주거나 노숙자의 발치에 가만히 두기도 한다. 산책 나온 강아지의 뒷덜미에 꽂아주고, 엄마, 동생들에게도 전해주는 동안 소녀가 지나간 자리는 꽃처럼 환해진다. 마지막으로 자신의 귀 뒤에 꽃을 꽂는 아이는 그 자체가 한 송이 어여쁜 꽃 같다.

 글자 없는 그림책을 읽는 동안 분주하고 성급한 마음으로 앞만 보고 내달리며 살았던 몸과 마음이 차분하게 가라앉았다. 서점이라는 공간이 그렇다. 수없이 많은 언어와 셀 수 없이 다양한 이야기들이 고요히 입을 다물고 있다가 책을 펼치는 순간 다정하게 말을 걸어오는 곳이다. 때로는 쿵, 머리나 가슴에 둔중한 그 무언가가 떨어지는 것처럼 얼얼해지기도 하지만 말이다. 고요히 머무는 그 공간에서 내 안에 갇혀 있던 말들이, 소리 없이 책으로 쏟아져 내리는 듯한 그 순간을 사랑한다. 눈시울이 붉어져 가만히 천장을 향해 얼굴을 들고 눈을 감고 깊은 숨을 내쉬어도 괜찮은 곳이 이런 서점이다.

 메리 올리버의 『완벽한 날들』에서 이름을 딴 이 서점은 말에서 흘러나오는 묘한 기운을 느끼기에 부족함이 없다. 완벽하다는 게 뭘까? 아무것도 부족하지 않다고 느끼는 상태. 그저 그 안에, 그 시간 속에 존재하는 내가 흡족한 순간. 더 좋은 걸 준대도 바꾸고 싶지 않은 그 무언가를 향유하고 있다는 비밀스러움. 몰입감 100%의 상태. 이 완벽함을 선사해준 속초의 동네 서점에서 메리 올리버의 글귀를 곱씹어 보았다. 그녀는 이 우주가 우리에게 준 두 가지 선물은 '사랑하는 힘'과 '질문하는 능력'이라고 했다. 어쩌면 그런 선물이 눈에 보이는 형태로 우리 앞에 존재하는 게 책일지도 모른다.

책을 읽으면 읽을수록 사랑하고 싶은 대상이 늘어나고 더 잘 사랑하고 싶어진다. 책이 던지는 수많은 질문에 우물쭈물 답을 못하다가도 어느 날 스스로에게 질문을 던지기도 한다. 무엇을 위해 사는지, 나다운 모습이란 도대체 어떤 건지, 왜 흔들리고 부서지고 상처받으면서도 다시 달려드는지, 수없이 파생되는 질문들을 끌어안고 고투하며 나아가는 것이 책읽기며 그건 인생의 다른 말이기도 하다.

어떤 드라마에서 한 달 시한부 삶을 사는 남자 주인공이 이렇게 외치는 대사가 유난히 가슴에 남아있다.

"난 오늘도 살 거고, 내일도 살아 있을 거고, 죽는 그 순간까지 생생히 살아있을 거야."

매일매일 완벽하게는 아니어도 되도록 많은 순간들에 충실히 살아가고 싶다. 책의 공간은 그런 의지를 불러일으키는 가장 적합한 장소가 아닐까?

〈완벽한 날들〉에서 만난 책보물

-『거리에 핀 꽃』: 나는 이 책을 읽으면 꽃처럼 피어난다.

-『느영나영 제주』: 〈엄마는 해녀입니다〉와 함께 생생한 삶, 사람, 자연

을 품게 하는 책

- 『라면은 멋있다』 : 책 안 읽는 청소년들 손에 꼭 쥐어주고 싶다. "너도 멋있게!"라고 말해주며.

헌책방

나는 책이 사람들을 연결해 주는 것을 좋아한다. 비록 그것을 좋아하는 사람도 있고 싫어하는 사람도 있지만 말이다. 함께 책을 읽는다는 것은, 우리가 똑같은 이야기 속으로 들어가 똑같은 거리를 걸으며 똑같은 죽음과 결혼식을 목격했다는 뜻이다. 한 달 동안 어떤 사람은 학생으로 지냈고, 어떤 사람은 사업상 여러 곳을 돌아다녔고, 어떤 사람은 도심에서 일을 하면서 각기 다르게 살았지만, 우리가 어디에 있든 똑같은 이야기를 가지고 다니면서 조금씩 읽고 어떤 때는 밤늦게까지 읽었다는 뜻이다.

우리가 서로의 집에서 함께 나눈 책과 시간이 많아질수록 그것은 우리를 하나가 되게 해 주었고, 그 시기에 내 삶을 더욱 풍성하게 해 주었다.

– 샤우나 니퀴스트, 『괜찮아 다 잘하지 않아도』, 두란노, 208쪽

그림책 모임에서 만난 김은주 선생님과 함께 인천 헌책방을 나들이를 한 적이 있다. 내가 좋아할 것 같다며 이끈 곳에 도착하기도 전에 이미 감동했다. 책방이었으니까.

책장에 꽂혀있는 『스토너』를 우연히 발견했다. 그 앞에서 환호하며 책을 꺼내 표지를 쓰다듬었다. 어쩌다 그는 거기까지 흘러갔을까. 스토너를

추모했고, 영화로 만들어지고 있다는 소식에 기대와 우려를 담은 이야기를 나눴다. 책을 두고 나오기 아쉬웠지만 누군가 그 책을 뽑아들고 나가는 모습을 상상하며 참았다.

클로드 퐁티의 그림책들을 만나길 기대하며 그림책 서가를 꼼꼼히 훑었다.

"존 버거의 책이 혹시 있을까요?"라는 질문에 나이 지긋하신 책방 주인 아주머니는 이렇게 말씀하셨다.

"지금 드릴 수 있는 게 없네요. 워낙 들어오기가 무섭게 나가는 책이라 꽂힐 틈이 없어요."

아, 얼마나 매혹적인 풍경인가.

방문자가 어떤 책을 찾아도 그 책의 위치와 그 작가의 작품에 대해 이런저런 설명을 곁들이는 책방 주인의 모습이라니! 손님이 찾는 책을 찾아 서가 사이를 비집고 들어가 책을 뽑아내는 모습은 또 얼마나 경이로운지. 고른 책을 계산하고, 공손히 인사를 하고 나왔다. 한때 박경리 선생님이 운영하셨던 서점의 흔적을 담아놓았다는 공간은 아쉽게도 문이 닫혀 있었다. 책방에 얽힌 이야기를 들으며 인천의 작은 책방에 앉아계신 모습을 상상해보았다. 선생님이 그리워서인지, 그 책방으로 나를 이끌어 보여 주고 싶어하는 마음이 고마워서인지 뭉클했다. 봄 햇살을 즐기며 함께 밥을 먹고, 커피를 마시는 동안 수시로 우리는 함께 읽은 책 속으로 걸어 들어갔다. 유대인 수용소 생존자 프리모 레비가 쓴 『이것이 인간인가』를 읽는 내내 힘들었다는 얘기를 담담하게 풀어놓은 선생님에게 로렌초 이야기와 『건지 감자껍질 파이 북클럽』에 나오는 포로 이야기를 들려주었다. 로렌초는 수용소 밖의 이탈리아 민간인 노동자로 여섯 달 동안 매일 프리모 레비에게 빵 한 조각과 자기가 먹고 남은 배급을 갖다 준 사람이다.

나는 지금 내가 이렇게 살아있게 된 것이 로렌초 덕분이라고 생각한다. 물질적인 도움 때문이라기보다는 그의 존재 자체가 나에게 끊임없이 상기 시켜준 어떤 가능성 때문이다. 선행을 행하는 너무나 자연스럽고 평범한 그의 태도를 보면서 나는 수용소 밖에 아직도 올바른 세상이, 부패하지 않고 야만적이지 않은, 증오와 두려움과는 무관한 세상이 존재할지 모른다고 믿을 수 있었다. 정확히 규정하기 어려운 어떤 것, 선(善)의 희미한 가능성, 하지만 이것은 충분히 생존해야 할 가치가 있는 것이었다.

......

로렌초는 인간이었다. 그의 인간성은 순수하고 오염되지 않았다. 그는 이 무화(無化)의 세상 밖에 있었다. 나는 로렌초 덕에 나는 내가 인간이라는 사실을 잊지 않을 수 있었다.

– 프리모 레비, 『이것이 인간인가』, 돌베개, 189쪽

노동자 수천 명이 이곳에서 죽었어요. 나는 최근에야 이렇게 비인간적인 대우가 아이히만(1906~1962. 독일 나치스 친위대 장교로 유대인 학살을 주도해 전후 이스라엘에서 처형되었다.)이 의도적으로 추진한 정책이었다는 걸 알았어요. 그는 자신의 계획을 '고갈에 의한 죽음'이라 칭했고 그대로 실행했지요. 힘든 노동을 시키고, 소중한 음식을 그들에게 낭비하지 말고 죽게 내버려 두라. 죽으면 유럽의 점령국 어디서든 다른 강제노동자로 대체할 수

있었고, 그렇게 되리라.

가끔씩 아이들은 호두와 사과, 때로는 감자 등을 철조망 사이로 찔러주었지요. 그런 음식을 받지 않는 토트 노동자가 한 명 있었어요. 그가 다가오는 건 아이들을 보기 위해서였어요. 단지 아이들을 보기 위해. 그저 아이들 얼굴과 머리칼을 쓰다듬기 위해 날카로운 철조망 틈새로 팔을 뻗었지요.

– 애니 배로스, 메리 앤 셰퍼, 『건지 감자껍질파이 북클럽』, 이덴슬리벨, 165쪽

우리가 추구해 나가야 할 인간다움은 무엇일까, 책을 읽다 보면 우리의 고민이 정작 가야 할 방향에서 한참 어긋나 있다는 걸 발견한다. 정말 중요한 문제와 덜 중요한 문제 사이에서 항상 덜 중요한 것, 본질에 비껴난 것들에 온 마음을 쏟고 있는 걸 깨닫는다. 책을 읽고 얘기를 나누다 보면 우리가 놓치고 있는 게 무엇인지, 우리를 짓누르고 있는 문제가 무엇인지 보일 때가 있다. 책 속의 장면들이 생생하게 우리 앞에 펼쳐지는 동안 환하게 서로 웃고, 때로 눈시울을 붉히기도 하면서 책으로 연결된 사람이 주는 기쁨을 누렸다. 사람들과의 다양한 관계에서 겪는 어려움들을 토로하기도 했다. 책 속 인물들을 힌트 삼아 터득한 지혜를 나누느라 몇 시간이 훌쩍 지났다. 좀 더 행복하게 지내고 싶은 우리는 이렇게 노력해보기로 했다.

- 지금 내 앞에 있는 사람에게 최선을 다하기
- 내가 할 수 있는 최선의 것을 나누되 상대방도 같은 마음일 거라고 기대하지 말기
- 내가 다른 사람의 꼬인 실타래를 풀어줄 수 있을 거라고 착각하지 말기

- 인연을 맺은 모든 사람과 좋은 관계를 유지하려고 버둥거리며 살지 말기
- 각자 고유한 존재임을 잊지 말고 만남의 모양새가 다 다르다는 걸 명심하기
- 내가 원하는 방식과 그 사람이 원하는 방식을 잘 분별하여 만나기
- 마음이 잘 통하는 사람, 좋아하는 사람과의 관계는 정성껏 가꾸기
- 좋았으나 소원해진 사람들에게는 미련 갖지 말기
- 나를 싫어하는 사람은 그럴 수도 있지, 쿨하게 인정하기
- 무례한 사람의 요구를 정중히 거절하는 법 연습하기
- 가면을 쓰고 만나야 한다면 차라리 외롭고 말기
- 헤어질 때 또 보고 싶은 사람을 자주 만나기
- 죽을 때까지 사람 공부, 마음 공부를 게을리하지 않기

자주 만나지 못하더라도 언제든 책 속으로 들어가면 만날 수 있는 사람들이 있어 기쁘다. 같은 거리를 걷고 같은 문구를 읊조리는 동안 거리와 상황과는 상관없이 순식간에 연결되는 사람들이 있다면 물리적인 공간에 홀로 있어도 외롭지 않을 것이다.

❽ 책을 말하는 공간을 찾아 듣다

저자 북토크

나희덕, 〈밤의 서점〉 낭독회(2017.6.10)

　어둑한 서점 안, 노란 불빛의 조명 아래 십여 명의 사람이 둘러앉았다. 맞은편에 나희덕 시인이 앉아 계셨다. 시인과 마주 앉아 시를 낭송하다니. 새로 나온 산문집 『한 걸음씩 걸어서 거기 도착하려네』를 낭독하고 애송시를 읽어 내려가는 동안 눈시울이 수시로 뜨거워졌다.

　모임 전날 여러 가지로 복잡했던 마음이 떠올라서였는지 모른다. 집에 있는 날 책을 읽기는 수월치 않다. 엉덩이 붙이기 무섭게 눈에 들어오는 일거리들은 왜 그리 많은지. 촌각을 다투는 일이 아닌데도 습관적으로 몸을 일으켜 하다 보면 자잘한 일이 이어지곤 한다. 어제 저녁 겨우 숨 돌리고 앉아 책을 읽다가, 나희덕 시인의 산문집에서 발견한 문구에 일시정지 상태가 되어 버렸다.

아버지의 반대를 무릅쓰고 유대인 남편과 결혼한 에이드리엔 리치는 세 아이를 키우는 동안 시간을 쪼개고 쪼개서 시를 써야 했다. 대부분의 여성 작가들이 그렇듯이 그녀는 다리미가 달궈지는 동안에도 책을 읽었다고 한다. 창작에 대한 열망과 가정에 대한 의무감 사이에서 갈등을 겪으면서도 자신의 생활과 내면을 다잡으려는 치열한 노력이 이 메모에서도 느껴진다.

– 나희덕, 『한 걸음씩 걸어서 거기 도착하려네』, 달, 132쪽

어제 이 산문집을 화장실에서 잠깐, 탈수를 기다리는 동안, 밥상을 차리다 아들이 샤워하러 들어간 사이, 수업 전 아이들이 도착하기 전 짬짬이 아쉬워하며 읽었었다. 다리미에 전원을 넣고 열이 오르기 전의 그 짧은 시간, 안타깝고도 갈급한 눈빛으로 책을 읽어 내려가는 이름도 낯선 한 시인의 마음에 동화되어 울컥했다.

에이드리엔 리치. 처음 들어보는 이 시인이 궁금해 검색을 하다 마음을 울리는 글귀들을 발견해 책에 옮겨 적었다. 바짝 말라있던 가슴에 시원한 물줄기가 떨어지는 기분이었다.

시인 에이드리엔 리치는 "시가 생존을 위한 투쟁에서 우리를 해방시켜주지는 못하지만 우리 삶의 돌발적 사태 밑에 감춰진 욕망과 열망, 또 우리가 주변의 강요에 의해 우리 자신의 것으로 받아들인 조작된 욕구와 불만을 드러낼 수 있다."라고 말했다.

– 에릭 부스, 『일상, 그 매혹적인 예술』, 에코의서재, 268쪽

나희덕 시인의 시를 읽으며 내 안의 감춰진 욕망과 열망을 감지했다. 그래서 이 단비와도 같은 글들이 얼마나 고마웠는지 모른다. 낭독회를 통해 나희덕 시인의 부드럽고 따스한 시어 뒤에 숨겨진 치열했던 삶의 이야기를 들었다. 새와 나무, 사람, 수많은 풍경 등을 오래, 깊이 들여다보는 시인의 시선이 곳곳에 배어있는 산문집을 읽어가는 동안 사물을 바라보는 자세와 태도를 돌아보게 되었다. 나도 용기를 내어 소감을 발표했다.

"세계 곳곳을 누비시며 산책자로서 써내려간 글을 읽으며 저도 시인 곁에 서서 같은 풍경을 바라보는 느낌이었습니다. 보통 여행지 이야기를 읽으면 묘한 질투심과 부러움에 마음 한 편이 스산해지기도 하는데, 이 책은 전혀 그렇지 않은 게 신기했습니다. 이 책을 읽는 동안 시인의 등 뒤에 서 있는 느낌이었어요."

'내가 바라보는 대상이 나에게 말을 걸어오는 순간 시가 탄생한다.'는 시인의 말은 너무 매혹적이었다. '다른 존재를 잘 들여다보고, 그 세계의 언어를 인간의 언어로 번역하는 게 시인의 일이다.'라는 탁월한 시론을 들으며 '시를 통해 내 안에 있는 것들이 해방된다.'는 황현산 선생님의 말씀이 떠올랐다. 시를 읽을 수만 있다면 아무리 세상이 험악하고 절망스러워도 기꺼이 견뎌낼 수 있지 않을까? 든든하고 묵직하고 따스했던 낭독회의 기운이 아직도 생생하다.

한성옥 함민복, 『흔들린다』 - 교보문고 광화문점(2017.11.24)

예술가가 뿜어내는 기운이 어떤 건지 실감한 자리였다. 한성옥 작가님에게서 뿜어져 나오는 에너지로 몇 번이나 전율했다. 뜨겁고 거침없고 자유로운 바람 같았다. 함민복 시인이 풍기는 분위기는 순하고 맑았다. 가끔 수줍게 웃으셨는데, 그 선한 인상에 저절로 미소가 지어졌다. 한성옥 작가님의 시 낭송으로 북토크가 시작되었다. 시와 그림, 음악이 어우러지는 5분 정도의 시간 동안 참석자들이 숨을 죽이고 몰입했다.

두 분이 만나게 된 사연부터 그림책 작업을 하는 동안의 에피소드를 들었다. 서로의 작품에 대한 감상과 그림에 숨겨진 의미를 듣는 시간도 흥미진진했다. 무엇보다 예술가로서 영감을 받고, 그것을 언어 혹은 그림으로 형상화시키는 과정을 작가에게 직접 듣는 게 신기했다. 남다른 시선과 해석이 어떻게 나오는지를 어렴풋이 알게 되었고 동경하게 되었다. 들려주신 이야기들이 구구절절 마음에 와닿아 기억하고 싶은 욕심으로 필기하다가 중간부터는 녹음을 했다. 한 마디도 놓치고 싶지 않았다. 혼자 듣기엔 너무 아까운 말들이었다. 그 이야기를 진심으로 함께 나누고 싶어 그 다음날 하루 종일 녹음을 들으며 후기를 올렸다. 놀랍게도 이런 답글이 달렸다.

반짝이는 나날들(내 블로그 닉네임)님~

한성옥입니다. 어떻게 이렇게 그 현장을 스캔하듯 리뷰를 쓰셨어요. 하루를 몽땅 들인 정도가 아니라 님 전체가 담겨있는 듯합니다. 민망도 하고 깊이 감사합니다.

너무 놀라운 경험이었다. 글을 쓴 진심을 알아주는 이가 있다는 게 너무 기뻤다. 그림책을 아끼고 사랑하는 사람들은 나누고 싶어 하는 열망이 크다. 그림책에는 혼자서 알고 있을 수 없는 아름답고 놀라운 세계가 담겨있기 때문이다.

북토크 요약

시를 뭐 저 혼자 쓰나요?

한성옥 작가는 출판사로부터 처음 시 그림책을 제안받았을 때, 7편의 시를 받았다고 한다. 그중 함민복 시인의 시를 고른 계기를 이렇게 밝힌다. 작년 시와 그림이 함께 만나는 자리를 마련한 행사에서 시인을 처음 만났을 때 들은 말이 잊히지 않아서라고.

"시를 뭐 저 혼자 쓰나요? 바람도 같이 쓰고, 풀잎하고도 같이 쓰고, 꽃도 같이 쓰는 거지요."

그때 한성옥 작가는 자신의 화두였던 '경계를 허무는 것', 그 경계가 허물어지는 경험을 했다고 한다. 이에 대해 시인은 더 뭉클한 이야기를 들려준다. 버스 안에서 불현듯 시상이 떠올라 급히 종이를 꺼내 글씨를 썼는데, 평소와는 다른 글씨체가 나왔다는 것. 삐뚤빼뚤한 그 글씨를 보며 생각했다고 한다. 이건 버스가 같이 쓴 글씨라고. 버스뿐만이 아니라

운전기사가 굽은 길을 운전하는 그 기술로 같이 쓰는 글이구나, 그렇게 시는 혼자 쓰는 것이 아니라고 생각하게 되었다는 이야기였다.

그림책의 세계에 매료되었어요(함민복)

글씨로 된 건 그 의미가 바로 와닿는다. 그림을 들여다보면 감각이 내 몸을 뻗어나가서 바깥에 존재하는 것 같은 느낌이 든다. 바깥에서 일어나는 일 같다. 어떤 대상(그림) 앞에서 일어나서 나한테 다시 전달되는, 객관화돼서 전달되는 느낌이 일어난다. 그림을 통한 느낌과 글씨를 통한 느낌 두 가지를 그림책이 가지고 있는데, 그 느낌들이 서로 반복되며 감각을 자극하고 활성화시키면서 살아있는 느낌을 받을 수 있다. 이런 그림책을 통해 능동적으로 사물을 새롭게 만나는 훈련이 되는 것 같다.

흔들림에 흔들림 가지가 무성해진다는 의미를 잘 표현하신 것 같다. 가지의 흔들림 옆에 다른 가지들의 밝기를 달리하며 표현해서 그 의미를 잘 그려내신 것 같다. 나무가 중심을 잡고 있는 부분 그림 두 개가 아주 멋지게 그려진 것 같다. 나무를 보면서 생각했던 것, 나무가 중심을 잘 잡기 위해 한쪽이 흔들려도 가장 가운데 중심이 맞춰진 그 그림을 너무 잘 그려 주셨다.

경계를 허무는 것이 나의 화두(한성옥)

expansion은 확장, 확대, 팽창

extension은 (세력, 영향력 등의) 확대

껍데기를 벗겨놓고 보면, 어떤 관점에서 보느냐에 따라 경계가 있기도 하고, 없기도 하다는 걸 발견하게 된다. 바깥에서 보이는 것과 실질 속으로 들어가다 보면 점점 경계가 없어지고 교집합이 만들어지는 걸 발견한다. 굉장히 많은 것들, 우주의 일이나 인간의 삶이나 내 몸 안의 순환을 볼 때, 흘러가는 방식 혹은 운영 방식에 공통점이 많다. 넓어지는 개념에는 두 가지가 있다. 확장이라는 같은 말이지만 expansion이라는 개념과 extension이라는 개념이 있다.

- expansion의 예는 내가 행복하기 위해 뭘 많이 사는 것, 또는 얼굴에 화장품을 많이 발라서 나를 예쁘게 꾸미는 것
- extension의 예는 내 속에서 진짜 가치를 찾아서, 어떤 가치를 만나고 볼 수 있는 세포가 확 열리는 것, 내 몸속을 건강하게 해서 피부가 투명해지고 저절로 예뻐지는 것

점점 extension의 개념으로 들어가는 것이 자기의 사유다. 내 나름대로의 삶을 통해, 자기 눈으로 보고(누군가의 것을 보거나 베낀 것이 아니고), 느끼고 생각해서 하나하나 내 안에서 체화된 그 세포가 점점 나아지는 것을 말한다. 봄엔 봄의 삶을 살고 가을엔 가을의 삶을 살면서 점점 미숙한 것들이 조금씩 성장해가며 축적되는 것, 나는 그것을 성장의 개념과 여정의 개념으로 이해한다. 묘책이 있는 게 아니라 '자기가 자기로 성장하기'가 하나의 방법이라는 생각이 든다.

작가 강연회를 열심히 쫓아다니는 이유가 있다. 아는 만큼 보이고, 아는 만큼 누리는 영역이 있다는 것을 체험하고 나서부터다. 이번에도 작품 속에 숨겨진 의미를 작가에게 직접 들으니 더 큰 감동이 밀려왔다. 일 년 전 키우기 시작한 무화과나무 이야기를 들었다. 유난히 한쪽 가지가 더 긴 나무를 선물 받았다고 한다. 긴 가지는 무성히 잎을 내며 자라는데, 다른 한쪽은 여전히 자랄 기미가 없어 걱정하던 차에 긴 가지 쪽 잎사귀들이 하나 둘 떨어졌다고 한다. 마지막 잎사귀마저 떨어진 후 시원찮던 가지에서 다른 가지들이 돋아나기 시작했고 얼추 균형을 맞춰갈 즈음, 마지막 잎사귀가 떨어져 굳어있던 자리에 작은 잎사귀가 돋아났다. 그걸 보고 작가는 너무 감동해서 지인들에게 생중계를 했다고 한다. 어쩌면 저럴 수 있냐고, 즈이들끼리 서로 배려하고 양보하며 약한 쪽이 자랄 때까지 기다려주는 모양이 마치 맏형이 동생들 돌봐주고 대학 보내고 하는 것 같지 않으냐고... 그 경험이 있었기에 『흔들린다』 작업을 할 수 있었다는 이야기를 들려주는 작가의 한 톤 높아진 목소리를 들으며 생각했다.

'사랑이구나. 생명에 대한 애틋함, 생명을 귀히 여기는 마음이 그림으로 탄생하는 거구나!'

시인이 들려준 시 속의 익선이 형에 대한 에피소드도 그렇다. 생명을 함부로 대하지 않고 존중하는 마음, 그 속에서 삶을 읽어내려는 겸손함이 저렇게 맑은 기운으로 사람을 감동시킨다는 걸 알게 된 시간이었다. 두 분을 알게 되어서, 앞으로 남다른 애정을 담아 작품을 볼 수 있게 된 것 같아 감사하다. 거의 하루를 다 쓰며 강연 후기를 썼다. 녹음한 걸 다시 듣고 그림을 다시 보고, 시를 다시 읽었다. 그 공간의 공기 흐름까지 기록해두고 싫었다.

성장하고 싶은 욕망을 가진 나, 진정한 성장이 어떤 건지 알고 있으면서도 불순물 가득한 마음을 발견할 때마다 힘들어진다. 그런 내게 '60이 넘어 알게 되었다'는 작가의 말이, 아직도 미숙함 가운데 하루하루 완숙함을 향해 나아가며 성장해가고 있다는 고백이 큰 위로가 되었다. 시인의 나직한 목소리가 힘이 되었다. 사려 깊은 말들이 다정하게 어깨를 두드리며 말하는 듯했다. 흔들리지 않으려고 너무 애쓰지 말라고, 힘을 빼고 가만히 바람에 몸을 맡기라고. 조금만 더 견디면 바람은 지나갈 테니 그냥 지금 좀 흔들려도 괜찮다고 말이다. 녹음해두길 잘했다. 두고두고 들을 수 있어 다행이다. 나무처럼 살고 싶다고 입버릇처럼 말한다.『랩걸』,『나무 철학』,『선비가 사랑한 나무』,『다시 나무를 보다』,『나무수업』 그리고 수없이 많은 나무 그림책들이 가르쳐 준 것들을 기억한다. 새록새록 나무에 대해 알아갈수록 그 깊고 오묘한 세계에 빠져든다. 나무 같은 두 분을 만나서 기뻤다. 아울러 시와 그림을 엮어 아름다운 또 하나의 예술 세계를 향해 발걸음을 시작한 '작가정신' 출판사를 응원한다. 다음 작품이 기다려진다.

권여선, 우리 동네 책방에 작가가 놀러왔다(2018.11.1)

중앙대 앞에 위치한 '청맥살롱'은 문화기획자들이 모여 운영하는 공간이다. 이곳에서 열린 권여선 작가의 북토크는 강연을 하는 이와 듣는 이가 함께 술잔을 치켜들고 인사를 나누었다. 작가의 이야기를 듣는 사이 맥주를 마시고, 안주로 제공된 치킨과 과자를 먹는 화기애애한 북토크였다.

『안녕 주정뱅이』로 강렬한 인상을 받았던 권여선 작가님. 올해 이효석 문학상 수상작인『모르는 영역』과 자선작『전갱이의 맛』에서 깊은 감동을 받은 나는 참석 가능 통보를 받고 기쁜 마음으로 달려갔다. 소설가, 시인을 직접 만나는 건 늘 설렌다. 더욱이 작품만으로는 알 수 없는 작가의 인간적인 면모를 발견하고, 작품이 탄생하기까지의 내밀한 이야기들을 작가의 육성으로 듣는 건 얼마나 가슴 떨리는 일인지. 권여선 작가님의 첫인상은 참 맑고 소탈해 보였다. 솔직하고 담백한 이야기에 모두가 공감해서 웃음이 끊이질 않았다. 작가님이 들려주는 이야기가 내겐 너무나 다정한 말들이어서 노트에 빼곡히 기록을 해두었다. 작가님이 스스로에게 다짐하듯 반복하신 말들을 기록해두었다. 앞으로 살아가는 동안 유용하고 쓸모 있는 인생 레시피가 될 게 틀림없다.

강연을 들으며 가장 기쁠 때는 오랜 시간 헤매고 분투한 끝에 이제 겨우 내 삶에 적용하고 있는 작은 노력에 대해 "맞아요, 그렇게 하면 돼요." 라고 등 두드리며 지지해주는 듯한 느낌이 들 때다. 강연 도중 너무 흡족했던 순간이 있었다. 작가님의 말씀과 완벽히 일치하는 부분이 있었기 때문이다.

'자기랑 사이좋게 지내기', '경청', 그리고 '편집의 능력'에 대한 이야기였다.

고독의 가치

외로움은 혼자 있어서 외로운 것이지만 고독은 "혼자 있겠어"라는 의지의 표현이다. 고독은 쉼, 성숙시킬 수 있는 시간이다. 타성적 관계를 돌아보는 시간으로서의 고독은 가치 있다. 결핍은 가난의 다른 이름이지만 피할 수 없는 상태라면 받아들이고 즐기는 상태로까지 가보도록 애쓸 필요가 있다. 인간관계와 재화의 '없음' 상태인 고독과 결핍에 대해 "끝내 명랑하자"라고 지속적으로 스스로를 설득하며 노력한다.

관계의 점검

내가 그 사람의 얘기를 듣고 있는가? 우리는 서로 떠들기만 하는 '집단 독백'의 상태에 있는 것이 아닌지 점검해야 한다. 다른 사람과 관계를 잘 맺기 위해서는 먼저 자신과 관계를 잘 맺어야 하는데, 그 관계는 고독의 시간을 통해 단련할 수 있다. 자기와 단둘이 지내는 시간을 가져야 한다. (예: 자기 전 작가님은 아무것도 안 하는 시간을 꼭 지킨다고 한다. 독서와 음악만 허용, 온전히 자신에게만 집중하는 시간이다.)

잘 쓰는 비결

언제나 잘 쓸 수 없다. 글이 안 써질 때는 좋아하는 작가의 가장 빛나는 순간의 작품을 읽는다. 그리고 많이 써놓되, 끊임없이 편집한다. 뭐가 필요한가? 뭘 남길 것인가? 대상을 오래 바라보고 이미지를 붙들고 하나 하나 이야기를 만들어나가며 작품을 완성한다.

모임을 마치고 돌아오는 길 발걸음이 가벼웠다. 나랑 친하게 지내려 노력하고 있던 참이었기 때문이다. 구박하지 않고, 자책하지 않고, 과하게 채찍질하지 않으면서 누구보다 나 자신에게 다정하고 따스하게 굴어야 남에게도 그럴 수 있으니까. 해야 할 일이 산더미지만 버릴 건 버리고, 지혜롭게 조합할 것들은 잘 꿰어나가며 살고 싶어졌다. 작가님이 전해주신 충만한 기운에 지금도 힘이 솟는다.

최은영, <비북스>, 2018 발견! 경기 동네 서점전 (2018.11.4)

최은영 작가의 『쇼코의 미소』는 아껴가며 읽은 단편집이다. 최은영 작가가 사람을 바라보는 시선은 더할 나위 없이 부드럽고 따스하다. 사람의 내면 깊숙이 숨겨져 있는 선의를 믿는 사람이라는 생각이 들었다. 상처받은 이들이 도저히 설명할 수 없는 마음 면면을 부드럽고 섬세한 손길로 어루만져 글로 풀어냈다. 서영채 문학평론가는 '순하고 맑은 서사의 힘'이라고 표현했는데, 각기 전혀 다른 이야기의 매력에 푹 빠졌다가 결국은 그 맑고 순한 사람들의 본심, 미세하고 고운 사람들의 마음결에 놀라 매 작품마다 눈물을 쏟았다. 타인의 삶을 들여다보는 것은 함께 살아가는 우리, 수많은 이들과 관계를 맺으며 살아가는 우리가 마땅히 해야 할 마음 공부의

한 갈래다. 소설을 읽으며 나도 몰랐던 내 마음을 발견했고, 타인의 슬픔에도 참여하는 법을 배웠다.

두 번째 소설집 『무해한 사람』이 나왔을 때 아무 망설임 없이 책을 주문해서 읽었다. 소설의 제목이 된 무해한 사람은 의외로 서늘한 느낌을 준다.

상대방이 어떤 삶을 살고 있는지, 그가 어떤 고통을 받고 있는지, 그 마음이 어떤 지경에 있는지 모를 때, 해맑은 표정으로 '너는 내게 무해한 사람이구나'라고 말하게 되는 거라면 그것만큼 사람의 마음을 해치는 게 없다는 일침 같았다. 뒤집어 말하면 '너의 고통이 내 마음에 짐을 주지 않았으면 좋겠어. 지금처럼 내게 좋은 사람, 편한 사람, 그저 행복한 관계로만 머물러 주겠니. 어떤 아픔도 티 내지 말고, 너의 슬픔이 내게로 와 해가 되지 않도록.'이란 뜻이 될 수도 있다는 것. 무해한 사람이 존재한다면 소설 속에 나오는 이런 사람들이 아닐까.

- 〈지나가는 밤〉 동생의 지독한 외로움을 외면한 자신을 도저히 용서할 수 없던 언니가 '쌀쌀한 밤, 이불이라도 덮어줄 수 있는 사람'으로 동생 곁에 머물 수 있다는 것에 겨우 마음에 작은 빛을 받아들이는 사람(102쪽)
- 〈아치디에서〉 그냥, 고맙다는 말을 하고 싶어도 말이 너무 가벼운 것 같아 그 말이 잘 안 나왔다며 뒤늦게 '너에게 고마워'라고 고백하는 사람(298쪽)
- 〈고백〉 다른 사람들은 알지 못하는 마음의 '작은 모서리를 쓰다듬어 주는' 친구(192쪽)

- 〈고백〉 신의 현존에는 분명 위안이 존재하지만, 사람에게 이야기해서만 구할 수 있는 마음이 존재할지도 모른다고 자신의 신에게 조용히 털어놓는 사람(209쪽)
- 〈손길〉 '그녀의 손 안에서 자신의 얼어붙은 손이 다 녹았으니' 그것만으로도 삶의 냉기를 견디는 것이 충분하다고 말하는 사람(221쪽)

최은영의 소설에는 얇고 부서지기 쉬운 섬세한 마음결들이 촘촘히 들어차있다. 사람의 마음이란 게 어쩌면 이리 약하고, 세심하고, 다양한지! 그 마음들 사이를 떠도는 기류가 얼마나 사람을 춥게도 만들고 따스하게도 만드는지 일곱 편의 작품을 읽는 동안 내 마음은 어찌할 줄을 몰랐다.

'끝내 울음을 참는 자의 윤리'라는 제목으로 쓴 강지희 문학 평론가의 해설이 인상 깊었다. 소설을 읽으며 내내 울고 싶은 심정이었는데, 연민이든 동정이든 감동이든 타인의 마음을 함부로 내 식대로 해석하면 안 된다는, 무언의 압박 같은 것에 대해 잘 설명해주었기 때문이다. 결국 '무해한 사람'이라는 이 난해한 정의는 나를 향한 것이어야 한다. 걷잡을 수 없이 눈물이 흐르고 결국은 소리 내어 울었던 그 지점을 돌이켜보며 생각한다. 그 울음이 소설 속 인물들 때문에 가슴이 아파서였는지, 스스로 의식하지 못한 채 마음을 찔러대고 할퀴었던 모습이 생각나 미안해서였는지, 아니면 가슴 깊이 숨겨져 있던 상처의 흔적들을 보듬어준 작가에게 고마워서였는지. 책을 다 읽고 내린 결론은 난 무해한 사람이 되긴 어렵다는 것이다. 겨우 할 수 있는 건 내가 다른 사람의 마음을 해치고 있진 않은지 세심하게 살피며 사는 것일 뿐.

현경은 개인적으로 가장 잘 듣는 스트레스 처방은 '아름다움을 들이마시는 것(Drinking Beauty)'이라고 들려준다. 이 방법을 미국 원주민에게 배웠다고 한다. 인디언들이 학살과 파괴 속에서도 자신들의 온전성을 기억한 방법은 하나의 아름다움이 파괴될 때마다 다른 아름다움을 만들어내는 것을 통해서였다.

– 김희경, 『나의 산티아고, 혼자이면서 함께 걷는 길』, 푸른숲, 218쪽

한 권의 책으로 아름다움을 들이마시는 것은 내가 삶을 견디고, 사랑하는 방법이다. 아끼는 작가를 눈앞에 두고 대화를 나눌 수 있는 기회가 생겨 기뻤다. 두 시간 가까이 걸려 찾아간 서점 〈비북스〉에서 만난 최은영 작가는 사진을 보며 상상했던 그대로 순하고 맑은 사람이라는 인상을 받았다. 약하고 소외된 사람들, 깊은 상흔에 어찌할 도리가 없는 사람들의 대변자 같았다. 그들이 밖으로 내어놓지 못한 이야기들을 언어화해서 우리의 시선을 붙들어 바라보게 하는 힘이 있는 작가였다. 마지막 말이 인상적이었다.

'희망도 절망도 없이 매일 글을 쓴다. 사는 것도 마찬가지다. 일희일비는 고통스럽다. 그렇게 살아갈 수밖에 없지만 살아내는 것, 너무 열심히 살지 않아도 순간순간 살아내는 것만으로도 가치가 있다.'

블라우스 끈을 배배 꼬며 수줍게 이야기하는 모습에 내내 미소가 지어졌다. 북토크가 끝난 뒤 사인을 받으며 말했다.

"작가님, 저 좀 울리지 마세요. 예민하고 연약하고 가여운 사람들을 따뜻하고 사려 깊게 위로해 주셔서 고마워요. '아치디에서'에 나오는 하민이요... 제 아들 이름이라 더 각별했어요."

"정말요?"(작가님의 환한 웃음)

최은영 작가는 내게 무해한 사람이다. 그의 소설을 더 좋아하게 되었다.

한강, 〈밤의 서점〉 가만가만 읽어보는 한강 작은 낭독회(2018.12.11)

한강 작가의 소설 『소년이 온다』를 힘겹게 읽고 난 뒤 작가에 대한 마음이 각별해졌다. 수많은 소설을 읽었지만 '가장 슬펐던 순간', '오래 생각했던 사람', '생각만 해도 금세 눈물이 차오르는 책'을 꼽으라면 이 책이 떠오를 것 같다. 광주 민주화 운동의 아픔이 지나간 역사가 아니라 실시간, 현재 진행형 아픔이라는 걸 가르쳐주었다. 이 책을 떠올리면 세월호 참사가 떠오르고 『아픔이 길이 되려면』에서 실상을 알게 된 용산 참사나 쌍용 자동차 해고 노동자들, 가습기 피해자들에 이르기까지 지금도 여전히 죽음과 상실의 고통을 안고 살아가고 있는 사람들이 얼마나 많은지를 생각하게 된다. 책을 읽고 난 후에는 한동안 잊고 지내다가 가끔 책을 다시 꺼내보면 부끄러워질 때가 많다. 나의 슬픔은 한시적이고, 쉽게 잊히며, 가볍기 때문이다. 당사자들의 고통과 슬픔은 1년 365일 이어지고 또 이어지고 있는데 말이다. 『소년이 온다』에 나오는 동호 어머니의 말을 떠올리면 등줄기가 서늘해진다.

그저 겨울이 지나간 게 봄이 오드마는. 봄이 오면 늘 그랬드키 나는 미치고, 여름이면 지쳐서 시름시름 앓다가 가을에 겨우 숨을 쉬었다이. 그러다 겨울에는 삭신이 얼었다이. 아무리 무더운 여름이 와도 땀이 안 나도록, 뼛속까지 심장까지 차가워졌다이.

– 한강, 『소년이 온다』, 창비, 190쪽

최근에 책을 읽다 눈물을 주체할 수 없었던 작품은 한강의 『작별』이다. 어느 날 벤치에서 잠깐 잠들었다 깨어나 보니 눈사람이 되어버린 여성이라니. 너무나 비현실적인 이야기가 아무렇지 않게 진짜 눈앞에 현실로 벌어지는 것 같아서 숨을 죽이고 읽었다. 사라지는 순간, 이별하는 마음, 소멸하는 것들에 대한 섬세한 포착에 가슴이 저릿저릿 아팠다. 작별의 순간에 마주한 건 아이의 절대적인 믿음이 담긴 웃음. 엄마가 어떤 모습이어도 변하지 않을 그 절대적 마음. 그리고 타인에게서 느끼리라고는 예상하지 못했던, 현수 씨와 그녀 사이에 절대적 신뢰감이 존재했던 순간을 여자는 기억해낸다. 세 사람이 각각 작별하는 순간의 풍경에 가슴이 미어졌다. 내가 인지하지 못하는 사이 스러져가는 것들, 알게 모르게 멀어지는 마음들, 분명 존재했으나 기억 속에서 뭉텅 지워지는 것들에 대해 생각하게 해준 작품이다.

〈밤의 서점〉에 한강 작가가 온다는 소식에 가슴이 뛰었다. 치열한 경쟁을 뚫고 낭독회에 참석한 밤, 작가의 부드럽고 낮은 목소리가 서점에 울려 퍼졌다.

〈내 여자의 열매〉는 더없이 여리고 아프고 슬픈 생애를 어떻게든 견디며 '조금씩 몸을 뒤채이며 달팽이처럼 전진하는' 이야기다. 작가가 깊이 들여다본 소녀, 엄마, 그 여자의 사연들이 담겨있다.

책의 마지막 장, 한강 작가의 말을 읽으며 이 소설집을 왜 그토록 몰입하여 읽었는지 비로소 알게 되었다.

나는 때로 다쳤다. 집착했고 욕망했고 스스로를 미워하기도 했다. 그러면서 부끄러움을 배웠고, 점점 낮아졌고 작아졌고, 그래서 그 가난한 마음으로 삶을 조금씩 더 이해하게 되었던 것 같다. 오래, 깊숙이 들여다보려 애썼던 것 같다.

그러는 동안 글쓰기는 나에게 존재하는 방식이었다. 숨 쉴 통로였다. 때로 기적처럼, 때로는 태연한 걸음걸이로 내 귀를 끌고 갔다. 나무들과 햇빛과 공기, 어둠과 불 켜진 창들, 죽어간 것들과 살아 꿈틀거리는 것들 속에서 모든 것이 생생했다. 그보다 더 생생할 수 없었다.

– 한강, 『내 여자의 열매』, 문학과지성사, 404쪽

이 글을 여러 번 반복해서 읽었다. 낭독회에서 목소리로 만난 이들과, 남은 생애 내 마음속에서 함께 살아갈 소설 속 인물들의 얼굴이 어른거려 그날 밤 쉬이 잠들지 못했다.

출판관련 강좌

숨도 책극장 강연『출판하는 마음』
– 책의 얼굴들 첫 번째 얼굴, 강연 : 작가 은유(2018.5.22)

　『출판하는 마음』은 책을 쓰고, 만들고, 전하는 사람들의 이야기다. 이 책을 읽은 독자는 책을 사랑하는 마음이 더 깊어질 수밖에 없다. 한 권의 책에 담긴 이야기를 더 세밀하게 읽을 수 있게 된다. 그 책을 매만진 손길이 얼마나 많았는지, 책이 내 손에 닿기까지 얼마나 긴 여행을 했는지 보게 되어서다. 작가는 이 책 속에서 10명의 인터뷰이 이야기를 들려준다. 우리가 잃어가고 있는 것들을 짚어내며 회복의 가능성을 보여준다. 자세히 알면 '마음'이 생기기 때문이다.

　　물건을 귀히 여기는 능력, 타인의 노동을 존중하는 능력, 관계 속에서 자신을 보는 능력

– 은유, 『출판하는 마음』, 제철소, 6쪽

　출판하는 마음은 그렇게 우리가 본래 가졌던 그 능력들을 다시 마음에 품도록 도와주는 책이다. 책의 목차는 다음과 같다.

　　김민정, 문학편집자의 마음
　　너구리 김경희, 저자의 마음
　　홍한별, 번역자의 마음

이환희, 인문편집자의 마음

이경란, 북디자이너의 마음

박홍기, 출판제작자의 마음

문창운, 출판마케터의 마음

박태근, 온라인 서점 MD의 마음

정지혜, 서점인의 마음

이정규, 1인 출판사 대표의 마음

이 책을 다 읽고 나서 '독자의 마음'을 전하고 싶었다. 이 책이 얼마나 오랜 시간 힘들게 작업해서 내놓은 책이라는 걸 알게 되었기에 독자로서 꼭 이 말을 전하고 싶었다. 책을 만들어주셔서 고맙다고.

김민정 편집자가 자신의 시집 제목을 활용해 쓴 문장이 있다.

책이 세상에 나오면 작가와 출판사만 남고 만든 사람은 없어진다. 이 아름답고 쓸모없는 일이 힘들어 미치겠는데 책이 나오면 또 언제 그랬냐는 듯이 미친다.

– 은유, 『출판하는 마음』, 제철소, 56쪽

작가와 출판사만 기억하는 독자가 아니라 편집자의 기획과 조율, 수도 없이 원고를 매만진 손길을 기억하는 독자로 거듭나고 싶다. 번역자가 아름다운 언어를 찾기 위해 뒤척인 시간을 가늠하는 독자가 되고 싶다. 표지를 보더라도 만든 이의 의도와 마음을 알아채는 안목을 기르고 싶다. 소장 욕구를 자극하는 책으로 만들기 위해 좀 더 질 좋은 종이를 쓰고 싶은 마음과 계산기를 두드릴 수밖에 없는 제작자의 마음을 헤아리는 독자이고 싶다. SNS를 통해서든 발로 뛰는 영업을 통해서든 좋은 책으로 독자의 마음을 움직이기 위해 애쓰는 이들의 마음에 감응하고 싶다. 하루에도 수백 권 쏟아지는 책들 사이에서 읽을 만한 책들을 걸러내는 MD의 고충을 존중하며, 소개하는 글을 유심히 살펴보려 한다. 저자와 독자를 이어주는 수고로움을 마다하지 않는 서점인들을 최대한 직접 찾아가 만나고 책을 사는 사람이 되려 한다. 1인 출판사가 만들어내는 책들이 대형 출판사의 책에 뒤지지 않는 실력과 참신함, 자기만의 철학을 담아낸 소신 있는 결과물이라는 걸 존중하며 기꺼이 홍보대사가 되고 싶다.

너무 비장한 독자가 되어버린 느낌이지만 책에 충성심이 생긴 이상 아무도 못 말린다.

출판하는 마음은 책 주위에 있는 모든 이들을 귀하게 여기는 마음, 책을 사랑하는 마음, 바로 그런 마음이 아닐까? 그러니 책을 내는 일은 아름답고도 충분히 쓸모 있는 마음을 만들어내는 일이리라.

<서평의 힘> 한국출판마케팅 연구소 특별 강좌
– 현대 미디어 환경의 변화와 서평가의 역할(2016.4.19.)

한국출판마케팅 연구소에서 열린 서평 특강에 참석한 이유는 서평쓰기에 대한 공부를 하고 싶어서였다. 기획회의 편집주간 장동석, 출판 및 문화평론가 김성신, 서평가 금정연, 권영미 기자 등 출판전문가들의 다양한 강의가 유익했다.

책 정보가 넘쳐나는 시대다. 지식인들의 고유 영역이었던 서평이 이제는 일반 독자들에게까지 넘어왔다. 너도 나도 서평을 쓴다. 그만큼 좋은 책을 고르기 위해서는 믿을 만한 매체가 필요하고, 차별화된 플랫폼의 도움이 필요하다. 출판계가 나아갈 방향과 새로운 시도들에 대한 내용을 들었다. 서평 플랫폼의 공공성과 수익성에 대한 논의도 오갔다. 일반 독자인 내가 책의 세계로 한걸음 더 깊이 들어갈 수 있도록 도왔고 이후의 활동에 큰 영향을 미친 자리였다.

　"서평 어떻게 쓸까?"라는 질문에 금정연 작가는 명쾌하게 대답한다.

　"나한테 재미있는 서평을 쓰면 된다."

　'아하, 맞아!'라고 고개를 끄덕였다. 평소 내가 어떤 서평을 찾아 읽는지 생각해봤다. 글이 재미있고, 취향과 가치관이 비슷하고, 추천해주는 책에 신뢰가 생기면 이웃 맺기를 하고 구독한다. 그러니 먼저 좋은 책을 골라 제대로 잘 읽고 스스로에게 유익하고 재미있게 서평을 쓰면 되는 거였다.

　권영미 기자는 우리나라에서는 보기 힘든 악평 문화에 대해 외국의 사례를 들어 설명했다. 파리 리뷰의 로린 스테인은 "오늘날은 뉴욕타임즈 북리뷰조차 인기 있는 책은 쓰레기라고 말하는 것을 두려워한다."라고 말했다. 악평가로 악명 높다는 미치코 가쿠타니의 서평들은 충격적이었다. "어리석고, 잘난 척하며, 가끔 무심코 코믹한" 또는 "시끄럽고, 자기가 주연인 드라마 같은" 등의 거침없는 표현들이 소개되어 놀랐다. 오죽하면 그녀의 서평에 대해 "마취제 없이 내 간을 끄집어낸 느낌"이라고 표현한 작가도 있다고 한다.

어떤 책을 읽고 쓴 서평이든 그 사람의 취향이 반영된다. 한 사람의 가치관이나 세계관을 거쳐 그 사람만의 생각과 느낌과 의견을 담은 글이기 때문이다. 서평을 읽는 나도 판단하며 읽을 수 있다. 책을 읽고 나서 다른 사람의 평가와 분석, 견해를 다양하게 접해보는 건 좋지만 최종적으로 내리는 내 평가가 진짜 나의 서평인 셈이다. 다만, 전문가의 영역에서 다뤄지는 서평은 별개다. 그 책이 가진 문학적 가치라든가 사회, 문화, 역사적 맥락에서 짚고 넘어가야 하는 부분은 학문의 도움을 받아야 한다. 정말 좋은 책들을 걸러내는 역할을 하는 서평가들이 필요하다. 한해 출간되는 책만 팔만 종이 넘는다고 한다. 좋은 책을 선별해주는 신뢰할 수 있는 서평가들이 많아졌으면 좋겠다. 일반 독자들도 나름의 서평가 역할을 적극적으로 감당해야 하지 않을까. 내가 서평가라면 시도해보고 싶은 것들을 생각해 보았다.

- 진짜 좋은 책인지, 다른 서평가들의 평이 제대로 된 것인지 검증하기
- 책모임을 통해 다양한 관점으로 책을 보고 사고의 틀을 넓혀가며 '함께 서평 쓰기'
- 매체에 실린 서평에 대한 서평 쓰기
- 결론과 상관없이 책에 대해 토론하거나 생각과 느낌을 나누는 과정만을 보여주면서 서평을 쓰고 싶게끔 만드는 장을 펼쳐보기(강의에서 주고받는 이야기들 속에서 나온 생각이고, 『스토너』로 독서 모임을 한 후 후기들을 공유하면서 떠오른 생각이다. 남들이 책 얘기를 주고받는 것을 보면서 책에 대해 새로운 관점을 얻게 된다.)

서평은 책을 읽는 독자라면 누구든 할 수 있는 활동이다. 내 의견을 자유롭게 표현하는 것이 익숙지 않고, 주입식 교육으로 획일화된 사고에 갇혀 있던 내게 책은 세상을 볼 수 있는 창이고, 소통의 장이다. 나에게 서평의 의미는 세상과 타인을 향한 말 걸기다. 그 말에 무엇을 담을지, 어떤 언어로 흘려보낼지는 깊게 고민하고 훈련할 일이다.

2018 책의 해, 책 생태계 비전 포럼 '읽는 사람, 읽지 않는 사람'

'2018 책의 해' 행사 중 하나로 〈책 생태계 비전 포럼〉이 총 10회에 걸쳐 열렸다. 그중 여섯 번을 참석했다. 북 코디네이터로서 출판계의 동향을 살펴보는 자리나 서점인들의 현실을 짚어보고 앞으로의 방향을 고민하는 곳에는 부지런히 쫓아다녀야 한다고 생각했다. 독자에 대해 분석하는 자리는 열혈 독자로서 반드시 가야 한다고 여겼다. 읽기의 유익을 과학적으로 증명하는 자리나 북 큐레이션의 사례들을 심도 있게 다루는 자리도 기대하는 마음으로 달려갔다. 책에 관한 책들을 눈에 띄는 대로 사서 읽고 공부를 해온 까닭에 발표자들이 하는 이야기에 깊이 공감할 수 있었다. 나름대로 세워놓은 계획들의 방향에 확신을 더하거나 새로운 아이디어를 얻는 귀한 시간이었다. 몇 가지 아쉬운 점이 있었지만 그것조차도 내가 해야 할 일들을 발견하거나 새로운 기획안을 만드는 계기로 삼았다.

9월 27일 '읽는 사람, 읽지 않는 사람'이라는 주제로 열린 포럼은 올해 처음 시작한 '독자 개발 연구'의 중간 결과 발표로, 어떻게 하면 '읽지 않는 사람'(비독자)을 '읽는 사람'(독자)으로 전환시킬 것인가 하는 중요한 문제를 다뤘다. 내 주위에는 책을 쌓아놓고 읽는 사람들이 대부분이라 비독자층의 통계를 보고 정말 놀랐다. 이미 어렴풋이 알고 있던 사실이지만 '간헐적 독자'층에 대한 분석과 함께 본 수치들은 우리나라의 독서 문화가 얼마나 침체되어 있는지를 실감할 수 있었다. 책임연구자인 이순영 고려대 교수님(국어교육과)의 발표는 핵심을 잘 짚어 간결하고 명확했고 전체를 조망하는 혜안이 돋보였다. 이 연구 자료가 독서 문화를 진흥시키는 토대 자료로 어떤 의미를 지니는가 잘 짚어주었다.

비독자는 '독서장애요인'으로 '독서의 필요성을 느끼지 못해서'(33.1%)를 가장 많이 꼽았고, '독서가 즐거웠던 적이 없어서'(9.5%)란 응답 비율도 높았다. 여기엔 책과 연관된 과제·시험 등 주로 학생 시기에 겪은 독서에 대한 부정적 경험이 영향을 미치고 있다는 지적이 나왔다. 다만 비독자도 단일한 집단이라 할 수 없다. 유년시절 독서에 대한 긍정적 가치 체험을 경험해봤으나 취업, 육아 등 환경적 요인으로 독서와 멀어진 '비자발적 비독자'가 있는 반면, 독서에 대한 긍정적 가치 체험을 별로 경험해보지 못해 스스로 독서와 멀어진 '자발적 비독자'가 있다. 또 유년시절부터 지속적으로 책을 가까이 하지 않은 '지속적 비독자'도 있다.

발표를 맡은 이순영 교수는 "비자발적 비독자는 환경적 요인의 개선만으로도 독자로 돌릴 수 있겠으나, 자발적 비독자의 경우 이것만으로는 쉽지 않다. 애독자-간헐적 독자-비독자에 이르는 스펙트럼과 '전환'의 메커니즘을 면밀히 파악해서, 독서에 대한 내적인 가치 인식까지 강화할 수 있는 적절한 환경을 제공하는 정책이 필요하다."고 말했다.

– 한겨레신문 기사 발췌(2018.9.27) "읽지 않는 이유 알아야 읽게 할 수 있다"

'독서에 대한 내적 가치 인식의 강화'를 위한 정책 제안은 아주 중요한 지적이라고 생각한다. 어떤 정책도 의식의 전반적인 전환과 확산이 뒷받침되지 않으면 효과가 그리 크지 않고 지속될 가능성이 낮아지기 때문이다. '독서에 대한 내적 가치를 끌어올려야 한다, 독서 교육을 점검하고 개선해야 한다, 휴대폰에 뺏긴 독서 인구를 되찾을 방안이 필요하다'라는 패널의 제안이 이어졌다. 마지막 시간 드디어 독자에게도 발언권이 주어졌다. 중반부터 작정을 하고 대안이 될 만한 것을 메모해 두었던 나는 용기를 내어 의견을 말했다.

책 관련 강좌와 포럼을 열심히 쫓아다니며 늘 아쉬운 점이 있었다. 출판 관계자, 서점인, 연구자, 작가들이 앉아 있는 자리에 책을 사는 사람, 책을 읽는 사람, 책을 전파하는 사람인 독자가 빠져있다는 점이다. 이번 포럼에도 '읽는 사람'과 '읽지 않는 사람'을 대표하는 그 누군가가 발표하고 토론에 참여했어야 했다. 독자로서 어떤 책을 읽고 싶은지 의견을 보태거나 읽지 않는 이유, 읽을 수 없는 상황을 독자의 입장에서 전달해야 하지 않았을까? 어떤 강연에 가든 질의응답 시간에 질문하거나 의견을 내려고 노력한다. 적극적으로 듣고 동참하고 싶은 마음이 들 때 그렇다. 포럼을 들으며 떠오르는 얼굴들이 있었다.

독후감 쓰는 게 싫어서 책을 읽고 싶지 않다는 초등학생들, 입시 준비하느라 책을 읽을 시간은커녕 마음의 여유 한 조각 없는 중고생들, 취업 준비하느라 좋아하는 책을 읽는 건 사치처럼 느껴지는 청년들, 야근에 회식에 책 한 줄 읽을 시간은 꿈도 못 꾸는 직장인들, 극한 노동과도 같은 육아에 시달리느라 책을 펴자마자 잠을 못 이기는 주부들…… 포럼을 들으며 생각해 보았다. 독자층은 훨씬 더 다양한 부류로 나뉠 수 있다. 읽는 사람, 읽지 않는 사람뿐 아니라 읽고 싶은데 뭘 읽어야 할지 모르는 사람, 읽고 싶은데 도저히 읽을 수 없는 사람, 읽고 싶었으나 읽기 싫어진 사람, 읽을 마음이 안 드는 사람, 왜 읽어야 하는지 모르겠는 사람, 읽어봤는데 안 읽고 싶어진 사람 등.

책을 읽는다는 게 얼마나 행복한 일인지, 독서를 통해 가치 있는 삶을 꿈꾸는 행위가 얼마나 존엄한지, 책과 더불어 살아가는 삶이 얼마나 반짝이는지 알고 있으며 누리고 사는 나로서는 너무나 안타까웠다. 독서에 대한 내적 가치가 각 학교와 사회 전반에 실행되기까지 얼마나 많은 시간과 노력을 들여야 할까! 바꿔야 할 것들은 또 얼마나 많겠는가! 교육제도를 근본부터 바꿔야 하고, 책 읽을 만한 시간적 경제적, 정신적 여유가 있는 사회를 만들어야 읽는 사람이 많아지지 않을까? '아, 이번엔 나서지 말자' 수없이 망설이다가 결국 읽는 사람을 대표해서 말했다.

"다음엔 '독서 모임'을 연구해주세요."

읽는 사람들이 모여 있는 곳을 찾아 인터뷰를 했는지 묻고 싶었다. 읽는 사람들은 정말 너무 열심히 읽기 때문이다. 그들이 왜 그토록 열심히 책을 읽는지 조사를 해서 자료화하면 그들의 독서 경험이 읽지 않는 사람들에게 좋은 정보가 될 수 있다고 생각한다. 무엇이 좋아서 읽는지, 어떻게 하면 그렇게 책을 읽을 수 있는지, 현장에 있는 사람들의 목소리를 듣는 것이 가장 구체적이고 현실적인 정책을 세울 수 있는 기반이 될 수 있다고 생각한다.

'읽는 사람'이 원하는 것은 '참여'다. 책을 사랑하는 사람들은 나누고 싶어 한다. 좋은 책을 혼자만 읽을 수 없다는 사명감에 불타는 사람들이 내 주위에는 아주 많다. 그들은 국가가 독서 문화 진흥을 위해 좋은 정책을 연구하며 의견을 묻는다면 팔 걷어붙이고 좋은 의견들을 보탤 수 있는 사람들이다.

'읽지 않는 사람'이 원하는 것은 '초대'라고 생각한다. 좋은 독서 경험을 해보고 싶은 마음이 왜 없겠는가. 주위에서 유행하는 그림책 모임, 다양한 북클럽을 보며 그건 특별한 사람들이 참여할 수 있는 것이라고 생각하는 분들이 의외로 많다. 독서 모임은 책을 아주 좋아하고 많이 읽은 사람들이 하는 것으로 오해하여 가보고 싶어도 용기를 내지 못하는 분들을 숱하게 보았다.

읽는 사람들이 읽지 않는 사람들을 초대하고 안내한다면 비독자층이 간헐적 독자로, 간헐적 독자가 애독자로 바뀔 확률이 높아질 거라 믿는다.

독서의 긍정적 가치를 체험할 수 있는 가장 좋은 대안은 독서 모임이다. 전국 각지에서 다양한 형태로 열리는 독서 모임의 사례를 연구하고 공유한다면 엄청난 자료들이 쌓일 것이다. 초보자부터 어마어마한 내공을 지닌 독서가들이 두루 어울려 책을 읽는 자리가 독서 모임이기 때문이다. 그들이 무슨 책을 읽는지, 어떤 방법으로 읽는지, 어떤 절차로 모임을 진행하고 있는지 연구하다 보면 독서의 가치가 증명되고, 좀 더 나은 대안을 찾을 수 있지 않을까?

문학에 편중된 독서 경향을 개선할 수 있는 대안 또한 독서 모임에서 찾을 수 있다. 흔히 벽돌책이라고 일컫는 사회, 과학, 역사 분야의 책을 접하는 곳도 독서 모임이고, 혼자서는 읽을 엄두가 나지 않지만 함께 읽어 끝까지 완독할 가능성이 높아지는 것도 독서 모임의 미덕이다.

독서 모임에서는 책을 사서 읽을 확률도 높아진다. 온라인상으로만 소통하던 사람들이 직접 얼굴을 맞대고 교감의 즐거움을 회복할 수 있는 곳도 독서 모임이다.

독서 모임에서 좋은 경험을 한 엄마들이 차원이 다른 독서교육을 시작할 것이고, 직장 책모임에서 진정한 소통을 경험한 이들이 지인들에게 책을 소개하고 다닐 것이다.

'애독자 – 간헐적 독자 – 비독자'에 이르는 스펙트럼과 '전환'의 메커니즘이 극명하게 드러나는 곳이 독서 모임이라고 믿는 나는 이 포럼을 통해 다시 한 번 독서 모임의 중요성을 실감했고 의견을 제안했다.

모임이 끝나고 놀라운 일이 벌어졌다. 몇 분이 다가와 명함을 주며 의견을 들어보고 싶다고 한 것이다. 그것이 인연이 되어 며칠 후《출판 저널》특집 좌담회에서 독자의 의견을 들려줄 기회를 얻었다. '하비투스'라는 청년 단체와 '북 코디네이터가 된 과정과 활동'에 대한 인터뷰를 했으며, 그들이 창간한 독서 리뷰 잡지에 원고를 쓰기도 했다.

북 코디네이터로서 해야 할 분명한 역할은 가장 열렬한 독자의 한 사람으로서 적극적인 목소리를 내는 일이라고 생각한다. 책과 관련된 모든 지점에서 독자를 대변하는 자리에 설 수 있다고 본다. 그것이 함께 읽는 사회를 향한 첫걸음이 아닐까 한다.

[책과 일의 연결]
일로 읽다

⑨ 안내하다

책을 읽으며 기록한지 4년이 되어가는 동안 많은 이들에게 책을 추천하고 함께 읽었다. 책을 소개하는 일에 나름의 책임감을 갖게 된 것도 내 글을 보고 책을 선택하는 사람이 조금씩 늘어나고 있기 때문이다. 나 또한 신뢰하는 블로거들이 추천하는 책들을 부지런히 찾아 읽는다. 수시로 서점에 나가 좋은 책을 골라 읽으려고 노력한다. 말하지 않고는 배기지 못할 정도로 훌륭한 책을 만나면 어떻게든 그 책을 소문내려고 애쓴다. 하루에도 수백 권씩 쏟아지는 책들 중에서 우리가 읽을 수 있는 책은 극히 적다. 일 년에 평균 100권 정도를 읽는 내가 100세까지 산다고 가정하면, 앞으로 읽을 수 있는 책은 5,000권이라는 결론이 나온다. 나이가 들면 노화되는 속도가 가장 빠른 게 눈이고, 어느 시기부터는 읽고 싶어도 못 읽게 된다. 그러니 책 선정에 신중할 수밖에 없다.

북 코디네이터로서 가장 보람을 느끼는 순간은 내가 건넨 책 한 권을 통해 그 사람의 삶에 작은 변화가 생기기 시작했을 때다. "선생님 덕분에 제 삶이 달라졌어요."라는 고백을 들을 때, 그 말을 들어야 할 대상은 내가 아니다. 그 사람이 책을 읽을 때 단지 책의 내용만을 읽은 것은 아니기 때문이다. 책의 힘에 의지하며 내면을 직시하고 앞을 가로막고 있는 벽을 밀고 나간 것은 책을 읽은이 자신이다. 물론 그 과정에서 성장하는 모습을 지켜보는 기쁨은 이루 말할 수 없이 크다. 책에서 위로받거나 용기를 얻은 이야기를 공유하면 그 힘은 더 세진다. 힘겹게 읽으며 배운 것들을 공유할 때 책으로 이어진 이들의 연대는 더 커진다.

책의 세계는 자유롭고 광활하다. 내가 읽은 책들은 극히 일부분이며 책을 읽고 소화하는 방식 또한 지극히 개인적이다. 그럼에도 각자의 고유한 책 경험들이 다양한 방식으로 공유되어 많은 이들이 책과 더불어 풍요로운 삶을 살았으면 좋겠다.

책 고르는 법

2017년 3월부터 5월까지 10회에 걸쳐 북 큐레이션 강의를 들었다. 수없이 많은 정보들 가운데 꼭 필요하고 상황에 맞는 정보를 가려낼 줄 아는 능력이 필요하다고 생각하던 차에 『기록이 상처를 위로한다』의 저자 안정희 선생님의 강의 소식을 들었다. 전국 도서관에서 열정적으로 강의하시는 선생님께 문의를 하고 기다렸다가 서울에서 열리는 북 큐레이션 강의를 들었다. 함께 공부한 사서 선생님들과의 워크숍 과정도 흥미롭고 유익했다.

'정보를 읽어내는 능력, 더 나아가 전체 상황을 파악하는 능력'과 '여러 정보 사이의 관계를 종합적이고 유기적으로 파악한 다음 적용'하는 방법과 사례를 공부했다. 책을 잘 고르기 위해서는 전문가가 책을 어떻게 선택하여 읽는지에 대한 사례를 보는 것이 큰 도움이 된다. 그렇다고 다 따라 읽을 수는 없다. 수없이 많은 채널을 통해 얻은 책 정보도 마찬가지다. 그 속에서 내가 읽을 책을 선택하는 기준이 있어야 한다. 추천받은 목록이든 스스로 추려서 만든 목록이든 직접 훑어보고 걸러내는 과정이 필요하다. 그렇지 않으면 책을 사서 읽지도 못한 채 쌓아두고 마음만 조급해지는 경우가 허다하다. 읽을 만한 책, 읽고 싶은 책, 갖고 싶은 책, 읽어야만 하는 책 등 수없이 많은 제목이 따라다니는 책들 속에서 지금 내게 꼭 필요한 책을 찾아내는 방식을 소개하면 다음과 같다.

대형 서점

가끔 신간들을 훑어보기 위해 대형 서점에 간다. 잘 팔리는 책, 대형 출판사 책들이 주로 진열되어 있다. 책 제목들을 보면 트렌드를 읽을 수 있고, 요즘 사람들이 무슨 고민을 하고, 어떤 책들을 읽고 싶어 하는지 짐작할 수 있다. 최근에는 가볍고 편하게 읽을 수 있는 책들이 대세인 것 같다.

"나 힘들었어. 관계의 어려움에 지쳐서 더 이상 얽매여서 살기 싫어. 하고 싶은 대로 살고 싶어. 나만의 방법을 찾을래. 나도 널 건드리지 않을 테니 너도 날 가만 놔둬 줄래?"

"말 좀 예쁘게 하고 살자. 그런 말 무지 상처 되거든! 이렇게 예의 있게 말해줄래?"

제목만 훑어보아도 책들이 이렇게 수군거리는 것 같다.

개인적으로 한 걸음 더 깊이 들어가게 해주는 책을 선호한다. 잘 정리해놓고, 결론도 다 내놓아서, 독자인 내가 저자에게 말을 걸 여지가 없는 책들은 읽고 나면 맥이 좀 빠지기 때문이다. 질문하는 책, 한 단계 더 생각하게 만드는 책, 더 파고들고 싶게 만드는 책을 좋아한다. 머리 쥐어뜯으며 읽을 때가 많지만 남는 게 많다.

대형 서점은 편리하고 쾌적한 공간에서 원하는 책을 마음껏 볼 수 있다는 장점이 있다. 하지만 거대한 책장들 사이에서 유행하는 비슷한 콘셉트의 책들을 보며 길을 잃기 일쑤다. 미지의 세계와 조우하는 기쁨이

나, 내 취향과 관심사에 꼭 맞는 책을 만날 확률은 높지 않다. 베스트셀러의 유혹에 이끌려 남들이 읽으니 나도 읽어야 하나 망설이며 구경하듯 책을 볼 때가 많다. 세심한 취향이나 관심사와 완전한 합일을 이루는 책을 만나긴 쉽지 않다. 일일이 눈을 맞추며 책과 대화하듯 책을 고르는 재미를 기대하기도 힘들다.

동네 서점

동네 서점은 마음먹고 책을 사러 간다. 서점이 폐업하지 않고 굳건히 자리를 잡고 있으려면 책을 열심히 사는 수밖에 없기 때문이다. 굳이 그런 사명감을 갖지 않아도 좋은 책들이 너무 많이 눈에 띄어서 괴롭다. 천천히 둘러보면 거의 모든 책의 제목을 훑어볼 수 있는 작은 서점을 특히 좋아한다. 각 서점마다 책방지기가 특별히 관심을 갖고 있는 분야가 보일 때가 있다. 개성 넘치는 큐레이션을 경험할 수 있는 것도 동네 서점에서만 누릴수 있는 즐거움이다. 책방지기님이 유난히 아끼고 좋아하는 책을 추천받은 경우 실망한 적이 없다. 단골이 되면 소소한 이야기 속에서도 나의 고민과 관심사를 읽어내는 책방지기님의 특별 처방을 받는 혜택을 누릴 수도 있다. 상황과 처지에 맞게 꼭 필요한 책을 운명처럼 만나기도 한다.

단골 서점인 〈밤의 서점〉에서 만난 『랩걸』, 『여름은 오래 그곳에 남아』, 『마음의 진보』, 『중력과 은총』 같은 책들은 점장님들이 강력 추천한 책이었고, 결국 내 인생 책 목록에 올랐다. 책을 다 읽고 다시 서점에 가서 점장님과 읽은 책 이야기를 나누는 시간을 좋아한다. 감동받은 구절들을 서로 나누고, 좋아하는 주인공 이야기를 하며 맞장구치며 기뻐한 순간들은 그 책을 다시 볼 때마다 좋은 추억으로 떠오른다.

'이건 어둡고 쓸쓸한 마음으로 정처 없이 헤매던 밤, 〈밤의 서점〉에서 만난 책이었지. 그날 밤, 이 책의 구절이 얼마나 위로가 되었는지!'

동네 서점에서 책을 산다는 것은 책과 서점, 책방지기와의 특별한 사연을 책 한 페이지에 새기는 것과 같다. 동네 서점 투어를 할 때마다 꼭 책방지기님과 이야기를 나누고 책을 추천해달라고 부탁하는 이유다. 특별한 인연이 시작되는 순간은 언제나 소중하다.

〈우분투 서점〉, 〈서로 책방〉, 〈동아서점〉, 〈사춘기 책방〉, 〈마이북〉...... 각 서점마다 특별한 인연이 있는 책들이 있다. 소중한 책보물을 찾고 싶다면 동네 서점에 가면 된다. 단골 서점에서 정겨운 추억이 쌓이는 경험을 꼭 해보시길.

헌책방

아무 계획 없이 서가 사이를 어슬렁거리는 재미를 누리기 위해 가끔 찾는 곳이 있다. 책이 무더기로 쌓여 있는 좁은 통로를 천천히 지나며 책을 보다보면 예전에 밤늦도록 푹 빠져 읽던 책들이 주르륵 꽂혀 있을 때가 있다. 책등을 눈으로 훑으며 제목을 읽는 것만으로도 즐거운 곳이 헌책방이다. 어떤 목적도 없이 이 책 저 책 들추다보면 그 책을 거쳐간 이들의 흔적을 심심찮게 발견한다. 누군가 선물한 흔적이 남아있기도 하고 (선물 받은 책을 처분한 사연은 뭘까?), 밑줄 친 부분이 나오면 자연스레 그 문장을 읽어보게 된다.(책을 빌려줄 때 밑줄 그은 부분이 신경 쓰이는 이유도 책을 읽으면서 밑줄을 그은 이의 마음을 가늠해볼 수 있기 때문이다. '아, 이런 걸 중요하게 생각하는구나!'라고 생각되지 않겠는가?)

누군가 책 귀퉁이에 글이라도 끄적거려 놓은 경우는 책의 내용보다 더 흥미로울 때가 있다. 나 또한 책을 읽다가 수시로 메모를 하고, 온갖 표식을 해놓으니 나랑 비슷한 독서 습관을 가진 책의 옛 주인을 상상해보는 재미가 있다.

> 드래건플라이의 모든 책들은 수많은 사람들의 손을 거쳐 이곳에 도착했고 앞으로도 수많은 사람들의 손을 거칠 것이다. 우리 책에서는 사람 냄새와 헌 책이 가진 온갖 가능성의 냄새가 난다. 하루가 시작되고 빛이 머무는 동안 드래건플라이는 무엇이 필요한지는 모르지만 그것을 찾아내기 위해 이곳을 찾아온 사람들의 확신에 찬 움직임으로 분주해진다. 드래건플라이를 찾는 사람들은 단지 책을 소유하려는 것만이 아니다. 그들은 책이 필요하고 책을 갈망하고 책이 없다면 숨조차 쉴 수 없는 사람들이다. 이들은 헌책방과, 이 헌책방의 책들과, 그 책들이 아직 들려주지 않은 이야기들과 사랑에 빠졌기에 이곳을 찾는다.
>
> – 셸리 킹, 『모든 일이 드래건플라이 헌책방에서 시작되었다』, 열린책들, 348쪽

『모든 일이 드래건플라이 헌책방에서 시작되었다』는 '책을 읽어도 사람들의 삶은 바뀌지 않는다. 흔히들 바뀔 거라고 생각하지만 실은 그렇지 않다.' 라는 의외의 문장으로 시작한다. 책을 읽으며 좀 더 나은 모습

으로 변화되길 꿈꾸는 나로서는 당황스럽고 반감이 드는 말이었다. 수없이 많은 책방 이야기들을 읽었다. 책 한 권이 한 사람의 삶 속으로 들어가 어떤 일을 벌이는가 지켜보면서 믿게 된 것이 있다. 위의 문장대로 삶을 바꾸는 건 책 자체가 아닐 수도 있고, 아무리 책을 읽어도 변하는 게 없을 수도 있다. 우리의 삶을 바꾸는 건 우리 자신이다. 다시 말해 '책을 읽는 사람'이다. 자신의 삶을 바꾸어줄지도 모를 가능성을 품고 책을 읽는 행위가 삶을 바꾸는 거라고 믿는다. 헌책방의 책 무더기 속에서 우연히 마주친 책 한 권, 제목에 눈길이 닿고 책을 펼치는 순간 활자들이 우르르 내 안으로 쏟아져 들어오는 순간 가슴이 뛸 때 무언가 시작된다. 모든 일이 시작되는 순간은 사소하다. 그 일이 삶의 변화를 일으킬 확신에 찬 움직임으로 변화될 가능성은 부지런히 책장을 넘기는 작은 손길에서 잉태된다. 헌책방 문을 열고 들어설 때마다 기대감이 생기는 이유다.

온라인 서점

온라인 서점에서 책을 고를 때는 신간 소개 코너를 눈여겨본다. 우선 제목이 끌리면 살펴본다. 책 소개, 저자 소개, 목차, 서평을 꼼꼼히 읽는다. 사고 싶다는 생각이 들면 미리보기를 읽어본다. 그리고 일단 장바구니에 넣는다. 오프라인 서점에 갔을 때 더 훑어보고, 그래도 읽어보고 싶다는 마음이 들면 산다.

물론 좋아하는 작가의 책이나 아무 이유 없이 강렬하게 끌리는 책은 무턱대고 바로 주문할 때도 많다. 예를 들면 『빨래하는 페미니즘』의 경우가 그렇다. 페미니즘에 관심이 생긴 데다 '빨래'로 대표되는 가사노동에 대한 고민이 심각해질 즈음 제목에 꽂혀 구입한 책이다. 2016년 11월 29일에 구입한 책인데 포스팅을 3일 만에 했을 정도로 흥분하며 몰입해서 읽은 기억이 생생하다. 이건 성공담이다.

실패한 경우도 수두룩하다. 꽂혀서 샀지만 읽다 만 책, 실망한 책, 그저 그랬던 책도 많다. 평에 비해 별로인 책들도 있고, 너무 기대했다가 실망한 책도 있다. 시행착오를 거치며 요즘은 아주 신중하게 책을 사는 편이다. 미리보기를 통해 몇 페이지를 꼼꼼하게 읽어보며 결정한다. 서문을 보면 책이 어떤 내용을 담고 있는지 가늠해볼 수 있다. 저자들이 가장 공들이는 부분은 서문일 가능성이 높다. 독자에게 자신의 책을 소개하는 글이기 때문이다. 이 책을 왜 썼는지, 어떤 마음으로 책을 냈는지 읽다보면 마음이 몹시 끌리는 책이 있다. 평소 관심 있는 분야라면 목차를 훑어보며 도움이 될 만한 책인지 가늠해보고 선택한다. MD가 추천하는 코너도 눈여겨본다. 작품성이 뛰어나고 두고두고 펼쳐 봐도 좋을 소장 가치가 있는 책을 소개하면 우선 장바구니에 담아둔다. 이런 저런 채널을 통해 알게 되거나 소개받은 책들이 담긴 장바구니에는 수십 권의 책들이 담겨 있기 일쑤다. 도서관에 가면 그 장바구니를 열고 책을 찾아 훑어본다. 꼭 사고 싶은 책이면 온라인 서점을 통해 구매를 한다. 사는 속도에 비해 읽는 속도는 현저히 느리고, 정보의 바다에 살짝 눈길만 줘도 사고 싶은 책이 넘쳐나 괴롭다. 읽을 책을 쌓아두고 또 책을 사면서 마음이 불편해질 때가 많지만 그렇게 사둔 책이 적절한 시점에 꼭 읽어야 할 책으로 눈앞에 꽂혀있을 때 희열을 느낀다. 마음을 끄는 책을 또 만나기 위해 부지런히 읽는 수밖에 없다.

도서관

　도서관에 도착하면 가장 먼저 신착 도서 코너로 달려간다. 새책인데다 신간이 많기 때문에 늘 설렌다. 처음부터 끝까지 다 훑어보고 대출할 수 있는 한계인 일곱 권을 신중하게 고른다. 집에 읽어야 할 책이 쌓여 있는데도 책 욕심은 끝이 없다. 온라인 서점 장바구니에 담아놓은 책들, 어디선가 서평을 본 책, 끌리는 책들을 골라 놓으면 늘 대출 권수를 초과한다. 다시 선별하는 과정을 통해 얻는 것이 많다. 책을 읽으면 읽을수록 내가 모르는 것이 많다는 사실을 깨닫곤 하는데, 문학 코너에서 벗어나 역사, 과학, 철학, 예술 분야의 책 제목들을 접하는 것만으로도 유익한 공부가 된다. 내가 경험하는 범위가 얼마나 좁고 얕은지 매번 확인하는 시간이지만 방대한 지식의 세계를 마주하는 것은 언제나 경이롭다. 모든 책을 읽을 수 없기에 한 권 한 권 만나는 책들이 소중하다. 잘 선택해서 읽고 싶어지는 이유다. 도서관에서 빌려온 책은 읽는 도중에 결국 "이 책은 사야겠군!" 하며 덮는 경우가 많다. 기억하고 싶은 구절이 많아 색 테이프를 덕지덕지 붙이다가 결국 주문하고 만다. 밑줄도 못 긋고, 필사하기엔 너무 팔이 아파서 끙끙대다 구입한 책이 수두룩하다. 좋은 책을 고르는 안목은 저절로 생기지 않는다. 많이 보러 다니면 좋은 책이 눈에 띌 확률도 그만큼 높아진다. 도서관 신착 도서 코너로 달려가는 마음은 늘 신이 나고 설렌다.

블로그 서평

　이웃 블로거들의 서평도 중요한 선택 기준이다. 책을 읽고 쓴 글에 마음이 움직이고 감동이 되면 너무 읽고 싶어진다. 우선은 기록해두거나 장바구니에 담아둔다. 세 번 정도 그 책과의 인연이 닿으면 반드시 읽는 편이다. 나름대로 검증하는 방편으로 삼았다. 블로그에서 봤는데 어느 날 읽고 있던 책에서 그 이야기가 나오고, 동네 서점에 갔는데 그 책이 눈에 띄거나 추천을 받으면, 그 책은 나도 꼭 읽어야 할 책으로 여긴다. 그렇게 세 번의 인연으로 만난 책은 아주 재미있게 읽는다. 대부분 각별히 의미 있는 책으로 내 책장에 안착한다.

인스타그램

인스타그램은 주로 출판사, 독립 서점, 편집자, 작가들을 팔로잉하여 정보를 얻는다. 신간 출간 소식을 빠르게 접할 수 있고, 출간 기념 행사나 북토크, 강의 정보를 얻는 데 유용하다. 자주 올라오는 책 표지 사진들을 보며 사람들이 어떤 책을 많이 읽는지 파악할 수도 있다. 베스트셀러 목록에서는 발견하기 힘든, 입소문으로 유명해진 책 정보를 얻는 재미도 쏠쏠하다. 다만 빠른 속도로 소비되는 정보들 속에서 이것저것 다 읽고 싶은 유혹에 빠지기 쉽고, 남들이 좋다고 하는 책은 나도 읽어야하지 않을까 조급함에 시달리기도 한다. 자신만의 선택 기준을 명확히 하고, 각자의 속도에 맞게 책을 읽는 것이 중요하다.

독서 모임

가끔 외부 독서 모임에 참석한다. 새로운 독서 모임 방식을 경험하고 싶어서다. 처음 만나는 사이여도 책으로 소통하는 사람들은 순식간에 마음을 열고 책이 주는 좋은 것들을 기꺼이 나눈다. 무엇보다 좋은 점은 평소에 별로 관심을 기울이지 않았던 분야의 책과 다양한 장르의 책 정보를 얻을 수 있다는 점이다.

혼자 읽으면 절대로 선택하지 않았을 두껍고, 어렵고, 심오한 책들을 주로 독서 모임에서 읽게 된다. 『총,균,쇠』, 『사피엔스』, 『코스모스』, 『국부론』 같은 책들이 그렇다. 정해진 기한이 있기 때문에 완독할 확률이 높다. 분량을 나누어 요약, 발제를 맡다 보면 책임감을 가지고 끝까지 읽어낼 수 있다.

관심 있는 키워드 검색

책읽기는 내게 천착의 과정이다. 다양한 관심사 중에도 집중하고 몰입하는 주제가 있다. 2016년부터 꾸준히 찾아 읽은 책들은 '죽음과 상실'에 대한 책들이었다. 『숨결이 바람될 때』, 『어떻게 죽을 것인가』, 『죽음과 죽어감』, 『모친상실』, 『죽음과 죽어감에 답하다』, 『아버지의 유산』, 『헤아려본 슬픔』 이런 책들이 한곳에 모이기 시작했다. '말, 언어, 침묵'과 같은 주제에도 탐닉한다.

'북클럽', '서점', '헌책방', '책'이라는 말이 들어가는 책을 아주 좋아해서 책장의 상당 부분을 '책에 대한 책'들이 차지하고 있다. 책에 대한 애정이 넘쳐나는 책을 읽는 것만큼 행복한 시간이 있을까 싶다. '책에 대한 헌사'. '책의 유익', '독서의 쓸모', '책 읽는 기쁨', '책에 몰입하는 즐거움'에 대해 쓴 책에는 언제나 매혹된다. 어떤 책을 뽑아들어도 그 자리에 주저앉아 읽을 만큼 좋아하는 분야다.

책 속에서 언급한 책, 참고문헌

저자에게 매료되어 그가 들려주는 책 이야기를 듣고, 그 세계로 더 들어가 보고 싶다는 생각이 들 때가 많다. 책이 이끄는 대로 가보고 싶을 때 책에서 소개된 책들을 찾아 읽는다. 책 속에서 소개하는 책도 중요한 선택 기준이 된다. 예를 들어 신형철 평론가의 『슬픔을 공부하는 슬픔』 뒤에 실린 목록은 이미 읽은 책은 뿌듯함으로, 아직 읽지 못한 책들은 빨리 찾아 읽고 싶다는 희열로 다가온다.

책 읽는 방법

책을 읽는 방식은 책만큼 다양하고, 사람에 따라 다르기 마련이다. 유명한 독서가들의 방식을 따라해보기도 하고, 새로운 방식을 시도해보기도 하지만 결국 나에게 편한 방식, 내 호흡에 맞는 속도로 읽는 것이 중요하다. 남들이 읽는 양만큼 읽어야한다는 조급함이 수시로 찾아오지만 좋다고 하는 책을 다 읽을 수 없고, 모든 책을 제대로 읽어낼 수도 없다. 한 권 한 권 소중한 인연으로 다가오는 책에 마음을 기울여 성의를 다해 읽는 것이 최선의 방법이라고 믿는다.

책의 종류에 따라

1. 소설

『소설처럼』에서 다니엘 페나크는 독자의 권리 열 가지를 알려준다. 책을 읽지 않을 권리, 건너뛰며 읽을 권리, 책을 끝까지 안 읽을 권리, 책을 다시 읽을 권리, 아무 책이나 읽을 권리, 보바리슴(책을 통해서 전염되는 병)을 누릴 권리, 아무데서나 읽을 권리, 군데군데 골라 읽을 권리, 소리 내어서 읽을 권리, 읽고 나서 아무 말도 하지 않을 권리.

2006년 처음 이 책을 읽고 받은 충격이 아직도 생생하다. 그중에서 끝까지 안 읽을 권리는 내게 너무도 필요하고 마땅히 누려야 할 권리였다. 완독주의자였던 나는 아무리 재미없어도, 어렵고 지루해도 책은 끝까지 읽어야한다는 부담감에 시달리며 읽을 때가 많았다. 이 책 덕분에 지금은 읽다가 마음에 와 닿지 않는 책은 과감히 덮어버릴 수 있게 되었다. 그 뿐 아니라 아무리 남들이 손에 꼽는 명작이라고 하더라도 내 성향과 취향에 안 맞는 책은 읽지 않을 권리도 당당히 누린다. 책을 사두고 완독하지 못하더라도 필요할 때마다 발췌해서 읽으며 더 잘 활용하려 애쓴다. 읽을 책이 수두룩하고 시간에 쫓기더라도 다시 읽을 권리를 누리기 위해 노력한다.

인간은 살아 있기 때문에 집을 짓는다. 그러나 죽을 것을 알고 있기에 글을 쓴다. 인간은 무리를 짓는 습성이 있기에 모여서 산다. 그러나 혼자라는 것을 알기 때문에 책을 읽는다. 독서는 인간에게 동반자가 되어준다. 하지만 그 자리는 다른 어떤 것을 대신하는 자리도, 그 무엇으로 대신할 수 있는 자리도 아니다. 독서는 인간의 운명에 대하여 어떤 명쾌한 설명도 제시하지 않는다. 다만 삶과 인간 사이에 촘촘한 그물망 하나를 은밀히 공모하여 얽어놓을 뿐이다. 그 작고 은밀한 얼개들은 삶의 비극적인 부조리를 드러내면서도 살아간다는 것의 역설적 행복을 말해준다. 그러므로 우리가 책을 읽는 이유도 우리가 살아가는 이유만큼이나 불가사의하다. 그러니 아무도 우리에게 책과의 내밀한 관계에 대해 보고서를 요구할 권리는 없다.

– 다니엘 페나크, 『소설처럼』, 문학과지성사, 225쪽

소설 읽기는 살아가면서 맞닥뜨리는 무수한 문제들의 지침서를 읽는 것과도 같다. 삶에서 죽음으로 향하는 여정에 필요한 모든 것들, 사람과 사람 사이의 가깝고도 먼 감정과 멀고도 가까운 마음의 거리를 조망하는 일이기

도 하다. 소설을 읽을 때마다 만나는 인물들, 그들의 삶에서 파생되는 이야기들이 '삶과 인간 사이에 촘촘한 그물망'을 얽어놓으면 실제의 삶에서 나락으로 떨어질 때마다 안전한 그물망이 되어 나를 받쳐주는 느낌이 든다.

웬만한 갈등은 책 속에서 만난 파란만장한 삶에 비하면 아무것도 아닐 때가 있다. 과한 걱정과 감정의 요동 속에서 스스로를 점검하도록 도와주는 것이 책이다. 설명할 수 없는 슬픔과 괴로운 감정이 구체적이고 생생한 언어로 구현된 문장을 만날 때 안도의 숨을 내쉰다. 어딘가에 나의 마음을 아는 사람이 존재한다는 사실만으로도 큰 위안이 된다. 소설은 인생 사용설명서를 읽듯 어떻게 살아야 인간으로서 고장나지 않고 제 역할을 잘 하며 살 수 있을까 고민하며 읽는다.

2. 시

시는 특별한 마음으로 읽는다. 시집을 펼쳐 읽는 건 일상을 예술로 끌어올리는 행위라고 믿기 때문이다. 단박에 마음을 사로잡는 시를 만나면 필사노트를 꺼낸다. 만년필로 필사하는 시간은 의식과도 같다. 사각사각 종이 위에 시의 언어가 퍼질 때 흐트러졌던 마음이 가지런히 제자리를 찾는다. 시는 순식간에 나를 다른 차원으로 옮겨 놓는다.

살다 보면 예기치 않은 실수를 할 때가 있다. 하지 말았어야 할 말을 내뱉거나, 두고두고 후회할 섣부른 결정을 하는 따위의, 스스로를 못 견뎌 하며 괴로워할 일 같은 것. 그럴 때 시는 가만히 위로하거나, 조용하고 단호하게 질책하거나, 나아갈 방향을 넌지시 제시해주기도 한다.

혼자 있어도 괜찮다고 여기게 된 것도 김사인 시인의 '조용한 일'을 수시로 암송하면서부터다. '이도 저도 마땅치 않'고, '그냥 있어볼 길 밖에' 없는 순간에 내려앉는 낙엽 하나가 아무 말없이 곁에 있는 것만으로도 고마워하는 마음. 그 마음을 두고두고 생각해보았다. 혼자 있어도 괜찮은 이유는 보이지 않아도, 꼭 곁에 있지 않아도 존재하는 마음이 있다는 걸 알기 때문이다. 시인의 눈을 통해 사물을 새롭게 보고, 사람의 마음을 좀 더 깊이 들여다보게 되었다.

시를 읽는 방법에는 특별한 게 없다. 그저 시집을 펴들고 그 세계로 들어가면 된다. 온통 눈으로 뒤덮인 겨울숲의 고즈넉한 풍경 속으로 들어가거나 (로버트 프로스트 '눈 내리는 저녁 숲가에 멈춰 서서') 어린 나무가 눈의 무게를 못 이겨 부러질까 염려하는 마음으로 막대기를 들고 정원에 나가 나무의 눈을 털어주는 시인(올라브 하우게 '어린 나무의 눈을 털어주다')을 뒤쫓기만 하면 된다. 박상수는 시인이란 존재에 대해 이렇게 말한다.

인간의 덧없음을 이미 알고 있는 자만이 시인이 되는 것이며 그 자리는 분명 낮은 곳임에 틀림없지만 거기에 그친다면 불행하게도 우리는 그저 비극에 경도된 낱개의 개인으로만 남아 있을 것이다. 이상하게도 우리는 자신의 불행과 고통에 형식을 부여하고 제목을 붙이고 또한 표지를 만들어 세상에 내놓는다. 그러니까 우리는 세상의 낮은 자리에도 목소리가 있다는 것을 알리고 기성의 세계에 그 목소리를 등기함으로써 바닥과 끝엔 당신만 있는 것이 아니라 시가 함께 있으며, 그리하여 세상은, 그리고 그 안에 속한 당신은 포기되어서는 안 되는 것이라고 말하게 되는 것이다.

— 황유원 외, 『너의 아름다움이 온통 글이 될까 봐』, 문학동네, 6쪽

시는 자신이 몹시 불행하다고 느낄 때든 삶의 환희에 차 있을 때든 마음을 환기시켜주는 역할을 한다. 시인의 자리에 서 보는 것, 시인의 시선으로 세상을 바라보려고 노력하다보면 내가 서 있는 지점이 명확히 보일 가능성이 크다. 그 때 시는 분명 그 마음을 조금은 더 견딜만한 쪽으로 바꾸어 놓는다. 그리고 놓치고 있는 중요하고 의미있는 것들을 다시 바라보도록 해준다. 시를 읽으며 삶을 환기시키는 것, 나만의 시를 읽는 방식이다.

3. 예술 관련 책

2015년 시끄러운 도심 한복판, 사람들로 가득 차 웅성대는 카페 안에서의 일이다. 그 달 생활비 걱정, 고3 아들의 진로에 대한 부담, 미래에 대한 막연한 두려움으로 심란하던 때였다. 주변이 시끄러워 이어폰을 꽂고 음악을 틀었다. 쇼팽의 피아노 선율이 귀에 꽂히는 순간 다른 차원의 세계로 들어가는 듯했다. 너무 아름다운 연주에 모든 근심이 사라졌다. 그 순간만큼은 엉킨 실타래 같은 삶 속에서 잠시 놓여났다. 미간의 주름을 풀고 긴 숨을 쉬며 다시 바라본 세상은 조금은 살 만해 보였다.

예술은 단조롭고 무미건조하게, 때로는 정신 줄을 놓고 숨 가쁘게 사는 우리를 멈춰 세우고 질문한다. 누가 삶의 주인인지, 지금 사는 모습이 마음에 드는지, 혹시 중요한 걸 놓치며 살고 있지는 않은지 말이다.

베토벤은 "음악은 모든 지혜, 모든 철학보다 드높은 계시다."(오종우, 『예술 수업』, p110)라고 말했다. 어렴풋이나마 그 의미를 알겠다. 온 영혼을 무장해제시키는 듯한 피아노 선율이든, 숨이 턱 막히는 압도적인 그림 한 점이든, 그저 한낱 불륜소설 같아 보이나 결국은 사랑의 본질을 이야기하는 단편소설이든 부조리하고 가식적인 내가 해체되고 잃어버린 본질을 되찾게 만드는 것이 예술의 놀라운 힘이다. 『예술 수업』에서 오종우 교수는 예술이 필요한 이유를 『예술에서의 정신적인 것에 대하여』를 쓴 바실리 칸딘스키의 말을 빌려 설명한다. 예술은 '삶을 악함과 쓸모없는 유희로 변질시킨 물질주의 악몽에서 벗어나 우주 만물의 생명을 되살리는 일'이라고.(201쪽)

　예술 세계로 들어가려는 노력이 왜 필요한지, 예술을 향유하는 삶이 얼마나 가치 있는 일인지를 알게 해준 말이다. 어쩌면 가장 생생하게 살아있다는 느낌을 갖게 해주는 예술을 가까이 하는 것이 살맛나는 삶의 비결일 수도 있다는 걸 이 책이 가르쳐주었다. '예술 작품은 곧 사유'라는 오종우 교수의 말대로 모든 경험과 배움을 예술 수업의 연장으로 삼게 되었다. 예술의 세계를 갈망하고 예술가들을 흠모하는 마음은 책을 읽어갈수록 커져간다. 많은 작가들이 책에서 자신이 좋아하는 예술 작품에 대해 기술해놓은 걸 읽을 때 그렇다. 자신에게 영감을 준 그림에 대해 묘사할 때, 압도당한 그 순간의 경험을 온전히 느껴보고 싶어진다. 소설 속에 등장하는 연주를 찾아들을 때도 예술이 인간의 삶에 어떤 의미인지 실감하게 된다. 미술사 등 예술 관련 책들은 처음부터 끝까지 정독하기보다 궁금할 때 찾아 읽거나 가끔 꺼내들고 아무 페이지나 펼쳐 보기를 즐긴다. 명화에 얽힌 이야기를 읽거나 화가에 대해 찾아볼 때는 색인표를 활용해 그 부분만 읽기도 한다. 사진에 관한 책이나 건축 이야기도 새로운 세계를 들여다보는 즐거움을 주는 분야다.

4. 역사

　문학 작품에 편중된 독서 습관을 고치는 건 어려운 일이다. 사회, 과학, 역사, 철학 등의 분야는 독서 모임에서 함께 읽은 덕에 완독한 경우가 많다. 『총, 균, 쇠』는 뚫고 나가며 읽은 책이다. 이 책을 읽으며 깨달은 점이 있다. 그동안 이런저런 책을 읽고, 여기저기서 주워들은 이야기는 그들의 지식과 지혜였을 뿐 내 것이 될 수 없다는 자각이다. 오랜 시간 치열하게 공부하고 연구하는 과정에서 나온 사유의 결과물인 책을 읽거나 강의를 듣는다고 해서 그것이 결코 쉽게 내 것이 될 수 없다는 것을 실감하게 해 준 책이다. 700여 쪽에 달하는 거대한 벽 같은 책을 힘겹게 읽어나가며 절감했다. 읽은 책들이 쉽게 잊히고 온전한 내 것이 되지 못한 건 그것이 체화되기까지 치러야 하는 대가들을 외면했기 때문이었다.

　평등하지 못한 세계, 불의한 세상에 대해 쉽게 분노한다. 정의를 주장하는 말들을 수없이 쏟아놓는다. 하지만 불평등의 뿌리가 얼마나 깊은지에 대해 지속적으로 관심을 가지고 공부해왔는지, 평등한 사회에 대한 뼈아픈 성찰과 적극적인 대안을 모색하며 책을 읽었는지 돌아보게 해준 것만으로도 이 책은 큰 의미가 있었다.

　역사책을 읽을 때는 여전히 학창 시절 무조건 외우던 방식에서 탈피하지 못해 공부하듯 읽어야 한다는 부담감에 시달리곤 한다. 2017년은 『토지』를 읽으며 뜻깊은 역사 공부를 한 해다. 일제강점기의 삶을 교과서로만 배우고, 극히 일부만을 알고 있다가 20권에 달하는 책 속에서 민중의 삶이 어떻게 역사를 만들어가는지 생생하게 느낄 수 있었다. 역사는 과거의 기록만을 의미하는 게 아니라 현재의 삶을 지탱하고 이끌어가는 원동력이 된다는 것도 깨달았다. 역사책을 읽는 방법은 책의 종류, 서술 방식 등에 따라 다양하겠지만 나는 그 시대를 산 사람들의 이야기를 읽는 방식으로 역사를 읽는다. 『전태일 평전』, 『체공녀 강주룡』 등을 통해 노동운동의 역사를 읽고, 『소년이 온다』를 읽으며 현대사의 아픔을 되새기는 시간을 갖기도 했다. 『옷장 속의 세계사』처럼 흥미로운 키워드로 역사적 맥락을 살펴보는 책을 선호한다. 『역사의 역사』, 『처음 읽는 여성 세계사』 등 책장에는 아직 읽지 못한 책들이 꽂혀 있지만 어느 날 다른 책을 읽다가 이 책들을 호출하는 날이 분명 있을 것이다.

5. 과학

『송민령의 뇌과학 이야기』는 내가 읽은 과학 분야 책 중에서 가장 인상 깊었다. 젊은 과학자가 들려주는 뇌 이야기는 흥미진진했다. 뇌과학을 통해 인간관계의 양상을 짚어내고 서로를 존중하며 함께 잘 살아가기 위해 고민하는 한 과학자에게 매료된 책이기도 하다. 『열두 발자국』을 읽을 때도 인공지능, 4차 산업 혁명에 대한 지식을 얻는 책읽기를 넘어 시대를 읽어내는 지혜와 통찰을 배우는 계기로 삼았다. 과학 분야는 여전히 생소하고 지레 겁부터 나지만 과학자의 시선을 빌려 세상을 바라보는 건 여러모로 유익하다. 호프 자런의 『랩걸』을 읽은 후 가로수가 늘어선 아스팔트 아래로 뻗어나간 뿌리들과 보이지 않는 곳에서 자신의 때를 기다리는 씨앗을 상상할 수 있게 되었다. 레이첼 카슨의 『자연, 그 경이로움에 대하여』가 그랬듯 과학자들이 들려준 이야기 덕분에 주변을 바라보는 시선이 달라졌다. 더 세심하게 계절을 느끼고, 작은 생명의 몸짓에도 경이로워하는 감수성도 덤으로 얻었다. 과학의 세계는 쉽게 다가서긴 힘들지만 신비하고 놀라운 세계임에 틀림없다.

읽는 방식에 따라

1. 여러 권 동시에 읽기

책상 위에 펼쳐져 있는 3~4권의 책은 기본이고 집안 곳곳에 책 무더기가 쌓여 있다. 읽고 있던 책을 제치고 새치기할 확률이 높은 책들은 책상 오른쪽 손만 뻗으면 닿을 곳에 놓아둔다. 독서 모임을 준비하려고 펼쳐놓은 책과 노트와 필기도구, 노트북까지 가세하면 책상 위가 늘 한가득이다. 한 권의 책을 완독한 후 다른 책을 읽은 기억은 고등학교 때까지인 것 같다. 대학 도서관에서 늘 대출 권수를 꽉 채워 책을 빌리곤 했는데 그 때부터 여러 책을 동시에 읽는 버릇이 생겼다. 정해진 기한 내에 다 읽을 수는 없고 다급한 마음에 이 책 저 책 번갈아 읽어나가다 다 읽지 못하고 반납한 책도 많았다. 공부하며 읽어야 할 책들은 자리 잡고 앉아 시간을 확보하고 집중해서 읽는다.

읽고 싶은 책은 늘 넘쳐난다. 마음은 조급하고 시간은 없어서 쌓여 있는 책을 보면 한숨이 나온다. 효율적으로 책을 읽기 위해 여러 방법을 시도해 보았지만 각 책마다 적절한 읽기 방식이 있을 뿐 어떤 방식이 좋다 나쁘다 할 수 없다. 책의 성격에 따라 나에게 맞는 속도와 편한 방식으로 읽으면 된다. 정독해야 하는 책들은 집중이 잘 되는 공간에서 몰입의 즐거움을 누릴 수 있도록 시간을 확보한 후 필기구까지 잘 갖춰 놓고 읽는다. 발췌독이 필요한 경우 필요한 책을 신속하게 찾는 게 관건이다. 책장 정리가 체계적으로 되어 있어야 가능한 일이다. 정리정돈에는 영 소질이 없는 나를 위해 이사 후 남편은 대대적으로 책장 정리를 했다. 책장 분류 방식은 어떤 책을 보유하고 있느냐에 따라 달라질 수 있다고 본다. 특별히 좋아하는 영역이 있다면 공을 들여 큐레이션 해 놓을 수도 있다. 우리집 책장은 '한국 문학/외국 문학/시/한국 비문학/외국 비문학/역사/신앙/과학/예술/청소년/그림책/책 관련 책/글쓰기 책/독서교육'으로 분류되어 있다.

독서 모임에서 다루는 책은 노트를 펴놓고 세 부분으로 나누어 선을 긋는다. 첫 부분은 페이지수를 표시하는 부분이다. 노트 정리를 할 때 아주 중요한 부분이다. 다시 찾아 읽고 싶을 때나 글을 쓰다 인용하려고 할 때 페이지를 적어 놓지 않아 애를 먹은 적이 많다. 지금은 단어 하나를 기록할 때도 어디서 본 것인지 페이지를 적어둔다. 중간 부분에는 키워드를 정리하거나 중요한 부분을 필사한다. 어떤 내용을 담고 있는지 요약을 해두기도 한다. 나머지는 내 생각을 적어두는 부분이다. 특히 공감을 하는 부분은 별표를 치고 간략한 소감을 적는다. 의견이 다르거나 의문이 나는 경우 물음표를 크게 그려두기도 한다. 나중에 다른 책들을 읽다가 연결이 되는 책들이 있으면 다른 색깔로 메모를 하거나 메모지에 써서 붙인다. 독서 모임에 활용할 아이디어를 써놓기도 한다. 나중에 자료로 활용할 때 이 부분이 가장 유용하다.

한 주제를 깊이 파고들며 여러 권의 책을 엮어 읽을 때는 연관되는 지점들을 잘 기록해두기 위해 신경을 쓴다. 각 책에서 발췌하거나 정리해 놓은 생각을 한꺼번에 펼쳐놓고 볼 때 노트에 정리가 잘 되어 있으면 훨씬 수월하게 작업할 수 있다. 주제 독서 모임을 기획할 때는 방안 가득 발 디딜 틈 없이 책들과 노트가 펼쳐진다. 그 속에서 한 줄로 꿰어지는 그 무언가가 나올 때 말할 수 없이 기쁘다.

처음 읽었을 때 밑줄을 그은 부분이나 색 테이프로 표시해놓은 부분을 다시 읽으며 꼭 기억해야 할 문장을 필사하거나 컴퓨터 문서로 남겨 놓기도 한다. 발제를 할 경우 한눈에 책의 내용을 잘 파악할 수 있도록 정리한 후 함께 나누고 싶은 이야기나 토론할 주제를 기록하며 읽는다.

벽돌책이라 불리는 책들은 흐름이 끊기는 단점이 있기도 하지만 한 챕터씩 야금야금 읽으며 완독에 도전한다. 끝까지 읽어내기 힘들어 중도에 포기한 책들도 있지만 여기저기서 그 책 이야기를 접하면 다시 펴들고 읽는다. 『코스모스』의 경우가 그렇다. 공부하듯 읽는 책들 사이사이 소설을 읽는데 나에겐 숨통 트이는 시간이다. 좋아하는 책, 이야기의 매력에 푹 빠져드는 책은 언제나 한 권 쯤은 가까이 두고 읽는다. 독서 모임 준비를 하며 참고로 읽는 책들도 책상 위 한 편을 차지하고 있는데 필요한 구절들을 찾느라 늘 엎어놓은 채로 있거나 연필, 필통, 때로는 영수증이나 메모지 등이 지금 보고 있는 중이라는 표식으로 꽂혀 있곤 한다.

필요한 부분만 찾아 읽으려다 너무 재미있어서 몇 챕터를 내리 읽을 때도 다반사다. 3~4권은 기본으로 함께 읽어나가는 편이다. 다른 장르이거나, 전혀 관련 없는 책들이어도 금방 책 속에 몰입하는 편이어서 큰 불편은 느끼지 않는다.

2. 다시 읽기

다른 지점에서 읽기 : 다른 인물의 관점으로 / 작품 안과 밖 / 시간 차를 두고
다른 방식으로 읽기 : 즐기며 / 분석하며 / 묵독 또는 낭독 / 필사

책을 읽는 것을 일로 생각하는 나는 읽고 싶은 책들과 읽어야 하는 책들 사이에서 스트레스를 받을 때가 많다. 일상이 버겁다고 느껴질 때, 스스로를 위로하고 격려하고 싶을 때, 아끼는 책을 꺼내 다시 읽는다. 책을 다시 읽을 때만 누릴 수 있는 행복이 있다. 그 책을 읽은 뒤 오랜 시간이 흐른 만큼 쌓인 다른 책의 문장들과 새로운 경험들이 얽혀 그 문장이 좀 더 깊이, 색다르게 다가오는 희열을 느낄 때다.

'아, 맞아 이런 거였구나. 음, 이제 조금 뭔지 알겠어. 으흠, 그 책 읽으며 그렇게 좋았던 게 이 장면 때문이었어. 아하, 저 책이랑 연결되는 부분이네? 오, 읽어도 읽어도 이렇게 매력적이라니!'

새로 펼쳐든 책에서도 이전에 읽은 책들의 구절들이 서로 얽히고, 닮은 등장인물들이 떠오른다. 이 책이 들려주는 이야기에 그 책에서 기억해두었던 구절이 얹히며 가슴이 먹먹해지기도 한다. 그 순간들을 기록하고 싶어서 글을 쓰는지도 모른다.

2019년 첫 달, 책상에 열 권 가까이 읽을 책을 쌓아두고도 『스토너』를 집어들었다. 2015년 9월, 이 책을 접한 후로 다섯 번 정독했다. 들춰본 건 헤아릴 수도 없다. 그렇게 많이 추천하고 몇 번이나 블로그에 언급했어도 제대로 리뷰를 써 본 적이 없었다. 처음엔 스토리에 푹 빠져서, 두 번째는 독서 모임을 준비하면서 읽었다. 다시 읽으며 느낀 전율이 아직도

생생하다. 뒤에 일어날 사건을 암시하는 복선을 발견하는 기쁨이라든지, 작품에 언급된 셰익스피어의 소네트가 작품과 긴밀하게 연결되어 있다는 걸 알았을 때의 놀라움은 여전히 짜릿하다.

세 번째는 좀 충격을 받은 상태로 읽었다. 독서 모임에서 신랄하게 스토너를 비판한 사람이 있었기 때문이다. 가난한 농부의 아들로 태어나 척박한 환경에서 자라난 스토너는 농과대학에 입학하지만 문학이라는 경이롭고 아름다운 세계에 마음을 뺏긴다. 이후 영문학 교수가 되지만 불행한 결혼생활을 감내하며 성공과는 거리가 먼 고독하고 쓸쓸한 학자의 길을 평생 걸어간다. 이 책을 추천하면 대부분 사람들이 비슷한 반응을 보였다. 스토너에 대한 연민과 존경, 안타까움으로 가득 찬 이야기들을 쏟아내곤 한다.

학부모 독서 모임에서 처음 이 책으로 독서 모임을 했을 때의 일이다. 모임에서 첫 번째로 발표한 한 회원이 스토너는 결국 자기가 살고 싶은 대로 산 이기적인 남자이며, 무책임한 남편이자 아버지라고 신랄하게 비판했다. 그녀는 책을 다 읽고 나서 옮긴이의 말에 충격을 받아 다시 책을 읽게 되었다고 했다. 독자들은 스토너의 삶이 불행하다고 여기지만 작가의 생각은 다르다. 자기가 하고 싶은 일에 애정을 가지고 평생을 보내며 일의 의미까지 생각하며 산 스토너를 영웅이라고 말한다. 그 인터뷰 내용은 내게도 놀라운 반전이었다. 그럼에도 스토너에 대한 애정과 안타까움이 줄어든 건 아니었기에 회원의 말을 받아들이는 게 몹시 괴로웠다. 독서 모임은 이럴 때 빛을 발한다. 나와는 확연히 다른 사람의 시선으로 책을 다시 볼 수 있는 기회를 얻기 때문이다. 세 번째 스토너는 감정을 빼고 거리를 두며 비판적인 그 회원의 시선을 빌려 읽었다. 그렇게 책을 읽고 나자 아내인 이디스, 딸 그레이스, 스쳐간 연인 캐서린의 입장에서 스토너를 바라볼 기회를 얻었다. 그뿐 아니라 학자로서의 스토너에게 '공부'와 '가르치는 것'의 가치와 의미는 무엇이었는지, 나에게 그런 일은 무엇인지 성찰할 계기도 주어졌다. 네 번째 읽었을 때는 나에게 선물을 주듯 책을 펼쳤다. 숨가쁜 일상 속에서 좋아하는 책을 읽으며 푹 쉬고 싶다는 생각이 간절할 때였다. 가장 편한 자세로 소파에 누워 이 책을 읽었을 때 새삼 감탄한 건 아름답고 매혹적인 문장들 때문이었다. 스토너가 처음 문학에 매료되던 순간의 강의실 풍경과 심리 묘사를 숨죽이며 읽었다. 사랑이 어떤 감정인지 눈뜨는 순간의 경이로움을 이야기할 때는 가슴이 벅차오르면서도 헤어지는 순간의 담담한 문체가 떠올라 더 아프기도 했다.

차가운 겨울밤 캠퍼스의 풍경을 바라보는 스토너의 고독과 쓸쓸함을 읽어내려가다가 결국 앞 페이지로 돌아가 낭독을 하기도 했다.

> 차가운 공기가 허파를 가득 채웠다. 열린 창문을 통해 몸을 기울이자 겨울밤의 침묵이 들려왔다. 섬세하고 복잡하며 조직이 성긴 눈(雪)이라는 존재에 흡수된 소리가 느껴지는 것 같았다.
>
> – 존 윌리엄스, 『스토너』, 알에이치코리아, 253쪽

2019년 새해 첫 책으로 골라든 이 책을 다시 읽으며 생각했다. 왜, 이 책을 이토록 읽고 싶어하는가. 못 읽은 책들이 쌓여있고, 공부해야 할 책들도 시급한데 결국 이 책을 펼쳐든 이유는 도대체 무엇일까?

그는 이 판자들을 손질해서 책꽂이를 몇 개 만들었다. 언젠가 책에 에워싸인 서재를 만들 수 있을 것 같았다. 그는 중고 가구점에서 낡아빠진 의자, 소파, 아주 오래된 책상을 몇 달러에 사서 몇 주 동안 수리했다.

이렇게 꾸민 서재가 서서히 모습을 갖추기 시작했을 때 그는 오래전부터 자신도 모르게 부끄러운 비밀처럼 마음속 어딘가에 이미지 하나가 묻혀 있음을 깨달았다. 겉으로는 방의 이미지였지만 사실은 그 자신의 이미지였다. 따라서 그가 서재를 꾸미면서 분명하게 규정하려고 애쓰는 것은 바로 그 자신인 셈이었다. 그가 책꽂이를 만들기 위해 낡은 판자들을 사포로 문지르자 표면의 거친 느낌이 사라졌다. 낡은 회색 표면이 조각조각 떨어져 나가면서 나무 본래의 모습이 겉으로 드러나더니, 마침내 풍요롭고 순수한 질감을 느낄 수 있게 되었다. 그가 이렇게 가구를 수리해서 서재에 배치하는 동안 서서히 모양을 다듬고 있던 것은 바로 그 자신이었다. 그가 질서 있는 모습으로 정리하던 것도, 현실 속에 실현하고 있는 것도 그 자신이었다.

– 존 윌리엄스, 『스토너』, 알에이치코리아, 143쪽

이 구절에 다다랐을 때 필사 노트를 펴고 정성껏 옮겨 적기 시작했다. 쓰면서 비로소 알게 되었다. 스토너가 책으로 자신을 세워나가고, 서재를 만들며 자신을 다듬어나갔듯, 이 책을 읽으며 복잡하고 흐트러진 내 삶을 가지런히 정리하고 싶어했다는 것을.

스토너의 얼굴이 그려진 책의 표지를 좋아한다. 얼굴의 한쪽은 책들이 가지런히 쌓인 모습이다. 쓱쓱 굵은 연필로 스토너의 얼굴을 그린 사람은 분명 그가 서재를 완성해나가는 이 구절을 인상 깊게 읽었을 가능성

이 높다. 이 구절을 읽고 난 뒤 표지 그림을 더 좋아하게 되었다.

책이 스토너를 대변하고 스토너가 곧 책이 되어가는 것처럼 책이 나를 말해주고 이끌어주기를 열망하는 마음이 들곤 한다. 이 책이 내 안의 좋은 것들을 발견하고 끄집어내어 내 삶의 결도 곱게 가꾸어주길 바라는 마음도.

스토너의 삶은 언뜻 실패한 것처럼 보인다. 가난한 농부의 아들로 태어나 어려서부터 고단한 삶을 살던 그가 농과 대학에 들어가는 것으로 소설이 시작된다. 셰익스피어의 소네트 한 편에 매료되어 문학의 세계에 발을 디딘 그는 '공부를 특정한 목적을 이루기 위한 구체적인 수단이 아니라 인생 그 자체로 생각하는 모습'(351쪽)으로 평생 살게 된다. 부모님과의 고통스러운 이별, 열정에서 시작해 무력감과 무심함으로 점철된 결혼 생활, 아내의 교묘한 방해로 인한 딸과의 정서적 단절, 학교에서 일어나는 부당한 일, 두 차례의 세계대전을 겪으며 죽어가는 정신과 마음을 지켜봐야 하는 고통이 스토너의 삶을 관통한다. 그의 어머니가 '마치 생애 전체가 반드시 참아내야 하는 긴 순간에 불과하다고 생각하는 것'(9쪽)처럼 스토너의 일생은 온통 괴로움과 슬픔으로만 가득 차 보인다. 한눈에 반해 결혼한 이디스와의 결혼 생활은 '오랜 친구와 감정이 소진된 원수들처럼'(123쪽) 살아가는 것이었고, '아련한 연민과 내키지 않는 우정과 친숙한 존중, 지친듯한 슬픔'을 감내해야 하는 세월이었다.

'전쟁은 단순히 수만 명, 수십만 명의 청년들만 죽이는 게'(53쪽) 아니며 '전쟁으로 인해 사람들 마음속에서도 다시는 돌이킬 수 없는 뭔가가 죽어버린다'는 아처 슬론 교수의 말을 듣고 스토너는 비겁하다는 비난을 감수하며 대학에 남는다. '전쟁으로 서서히 죽어가는 마음, 모질게 마모되어 사라지는 감정과 애정'(346쪽)을 지켜내기 위해 문학의 힘에 의지하여 학자로서의 소신과 사명을 다한다.

뒤늦게 찾아온 캐서린 드리스콜과의 학자로서의 교감, 사랑은 또 어떤가. 처음이자 마지막으로 '타인에게 진정한 친밀감이나 신뢰나 인간적인 따스함'(275쪽)을 느끼게 해준 연인을 교묘하고 비열한 로맥스의 방해로 떠나보내야만 하는 슬픔은 상상하는 것만으로도 가슴 아프다.

'사랑이란 무언가 되어가는 행위, 순간순간 하루하루 의지와 지성과 마음으로 창조되고 수정되는 상태'(274쪽)라는 귀한 깨달음을 얻고도 그렇게 살아갈 기회를 잃은 스토너는 캐서린이 떠난 뒤 청각마저 잃을 정도로 병을 앓고 급속히 늙어간다.

유일한 희망처럼 보였던 딸 그레이스와의 관계가 멀어져가는 과정을 지켜보는 것도 괴롭다. 태어나자마자 앓아누운 아내를 대신해 온 마음을 다해 키운 딸을 아내의 비정상적인 양육 방식 탓에 빼앗기다시피 한 스토너. 딸을 위해 아무것도 할 수 없다는 무력감이 그를 절망하게 만들고, 무심함 속으로 밀어 넣는다. 폐쇄적이고 편견으로 가득 찬 성교육을 받고, 한 인간이기 이전에 딸, 아내, 여성으로서의 의무와 책임만을 강요당하는 환경에서 자란 이디스가 정상적인 결혼 생활을 해나가는 건 무리였다. 스토너의 순수하고 열정 넘치는 사랑 앞에서 본연의 자신의 모습을 찾을 기회를 놓친 장면은 다섯 번째 읽으면서 발견했다.

그 내면의 사적인 공간으로 지금 윌리엄 스토너가 침범해 들어왔다. 그런

데 그녀의 내면에 있는 줄도 몰랐던 어떤 것, 아마도 본능 같은 것이 밖으로 나가려는 그를 불러 세운 뒤, 필사적으로 빠르게 말을 이어나갔다.

– 존 윌리엄스, 『스토너』, 알에이치코리아, 80쪽

앞서 스토너는 그녀가 자신에 대해 쏟아놓는 말속에서 '그 이야기 속에 도와달라는 간절한 호소가 들어 있는 것'(77쪽)을 감지한다. 그러나 신경쇠약 증세에 가까운, 이디스의 상식에서 벗어난 행동들과 날이 선 말들, 증오에 가까운 마음에 지친 스토너는 점점 더 무기력해지고 만다. 학자로서 신념에 찬 행동과 인간적인 모습을 돌이켜볼 때, 남편이자 아버지로서 더 노력했어야 하지 않나 따져 묻고 싶기도 했다. 죽기 직전 회한에 찬 고백을 듣고 나서는 슬그머니 마음을 돌릴 수밖에 없었지만 말이다. 결국 이디스와 스토너, 그레이스 모두 애잔한 마음으로 끌어안고 싶을 뿐이다.

이제는 그녀를 바라보아도 후회가 거의 느껴지지 않았다. 늦은 오후의 부드러운 햇빛을 받은 그녀의 얼굴이 주름 없는 젊은 얼굴처럼 보였다. 내가 좀 더 강했더라면. 그는 속으로 생각했다. 내가 좀 더 많은 것을 알고 있었더라면. 내가 이해할 수 있었더라면. 그리고 마지막으로 그는 무정한 생각을 했다. 내가 저 사람을 좀 더 사랑했더라면. 아주 먼 거리를 움직이는 것처럼 그의 손이 이불 위를 움직여 그녀의 손에 가닿았다. 그녀는 움직이지 않았다. 얼마 뒤 그는 스르르 선잠이 들었다.

– 존 윌리엄스, 『스토너』, 알에이치코리아, 384쪽

정신을 혼미하게 만들 만큼 통증에 시달리고, 그리운 사람은 멀리 있어 혼자 병상에 누워 있을 도리 밖에 없다면, 무엇이 나를 위로해줄 수 있을까? 이제 곧 하늘나라로 갈 수 있다는 믿음만으로 버틸 수 있을까? 눈앞에 보이지 않아도 마음 다해 사랑했던 이들이 존재한다는 사실만으로 견뎌낼 수 있을까? 지나온 삶을 돌이켜보았을 때, 좋아하는 일을 충분히 했고 최선을 다했으며 보람과 의미까지 얻었다면, 세상적인 성공의 기준과는 멀어도 괜찮은 삶이라는 것, 삶의 존엄을 스스로 지키며 죽음을 맞이할 수 있다는 것만으로 충분하다는 것, 스토너가 이 중요한 의미를 가르쳐주었다. 나는 과연 삶을 향한 애정과 경이, 감사로 충만한 가운데 눈을 감을 수 있을까? 언젠가 만나게 될 죽음의 순간을 가늠해보는 일은 현재의 삶을 더 충실히 일궈나가며 더 잘 사랑하며 살 수 있도록 돕는다. 쇠약해진 스토너가 손을 뻗을 기력조차 없을 때조차도 '그는 책을 거의 읽지 않았지만, 책이 옆에 있다는 사실에서 위안을 얻었다'(383쪽)고 말한다.

스토너는 마지막 순간, 냉정하고 이성적으로 자신의 삶을 관조한다. 친밀한 우정을 나누고, 열정을 다해 사랑하고, '온전한 순수성, 성실성을 꿈꾸며'(387쪽) 가르치는 사람이 되고 싶었던 자신을 돌아보며 '오랜 세월의 끝에서 발견한 것은 무지였다'고 고백한다. 그리고 마지막 질문을 던진다.

'넌 무엇을 기대했나?'

가슴이 먹먹해지는 이 질문 앞에서 더 글을 쓰지 못하고 잠시 기다렸다.

넌 무엇을 기대했나? 그는 다시 생각했다.

기쁨 같은 것이 몰려왔다. 여름의 산들바람에 실려온 것 같았다. 그는 자신이 실패에 대해 생각했던 것을 어렴풋이 떠올렸다. 그런 것이 무슨 문제가 된다고. 이제는 그런 생각이 하찮것없어 보였다. 그의 인생과 비교하면 가치 없는 생각이었다. 그의 의식 가장자리에 뭔가가 모이는 것이 어렴풋하게 느껴졌다. 눈에 보이지는 않았지만, 그들이 있다는 것을 알 수 있었다. 그들을 좀 더 생생해지려고 힘을 모으고 있었지만, 그는 볼 수도 들을 수도 없었다. 자신이 그들에게 다가가고 있음을 그는 알고 있었다. 하지만 서두를 필요는 없었다. 원한다면 그들을 무시할 수도 있었다. 세상의 모든 시간이 그의 것이었다.

…… 그는 그 자신이었다.

– 존 윌리엄스, 『스토너』, 알에이치코리아, 391쪽

스토너의 마지막 장면에 드디어 이르렀다.

책이…… 방의 침묵 속으로 떨어졌다.

– 존 윌리엄스, 『스토너』, 알에이치코리아, 392쪽

책을 덮고, 노트북 전원을 끄고 침묵 속으로 들어가고 싶었다.

내 생애 마지막 날들을 상상해본다. 곁에 둔 책들 중에 가장 가까운 곳에 『스토너』가 놓일 것이다. 손을 뻗으면 종이의 질감이 그대로 느껴져 고요하고 평안한 책의 세계 속으로 금방 들어갈 수 있도록 말이다.

많은 경험 가운데 가장 행복한 것은 책을 읽는 것이에요.

아, 책 읽기보다 훨씬 더 좋은 게 있어요. 읽은 책을 다시 읽는 것인데, 이미 읽었기 때문에 더 깊이 들어갈 수 있고, 더 풍요롭게 읽을 수 있답니다. 나는 새 책을 적게 읽고, 읽은 책을 다시 읽는 건 많이 하라는 조언을 해주고 싶군요.

– 호르헤 루이스 보르헤스, 『보르헤스의 말』, 마음산책, 153쪽

책을 읽기 시작했는데, 눈으로 허겁지겁 읽어내려가면서도 다시 처음으로 돌아가 천천히 음미하며 읽고 싶다는 열망을 일으키는 책은 흔치 않다. 너무 재미있거나 매혹적이어서 빨려 들어가 읽는 순간, 지나간 그 문장들이 아깝고 아쉬운 느낌이 드는 건 얼마나 놀라운 경험인지! 좋은 책은 그렇게 힘이 세다. 읽으면 읽을수록 감동이 증폭되고, 읽을 때마다 새로운 감정을 불러일으킨다. 나아가 책은 첫 페이지의 말과 마지막 페이지의 말이 얼마나 달라질 수 있는지 보여줌으로써 책을 읽는 우리의 삶 또한 달라질 수 있다는 가능성을 열어 놓는다.

스테퍼니 스탈의 〈빨래하는 페미니즘〉 첫 챕터 왼쪽에는 블라디미르 나보코프의 글이 실려 있다.

기이한 일이지만 누구도 책을 읽을 수 없다. 단지 책을 다시 읽을 수 있을 뿐이다. 훌륭한 독자, 중요한 독자, 능동적이고 창의적인 독자는 책을 다시 읽는 사람이다.

– 블라디미르 나보코프, 『문학 강의』

'나는 이렇게 살고 싶지 않았다'라는 소제목으로 시작되는 〈빨래하는 페미니즘〉은 '독서가 끝난 자리에서 삶이 시작된다'라는 말로 마무리된다. 어쩌면 〈스토너〉를 덮는 순간, 내게는 다른 삶이 펼쳐진 것인지도 모른다. 〈스토너〉를 다시 읽을 때마다 나는 조금 더 중요한 독자, 능동적인 독자가 되는 듯한 느낌이 든다.

만들다

처음에는 아무것도 없었다. 그러다가 모든 것이 있었다.

– 리처드 파워스, 『오버 스토리』, 은행나무, 13쪽

'저자'라는 이력을 만들다

『모두의 독서』

2017년 12월 23일 내 이름에 새로운 호칭이 붙었다. 누구의 엄마 혹은 아내, 딸, 며느리, 집사님, 아줌마 같은 호칭들도 다 나를 설명하는 말이었지만 저자, 혹은 작가라는 호칭은 화들짝 놀랄 만큼 낯설고 매력적이었다. 책을 쓰고 싶다는 생각은 늘 해왔다. 어쩌다가 시작된 책모임 〈선향〉이 자리를 잡아가기 시작하고, 이대부중 학부모 독서 동아리를 맡아 진행하면서 언젠가는 독서 모임에 대한 책을 쓰고 싶다는 얘기를 했다.

아이들 앞에 온전한 자신의 삶으로 바로 서기 위해 고민하며 힘을 쏟았던 독서 모임의 경험은 고유한 내 이야기이기도 하지만 수많은 우리들의 이야기였다. 혼자 책을 읽을 때는 시도조차 못했던 일들이 함께 읽으면서 가능해지는 경험을 글로 쓰고 싶었다. 육아와 살림 말고도 우리 안에 존재하는 수많은 가능성들, 마음 깊은 곳에 숨겨두었거나 이미 포기했다고 치부했던 꿈들을 다시 발견하는 순간의 감격을 나누고 싶었다. 책으로 연결된 사람들과의 연대를 통해 새로운 길을 찾아 나선다는 것, 함께할 이들을 초대하는 책을 쓴다는 건 얼마나 가슴 두근거리는 일인가.

책이 우리에게 주는 선물은 눈에 보이는 결과로만 나타나지는 않는다. 책은 어디에서 무얼 하든지 이전보다 더 행복하고 자유롭게 살아갈 힘을 준다. 역할에 매인 삶에서 존재의 삶으로 나아가게 하는 원동력이 되어 분명 삶의 작은 한 부분이라도 바꾸는 힘을 가진 게 책이다. 책을 통해 어제보다 나은 오늘, 오늘보다 조금 더 성장할 내일을 기대하게 만드는 것이 책이 주는 선물이다. 그런 책을 쓸 기회가 내 앞에 찾아왔을 때 망설임 없이 덥석 '그래요, 한 번 해 봐요!'라고 한 것도 책이 준 용기다. 혼자 쓰는 거라면 못했을지도 모른다. 책의 내용이 독서 모임에 대한 것이 아니었다면 지레 겁을 먹고 도망쳤을 수도 있다. 글솜씨가 있어야 하고, 팔로워가 많아야 하고, 번듯한 경력이 뒷받침되어야 쓸 자격이 주어지는 거였다면 기회조차 오지 않았을 것이다.『모두의 독서』는 평범한 사람들의 책 이야기다. 독서 모임을 통해 '세상에 휩쓸려 때로는 원치 않는 상황에 놓이더라도, 책과 독서 모임은 온전한 나를 다시 찾을 수 있게 하는 매력적인' 이야기를 담고 있다.

『모두의 독서』 원고를 쓰기 시작하며 '북 코디네이터'라는 타이틀을 스스로 내걸고 더 열심히 독서 모임에 매진했다. 책을 읽는 엄마로서 본을 보이고 싶다는 마음으로 더 열심히 읽고 썼다.

수험생 아들 못지않게 책상 앞에 오래 앉아 있었다. 열정을 불러일으킨 책들에 대한 이야기를 쓰며 나의 독서 인생을 돌아보는 계기를 갖게 되었다. 다시 시작한 독서가 새로운 삶으로 나를 이끌었다. 인생의 굽이굽이마다 무언가를 새로 시작해야 할 때 책이 주는 용기에 의지한다면 어렵고 힘든 일들도 잘 헤쳐나갈 수 있으리라고 믿는다.

매일 반복되는 일상을 좀 더 반짝이게 만드는 비결을 배운 것도 책에서다. 눈에 보이는 업적을 통해서만 세상을 이롭게 하는 게 아니라는 걸 가르쳐준『미스 럼피우스』이야기를 책에 담아서 많은 이들의 공감을 받았다. 온 마을을 돌아다니며 꽃씨를 뿌린 럼피우스 덕분에 온 마을이 아름다워지고 행복해진 것처럼 각자의 자리에서 '세상을 좀 더 아름답게 만드는 방법'을 함께 고민하게 된 것은 뜻깊은 일이다. 내가 뿌리는 책씨앗이 단 한 사람의 삶이라도 행복하고 의미 있는 방향으로 안내할 수 있다면 그것만큼 보람 있는 일은 없을 것이다.

친목을 넘어 성찰하는 자리, 함께 성장하는 모습으로 거듭나는 독서 모임 〈선향〉, 〈학부모 독서 동아리〉 이야기를 책으로 쓰는 동안 책이 내 삶에 뿌리내리는 것을 확인하는 계기가 되었다. 혼자 읽는 사람에서 공적 독서로 나아갈 기회를 주었던 〈북스타트 마중물샘 책모임〉도 삶의 반경을 넓혀주는 계기가 되었다. 책을 읽은 이들이 '공적 독서'의 가치와 나눔의 중요성을 돌아보게 되었다고 말해줄 때 기뻤다. 책의 가치를 나누는 독서 운동가는 특별한 이들만 할 수 있는 게 아니기 때문이다. 좋은 책은 힘이 세다. 읽는 이를 통해 좋은 것들이 퍼져나간다. 교회 북클럽의 이야기를 쓴 것도 믿음은 곧 실천과 행동을 통해 증명된다는 것을 밝히고 싶어서였다.

『모두의 독서』가 나온 후 활자화된 내 이야기를 읽었을 때 뭐라 표현할 수 없는 감동이 밀려왔다. 그중에서, '"읽기"에서 "쓰기"로 삶을 밀고 나가다'라는 꼭지를 읽을 때 읽는 사람은 결국 자신의 이야기를 하고 싶어 한다는 사실을 새삼 알게 되었다. 쓰고 싶은 열망을 발견하게 해준 『빨래하는 페미니즘』, 무엇을 써야 할지 안내해준 『82년생 김지영』을 통해 결국 나만의 언어로 쓰고 싶다는 욕망을 가지게 되었고, 그 욕망은 저자가 되면서 실현되었다. 이전의 나와는 다른 나를 꿈꾸게 해준 『싸울 때마다 투명해진다』, 잘 살아야 좋은 글을 쓸 수 있다는 깨달음을 준 『쓰기의 말들』 같은 책들이 지금의 내 모습을 만들어주었다.

내가 쓴 부분의 마지막 내용은 '책으로 달라진 인생은 아름다워'다. 편집자의 손을 거쳐 탄생한 이 제목은 여전히 쑥스럽다. 북 코디네이터, 독서 선생님, 작가라 불리는 요즘의 삶이 과연 아름다운지는 나 스스로 평가하기 어렵다. 내가 추천해준 책을 읽은 사람, 내가 꾸린 독서 모임에 참여하는 사람들, 나를 만나는 학생들의 눈에 어떤 모습으로 비칠지 나는 알 수 없다. 다만 서로를 바라보는 눈빛에서 추측할 수 있을 뿐이다. 책에 대한 경이로움으로 커다래진 눈을 마주칠 때나, 울컥 눈시울이 빨개진 모습을 훔쳐볼 때나, 행복에 겨워 마주보고 웃을 때, 책으로 우리 삶이 조금 더 환해지고 따스해졌다는 것을 서로 확인할 때 감사하다.

책을 출간한 후 이전과는 다른 마음으로 글을 쓰며 자주 되뇌이게 되는 문구가 있다. 탁월한 문장가도 아니고, 저명한 작가도 아닌 나를 '작가님'으로 불러주는 수많은 이들 앞에서 더 이상 주눅 들고 자신 없는 모습으로 서지 않기 위해 스스로를 격려하는 문구다.

우리 모두 일하며 평생을 보내지만 끝까지 하는 일에 정말로 통달하지도, 끝내지도 못한다는 사실은 좀 비극적이라고 나는 생각했다.

그 대신 우리의 목표는 세차게 흐르는 강물로 그가 던진 돌을 내가 딛고 서서 몸을 굽혀 바닥에서 또 하나의 돌을 집어서 좀 더 멀리 던지고, 그 돌이 징검다리가 되어 신의 섭리에 의해 나와 인연이 있는 누군가가 내딛을 다음 발자국에 도움이 되기를 바라는 것이다.

– 호프 자런, 『랩걸』, 알마, 272쪽

　　나만의 독서에서 우리의 독서로, 더 나아가 '모두의 독서'로 가는 길에 소중한 징검다리가 되어 준 모든 이들에게 감사하다. 이제는 남들보다 조금은 더 부지런히 돌을 집는 사람이 되고 싶다. 기꺼이 그러고 싶다. 글을 쓸 때마다 뒤에 올 이를 위해 돌을 놓아두는 심정이 된다. 세찬 물결에 겁이 나고, 가야할 땅이 너무 멀리 보이더라도 용기를 내어 내가 놓아 둔 징검다리를 밟고 나아가기를. 흔들리지 않도록 힘 꽉 주고 지탱하고 있을 테니 말이다. 행여 중심을 못 잡고 흔들린다면 옆에 있는 다른 누군가가 손을 잡아줄 테니 포기하지 말고 조심스레 한 발을 내딛기 바란다.

독서 모임을 만들다
〈반짝이는 책모임〉

책을 읽는 사람들의 얼굴이 빛나는 이유는 책에 담긴 보물 덕분이다. 책보물을 찾는 일이 나의 일이다. 그 비밀을 아는 사람들끼리 만나면 더 빛이 난다. 정혜윤 작가의 『뜻밖의 좋은 일』을 읽던 중이었다. 책을 좋아하는 사람들끼리 찌르르 전기가 통해 반짝, 전구가 켜지듯 내 마음이 환해졌다.

내 생각에 사랑하는 사람들이 빛나는 이유는 그들이 마음속 깊이 연결되어 있기 때문이다. 무한한 신뢰, 믿음, 너그러움, 이런 것들은 몸 밖으로 흘러나오면서 빛이 된다. 그들은 안을 때 서로의 장점뿐 아니라 무한한 신뢰, 믿음, 너그러움도 함께 안는다. 사랑하는 무엇인가와 강하게 연결되어 있는 사람들은 빛이 날뿐만 아니라 힘도 세어진다. 우리가 힘을 내는 방식이 그렇다. 우리는 세상과 나 사이의 연결고리에 의지해서 힘을 낸다. 연결고리가 좋은 것이라면 우리의 삶도 좋은 것이다. 연결고리가 강력한 것이면 우리의 힘도 그만큼 세어진다.

– 정혜윤, 『뜻밖의 좋은 일』, 창비, 13쪽

작가는 자신과 세상 사이의 연결고리는 늘 책이었다고 말한다. 나에게 책은 세상을 향해 열린 창이었다. 그 창을 통해 세상과 연결되었다. 책이 사람과 사람 사이의 가장 안전하고 신뢰할 만한 연결고리라고 생각했다. 살면서 힘들어질 때를 생각해보면 관계에서 오는 어려움이 대부분이다. 새로운 관계를 맺는 것에 대한 불안이 따르고 기대감이 점점 없어지는 이유도 거기에 있다.

독서 모임이 유행처럼 번지고 다양한 방식으로 열리는 이유도 진정한 소통에 대한 목마름 때문이다. 각자 처한 상황이 다르고, 살아가는 방식도 다르지만 같은 책을 읽고 나누는 이야기 속에서 스스로 길을 찾아나가는 경우를 많이 보았다. 자신의 이야기를 귀담아 들으며 공감해주고, 함께 고민해주는 사람들을 만나는 건 행복한 경험이다. 독서 모임을 할 때 기쁨으로 충만하고 흡족한 이유는 자신이 온전히 받아들여지는 느낌 때문이다. 소통에 목마른 우리는 늘 갈망한다. 다른 사람의 일상을 궁금해 하고 어떤 책을 읽는지 관심을 가지고 지켜본다. 인식하지 못하는 사이에 SNS에 접속하는 시간이 늘어나는 이유도 마음의 결이 맞는 사람과 연결되기를 바라기 때문이다. 같은 책을 읽은 사람이 나타나면 와락 반갑고, 비슷한 고민을 가진 사람의 글을 읽으며 울컥하게 되는 순간은 얼마나 많은지. 조금씩 서로를 알아가며 글로 소통하기 시작하면서 소소한 기쁨을 맛보기도 한다. 그러다 어느 순간 한없이 쓸쓸해지거나, 마음이 오그라들거나, 모든 게 덧없다 여겨지는 때가 있다. '환하고 따스한 그 자리에, 이야기꽃이 피는 그 자리에 나도 함께 있고 싶다.'는 생각 때문이다. 글로 친해지는 건 한계가 있다. 온라인상에서 이루어지는 관계가 실제로 만나고 싶은 사이로 발전하는 경우도 많지만 일정한 선을 긋게 되는 경우도 생긴다. 친한 사이처럼 느껴지지만 그와 나눈 시간이 없다면 마음은 풍성하게 자라지 못한다. 서로 마음을 쓰는 사이로 발전하려면 몸을 쓰고 시간을 써야하고, 때로 돈도 써야 한다.

　다양한 독서 모임을 진행하면서 함께 읽기의 의미를 매순간 새로 깨닫는다. 눈을 마주보며 이야기하는 기쁨, 정감 넘치는 목소리를 듣는 즐거움은 그 무엇과도 비교할 수 없다. 사람들 사이에 흐르는 감동의 기류에 소름이 돋거나 가슴이 뜨거워질 때가 많다. 마음과 마음이 만나 수시로 부둥켜안는 느낌이 든다. 좁고 편협한 시선 때문에 다른 사람의 이야기를 듣는 것이 불편했다가도 이내 크게 고개를 끄덕이는 나를 발견한다. 모임이 거듭될수록 시야가 넓어지고 마음은 깊어지는 놀라운 경험을 하게 된다. 다른 의견, 다양한 생각의 결들이 탁자에 펼쳐져 책마다 고유한 무늬가 새겨지는 걸 목격한다. 같은 책을 읽고 모여도 독서 모임의 형태는 목적, 모이는 사람, 때로 진행자에 따라 얼마든지 다른 모습으로 펼쳐진다. 모임의 성격도 달라진다. 논제를 정해 토론 위주로 진행하는 모임을 할 수도 있고 읽은 소감을 편하게 나누는 자리여도 좋다. 낭독 모임, 필사 모임, 글쓰기 모임 등 책을 중심으로 하고 싶은 활동을 접목시켜 모임을 가져도 좋다. 진행자가 없는 경우 자유롭게 이야기를 나누는 것도 얼마든지 가능하다.

　〈반짝이는 책모임〉은 블로그 닉네임 '반짝이는 나날들'에서 파생된 이름이다. 주제와 텍스트, 모이는 사람에 따라 다양하게 펼쳐지는 독서 모임의 타이틀이다. 북 코디네이터로서 다양한 주제로 기획하는 '반짝이는 책모임'은 앞으로 만들어나갈 나만의 브랜드다.

　파커 J. 파머의 『모든 것의 가장자리에서』에 깊이 공감하며 나를 돌아보게 된 구절이 있다.

우리 사회는 어떤 역할의 가치를 평가절하하고 어떤 사람들이 자기 목표를 추구하지 못하도록 기죽이면서 너무 많은 사람으로 하여금 자신이 '부족하다'고 생각하도록 만드는데, 나는 여기에 다시 한번 분노를 느낍니다. 동시에 당신과 당신 친구들이 고통과 그 근원에 대해 열린 자세로 정직하게 말한다는 사실에 희망을 느낍니다. 그것은 개인적인 행복을 추구하는 데 있어, 또한 내가 알고 있는 사회 변혁 운동에 활력을 불어넣는 데 있어 결정적인 디딤돌이 됩니다.

– 파커 J. 파머, 『모든 것의 가장자리에서』, 글항아리, 64쪽

타인의 시선을 의식하며, 세상이 정해놓은 성공의 기준을 향해서만 질주하는 사람들을 향해 파커 J. 파머는 '자기 삶을 그만 마케팅하고, 그런 방식으로 살지 마라'며 따끔하게 충고한다.

당신은 여러 화로에 여러 개의 쇠를 달구고 있다고 스스로를 비유했는데, 나도 그렇게 '산만한' 사람에 속합니다. 내 일을 아주 짤막하게 요약하는 '엘리베이터 스피치'를 요청받을 때, 나는 이렇게 대답해요. "난 늘 계단을 이용합니다. 그러니까 엘리베이터 스피치를 하지 않지요. 혹시 나와 잠깐 걷고 싶다면, 이야기를 나누시죠. 가치 있는 삶이나 일이 몇 마디 인상적인 문구로 압축될 수 있는 것인지, 난 잘 모르겠습니다."

– 파커 J. 파머, 『모든 것의 가장자리에서』, 글항아리, 65쪽

바늘에 찔린 듯 움찔한 이유는 나도 그들과 별반 다르지 않아서였다. 엘리베이터를 타고 빨리 목적지에 닿고 싶은 욕망과 천천히 계단을 오르며 충만한 순간을 누리겠다는 의지 사이에서 나는 끊임없이 흔들린다. 조금 덜 흔들리기 위해 유연해지는 법을 익히려고 노력한다. 균형을 잡기 위해 힘을 빼는 방법도 배우는 중이다. 그 일환으로 오늘도 책을 읽고 글을 쓴다. 이 의미 있는 삶의 숙제를 독서 모임에 싸들고 간다. 그곳에는 동지들이 모여 있어 함께 머리를 맞대면 좀 더 나은 방법으로 과제를 수행할 수 있다. 책이 자신을 통과해 어떤 의미로 다가왔는지를 이야기하는 동안 우리는 연약한 의지를 다지고 아이디어를 새로 얻고, 방향을 점검하는 시간을 갖는다. 두 시간이 훌쩍 지나고 세 시간을 채우고 나서야 부랴부랴 헤어지곤 한다.

5년 차에 접어든 〈선향〉, 1년이 넘은 〈처음 북클럽〉, 4년 째 인연을 이어오는 〈이상동몽〉, 20~30대가 주축을 이룬 〈다정한 오후〉를 통해 책읽기는 더 풍성해졌다. 모임에 참석할 때마다 몇 마디로 압축할 수 없는, '가치 있는 삶이나 일'에 대해 한 마디 한 마디 정성껏 나만의 문장으로 정의내리는 연습을 하고 있다.

독서 모임은 이 세상에 단 한 명만 존재하는 '나'를 좀 더 정밀하게 들여다보는 자리다. 내가 무엇을 원하는지, 하고 싶지 않은 일은 무엇인지, 어떤 방식으로 살고 싶은지 책이 질문하는 것들에 답하기 위해 애쓰는 자리다. 책을 읽기 전의 나와 읽고 난 후의 나를 고백하는 시간이다. 조금 더 나은 나로 성장하고 싶다는 의지를 다지는 곳이 독서 모임이다.

모두가 주체가 되어야 모임이 꾸준히 지속된다. 그동안 경험한 독서 모임의 구체적 사례들을 토대로 독서 모임을 운영하는 데 필요한 덕목과 자세, 유의점 등을 살펴보면 다음과 같다.

독서 모임, 뭐가 좋은가요?

수첩을 보면 이런 저런 모임들이 많다. 친목 도모를 위한 모임, 좋은 정보를 나누기 위한 자리, 때로는 인맥 관리를 위해 참석한다. 자식이나 남편, 혹은 아끼는 그 누군가를 위해 참석해야만 하는 모임도 있다. 모임을 마치고 돌아오는 길에 점검하곤 한다. 정기적인 모임이라면 특히 더 그렇다. 돌아오는 길에 충만한 기쁨 혹은 보람이 있는가? 만나서 반갑고 좋았는데 헤어져 돌아가는 길에는 헛헛한 느낌이 드는 까닭은 뭘까? 묘하게 마음이 상한 느낌은 어디서 기인할까?

책모임은 그런 모임에 지친 내가 발견한 대안이자 희망이었다. 책모임을 만들고, 신청하고, 여기저기 쫓아다니며 새로운 세상을 만났다. 좋은 사람들과 인연을 맺었다. 공허했던 마음에 무언가가 차곡차곡 쌓이기 시작했다. 자기 자랑, 신세 한탄, 연예인과 남들 이야기를 하느라 정작 자신을 소외시키던 모임에서 벗어났다. 책을 중심에 두고 이야기하고 책을 통해 성장해가는 자신을 드러내는 모임을 추구했다. 책모임은 잃었던 '나'를 찾는 자리였다. 아이들 교육, 돈 문제, 집, 차, 여행, 화장품, 옷, 타인의 이야기만 넘쳐나는 자리에서 불편하고 어색하게 웃고 있을 때가 많았다. 자기 자신에 대해 이야기를 하는 경우는 드물었다. '우리'에 대해 이야기하지도 않았다. 책모임에서는 책으로 나를 드러낼 수 있어 좋았다. 말로 표현하지 못하는 감정은 책의 문장을 빌려 말했다. 책모임 안에서도 가족과의 갈등이나 사회적 관계 속에서 겪는 어려움을 토로할 수밖에 없다. 책을 읽는 이유 중 상당 부분이 살면서 명쾌하게 해결되지 않은 인생의 문제들을 해결하고 싶어서니까 말이다. 내편이길 기대하는 마음 때문에 더 남처럼 느껴지는 남편과 갈등을 겪을 땐 어떻게든 품위 있는 책의 언어를 내 입에 장착하고 싶어 고심했다. 그 경험담을 책모임에서 솔직히 나누며 책의 언어로 관계를 개선해나가는 법을 함께 탐구했다. 감정 조절에 미숙해 아이들에게 말실수를 하고 괴로워하는 엄마들에겐 인생 조언 한 마디를 나누었다. 『결국 나는 무엇이 될까』를 쓴 강산 목사님 초청 강연 때 모든 엄마의 가슴을 흔들었던 말이다. "아이들이 아무리 잔소리를 해도 듣지 않는 이유는 그 말에 감동이 없기 때문이다." 그 때부터 고민했다. 잔소리가 아니라 아이들 마음을 움직이게 하는 말은 어떤 말인지 책 속에서 찾았다. 아이를 위해서 하는 그 말의 진심을 어떻게 잘 전달해야 하는지 의논했다.

> 인성 교육이란 폭넓게 말하면 인문학 교육이고, 인문학이란 결국 사람을 사람으로 대접하려는 생각을 마음속 깊은 곳에서부터 기르는 공부다.
>
> – 황현산, 『사소한 부탁』, 난다, 113쪽

〈선향〉 모임에서 황현산 선생님의 책을 읽으며 이 구절을 마음에 깊이 새겼다. 엄마인 우리가 가장 먼저 열심히 공부하고 아이들에게 이 가치를 가르치자고 다짐하던 순간이 생생하다. 먼저 읽고 공무하며 책의 세계로 안내하는 엄마, 가장 가까이서 볼 수 있는 좋은 어른의 본보기가 되고 싶어 책모임에 나간다. 역사, 철학, 문학에 대해 깊이 알진 못하더라도 사람이 사람을 존중하는 법을 책모임에서는 제대로 익힐 수 있다. 배운 대로 살려고 애쓰는 모습을 서로에게 보이는 동안 좀 더 인간답게 살아가고 있다는 자부심을 얻었다. 가장 먼저 나 자신을 존중하도록 도와준 책모임이 좋다. 함께 책을 읽으며 처한 상황이 어떻든 스스로를 존중하는 것처럼 타인도 존엄한 존재로 바라볼 수 있게 해준 책모임이 고맙다.

알맹이 없는 수다가 아닌 진짜 이야기를 듣는 자리, 책모임을 좋아하는 이유다.

말도 잘 못하고, 다른 사람에게 평가받는 느낌이 들까봐 두려워요. 독서 모임에서 처음 만난 사람들과 잘 어울릴 수 있을까요?

제 마음을 어찌지 못해 안절부절 못하던 사람들이 정말 좋은 사람을 만나거나, 안전한 공간이라 느껴지는 모임에 속하면 비로소 마음속 진짜 하고 싶었던 이야기를 꺼내 놓는다. 책모임은 책을 사이에 두고 만나는 자리다. 마음에 와 닿은 구절을 서로 소개하고 책에 대한 감상을 이야기하며 조금씩, 천천히 자신을 드러내도 괜찮은 자리다. 책 이야기 속에 자신의 고민을 슬쩍 털어놓아도 좋고, 주인공의 말이나 생각을 담은 문장으로 자신의 의견을 대신할 수도 있다. 책모임에 와서 처음 만나는 사람들 앞에서 속 이야기를 털어놓는 자신에게 깜짝 놀라며 이렇게 얘기하는 분들이 많다.

"어머, 처음 뵙는 분들 앞에서 제가 별소리를 다하네요"

"가까운 사람들을 만나도 하지 않던 이야기인데, 책이 참 신기한 힘을 가진 것 같아요!"

　낯선 사람 앞에서 내밀한 이야기들을 털어놓고 솔직한 감정을 드러낼
수 있는 이유는 무엇일까? 아마도 자신의 이야기를 성의를 다해 들어주
고 존중해주는 분위기에 마음이 놓여서가 아닐까? 목소리가 떨리기도 하
고, 가끔은 말이 꼬여 버벅거릴지 몰라도 존중받고 있다는 느낌이 들면
이야기를 하고 싶어진다. 환대와 경청의 자리라는 확신이 들수록 진실된
말들이 탁자 위로 쏟아진다. 상대방의 말을 듣는 동안 각자의 마음속에
꿈틀대는 이야기들이 핑도는 눈물로, 울컥하는 심정으로 비어져 나와 서
로를 향해 고개를 끄덕이게 된다. 세련된 언어로 논리정연하게 발표하지
않아도 된다. 수없이 밀려드는 감정을 표현할 적당한 말을 찾지 못했어
도 이미 비슷한 맥락의 삶을 살아온 이들은 서로가 서로를 알아보며 애
틋하고 고마운 눈길로 먼저 만난다. 아직은 온전한 나의 말들로 꿰어지
지 않는 이야기일지라도 심리적 안전함이 확보된 모임 속에서는 비로소
마음속 깊은 슬픔과 대면하고, 갈망하던 것들을 발견할 수 있다.

**저는 소설을 좋아하고, 어려운 책은 읽을 자신이 없어요. 책을 많이 읽어보지
못했는데 참석해도 될까요?**

　독서 모임에 대한 선입견 중 하나가 모임에 들어가려면 책을 '좀' 많
이 읽은 사람이어야 한다는 것이다. 2018년 기준 한 해 출간되는 책이 8
만 종이라는 이야기를 듣고 생각해 보았다. 아무리 대단한 독서가라 해
도 그중에 몇 권이나 읽을 수 있을까? 많이 읽는 것보다 제대로 읽는 것
이 중요하다는 말을 하지만, 그 '제대로'라는 기준도 제각각 다를 수밖에

없다. 이야기에 푹 빠져 시간 가는 줄 모르고 읽었다면 책을 제대로 읽었다는 뜻이다. 생소한 과학 용어에 끙끙대면서도 열심히 밑줄 긋고 필기하며 읽었다면 잘 읽은 것이다. 시 한 편을 읽고 또 읽고, 필사하고, 편지에도 적어 보냈다면 시집 한 권을 제대로 읽은 셈이다. 똑같은 책도 읽는 사람 마음에 따라 다르게 읽힌다. 모든 독서 형태와 나름의 책 읽는 방식은 존중받아야 한다. 고전만 골라 읽는 사람, 자기 계발서 위주로 보는 사람, 시집을 즐겨 읽는 사람, 그림책의 매력에 빠진 사람, 공부하기 위해 읽는 사람, 가벼운 에세이를 좋아하는 사람, 벽돌책이라 불리는 사회 과학서를 선호하는 사람 등 각자가 취향대로 읽을 뿐이다. 무엇이 더 유익한 책이고, 어떤 책을 읽어야 인생에 도움이 된다는 정해진 틀은 없다.

독서 모임에 가면 모인 수만큼 다양한 책 세계가 펼쳐진다. 책을 좋아하는 정도가 다르고, 책을 읽는 양과 범위는 다를 수 있다. 중요한 건 그날 함께 읽은 그 책으로 소통하는 자리라는 점이다. 책을 겨우 읽어온 사람이 있는가 하면 두 번 읽고 온 사람도 있을 수 있다. 필사를 하며 꼼꼼하게 내용 정리를 해오기도 하고, 가슴을 뒤흔든 한 문장을 가슴에 품고 나오는 사람도 있다. 모두가 서로에게 선한 영향을 끼친다.

"아, 소설책을 저렇게 열공(열심히 공부) 모드로 읽는 사람도 있구나!"

"필사를 해두면 나중에 찾아보기 쉽겠네."

"저런 좋은 문장이 있었어? 집에 가서 다시 읽어봐야지."

"으아, 같은 장면에서 어떻게 나랑 저렇게 다른 생각을 했지? 와, 신선하다."

"으~ 그게 아닌데, 나는 그렇게 생각하지 않아, 가만 있어 보자. 어떻게 설명을 한담?"

책 한 권을 놓고 다양한 반응을 볼 수 있는 자리가 책모임이다. 내가 모르던 분야의 책 정보를 얻을 수 있고, 책을 읽는 색다른 방식도 배울 수 있다. 열린 마음과 배우려는 자세만 있으면 누구든 갈 수 있는 곳이 책모임이다. 책을 읽는다는 것 자체가 타인의 말과 언어를 들여다보겠다는 뜻이다. 독서 모임 또한 사람책을 읽는 자리다. 공감하기도 하고 의문을 품을 수도 있다. 서로에게 예의를 갖춰 질문하고 진솔하게 이야기할 마음만 있으면 누구라도 함께할 수 있다.

독서 모임, 어떻게 시작하죠?

독서 모임의 본질은 여느 모임과 달리 책이 중심이 된다는 데 있다. 책에 대한 정보를 나누어도 좋고, 그 자리에서 각자의 책을 펼쳐들고 읽어도 된다. 책 내용에 대해 수다 떠는 모임도 괜찮고 진지하고 깊이 있는 이야기를 나누는 시간으로 만들어도 된다.

독서 모임은 몇 명 이상이 모여야 한다든가, 특정한 장소에서 모여야 한다는 고정관념을 버리고 얼마든지 쉽고 편하게 시작할 수 있다. 책을 좋아하는 사람, 같은 책을 읽으면 마음이 통할 것 같은 사람, 비슷한 고민을 하는 사람, 취향이 비슷한 사람에게 이렇게 말하고 시작하면 된다.

"『그리운 메이 아줌마』라는 동화를 읽었는데 너무 감동적인 거 있지! 너도 꼭 읽어봤으면 좋겠어. 다 읽고 나서 우리 책 얘기 나누자."

"『스토너』라는 책이 정말 좋대. 우리 같이 읽어볼까? 다 읽고 만나서 책수다 떨자!"

"아는 엄마가 책모임을 하는데 누구나 와도 된대. 다른 사람들은 책 읽고 무슨 생각하는지 정말 궁금해. 한 번 가봐야겠어."

"도서관에 북클럽이 생겼다는데, 내가 평소 절대 안 읽는 과학책, 역사책을 주로 읽는다나봐. 정해진 기간에 읽고 모이니까 혼자서는 못 읽어도 같이 읽으면 완독하게 되지 않을까? 한 번 도전해보려고."

우선 책을 함께 읽고 싶은 사람이 하나라도 있다면, 망설이지 말고 둘이 시작하면 된다. 주위에서 괜찮은 독서 모임 소식이 들려오면 일단 한 번 가보는 게 중요하다. 어쩌면 인생 책을 만날 수도 있다. 함께 책을 읽으며 품위 있게 나이들어갈 귀한 책 친구를 사귀게 될 지도 모른다. 혹여 전혀 나와 맞지 않는 분위기면 다른 곳에 또 가보는 것이다. 어딘가엔 반드시 있다. 마음 잘 통하는 이들이 모여 있는 독서 모임을 경험하는 것, 어쩌면 내가 시작하는 것이 제일 안전하고 빠른 지름길일 수도 있다.

독서 모임을 운영하며 힘든 점을 어떻게 해결하시나요?

1. 모임 리더로서 특별한 자질이 필요한가?

수년 간 지속해온 책모임을 돌아보면 대부분 감동이 넘치고 유익했다. 물론 아쉬운 부분도 있다. 더 좋은 모임을 꾸려가기 위해 회원들과 정기적으로 모임을 점검하고 돌아보는 자리가 필요하다. 편중되지 않게 책을 선정하고 있는지, 회원들이 책 읽는 것을 버거워하지는 않는지 살펴보아야 한다. 책모임에 참석하는 사람들이 처한 상황이 각각 다르다는 걸 잊지 말아야 한다. 취향과 독서력의 차이를 고려하는 것도 중요하다. 바쁜 일상에서 책을 읽을 시간을 내는 것 자체가 힘들다. 그럼에도 책을 읽는 보람과 즐거움을 책모임에서 경험한 사람들은 기꺼이 다음 모임을 기대한다. 모임 후 돌아가는 길이 헛헛하지 않은지 스스로에게 정직하게 물어봐야 한다. 정해진 책이 부담스러울 때 기꺼이 읽을 의향이 있는지, 다음 모임이 기대되는지 점검해야 한다. 모임을 이끄는 리더는 세심하게 모임 규칙을 정비하고, 회원들의 의견을 수렴하기 위해 노력해야 한다. 모임을 이끄는 건 분명 힘들고 부담스러운 일이다. 스스로 모임을 즐기지 않으면 안 된다. 가장 열심히 읽고, 성의를 다해 모임을 준비하고 꾸려가야 한다. 책을 많이 읽고, 말을 잘 하고, 독서 내공이 깊은 사람이 리더를 맡아야 한다고 흔히 생각하기 쉽다. 물론 필요한 부분인 건 맞다. 책모임 리더로서 수없이 시행착오를 겪으며 한 가지 철칙으로 삼은 게 있다. 가장 열심히 듣는 것이다. 독서 모임의 기본 자세가 경청이지만 리더는 그중에서도 제일 집중해서, 온 마음을 다해 이야기를 들어주는 사람이 되어야 한다. 그 사람에게 눈을 떼지 않고, 몸을 틀어 그 사람을 향해 가까이 기울여 집중하며 들어야 한다. 회원 각자가 자신의 존재가 온전히 받아들여지는 느낌을 갖도록 이끄는 것이 나의 중요한 목표다. 나 역시 독서 모임에서 그런 느낌을 받고 감동할 때가 많았기 때문이다. 이야기가 겉돌거나 갈피를 못잡아 발표하기 힘들어하는 사람의 이야기는 더 주의깊게 들어야 한다. 결국 그 사람이 하고 싶은 이야기가 무엇인지 파악해 책의 언어로 넌지시 길을 터주는 역할도 리더가 해야 한다. 그 사람이 하고 싶은 이야기가 어느 구절, 어떤 장면에서 시작되었는지 알아채고 텍스트를 읽자고 제안하면 동시에 다시 책으로 집중할 수 있게 되어 분위기가 달라진다. 발표하던 사람도 다시 제대로 감을 잡아 진짜 하고 싶었던 이야기를 할 수 있다. 리더는 더 열심히 읽는 사람이어야 한다. 중요한 부분의 핵심 키워드를 정리한 노트를 옆에 펼쳐 두고 수시로 딴 길로 새기 쉬운 이야기의 방향을 잡아주어야 한다. 책은 여러 번 읽을수록 성의를 다해 읽는 만큼 비밀을 드러낸다. 리더의 자질은 누구나 갈고 닦을 수 있다는 뜻이다. 책은 항상 공평하게 기회를 준다. 열심히 읽으면 누구나 얻을 수 있다.

2. 책을 완독하지 않고 참석하는 이들에 대하여

책모임에서 다루는 책은 대부분 모임이 임박해서 읽기 일쑤다. 읽을 책들은 늘 쌓여있고, 일거리는 넘쳐나기 때문이다. 미리 읽으면 내용을 기억하기 쉽지 않아 모임 일주일 전에 마음 먹고 읽는 경우가 많다. 책임감이 강한 사람은 모임 전날, 밤새워 읽어오기도 한다. 어떤 이는 꼼꼼하게 필사를 해오고, 느낌이나 생각을 노트에 적어 온다. 알록달록 색띠를 붙여오는 사람들이 많고, 발제를 해오는 경우도 있다. 책을 두 번이나 정독해서 오는 사람도 있다. 읽은 책이어도 모임에서 정해진 책이니 다시 읽는 게 당연하다며 또 읽어오는 사람도 여럿이다. 다시 읽으니 새로운 느낌이 들었다며 좋아했다. 대부분 전에 읽은 책이면 그냥 들고 온다. 대충 훑어보고 오는 경우도 있다.

반 정도, 혹은 일부를 읽고 나오는 경우도 많다. 읽은 부분에 대해서는 재미있게 들을 수 있고, 그 부분에서 느끼고 생각한 것을 나누면 되지만,

읽지 않은 부분에 대한 이야기가 활발하게 오가면 아무래도 공감의 폭은 좁아진다. 모임이 끝난 후, 읽지 못한 부분을 그대로 둔 채 책꽂이에 꽂는 경우가 많은데, 다음 읽을 책에 밀려 다시 펼칠 기회는 쉽게 오지 않는다. 적어도 책모임에서 함께 읽는 책은 모임에 맞춰 완독하는 것이 바람직하다. 그렇지 않으면 장식용 책이 되기 쉽다.

바쁜 일상 속에서 한 달에 한 번 시간 내는 것이 쉽지는 않다. 대부분 성실하게 책을 읽어오는 편이지만 100퍼센트 완독은 늘 어렵다.

책모임의 가장 기본은 책을 완독하고 참석하는 것이다. 그게 최소한의 예의다. 물론 다 읽지 못하고 가도 얼마든지 환영받고, 좋은 시간을 가질 수 있다. 다른 사람들의 이야기를 듣는 것 자체가 큰 공부가 된다. 하지만 읽지 않은 부분을 다룰 때나, 책 전체 내용을 기반으로 한 이야기에는 몰입하기가 쉽지 않다. 책을 열심히 읽고 책을 통해 무언가를 해석하고 발견하고 사유하려는 사람들의 이야기이기 때문이다. 책 내용에서 벗어난 지극히 주관적이고 사적인 이야기를 하게 되면 모임의 성격에서 벗어나거나 진행되어가던 이야기의 흐름을 방해할 수도 있다. 책모임에 참석한 사람들은 책 이야기를 듣고 싶어 모인 것이다. 자신의 경험이나 기존의 가치관을 바탕으로 이야기를 나눌 수도 있지만, 그럴 때도 책모임에서 책을 함께 읽는 이유가 무엇인지 놓치지 말아야 한다. 자신의 주관대로 세상을 바라보는 것이 얼마나 편협했는지에 대한 고백과 성찰이 오가고, 가슴을 치게 만든 놀라운 문장들을 다시 찾아 읽는 동안 감동이 배가되는 기쁨을 누리는 자리가 책모임이다. 나는 그냥 지나쳤던 부분이 누군가에게는 경이로운 장면이었다면 그 글이 낭독되는 동안 그 장면으로 같이 찾아가 함께 바라봐주는 특별한 시간이다. 한 번도 생각해 본 적 없는 참신한, 혹은 의아한 해석들을 겸손하게 받아들이는 자세를 훈련하는 시간이기도 하다.

3. 말을 너무 길게 하는 사람과 거의 말을 하지 않는 사람 사이에서 시간 분배에 어려움을 느낀다면

말을 많이 하는 사람도 있고, 듣기를 선호하는 사람도 있다. 논점에서 벗어난 이야기가 지루하고 장황하게 전개될 때도 있다. 때로는 짧지만 강렬하고 인상 깊은 몇 마디 덕분에 팽팽한 긴장감으로 모임의 분위기가 달아오르기도 한다. 개인사로 이야기를 시작하면 거침없이 삼천포로 빠지고 만다. 다시 책 이야기로 돌아오려면 리더가 진땀을 흘려야 하는 상황이 벌어진다.

노트에 생각을 정리한 글을 써 와서 발표를 하는 회원도 있다. 그 정성에 매번 감동한다. 많은 말을 하지 않지만 진심으로 경청하는 자세로 본이 되는 사람도 있다. 누가 이야기하건, 어떤 말을 하건 최선을 다해 듣고 고개를 끄덕여준다. 핏대를 세우며 의견을 발표해서 좌중을 압도하며 책모임이 얼마나 흥미진진할 수 있는지 보여주는 이도 있다. 서로 다른 해석을 놓고 설전이 오갈 때는 긴장되지만, 모임은 풍성해지고 듣는 이의 사고는 확장된다. 서로가 만족스러운 모임이 되기 위해 경청하는 태도는 기본이다. 자기 순서가 되어 발표를 할 때나 다른 사람의 말에 의견을 보탤 때도 시간을 의식하는 것은 중요하다. 자신의 이야기가 길어지는 바람에 다른 사람이 발표할 시간이 줄어들 수도 있다는 걸 염두에 두어야 한다. 토의나 토론할 내용이 정해진 경우 시간이 모자라 다루지도 못하는 상황이 벌어지지 않도록 기본적인 시간 배분은 발표 전에 미리 공지하면 좋다.(예: 5분 내외로 맞춰서 발표해주세요.)리더가 중간에 말을 끊기는 매우 어렵다. 발표자가 말을 하다 방향을 잃은 듯한 느낌이 들 때는 한 말을 요약해주고, 다시 구체적으로 질문하는 것이 좋다. 책의 본문을 함께 보며 구체적으로 다시 생각해보자는 등의 적절한 멘트를 통해 돕는 것이 필요하다. 그러기 위해서 리더는 초집중 상태로 회원 한 명 한 명의 이야기를 귀담아 듣고 결국 그 사람이 무엇을 이야기하고 싶은지 파악할 수 있어야 한다. 책의 언어로 자기 생각을 가다듬어 표현하는 연습을 하는 곳이 독서 모임이다. 아직 자신만의 언어로 자신의 이야기를 할 수 없다면 책 속의 말들에 의지하여 조금씩 갖춰나가면 된다. 모인 수만큼 의미있는 문장들이 탁자에 펼쳐지는 동안 내가 꼭 하고 싶었던 말을 쉽게 발견할 수 있다. 그렇게 책의 말을 가지고 정해진 시간 안에 조리있게 발표하는 연습을 하면 된다.

4. 모임에 자꾸 빠지는 사람이 있다면(모임 규칙에 대하여)

사람 만나는 게 좋아서 모임에 나오는 경우도 있고, 지친 일상에서 숨통 틔우려 나오는 사람도 있다. 친목모임과 구별이 되는지는 책모임을 준비하고 임하는 태도를 통해 짐작할 수 있을 뿐이다. 대부분 양해를 구하거나 사정을 설명하고 빠지지만, 아무 연락도 없이 안 오는 경우도 있다. 마음 내킬 때만 참석하는 사람도 있다. 물론 급한 사정이 생겨 올 수 없을 때 속상해하는 사람도 있다.

내 모임이라 생각하고 소중히 생각하는 사람도 있고, 있어서 좋지만 없어도 그만이라 생각하는 사람도 있다. 우리 모임이니 어떻게든 내 몫을 다하리라 마음을 보태는 이도 있고, 정신없고 힘든 일정 중에 시간 내서 참석하는 것만으로도 의의가 있다고 생각하는 이도 있다.

책모임은 참석하는 사람의 수 만큼, 이유도 모양도 제 각각이다. 좋은 독서 모임을 만들기 위해서는 회원들 각자가 그 모임의 주체가 되어야 한다. 〈선향〉 모임에서는 돌아가며 모임 진행을 하고 있다. 책 선정부터 발제, 사회까지 맡는다. 그렇게 해보면 비로소 알게 되는 것들이 있다. 모임을 위해 준비하고 신경 써야 하는 것들이 한두 가지가 아니라는 걸 깨닫고 모임 리더의 고충을 이해한다. 열심히 모임을 준비했는데 당일에 못 온다는 문자가 얼마나 기운 빠지는 것인지 느끼며 모임 약속을 더 잘 지키기 위해 노력한다. 책을 읽을 때도 부담을 가득 안고 고민하며 읽는다. 어떤 주제로 이야기를 나눌까 고심하고, 유익한 발제문을 뽑기 위해 고심한다. 모임 공지를 꼼꼼하게 올리는 것이 모임을 성의 있게 준비하도록 안내하는 일이라는 걸 익힌다. 단톡방에서 회원들 말 한 마디에도 신경 쓰며 책을 어떻게 읽고 있는지, 힘들어하는 부분은 없는지 가늠하려 애쓰게 된다. 바쁜 일상 속에서 쫓기듯 책을 읽고 있는 이들의 부담은 덜어주고, 모임을 기대하며 나올 수 있도록 격려하는 말이 얼마나 필요한지도 절감한다. 그렇게 각자 모임을 책임지고 이끌어보는 경험을 한 뒤 모임 분위기는 확연히 달라진다. 각자가 그 모임의 주체로 온전히 서서 모임을 아끼고 존중하는 마음이 커진다.

모임 규칙을 리더가 일방적으로 정하는 건 바람직하지 않다. 각자가 모임을 진행한 후 느낀 점들을 토대로 합의하며 정하면 잘 지켜질 수밖에 없다.

몇 회 이상 불참 시 자동 탈퇴 등의 기본 규칙 정하기/책을 완독하지 않았을 경우에 대한 장치 마련하기/회비 관리/후기 정리 방법 등을 상의하여 정한 후 가끔 점검하며 수정해나가면 된다.

5. 모임에 익숙해져서 정체된 느낌이 든다면

독서 모임을 오래 진행하다보면 아무래도 서로에게 익숙해져서 취향이 어떤지, 어떤 가치관을 가지고 살아가는지 잘 알게 된다. 생각의 틀을 깨고, 새로운 관점으로 세상을 바라보게 하는 책들을 읽지 않는 한 늘 하던 얘기를 또 하는 것 같은 느낌이 들 수도 있다. 모임의 긴장감이 풀어지고 기대하는 마음도 사그라든다. 독서 모임보다 더 급하고 중요한 일이 자주 생겨 한 달에 한 번 있는 정기 모임이라도 우선 순위에서 밀리기 일쑤다.

첫 〈선향〉 모임을 진행한지 3년 정도 지났을 때 이런저런 고민이 많았다. 임신과 출산, 이사, 취업 등 피치 못할 사정으로 상당 수의 멤버들이 그만둘 수밖에 없는 상황이 벌어져 과감하게 모임을 접었다. 몇 개월 간의 공백기를 거쳐 2018년 선향 2기를 꾸렸다. 독서 모임의 경험이 없는 사람, 책의 세계로 진입하기 위해 애쓰는 사람, 책에서 돌파구를 찾기 위해 분투하는 사람들을 한 명 한 명 초대해서 모임을 열었다. 처음 경험하는 건 두려울 수밖에 없다. 모르는 사람 앞에서 나를 드러내는 이야기를 하는 건 용기가 필요하다. 책을 읽는다는 건 나의 무지와 한계를 대면하는 일과도 같아 책모임은 부담이 될 수밖에 없다. 친한 사람들인데도 제대로 소통하지 못해 관계의 어려움을 겪는 경우가 얼마나 많은가? 처음 보는 사람들과 잘 어울릴 수 있을지 걱정이 한가득일 수밖에 없다. 그럼에도 선향 2기의 멤버들은 첫걸음을 뗐고, 시간이 갈수록 선한 기운을 내뿜는 책모임을 만들어가고 있다.

모임을 이끄는 사람으로서 멈칫하는 순간은 수시로 찾아온다. 이 책이 과연 도움이 될까? 이 모임이 그들의 삶에 무슨 유익이 있을까? 모임을 마치고 돌아갈 때 행복할까?

모임을 통해 새 힘을 얻는 게 아니라 내가 닳아 없어지는 것 같을 때 냉철하게 점검해야 한다. 서로의 좋은 점을 발견하고 선한 영향력을 끼치는 노력을 게을리하고 있진 않은지 돌아보아야 한다. 누군가의 말이 불편해지거나 늘 똑같은 말이 지겨워서 모임에 빠질 핑계를 찾고 있지는 않은지 짚어봐야 한다. 리더가 모임에 성의를 다하지 않는 순간 그 모임은 심각하게 대책을 세워야 한다. 새 회원을 모집하거나, 모임의 형식에 대폭 변화를 주는 방식으로 돌파구를 찾아야 한다. 독서 모임을 하면서 최종 목표로 삼는 것은 각자가 모임 리더가 되어 그 사람을 중심으로 독서 모임을 꾸리게 하는 것이다. 각자가 리더의 마인드로 책모임을 참석하며 솔직하게 의견을 나누고 문제를 함께 풀어 나간다면 꾸준히 성장하는 독서 모임를 꾸려나갈 수 있다고 믿는다.

모임에 임하는 자세

근사한 자리에 앉아 있으면 허리를 쭉 펴게 된다, 그 분위기에 어울리는 모습으로 우아하고 품위있는 사람이고 싶어진다. 사람도 마찬가지다. 좋은 사람 앞에 서면 잘 보이고 싶어진다, 그에게서 뿜어져 나오는 선한 기운에 젖어들어 나도 착하게 살고 싶어지듯 말이다. 독서 모임에서 커다란 탁자에 둘러 앉은 우리는 서로에게 좋은 사람이 되길 열망한다. 책을 읽으며 조금은 더 나은 나로 거듭나기 위해 씨름한 이야기를 들려주면 애썼다고 손을 잡아주고 싶다. 책 덕분에 쪼그라든 마음이 조금씩 펴지고 누군가 먼저 환하게 웃음을 지으면 모두가 마주보고 웃게 된다.『그리운 메이 아줌마』를 읽으며 깊게 새긴 문장이 있다. 좋은 사람을 만나고, 그런 사람 옆에서 살고 싶으면 나도 좋은 사람이 되는 수밖에 없다고 아줌마가 가르쳐준 대목이다.

아줌마는 사람들의 마음을 이해했고, 누가 어떻게 행동하든 간섭하지 않았다. 아줌마는 만나는 사람 하나하나를 다 믿었고, 그 믿음은 결코 아줌마를 저버리지 않았다. 어느 누구도 아줌마를 배신하지 않았으니까. 아마도 사람들은 아줌마가 자신들의 가장 좋은 면만 본다는 점을 알고, 아줌마에게 그런 면만 보여줌으로써 좋은 인상을 남기려고 했던 모양이다.

– 신시아 라일런트,『그리운 메이 아줌마』, 사계절, 26쪽

독서 모임은 서로에게 좋은 면을 보여주려고 노력하는 동안 어느덧 좋은 사람으로 변해가는 나를 발견할 수 있는 자리다. 모임을 진행하면서

그런 이들을 수없이 많이 보았다. 의미 있고 가치 있는 이야기를 내어놓으려는 노력을 하는 동안 그 말처럼 살려고 애쓰게 된다. 우리는 말이 이끄는 대로 살게 된다. 아직은 내가 한 것보다는 하고 싶은 것을 더 많이 이야기한다. 애쓰다보니 그렇게 되었다라는 성취감보다는 되고 싶어하는 모습을 더 많이 이야기한다.

그렇게 해야만 한다는 당위가 중심이 될 때도 많다. 그럼에도 책을 읽고 다짐을 하고 모임에 나가 이야기한다. 언젠가는 그렇게 살게 될 거라고 서로를 믿어주기 때문이다. 내가 나를 못 믿어 좌절할 때도 마주 앉은 이가 나를 지지하고 격려하며 지켜봐주고 있기에 힘이 날 때가 있다. 그래, 내가 좋아하고 닮고 싶은 사람이 바라는 대로, 그가 믿어주는 만큼 해내고 싶어, 다짐하게 된다.

독서 모임을 감정의 배출구로 여기지 않고 내 삶을 잘 걸러낸 이야기를 들려주는 자리로 삼았으면 좋겠다. 서로가 애쓰며 돌본 이야기, 살아온 흔적들을 잘 갈무리하고 나날이 새로운 세계로 나아가는 자리가 되었으면 좋겠다. 어렵고 심오한 이야기를 향해 가는 모임이 아닌 진지하고 진실되고 조금씩 나아져가는 우리를 추구하는 자리, 서로가 서로에게 좋은 사람이어서 더 잘 살고 싶은 마음이 들게하는 자리라면 더 바랄 게 없다.

그럼에도 책모임을 하는 이유

참석하는 책모임이 여러 개다. 당연히 읽어야 할 책이 많다. 책이 좋아서 읽지만 때로는 괴롭다. 한없이 게으름을 피우고 싶을 때나, 마음이 심란해서 어떤 것도 손에 잡히지 않을 때도 책을 읽어야 한다. 책을 읽고 싶은데 처리해야 하는 일들이 쌓여 있을 때는 괴롭다. 이 책을 읽고 모임에 가야 하는데 저 책을 읽고 싶을 때 갈등한다. 책상 위에 읽어야 할 책이 쌓여 있는데 새로운 좋은 책을 발견해 주문할 때 가책을 느낀다.

매달 일정표에 책모임을 적을 때 가장 행복하지만 모임을 준비하면서 스트레스를 받는다. 함께 낭독하고 싶은 구절을 발견하면 설레고 기대되지만 모임의 빈자리를 보면 쓸쓸해진다.

정말 좋아하고 소중히 여기는 책에 대한 비판을 들을 때는 마음이 무너진다. 놓치고 있던 부분들이 채워지는 과정이고 비뚤어진 사고에 균형을 맞추는 공부라고 마음을 달래야 한다. 그럼에도 책모임을 좋아하고, 계속하고 싶다. 여전히 책모임을 기획하고 실행에 옮기는 이유다. 혼자 읽기를 넘어 함께 읽기는 내 삶을 풍성하게 만드는 비결이기 때문이다.

나는 책이 사람들을 연결해 주는 것을 좋아한다. 비록 그것을 좋아하는 사람도 있고 싫어하는 사람도 있지만 말이다. 함께 책을 읽는다는 것은, 우리가 똑같은 이야기 속으로 들어가 똑같은 거리를 걸으며 똑같은 죽음과 결혼식을 목격했다는 뜻이다. 한 달 동안 어떤 사람은 학생으로 지냈고, 어떤 사람은 사업상 여러 곳을 돌아다녔고, 어떤 사람은 도심에서 일을 하면서 각기 다르게 살았지만, 우리가 어디에 있든 똑같은 이야기를 가지고 다니면서 조금씩 읽고 어떤 때는 밤늦게까지 읽었다는 뜻이다.

우리가 서로의 집에서 함께 나눈 책과 시간이 많아질수록 그것은 우리를 하나가 되게 해 주었고, 그 시기에 내 삶을 더욱 풍성하게 해 주었다.

– 샤우나 니퀴스트, 『괜찮아 다 잘하지 않아도』, 두란노, 207~208쪽

누군가 내가 읽은 책 이야기를 듣고 나서 읽기 시작했다는 소식이나 블로그에 쓴 글을 보고 주문했다는 말을 들으면 가슴이 뛴다. '추천해주신 책 참 좋았어요.'라는 문자를 받으면 뿌듯하다. 리뷰 끝에 내 이름을 언급하며 좋은 책을 소개해줘서 고맙다는 인사를 받으며 울컥한 적도 많다.

'이 책 꼭 사서 읽어볼게요. 지금 주문하러 갑니다.'라는 답글이나 책모임에 들어오고 싶다는 연락에 마음이 들썩거리기도 한다. '우울했는데 포스팅해주신 책 세 권을 보니 읽지 않아도 왠지 기운이 나는 것 같습니다.'는 글을 보면서는 좋은 책을 더 많이 찾아내야겠다는 사명감이 생기기도 한다.

나를 깨우고, 위로하고, 살아갈 힘을 준 책의 구절들이 나를 통과해 누군가에게 흘러가고 있다는 느낌에 가슴이 벅차오를 때가 많다. 이런 순간들 때문에 책을 읽고 글을 쓴다.

> 책은 친구를 한 명 이상 만들어준다. 영혼과 정신이 담긴 책을 갖고 있으면 부자가 되지만, 그것을 타인에게 주면 세 배로 부유해진다.
> — 니나 상코비치, 『혼자 책 읽는 시간』, 웅진지식하우스, 135쪽

그렇다. 주면 줄수록 부유해지는 책. 책모임을 하는 이유다. 〈선향〉 모임에서 일 년 동안 모일 때마다 『논어』를 조금씩 읽은 적이 있다. 책모임의 가치를 새삼 발견한 순간이 있었는데, 논어의 이 구절을 읽으면서다.

배우기만 하고 생각하지 않으면 막연하여 얻는 것이 없고, 생각만 하고 배우지 않으면 위태롭다.

– 공자, 『논어』〈위정〉편, 15쪽

독서 모임은 냉철한 자기 성찰을 통해 자신의 삶 속에 박혀 있는 가시들을 발견하는 시간이다. 치유와 위로의 언어를 배워 자신을 다독이며 위로하고 격려하는 시간일 뿐 아니라 타인의 아픔에 한 발짝 다가서는 연습을 하는 곳이기도 하다.

우리는 소중한 그 나눔의 시간을 통해 어제보다 조금 더 성장하는 자신의 모습을 꿈꾼다. 많은 이들과 관계를 맺고 살아가는 이 세상 속에서 조금은 더 성숙한 모습으로 타인을 이해하고 배려하기 위해 책을 읽는다. 한자리에 둘러앉은 서로에게서 배우려고 노력한다.

내가 있는 자리가 어디인지, 어떤 사람들과 어울리고 있는지, 나는 거기서 어떤 모습으로 존재하는지 고민한다. 서로에게 어떤 의미를 가진 존재인지 돌아보려 한다. 앞으로 무엇을 보고 읽고 배울 것인지, 어떤 사람들을 만날 것인지 계획하기도 한다. 책모임은 나의 삶을 가꾸는 가장 좋은 자리이자, 내가 꿈꾸는 삶을 실현하는 출발점이다.

그날 독서 모임을 마치고 『논어』를 옮겨 적은 뒤 나도 한 마디 써 보았다.

책을 읽고 배워야지. 혼자서만 읽으면 안 돼. 사람들을 만나 그들의 지혜와 경험을 나누며 깊은 사유로 나아가야 할 거야. 그래야 막연함을 벗을 수 있어.

생각은 많이 해야지. 그 생각을 실현하면서 영향력 있는 삶을 살려면 끊임없이 배워야 하고. 함께 읽어야 위태로운 자기 안의 테두리에서 벗어날 수 있을 거야.

사람을 모아 책문화를 만들다 :
그림책 워크숍

고향에 아름다운 서점이 생겼다는 소식을 듣고 기뻤다. 용문산 자락에 자리 잡은 〈산책하는 고래〉에서 의미 있는 일을 꼭 해보고 싶었다. 2018년 그림책 모임을 시작했다. 블로그에 올린 모임 공지만 보고 모임에 참여해주신 분들이 40여 분이나 된다. 매번 인원이 차는 것이 놀라웠고 고마웠다. 모임이 끝나고 헤어질 때, 그림책 워크숍을 열어 한자리에서 다시 만나자고 약속했다. 책을 아끼고 사랑하는 이들이 책의 공간에 모여 한 주제를 가지고 이야기를 나누는 장면을 상상하며 추진했다. 책방에서 품격 있는 책 문화를 함께 만들어가는 일은 오래전부터 마음에 품어왔던 일이다. 기획부터 진행까지 책임지고 하는 행사는 처음이라 어려운 점이 많았다. 그럼에도 굳게 믿었다. 정성껏 준비한 북 큐레이션과 그 책들을 둘러싼 사람들이 어우러지는 풍경은 분명 아름다울 것이라고 말이다. 선뜻 기회를 주신 〈산책하는 고래〉 대표님께도 감사한다.

북 큐레이션 part 1. 세상의 모든 시작, 씨앗

한 권 한 권 정성을 들여 소개 글을 써서 붙였다. 모임 한 달 전부터 수시로 거실과 방바닥에 책을 펼쳐두고 작업한 것들이다. 모아두었던 엽서와 예쁜 그림들, 색지를 오리고 붙인 종이에 꾹꾹 눌러썼다. 그 책이 얼마나 소중한지 보여주고 싶었다. 책을 들춰보며 책 속에서 누렸던 평안과 위로, 희망의 순간들을 나누고 싶었다. 막상 그 책들을 책방 야외 탁자에 펼쳐놓았을 때 더는 아무 말도 필요 없다는 생각이 들었다. 파란 하늘 아래 나무들에 둘러싸인 책들이 스스로 이야기를 들려주는 것만 같아서였다. 자연에 둘러싸여 모든 것의 시작인 '씨앗'에 대해 이야기를 나누는 시간이 더 특별하게 느껴졌다.

〈씨앗의 탄생〉

나무는 기다렸어, 꿈과 희망을 가득 품고서 『씨앗 100개가 어디로 갔을까』

나무의 아기들과 시끌벅적 『나무의 아기들』

어치야 나를 잊어줘, 나무로 자랄 수 있게 『어치와 참나무』

씨앗의 기다림, 언젠가 우리도 멋지게 『아주 작은 씨앗』

모든 시작은 기다림의 끝, 이제 싹을 틔워요. 『랩걸』

〈나만의 나무가 들려주는 이야기〉

　아기 나무에게 우산을 씌워주는 사에라처럼『커다란 나무 같은 사람』

　어린 나뭇가지 부러질까 잠 못 이루는 울라브 하우게 할아버지처럼『어린 나무의 눈을 털어주다』

　나무를 사랑해서 나무처럼 살다간 사람, 사람을 사랑해서 백 년을 그리워한 나무『나무』

〈탐스럽고 어여쁜 열매 뒤에 숨은 이야기에 귀 기울여요〉

　나는 몰랐어요, 이 모든 일이 아줌마 덕분이라는 것을요『알레나의 채소밭』

　나는 지금 무엇을 일구며 가꾸고 있나요?

　『리디아의 정원』,『한밤의 정원사』,『정원사 바우어새』

〈자연아 고마워, 네 덕분이야〉

　흔들려도 괜찮아『흔들린다』

　날마다 가슴 울렁거리는 경탄과 기쁨을 주는 자연의 질서와 그 안에 깃든 사소한 것들에 대한 애정과 감사『호미』

　『씨앗 100개가 어디로 갔을까』를 읽으며 모임을 시작했다. 씨앗 100개가 도로 위나 바위에 떨어지고, 물속으로 가라앉거나 물고기에게 먹히는 장면이 펼쳐졌다. 씨앗은 작은 동물들의 먹이가 되거나 새들이 먹어버리기도 한다. 비상식량으로 땅속에 묻히고, 다른 동물의 보금자리를 만드는 재료로도 쓰인다. 그러는 동안 100개의 씨앗 중 단 몇 개만 싹을 틔울 수 있다. 씨앗이 사라져버릴 때마다 "아~"하는 안타까운 탄성이 흘러나왔다. 책에 나온 소녀가 눈물 한 방울 또르르 흘릴 때 모두 함께 눈가를 훔치는 모습을 따라하기도 하면서 책을 읽어나갔다. 씨앗이 겨우 싹을 틔운 뒤에도 여린 잎을 먹어 치우는 동물들이 나타나자 한숨이 여기저기서 터져 나왔다.

다음 책으로 『어치와 참나무』를 소개했다. 어치가 씨앗을 숨겨놓고 까맣게 잊어버리는 장면에서는 함께 웃음을 터뜨리기도 했다. 그렇게 잊힌 씨앗이 마지막 장에서 울창한 나무로 자라난 걸 보며 모두 함께 "와~"탄성을 질렀다. 다섯 살 아기, 유치원생, 초등학생, 중학생, 엄마, 아빠가 한데 어우러져 있는 자리에서 그림책을 낭독하며 이야기를 나누다니. 처음 경험해보는 것이었다. 0세부터 100세까지 보는 그림책의 힘을 실감했다. 누구나 공감할 수 있는 자연 이야기에 한마음이 되는 풍경도 아름다웠다. 책을 사이에 두고 서로가 마주 보는 눈빛이 얼마나 다정한지, 책을 읽어주는 목소리와 화답하는 목소리가 얼마나 정겨운 지도 실감했다. 갖은 역경에도 나무로 자라는 씨앗의 여정을 마무리한 후 『랩걸』의 문구를 소개했다.

그림책에도 나오는 '나무가 제일 잘하는 일은 기다리는 것'이라는 말이 과학자의 말로 이어지는 놀라운 장면을 보여주고 싶었다. 책이 책을 불러내고, 하나의 주제로 긴밀하게 연결되는 건 언제나 신비롭다.

모든 시작은 기다림의 끝이다. 우리는 모두 단 한 번의 기회를 만난다. 우리는 모두 한 사람 한 사람 불가능하면서도 필연적인 존재들이다. 모든 우거진 나무의 시작은 기다림을 포기하지 않은 씨앗이었다.

– 호프 자런, 『랩걸』, 알마, 52쪽

이세 히데코의 그림책 『커다란 나무 같은 사람』에는 '그 나무는 아무 말도 하지 않는다. 하지만, 많은 이야기를 알고 있다.'라는 구절이 나온다. 북 큐레이션 첫 번째 내용은 나무에 대한 이야기, 그 나무가 품은 수많은 씨앗에 관한 이야기다.

씨앗을 주제로 큐레이션을 준비하며 가장 중심에 둔 책은 레이첼 카슨의 책이다. 처음 아이들 책 수업을 시작할 때부터 지침서로 삼은 이 책은 제목을 떠올리는 것만으로도 깊은 울림을 준다.

자연에 대한 경이의 감정을 간직하고 강화시키는 것, 인간 삶의 경계 저 너머 어딘가에 있는 그 무엇을 새롭게 깨닫는 것, 이런 것들은 어떤 가치를 지닐까?

– 레이첼 카슨, 『자연 그 경이로움에 대하여』, 에코리브로, 93쪽

그림책 워크숍을 준비하며 이 가치에 대해 고민했다. 책방에 모인 사람들이 내가 준비한 책들을 보며 자연과 책, 그 사이에 흐르는 교감 속에서 짧은 순간이나마 삶에 대한 경이로움을 경험한다면 더 바랄 게 없었다.

다함께 나무 그리기

첫 번째 큐레이션을 간략히 소개한 후 다 함께 나무를 그려보았다. 노랑, 빨강, 파랑 세 가지 색깔만으로 그리는 나무다. 먼저 노란색으로 밑그림을 그린다. 시범을 보였다. 반드시 아래에서 위로 그려주어야 한다. 땅으로부터 물과 영양분을 빨아들여 위로 쭉 뻗어 나가는 나무의 모습을 보여주기 위해서다. 파란색으로 색을 덧입히기 시작하면 초록색 나무가 서서히 드러난다. 그다음 빨간색으로 나무 기둥과 가지를 살살 그려주면 갈색이 나타난다. 세 가지 색을 번갈아 가며 정성껏 색을 입히며 나무를 완성한다. 여기저기서 감탄 섞인 소리가 흘러나왔다.

"와~ 나무다!"

다들 머리를 맞대고 신기해하며 나무를 그리는 풍경을 찍은 사진은 보고 또 봐도 질리지 않는다. 나뭇잎 하나에도 초록색 한 가지 색이 아니라 여러 가지 색이 들어있다는 것을 이야기해 주었다. 그러면 아이들은 작은 잎사귀 하나도 다른 시선으로 본다.

책보물 찾기 놀이

다음 순서는 '책보물 찾기 놀이'로, 미니북을 곳곳에 숨겨 놓았다. 오리고 붙이는 수고가 만만치 않았지만 표지부터 내용까지 제대로 만들어진 귀여운 책이어서 아이들이 정말 좋아했다. 책이 너무 작아 끈에 매달아 나무에 매달아 놓기도 하고, 의자 밑이나 돌 가장자리, 선반 위 등에 놓아두었다. 책을 찾아들고 환호성을 지르는 모습에 어른들까지 덩달아 신났던 시간이다. 끈을 머리 위로 한껏 들고 대롱대롱 매달린 책을 자랑하는 아이, 조그만 손으로 책을 펼쳐보며 "와! 진짜 책이야! 이야기도 쓰여 있어!" 소리치는 아이도 있었다.

'책보물 찾기'는 블로그 이름에서 따온 놀이다. 날마다 쏟아지는 책들 속에서 읽을 만한 책을 고르는 일을 보물찾기로 여긴다. 이미 검증된 양서 중에서도 나에게 맞는 책, 지금, 내가 반드시 만나야 하는 '그 책'을 보물로 여긴다. 남들이 좋다는 책보다 나의 상황과 필요에 맞는 적합한 책을 만나면 세상을 얻은 듯 마음이 부유해진다. 그 보물 같은 책들을 찾는 기쁨을 아이들이 경험하길 바랐다.

보물을 찾아온 아이들에게는 따로 준비해온 아끼는 그림책을 한 권씩 선물해 주었다. 신청을 받으면서 대강 아이들 정보를 파악해서 좋아할 만한 책을 고심해서 골랐다. 그 책이 소중한 책씨앗이 되길 바랐다. 아이에게 두고두고 추억을 되새길 보물 같은 책이 된다면 얼마나 기쁠까.

북 큐레이션 part 2. 나무가 우리에게 심는 책 씨앗

날이 좀 더워서 서점 안으로 들어가 옹기종기 모여 앉아 두 번째 큐레이션을 소개했다.

'고래이야기' 출판사 대표이자 서점지기인 강이경 대표님과 함께한 뜻깊은 시간이었다.

〈나무의 마지막 선물, 책〉

나무에게 부끄럽지 않은 마음으로 책을 쓰는 마음『아들과 함께 걷는 길』

〈공감의 책씨앗〉

　　아는 것이 시작이에요 『내가 라면을 먹을 때』

　　알고 주장하고 이야기해요, 나와 너 우리 모두 함께 『나는 아이로서 누릴
권리가 있어요』

〈사랑의 책씨앗〉

　　자연의 품에서 나를 사랑하는 법 『두고 보라지』

　　이런 게 사랑이에요 『누군가를 사랑한다는 걸 어떻게 알까요?』

　　지구야 미안해, 더 많이 사랑할게 『내가 지구를 사랑하는 방법』

〈나눔의 책씨앗〉

　　너도 그랬구나, 괜찮아 함께라면 『두근두근』

　　세상을 아름답게 하는 나눔의 씨앗 『미스 럼피우스』

　　책씨앗이 꽃피우는 자리, 북클럽 이야기 『건지 감자껍질파이 북클럽』

사랑의 엽서 쓰기 & 그림책 읽어주세요

　　전체 모임 후 어른들은 김봉순 선생님의 진행에 따라 '사랑의 엽서 쓰
기' 시간을 가졌다. 혼자 모든 코너를 진행할 수 없어 그림책 모임에 참여
하신 분들께 도움을 청했다. 흔쾌히 맡아주어 얼마나 고마웠는지 모른다.
아끼는 그림책들을 잔뜩 싸 들고 온 선생님은 각 그림책에 들어 있는 주
옥같은 글귀들을 프린트해서 카드까지 준비해주셨다. 각자 사랑하는 이
들에게 들려주고 싶은 말들을 골라 편지를 쓰는 뜻깊은 시간이었다.

같은 시각 밖에서는 문연숙 선생님이 아이들에게 책을 읽어주셨다.

동화 구연 전문가인 선생님이 서점, 책과 관련한 그림책을 준비해 오셨다. 그림책을 읽어주시는 동안 아이들이 30분 넘게 꼼짝도 안 하고 앉아 있어서 놀랐다. 엄마를 찾거나 딴짓하는 아이도 없었다. 그것도 다섯 살부터 십 대까지! 정말 너무 재밌게 읽어 주셔서 다른 일을 해야 하는 나도 아이들 틈에 앉아서 넋을 잃고 쳐다보았다.

모임 후 그 책을 사달라고 조르는 아이들의 소리가 여기저기서 들려왔을 정도로 인기 만점인 시간이었다. 아무리 전문 성우 뺨치게 읽어도 아이들이 이렇게까지 집중하지는 않는다. 읽어주는 사람이 아이들에게 품는 마음이 남달라야 이렇게 뜨거운 반응이 나온다.

'얘들아, 이 책 선생님이 진짜 좋아하는 책이고 정말 재미있단다. 이 이야기를 소중한 너희들에게 꼭 들려주고 싶어. 우리 함께 책나라에서 행복하게 놀아보지 않을래? 너희들이 이 책을 꼭 만났으면 좋겠어.'

이런 절절한 마음이 읽어주시는 선생님 눈빛에 담겨 있었다. 물론 아이들은 그 마음을 단박에 알아차렸다. 가슴 뭉클한 광경이었다. 함께 준비하며 협업의 가치를 알려주신 분들이 계셔서 더 뜻깊은 행사였다. 모임 전에 30여 장의 나무 그림을 그리고, 이름표를 만들고, 미니북을 오리고 붙이느라 애쓴 이들도 있다. 심명숙, 이현남 두 고마운 후배들이 아니었다면 행사도 하기 전에 몸져누웠을지도 모를 일이다.

서점에서 배려해준 부분도 큰 감동이 되었다. 음료와 마카롱 간식을 준비해주셨을 뿐 아니라 '고래이야기'에서 만든 그림책 『웃으면 행복이 와요』를 가정당 한 권씩 선물해주셨다.

대표님이 고래이야기 출판사에서 낸 책 중에서 특별히 고르신『모두 모두 고맙습니다』를 읽어 주신 것도 의미심장했다. 그 자리에 모인 사람들 마음속에 귀한 감사의 씨앗을 심어주었기 때문이다.

북 코디네이터로서 아름다운 책 문화, 품격 있는 서점 문화를 만들어나가고 싶은 꿈이 있다. 그날, 책과 사람, 책의 공간이 어우러지는 그 자리에서 책을 사랑하는 사람이 함께 나누는 아름다운 가치를 보았다. 모두가 함께 마음을 모았기에 가능한 일이었다.

모임을 마친 후 서점에서 연락이 왔다. 책을 판 수익금을 나누고 싶다는 고마운 제안에 이렇게 답을 드렸다.

"책을 구매하신 분들은 아름다운 서점에 머물 기회를 가진 것만으로도 기쁘셨을 겁니다. 좋은 책들을 선별해 구비해놓으신 덕분에 특별한 책을 만나서 고마운 마음을 책 구매로 표현하신 것으로 생각합니다. 서점이 굳건히 자리를 지켜주기를 바라는 응원의 마음이기도 하고요. 그래서 그 몫은 제 것이 아닙니다.^^"

(결국 대표님은 겨울밤 벽난로 옆에서 책을 읽을 수 있는 특별한 시간을 선물로 안겨주셨다.)

워크숍에 참여하신 분들은 기꺼이 참가비를 냄으로써 책 문화를 가꿔가는 일에 동참하며 나를 후원해주셨다. 북 큐레이션에서 소개한 책과 서점이 소개하는 책을 한 아름 사 들고 가신 것도 지역 서점의 가치를 존중하고 배려하는 마음으로 책 문화를 가꾸는 일을 실천하신 증거다. 참여해주신 모든 분이 자랑스러웠다. 그 고마운 마음은 두고두고 잊지 못할 것이다.

몸은 고단해도 마음은 매달아놓은 노란 풍선 같았던 날이다. 처음 해보는 일이었고, 앞으로 계속해나갈 수 있는 일인가 시험대에 오른 기분이었지만, 함께하는 많은 이들 덕분에 해낼 수 있었다. 협업의 가치와 가능성을 배운 시간이기도 하다. 지역 서점과 협업하는 이 일을 꾸준히 해나가고 싶다

새로운 형태의 서점, 움직이는 책방을 만들다 :

『책보물 서점』, 『달빛 아래 책방』

언젠가 꼭 해보고 싶은 일 중 하나가 책방을 여는 것이다. 내가 좋아하는 책들, 열심히 공부하며 읽은 책들, 수시로 쓰다듬으며 위로를 받았던 책들을 책방 한쪽에 옮겨 놓고 사람들과 만나고 싶었다. 주제별로 선별한 책을 정성껏 쓴 손글씨로 소개하고, 큐레이션도 다양하게 선보이면 좋겠다고 생각했다. 무엇보다 책방 안에서 독서 모임을 열고, 다 함께 그림책을 읽은 후 이야기를 나누는 장면을 생각하면 가슴이 뛰었다.

2017년에는 좋은 기회가 생겨 책방을 열 뻔한 적이 있었다. 계약 직전까지 갔으나 사전 조율 과정에서 임대료 말고도 계속 추가되는 금액에 놀라 포기했다. 한 달 내내 책을 팔고 행사를 열어도 임대료를 감당할 수 있을지 모르는데, 힘들게 벌든, 행복하게 벌든 그 돈을 거의 고스란히 건물주에게 갖다 바쳐야 한다는 생각에 벌써 불행해지는 나를 발견했다.

그 일을 계기로 책과 더불어 행복하게 사는 법을 다각도로 고민하게 되었다. 물리적인 공간이 아니어도 책 문화를 향유하며 사는 방법을 찾고 싶었다. 이미 동네에 작은 책방이 여기저기 생겨나고 있었고 전국적으로 독립서점 붐이 일었다. 여는 만큼 닫는 서점들도 속속 생겼다. 운영상의 어려움이 가장 큰 이유였다. 책을 좋아해서 열었는데 과중한 업무로 책을 읽을 시간이 없다는 한탄을 들었다. 예의 없는 손님들 때문에 마음을 다치는 일도 많았다. 책방에 찾아가 잠깐만 머물러도 알 수 있었다. 손님이 정말 없다는 것과 손님이 몰려들어도 사진만 찍거나 구경만 하고 가는 사람이 대부분이라는 것. 책방에서 발견한 책을 메모하거나 표지만 찍은 뒤 온라인 서점에서 구매하는 사람도 많을 터, 책방지기들의 고충이 남의 일 같지 않았다. 책방을 방문하면 책을 꼼꼼하게 살펴본다. 서점마다 고유한 분위기가 있다. 진열된 책들을 보면 책방지기가 어떤 분인지 감이 잡힌다. 책방지기님과 대화를 나누게 되면 꼭 책 추천을 부탁드린다. 그 많은 책 중에서 고르는 게 쉬운 일이 아닌데도 기꺼이 책을 골라주신다. 고른 이유를 듣는 그 시간이 얼마나 유익하고 특별한지 모른다. 그 책을 꺼내 볼 때마다 책방에 머물렀던 시간이 오롯이 되살아나고 함께 나눈 이야기들이 떠오른다. 책의 공간에서 책과 그 책을 돌보는 사람과 사귀는 시간은 소중한 추억으로 남을 수밖에 없다.

책방을 운영한다는 건 책을 아끼고 사랑하는 마음만으로는 할 수 없는 일이다. 책을 만지는 일과 돌보는 일 자체가 중노동이다. 사람을 대하는 일도 날마다 자신의 한계를 넘어서는 고된 감정노동을 감당해야 한다. 책방지기님들과 서점 운영에 대한 고민을 함께 나누면서 특별한 인연으로 이어진 분들이 많다. 그분들의 이야기를 들으며 북 코디네이터로서 책의 공간에서 어떤 역할을 담당해야 하는가 늘 고민하게 된다.

언젠가는 책방을 열고 싶다는 꿈은 아직 접지 않았다. 책과 사람이 연결되는 지점에서 공간은 분명 중요하기 때문이다.

책방 운영을 해보려는 꿈에 부풀었다가 의기소침해졌던 그 당시에도 책을 읽으며 마음을 추스렸다. 그중 우치나마 신타로의『책의 역습』은 책방에 대한 새로운 관점을 갖게 해준 고마운 책이다. 일본 서점 관련 책들을 읽을 때마다 신선한 충격을 받는다. 기발한 생각과 실행력 때문이다.

서점의 형태가 다채로워서 놀라고, 책으로 일하는 사람들의 개성에 자극을 받는다. 한 번쯤 상상했던 서점이 이미 일본에 존재하고 있었다. 『책의 역습』이라는 제목에 마음이 끌렸다. 아무리 출판업계의 불황이 심해지고 책을 읽은 사람이 급속도로 줄어든다 해도 '책의 미래는 밝다'는 제목 자체가 통쾌한 역습처럼 보였기 때문이다. 짜임새와 완성도 면에서 아쉬운 점이 있지만 책 속에 담긴 책의 가능성과 아이디어는 높이 평가하고 싶다. 내게도 영감을 불러일으켜 결국 '책방'이란 걸 열게 했으니 작지만 힘이 센 책이라고 볼 수 있다.

책방은 공간이 아니라 '사람'이자 '매개자'로서의 역할을 한다는 말에 공감했다. 그 구절 옆에는 반갑고 다급한 마음으로 휘갈겨 쓴 글씨가 남아 있다. 공간이 없어도 책을 연결하는 사람은 얼마든지 될 수 있다. 책과 사람을 연결하는 방법이 꼭 물리적인 공간이 아니어도 된다면 내가 곧 서점이 되어 그 사람에게로 직접 찾아가는 건 어떨까 생각하게 되었다.

북 코디네이터는 콘텐츠를 만드는 사람, 전하는 사람, 연결하는 사람이다. 책과 관련된 다양한 가능성을 시도해보는 것이 중요하다고 생각하고 용기를 내보았다. 내 마음속에 있는 책의 방을 오픈한다면 어떨까? 내가 곧 책방이라 여기고 움직이는 책방이 되는 것도 괜찮지 않을까?

기독교에서 교회는 건물이기도 하지만 믿는 사람들의 모임이라는 뜻도 있다. 성도 한 사람 한 사람이 곧 교회라는 말을 들은 적이 있다. 요즘은 '사람책'이라는 말도 쓰인다. 그 사람의 고유한 경험과 살아온 이야기가 곧 한 권의 책과 다름없다는 뜻이다. 내가 곧 한 권의 책이 되어 필요한 사람을 찾아가 마주 앉아 책 이야기를 나누면 그곳이 곧 책의 방, 서점이 될 수도 있다고 생각했다. 나아가 상상해보았다.

'우리가 모두 한 권의 책이 되어 움직인다면?'

재미있고 신나는 일이 펼쳐질 것 같았다. 그렇게 〈책보물 서점〉을 열었다.

책보물 서점

당신과 책방지기의 관계 속에 열리는 내밀한 책방

찾아가는 서점 / 초대하는 서점 / 움직이는 서점

당신만을 위한 서점

아무 일 없다는 듯 세상은 멀쩡하게 돌아가고 있다. 그러던 어느 날, 탁! 내 마음 방에 전구가 나갔다. 누군가 불을 밝혀주길 바라며 기다려봐도, 내 안에 불이 꺼진 걸 아무도 모른다. 같이 사는 가족도, 가장 가까운 친구조차도…… 촛불 한 자루 꺼낼 힘조차 없는 무력감에 시달릴 때 딸깍, 환하게 불을 밝혀줄 스위치 같은 책 한 권!

"당신에게 지금 꼭 필요한 그 책을 들고, 당신을 위해 '책보물 서점'이 직접 찾아갑니다."

책을 좋아하지 않는 사람에게도 열리는 서점

– 저 책 안 좋아해요. 근데 요즘 뭔가 읽고 싶긴 해요.

- 서점에 가면 어마어마하게 많은 책에 주눅 들어요. 기웃거리다가 결국 길을 잃죠. 도대체 어떤 책부터 읽어야 할까요?

- 내 인생의 책까지는 아니더라도, 재미있어서 두고두고 읽게 되는 책 한 권을 지금이라도 만나보고 싶어요.

- 그냥 쉽고 재미있는 책 읽고 싶은데, 꼭 뭔가를 얻을 수 있는 책을 골라 읽어야 하나요?

책을 다시, 제대로 읽고 싶은 이들을 위한 서점

- 결혼 전에는 자주 서점에 갔어요. 늘 책을 읽었고요. 근데 아이 낳고 살림하면서 손에서 책을 놓은 지 오래됐어요. 아이 읽을 책 사기도 빠듯하죠.

- 어쩌다 큰맘 먹고 책을 읽으려 해도 몇 줄 못 읽고 잠들어요. 아이가 자라 이제 내 시간이 조금 생기긴 했는데, 어떻게 시작할지 엄두가 안 나네요.

- 나에게 주어진 소중한 시간을 쏟아부어도 아깝지 않을 좋은 책을 읽고 싶어요. 어떤 책을 고르는 게 좋을까요?

- 일하며 한계를 느낄 때가 많아요. 매너리즘에 빠져 허우적거릴 때 자극이 될 만한 책이 있을까요? 알맹이 빠진 자기계발서 같은 책 말고요

같은 책을 읽으며 깊은 교감을 나누는 서점

- 책을 읽고 나면 좋긴 한데 금방 잊어버려요.

- 책을 읽고 나니 무언가 말하고 싶어졌어요. 누군가와 책 이야기를 나누고 싶어요.
- 이 책에서 다루는 내용을 좀 더 알아보고 싶어요. 다음 책은 뭘 읽으면 좋을까요?
- 이 느낌을 오래 간직하고 싶어요. 어떻게 붙들어 놓을 수 있을까요?
- 사실 어떤 부분은 마음이 불편했어요. 왜 그랬을까요?
- 다른 사람은 어떻게 읽었는지 너무 궁금해요.

100% 당신만을 위한 서점

- 비밀댓글로 신청하세요. 서점 이용 비용을 안내해드리고 간단한 인터뷰를 진행합니다. 책방지기가 추구하는 서점의 취지를 이해하고 그 가치를 아시는 분께 오픈합니다.
- 책방지기와 첫 번째 만남을 갖습니다. 1시간 정도 어떤 책을 함께 읽으면 좋을지 탐구합니다. (만남 장소 예) 북카페, 작은 동네 서점, 공원 등

*** 아기엄마 특별 우대 : 아이를 함께 돌보면서 이야기를 나누어요. ***

- 나눈 이야기를 토대로 보물 같은 책 한 권을 보내드립니다. (우편 발송)
- 기간은 마음대로, 형편껏 (완독을 못 해도 무방) 읽으시면 됩니다. 책방지기를 만나고 싶을 때 연락한 후, 두 번째 만남을 갖습니다. 책 이야기를 진하게 나눕니다.
- 특별 선물: 책방지기의 정성 담긴 손편지와 직접 쓴 본문 필사 엽서

〈책보물 서점〉에 찾아오신 손님들께 보내드린 책

1. 열정적인 삶을 응원하며 – 『랩걸』 "고양된 존재로 살아가요."

2. 아들 둔 엄마의 고충 『나는 가해자의 엄마입니다』 "책으로 사유하는 엄마가 되어요."

3. 공부하는 삶 『스토너』 "책으로 자신을 이루어가는 이 사람이 생각났어요."

4. 조금은 까다로운 손님, 가장 든든한 후원자 『랩걸』 "여보, 우리도 호프와 빌처럼 영혼의 친구가 되어볼까요?"

5. 전주에서 올라온 그 간절함 『브로큰 휠 독자들이 추천함』 "사라와 에이미의 책을 통한 깊은 교감과 우정이 우리에게도 가능하다 믿어요."

6. 6개월 된 아기와 엄마 『쇼코의 미소』 "나를 내 모습 그대로 사랑해주는 사람과 맑고 순한 이야기를 나눠요."

7. 〈하나의 책방〉과 함께 진행한 이벤트, 20대 디자이너에게 북 코칭 『쇼코의 미소』 "일의 기본은 '사람' 공부죠."

8. 더 치열하게 읽고 쓰는 삶을 추구하는 프리랜서 에디터 『위험한 독서의 해』 "책이 내 삶을 이끌고 나가리라 믿고!"

9. 열심과 열정으로 똘똘 뭉친 파워블로거 『행복의 디자인』 "좀 놀아도 괜찮아요!"

10. 수원에서 달려온 간절한 마음 『쿠슐라와 그림책 이야기』 "자신의

삶을 잘 돌보는 마음 쿠슐라에게서 함께 배워요."

11. 책 읽는 즐거움을 다시 찾는 대학생 『브로큰 휠 독자들이 추천함』 "그래요, 책은 정말 경이로워요."

12~13. 좋은 걸 나누고 싶어하는 사람들 『카모메 식당』, 『진심의 공간』 "삶을 아름답게 읽어내려는 노력, 우리 함께해요." (두 분이 함께 오신 경우)

14~15. 서로에게 선물이 되어주는 친구들 『결국 나는 무엇이 될까』 "아프고 힘든 삶이어도 서로에게 중요한 그 무엇을 선물하며 살아요."

16. 삶을 어떻게 설계해야 할까 고민하는 병원 코디네이터 『꿈꿀 권리』 "내 가슴을 뛰게 하는 책을 읽고 당당히 꿈꿔요."

17. 책을 향한 다채로운 마음, 1인 출판사 대표 『섬에 있는 서점』 "오직 책으로 연결되는 것"

18. 더 알찬 독서 모임을 고민하는 인생 선배 『섬에 있는 서점』 "우리의 인생이 책 속에 있어요."

19. 전 모든 책을 소중히 아낍니다. – 안혜민 어린이 『도둑 맞은 달』, 『내 멋대로 공주』 "무엇이든 세심하게 관찰하는 마음이 예뻐요."

20. 『모두의 독서』 출간 이벤트 선물 – 책보물 서점지기와의 만남

21. 책이 좋아 초롱초롱 – 임수민 어린이 『사자왕 형제의 모험』, 『조랑말과 나』 "너무 반갑고 행복한 나머지 내 영혼이 가슴 깊은 곳에서부터 큰소리로 웃는 것 같은(127쪽) 우리의 만남"

〈책보물 서점〉의 차별화된 서비스는 결국 손님 한 사람 한 사람을 각별히 여기는 마음에서 나왔다. 서점 손님을 만나면서 정현종의 시 '방문객'(『광휘의 속삭임』 중에서)의 구절을 수시로 떠올렸다. 사람이 온다는 건 그가 살아온 시간과 앞으로 나와 인연을 이어갈 미래도 같이 오는 거라는 의미에 숙연해지곤 한다. 조심스러운 발걸음으로 다가오는 사람을 두 팔 벌려 환영하는 책방으로 살고 싶다. 마주 걸어오는 손님들의 손을 부여잡거나 때로 뜨겁게 부둥켜안으면서 말이다. 책으로 연결되는 사람과 사람 사이의 환대, 책이 가르쳐주는 것들로 서로를 성장시키는 뜻깊은 만남이 있는 서점을 언젠가는 열었으면 좋겠다.

달빛 아래 책방

2018년 『있으려나 서점』을 읽고 '있고말고 서점'을 열면 재미있겠다고 생각했습니다. 전문가라는 말 대신 '탐험가, 탐구자'라는 말로 바꾸어 말한다면 저는 보물찾기 하듯 서점을 헤집고 다니며 눈에 불을 켜고 좋은 책을 찾아내는 사람입니다. 열심히 읽고 선별하여 소개하는 일을 하지요. 그 책이 주인을 잘 만나도록 연구하고, 간곡한 마음으로 건네는 사람입니다. 책이 너무 좋아 어쩔 줄 몰라 하다가 사람들을 모아 함께 읽기도 합니다. 책이 그 사람의 삶으로 들어가 펼쳐지는 아름다운 무늬를 가장 가까이서 목격하는 사람으로서 날마다 책의 경이를 누리며 살고 있습니다. 좋은 책이 계속 나오길 바라며 출판사, 서점, 저자, 도서관, 독서 모임 등 책과 관련된 모든 일에 참견하는 것도 좋아합니다. 여기저기 분주히 뛰어다니다 '북 코디네이터'라는 직함을 스스로 내걸었어요. 책을 위해, 책의 도움을 받으며, 책과 더불어 살게 되었습니다. 이 책을 읽으며 한 번쯤 그려보았던 서점의 모습이 여기저기서 튀어나와 얼마나 신이 났는지 몰라요.

『있으려나 서점』에 답하고 싶었습니다. "있고말고요!"

책을 팔지는 않지만 꼭 맞는 책을 전하는 책방을 엽니다.

기타다 히로미쓰가 쓴 『앞으로의 책방』에서 아주 흥미로웠던 이야기가 있어요.

일본 가나가와현 미우리 시에 있는 미우라 해변에는 보름달이 뜰 때만 열리는 책방이 있다고 해요. 더구나 이 책방은 책을 팔지도 않는다네요! 책방 주인 마야마 쥰이치로 씨는 대학교수입니다. 책을 파는 것보다 책을 전하는 것이 더 의미 있다고 여기며 달이 환한 밤, 바닷가에 파라솔을 펴놓고 예약 손님을 만납니다. 이야기를 나누고 몇 가지 책을 제안한다고 합니다.

이 글을 읽으며 얼마나 가슴이 뛰었는지 모릅니다. 꼭 하고 싶었던 일이기 때문이거든요. 파라솔을 펼 자리가 마땅치 않았던 저는 스스로 움직이는 책방이 되어 1:1 서점 〈책보물 서점〉을 열었지만 홍보를 하지 않으면 그 존재조차 몰라요. 지금은 개점 휴업 상태입니다.

갈급한 마음으로 신호를 보내는 사람들을 위해 책방을 다시 열기로 했습니다. SNS상에서 사람들이 비슷한 고민에 시달리고 있다는 걸 발견했기 때문이에요.

비교하고 싶지 않지만 내 일상이 초라해 보일 때가 있습니다. 앞으로 다가올 일들, 그 불투명한 것들과 싸우느라 버거운 날을 보낼 때도 많고요. 어쩌다 글 속에 묻어나는 절박한 신호나, 찰나의 사진 저 너머의 쓸쓸한 마음이 보일 때가 있습니다. 그런 사람들이 여기저기서 깜박깜박 신호를 보내는 것만 같아 또 일을 벌였어요. 탁자 위에 펼쳐진 책들, 유익한 이야기들이 오갔을 모임 풍경들을 보며 독서 모임에 목말라하는 사람이 많은 걸 알고 있어요.

- 독서 모임에 너무 가고 싶은데 아이를 맡길 데가 없어. 친정이나 시댁이 가까운 사람들은 좋겠다. 한 달에 한 번이라도 맡길 수만 있다면 얼마나 좋을까.
- 독서 모임 장소가 너무 머네. 낯선 사람, 낯선 장소, 겁부터 나. 그래도 함께 책을 읽는다는 건 어떤 느낌일까?

이런 고민을 하는 사람들을 위해 〈달빛 아래 책방〉을 열었습니다.

오직 한 분만을 위해 한 달에 네 번 문을 열어요.

1주차 : 온라인 채팅으로 책 고민 상담(책 선정 방법, 독서 습관, 나에게 맞는 독서 방법 등)

2주차 : 처방책 함께 읽기 시작(책 소개, 읽기 방식 논의, 목표 정

하기)

3주차 : 메모 독서의 다양한 방식 소개, 필사하기, 글쓰기로 연결
　　　　하기

4주차 : 달빛 아래 함께 책 읽는 밤(전화 통화- 단둘이 책모임)

- 모임을 마친 후 이어서 읽을 보물책과 편지 발송

*신청서를 작성해 메일로 보내주세요.

1. 이름/연락처

2. 책, 독서에 관한 고민을 적어주세요.

3. 서점에 다녀본 경험 중 가장 기억에 남는 것과 가장 씁쓸했던 일을
   각각 적어주세요.

4. 이 서점이 꼭 필요한 이유를 알려주세요.

　　건물이 없어도, 눈에 보이지 않아도 건재하는 책보물 서점을 만들고
싶었다. 손님을 만나면서 알게 되었다. 가족이나 친구, 동료에게도 털어
놓지 않은 이야기를 처음 만난 나에게 들려주는 손님을 보면서 생각했
다. 많은 이들이 마음 깊은 곳에서 갈망하는 그 무언가를 찾기 위해 얼
마나 애쓰고 있는지를 말이다. 내밀한 이야기를 풀어놔도 될 안전한 공
간과 방해받지 않을 시간이 우리에겐 너무나 절실히 필요하다. 대부분

의 손님과 헤어질 때 깜짝 놀라곤 했다. 서로에게 100% 집중해서 이야기를 나누다 보면 두 시간이 훌쩍 지날 때가 많았기 때문이다.

"제가 책방입니다."라는 생소한 방식의 만남에 신뢰와 호감을 가지고 찾아와주신 한 분 한 분께 깊이 감사드린다. 새로운 길로 들어서는 일은 혼자만의 용기로 되는 일이 아니다. 누군가 호응해주고 믿어줄 때, 기꺼이 함께 걸어주는 사람들이 있을 때 가능하다.

〈책보물 서점〉은 체력의 한계에 부딪혀 문을 닫았다. 그럼에도 이후 새로운 일을 시도할 때마다 이 서점에서 만난 분들 덕분에 시작할 수 있었다. 소중한 사연들이 보물 노트에 담겨 있다.

책이 있는 곳 어디서나, 책을 사이에 두고 사람이 만나는 어디라도 책방이었던 〈책보물 서점〉은 마음에 고이 담아두었다. 수많은 갈래로 뻗은 삶의 길 중에 책의 세계로 안내하는 작은 이정표 같은 사람이 되고 싶었다. 책은 우리에게 그 무엇도 될 수 있다는 확신이 들었다. 가슴 뭉클한 소설 한 권이 바쁘고 힘든 일상에서 잠시 숨을 돌리게 해 줄 수 있다. 치열하게 앞만 보며 달리느라 잃어버린 소중한 것들을 에세이 한 권에서 되찾을 수도 있다. 삶을 풍요롭게 해주는 비결을 담고 있는 그림책에 대해 공부하고 싶다면 괜찮은 입문서를 읽으며 첫걸음을 내디디면 된다. 세상의 모든 관계에서 오는 어려움에 무기력해진 마음에 단비 같은 단편소설을 만나는 기쁨을 누릴 수도 있다. 사고의 틀을 깨는 과학책 한 권은 얼마나 신선한지.

이제껏 서점 손님에게 추천한 책들은 그들만을 위한 책이 아니었다. 한 권 한 권 손님을 위해 펼친 책에서 찾아낸 보물 같은 문장들 덕에 내 삶의 결이 얼마나 다채로운 무늬를 그려가는지 발견했다. 책이 주는 감동과 위로, 용기, 공감의 물결들이 내 삶에 아름다운 무늬로 새겨지고 있었다. 만났던 모든 분의 삶도 그랬으면 좋겠다.

2019년 들어 책방 두 곳에서 북스테이를 할 기회가 있었다. 전라도 광주에 있는 책방 〈숨〉과 경기도 용문에 있는 〈산책하는 고래〉는 내가 꿈꾸는 책방의 모습을 그대로 구현해놓은 것 같았다. 아름다운 책방에 머물다 보면 다시 책방을 차리고 싶은 열망에 시달린다. 그러다 책방지기님들과 이야기를 나누며 마음을 접을 때가 많다. 서점을 지을 때부터 얼마나 공을 들였는지 그 과정을 들으면 내 안에 그만한 간절함이 있는지 묻게 된다. 서가에 생명을 불어넣는 세심한 손길이 구석구석에서 느껴진다는 건 그만큼 고된 노동이 숨어있다는 뜻이다. 더없이 우아하고 고상한 서점 주인이 되고 싶다는 게 얼마나 헛된 욕망인지는 깨달았다. 건물을 임대한다는 의미는 불확실성과의 싸움을 시작한다는 뜻이다. 예측 불가능한 일이 언제 어디서 어떤 형태로 터지든 해결해야 한다는 뜻이며, 대부분 돈이 있어야 해결된다는 걸 감수한다는 의미다. 책이 들어오고 나가는 과정, 포장하고 우편 작업을 하는 책방지기님들을 가까이서 지켜보며 깨달았다. 서점을 운영한다는 건 책과 더불어 치열한 생존 싸움을 벌이는 것과 같다. 충전과 동시에 방전되는 일을 시작하겠다는 것이고, 끊임없이 소비의 수레바퀴 속으로 들어간다는 뜻이기도 하다. 본질을 지키기 위해 본질적이지 않은 것들과도 싸워야 한다는 의미다.

언젠가 매일매일 책과 사람이 어우러지는 풍경을 보고 싶어 그 모든 어려움에도 기어이 책방을 열겠다고 일을 벌일지도 모르겠다. 『진심의 공간』이라는 책을 탐독하며 다섯 번에 걸쳐 리뷰를 쓴 적이 있다. 그때 마지막으로 쓴 문장이 있다. 책으로 넘쳐나는 공간, 책들이 빛이 나는 공간, 치열하게 읽고 쓰는 공간을 열망하던 그때도 가장 중요하게 여긴 책방의 존재 이유를 생각하며 떠올린 말이었다.

'무엇을 하든, 어디에 있든 그 공간의 완성이 그 자리에 진심을 다해 존재하는 나, 그리고 당신이기를.'

좋은 일과 나쁜 일 사이에서 흔들리는 삶이지만 『역설에서 배우는 삶의 지혜』라는 책 제목처럼 모든 일 속에서 역설의 의미를 되새긴다. 책방을 열려다가 좌절한 그때 아름다운 책의 말들이 더 강렬하게 다가왔다.

오늘 하루도 욕심내지 말고 딱 너의 숨만큼만 있다 오거라.
— 고희영, 『엄마는 해녀입니다』, 난다

기획 노트에는 빼곡하게 하고 싶은 일들이 적혀 있다. 이것도 하고 싶고 저것도 하고 싶은 욕심에 마음이 바빠질 때, 제주 해녀 이야기를 떠올린다. 눈앞에 튼실한 전복이 아무리 많아도 수면 위로 올라갈 숨은 남겨두어야 내일을 또 살 수 있다.

엄청난 가능성이 숨 쉬고 있는 이곳에서는 몰려드는 도시의 어둠과 고요한 말과 말 사이의 여백이 우리를 압도한다.

– 루이스 버즈비, 『노란 불빛의 서점』, 문학동네, 243쪽

말과 말 사이의 여백을 선사하는 책의 세계 안에서 오늘 하루도 욕심내지 않고, 딱 나의 숨만큼만 감내하면서 살겠다고 다짐한다.

가능성을 만들다 :
하비투스와 협업

이제는 저작권의 권리를 주장하기보다 저작물의 공유가 만드는 파생 가치에 더 주목해야 한다. '복사할 수 있는 권리 copyrights' 대신 '공유될 만한 가치'를 사용자가 정할 것이다. 인터넷 시장 전체로 본다면 콘텐츠 비지니스라는 말보다는 '연결'을 통해 콘텐츠의 비즈니스를 다시 바라보는 시각이 필요할지도 모른다.

– 윤지영, 『오가닉 미디어』, 오가닉미디어랩, 96쪽

책의 세계에서만큼은 '이것이 온전히 내 것이다.'는 주장이 과연 온당할까 생각해보게 된다. 내가 읽은 책에 대해 글을 쓰고 이야기한 것, 그 책을 읽고 나눈 대화 속에서 '이건 나만의 영역이다.'라고 말할 수 있는 부분은 어디까지일까? 영감을 받아 새로 만들었다는 콘텐츠의 권리를 어디까지 주장할 수 있을까? 자신의 책에서 파생된 글이나 독서 활동, 강의안을 본다면 저자는 어떤 느낌이 들까?

한 권의 책을 읽고 주고받은 유용한 정보를 누구의 소유로 규정하기는 어렵다. 함께 모여 공유한 정보를 토대로 더 유용한 자료를 만들어냈을 때 그것이 네 것, 내 것 따질 수 있는 문제는 아니라고 생각한다. 저작권을 존중하고 보호하는 건 당연하다. 그 권리가 누구라도 수긍할 수 있는 고유한 것이고 객관적인 검증 절차를 거친 것이라면 아무 문제가 없다.

『오가닉 미디어』를 읽으며 깊이 공감한 부분은 '연결'을 통해 '공유할 만한 가치'를 사용자, 즉 독자가 정할 것이라는 가능성이다. 좋은 책을 선택하는 안목을 가진 독자가 늘어나면 저자는 양질의 콘텐츠를 생산할 수밖에 없다. 출판사는 독자의 눈높이에 맞춰 다양하고 특색 있는 저작물을 만들어내기 위해 매진할 것이다. 독자들이 연결될 만한 플랫폼이 절실히 필요한 이유는 독서 내공이 만만치 않은 개인이 넘쳐나고 있기 때문이다. 블로그에는 평론가 못지않은 서평을 쓰는 독자들이 수두룩하다. 나 또한 신뢰하는 블로거의 리뷰를 보고 인생 책을 만나기도 했다. 언론이나 드라마에 노출되어 인기를 얻는 책들, 대형 서점 매대에서 쉽게 볼 수 있는 책들 뒤에 보물 같은 책이 곳곳에 숨어 있다. 손도 닿지 않는 서가 맨 위나 아래 칸에서 독자를 기다린다. 운 좋게 동네 책방에 진열되어 빛을 볼 수도 있다. 유명한 독서가들 책에 등장하여 극적으로 독자에게 가닿는 경우도 있을 터. 블로그 이름을 〈책보물 찾기〉로 정한 이유도 그 극적인 조우를 수없이 경험한 결과다. 도서관 깊숙한 서가에서, 헌책방에서 우연히, 사랑하는 이들의 간곡한 추천을 통해 내게로 오는 책이 보물처럼 빛나는 순간을 혼자만 누리기엔 아까웠다. 책과 책이 줄줄이 연결되는 신기한 순간을 설명할 길이 없어 동동거리며 글을 썼고, 침을 튀기며 사람들 앞에서 책 이야기를 하는 이유도 책의 연결고리가 끊임없이 뻗어 나가는 신비한 경험을 주체할 수 없었기 때문이다.

비슷한 생각을 하는 사람이나, 같은 곳을 향해 나아가는 사람은 서로를 쉽게 알아본다.《책의 해 책 생태계 비전 포럼》에서 만난 청년들도 그랬다. 〈읽는 사람, 읽지 않는 사람〉 행사에 참석해 질문자로 발표한 후 이들에게서 인터뷰 요청을 받았다. 20대 중반의 눈부신 청년들이 독서문화를 활성화하는 데 도움이 될 만한 소셜 서비스를 만들고자 도움을 청하는데 마다할 이유가 없었다.

북 코디네이터로서 활동하며 혼자 끙끙대며 만든 독서 모임 기획안과 강의 자료들이 쌓여 있다. 나만의 영역을 구축하고 싶다는 욕망과 책이 준 선물을 마땅히 널리 공유해야 한다는 마음 사이에서 흔들릴 때가 있다. 블로그에 긴 글을 써서 공유하면 비밀 댓글로 애정어린 조언을 해주는 사람도 있다.(그렇게 다 알려주시면 안 돼요. 나중에 책에 쓰셔야죠. 기관과 조인해서 자격증 과정을 만들지 그러세요.) 인간은 자신에게 이로운 일을 도모하기 마련이지만 균형을 잡기 위해 노력할 때 첫 마음과 본질에서 벗어나지 않는다. 남의 것을 가져다 쓰기 얼마나 쉬운 세상인가? 실력은 스스로 잘 안다. 자격을 어느 정도 갖추어야 하는지도 자신이 제일 먼저 안다. 행위 안에 깃든 진심을 잘 알아보는 편이다. 조금은 과한 자기 검열에 시달리고 엄격한 잣대로 나를 쑤셔대는 이유다. 사람들 앞에 설 때마다 그럴 자격이 있는지 괴로워하다 생각을 바꾸었다. 실력을 갈고닦기 위해 지속해서 노력하는 수밖에 없다. 진심을 담고 성의를 다하며 신뢰를 얻고 스스로 검증해나가는 수밖에 없다.

'하비투스'와 인터뷰를 하면서 기뻤던 이유는 그동안 해왔던 고민을 알아봐 주고, 희미한 발자취나마 의미 있는 행보로 인정해주는 이들을 만나서였다.

오랜 시간 공들여 준비한 주제 독서 모임의 책 목록과 다양한 텍스트들의 조합, 수없이 많은 시행착오를 거쳐 익힌 효율적인 필사 방법, 그림책과 책들을 엮어 깊이 탐구하는 융합 독서의 예들, 다양한 책읽기의 기술들을 꽁꽁 숨겨둔다 한들 그것이 나에게 무슨 유익이 있을까?

진정한 성공에 대해 탁월한 정의를 내린 랄프 왈도 에머슨의 시를 수시로 꺼내 읽는 이유는 미스 럼피우스가 준 교훈과 상통하기 때문이다. 언젠가는 세상을 아름답게 만드는 일을 하고 싶다는 꿈을 이루는 방법은 단순하고 명쾌하다. '나눔'의 가치를 실현하는 것이다.

'하비투스'도 '나눔'의 가치를 기반으로 만든 팀이다. 인터뷰(속으로 몹시 놀랐다. 내가 뭐라고 인터뷰씩이나!)를 하자는 제안과 리뷰 잡지를 창간하며 원고를 청탁했을 때 떨리고 설레는 마음으로 받아들인 이유도 그들이 꿈꾸는 '수평적인 독서 문화'에 동참하고 싶어서였다.

메일에는 이렇게 쓰여 있었다.

포럼을 들으며 학자들이 독자들을 수동적이고 계몽해야 할 존재로 보는 건 아닌지 약간의 불편함이 있었어요. 엊그제 선생님께서 블로그에 올리신 포럼 후기에 공감한 것은 물론, 그간 읽고 쓰고 모임하신 이야기들을 흥미롭게 접했습니다. 무엇보다 독서를 사랑하는 사람들의 작은 모임들이 있고, 그런 모임들을 꾸려가고 책과 사람을 이어주는 '북 코디네이터' 선생님이 계신다는 게 무척 반가웠습니다. 선생님이 하고 계신 일과 책과 사람에 대한 관점이 더욱 궁금해졌습니다. 저희는 소규모의, 지역적인, 자생적인 독서 공동체 문화에 진지하게 관심이 있는 학생이자 독서문화를 활성화하는 데 도움이 될 만한 소셜 서비스를 만들고자 하는 사람들입니다. 한번 찾아뵙고 말씀을 들어보고 싶습니다.

– 책과 글, 사람의 힘을 믿는 사람들, '하비투스'

'하비투스'는 책 리뷰를 기반으로 하는 소셜네트워크 북 큐레이션 서비스를 기획 중인 스타트업 회사다. '책읽기와 글쓰기가 모두의 일상이자 습관(habit + us)이길 바라는 마음'으로 이름을 지었다고 한다. '책을 매개로 사람들이 모여서 책에 대해 이야기하고 서로 추천해주며, 이 과정에서 더욱 다양한 책들이 발굴되는, 수평적이고 지속 가능한 독서 문화를 지향합니다.'라는 소개에 가슴이 뛰었다. 이렇게 젊고 야무진 청년들이 독서 문화 사업에 앞장선다면 두 팔을 걷어붙이고 도와주고 싶었다.

'하비투스'는 문화체육관광부와 한국출판문화산업진흥원이 실시한 2018 청년 인문융합 사업 '청년 인문 상상'에 선정된 팀이다. 책을 매개로 한 모임들(독서 공동체, 독립 서점, 동네 책방 등)과 북 큐레이션 서비스를 연구한다. 리서치 차원에서 독립서점 탐방, 인터뷰, 각종 책 관련 행사에 참여하다 인연이 닿았고 인터뷰를 통해 '북 코디네이터'가 하는 일과 맞닿는 지점이 많다는 것을 서로 발견했다. 한 시간 동안 진행하기로 했지만, 훌쩍 두 시간 반이 지나갔다. 이야기를 나누는 동안 목이 쉬는 줄도 몰랐다. 북 코디네이터가 되기까지의 과정, 독서 모임의 사례와 어려움, 새로 계획하고 있는 모임, 북 큐레이션 사례, 책을 고르는 방식, 블로그 활용 방안, 그동안 독서 모임에서 만난 사람들에 대한 이야기를 나누었다. 이들이 앞으로 우리나라 독서 공동체의 희망이고, 독서 문화를 이

끌어갈 주역이라는 생각에 가슴이 벅찼다. 마음 다해 응원하고 싶었다. 함께 책을 읽고 리뷰를 써서 공유하며 새로운 일을 창출해나가는 여정에 함께하고 싶다. 언제든 함께 고민을 나누고 돕겠다고 결심했다.

2019년 2월 14일, '하비투스'가 만든 리뷰 잡지 《o'glee 오글리》가 발행되었다.

> 정말 좋은 책들은 숨겨져 있는 게 아닐까? 꼭 많이 팔려야만 좋은 책일까?
> 인터넷 쇼핑몰에 상세한 상품 리뷰가 넘쳐나는데, 왜 책에 대한 읽을 만한 리뷰는 잘 보이지 않을까? ......
> 인스타그램과 페이스북 말고, 좀 더 읽고 쓰기 좋은 소셜 서비스는 없을까?
> 그러니까 책을 매개로 다양한 사람들과 이야기가 오가는, 독자 중심의 새로운 독서 문화를 상상해보면 어떨까?
>
> ─《오글리》프롤로그 중에서

이런 질문을 안고 만든 잡지에는 김의환, 이시주, 장소연의 책을 향한 애정과 열정이 고스란히 담겨 있다.

> 다양한 독자들의 리뷰가 활발히 교환되고 축적되어야 한다고 생각합니다. 정말로 책을 읽고 싶게 만드는 건, 소수의 권위 있는 전문가들의 추천사보다도 가까운 이웃이 직접 들려주는 책 후기가 아닐까요? 그 책을 먼저 읽

은 사람의 이야기, 추천해주고픈 사람에 대한 사려 깊은 이해가 담긴 그런 후기 말입니다.

–《오글리》 프롤로그 중에서

《오글리》에 실린 나의 리뷰는 권여선 작가의 〈전갱이의 맛〉에 대한 것으로, '책의 언어로 나를 말하기'라는 제목으로 실렸다. 강렬하게 다가오는 소설 속 한 문장으로 시작되는 글이다.

> 가끔 아무 말도 하고 싶지 않을 때가 있다.
> – 권여선, 〈전갱이의 맛〉, 《이효석문학상 수상작품집 2018》, 생각정거장, 47쪽

그동안 말, 언어, 침묵에 대해 탐구해온 독서 여정을 담았다. 말의 다양한 스펙트럼에 대한 이야기와 '전갱이처럼 부드럽고 맛있는 말'이 있다면 가장 먼저 나에게 들려주고 싶다는 소망을 담아 썼다.

'하비투스'팀과 함께 『여름은 오래 그곳에 남아』를 읽고 〈오글리 온라인 독서 모임〉도 진행했다. 그 생생한 현장을 기록한 '함께 리뷰 쓰는 시간'도 실렸다.

『오가닉 미디어』에서 읽은 '공유될 만한 가치'를 실현하는 잡지가 나와 기쁘고 자랑스럽다. 하비투스는 책을 읽는 데 그치지 않고 독자의 일상으로 소화하여 새롭게 쓰고 공유하는, 능동적이고 수평적인 문화를 꿈꾼

다고 한다. 잡지가 건네는 마지막 말은 "책을 나의 언어로 사랑하는 일"
이다. 좋은 콘텐츠를 생산해내면 분명히 알아보는 이들이 있다. 마음이
담기면 그 마음을 퍼 나르는 손길이 있게 마련이다. 아름다운 책의 말들
을 부지런히 퍼뜨리는 사람들도 나타난다. 함께 나눌 만한 가치 있는 것
들의 연결고리가 되는 것, 북 코디네이터가 앞장설 일이다.

에필로그를 보면 잡지에 글과 사진을 실은 사람들의 이름이 빼곡히 적
혀있다. 일반 독자들부터 초등학생, 책방 주인, 대학교수를 아우른다. 일
러스트 작품을 보내준 사람에게, 사진을 찍어준 이들에게, 음식과 간식을
챙겨준 손길에도 한 사람 한 사람 이름을 부르며 고마운 인사를 건네는
후기에 가슴이 뭉클했다.

> 앞에 기다리고 있는 미지의 요소를 자기 자신을 위한 확장으로 생각하는
> 사고방식을 익혔으면 좋겠다.
> – 마쓰이에 마사시, 『여름은 오래 그곳에 남아』, 비채, 393쪽(사카니시 도오루)

처음 하는 건 언제나 두렵고 망설여진다. 인터뷰도, 잡지 투고도 미지
의 영역이었지만 결국은 나를 확장하는 기회가 되었다. 나만의 콘텐츠를
축적해나가기 위해 앞으로도 애쓰겠지만 공유와 나눔의 가치를 실현하
는 것도 게을리하지 않겠다. 모두가 다 잘 되는 일도 있어야 하니까. 책이
누구에게나 공평한 기회를 주듯 책에서 얻은 것들을 나누는 건 책을 사
랑하는 이라면 꼭 해야 할 일이라 믿는다.

직업을 만들다 :
북 코디네이터

북 코디네이터의 본령은 공유와 안내, 그리고 연결하는 사람

신형철 평론가는 "내가 교수로서 하는 일은 가르치는 일이 아니라 배우는 일이다. 정확히 가르치기 위해서는 공부를 해야 하니까 이 직업의 본령은 차라리 배움에 가깝다."(신형철, 『슬픔을 공부하는 슬픔』. 한겨레출판, 8쪽)라고 말한다. '본령(근본이 되는 강령이나 특질)'이라는 단어를 내가 하는 일에 비추어 보았다. 책읽기는 배움의 다른 이름이다. 책을 읽으며 세상을 배우고, 타인을 배우고, 나에 대해서도 공부한다. 책을 읽으면 읽을수록 모르는 것이 많다는 것을 자각하며 새로운 배움의 길로 즐거이 나선다. 나이가 들어도 호기심을 잃지 않고 살아가는 것이 인생을 즐겁게 사는 비결이라 믿고 있다. 책을 읽고 발견한 것들을 주변 사람들과 나누고, 책 속에서 만난 아름다운 글귀들을 소중히 모아두었다가 삶의 고비마다 꺼내 보며 힘을 낸다. 때로 소중한 이들이 아파하고 힘들어할 때 나를 일으켜 세워준 책들을 건네준다. 책의 문장들에 기대어 매일 블로그에 글을 쓰며 소통하는 것도 삶을 배워나가는 방법 중 하나다. 그런 의미에서 북 코디네이터의 본령은 '공유'와 '나눔'이다.

2015년 1월, 친한 동생과 책모임을 시작했을 때 처음에는 독서 모임이라는 개념 자체가 없었다. 그저 책 이야기를 나누는 게 좋아서 같은 책을 읽고 정기적으로 만난 게 전부였다. 4년 동안 열심히 독서 모임을 경험했다. 배우려고 쫓아다녔고, 다양한 모임을 시도했으며, 정착시키기 위해 노력했다. 이제는 다양한 방식으로 독서 모임을 기획하고 운영하는 일을 하게 되었다.

북 코디네이터가 되기 위해서 시작한 일이 아니었다. 삶에 성의를 다하고 싶어 열심히 살았을 뿐이었다. 책을 더 뜨겁게 사랑했고, 치열하게 읽었으며, 책을 이야기하는 자리는 부지런히 쫓아다니며 보고 듣고 배웠다. 그러는 사이 사람들에게 책을 권하는 일에 힘썼다. 그 책 한 권이 씨앗이 되어 사람들의 삶에 싹트고 자라는 모습을 지켜보는 보람이 컸다. 책이 하나의 가능성이 되어 이전과는 다른 사람으로 변모해가는 경이로운 모습을 보는 게 행복했다.

40대 중반, 아무것도 할 수 없을 것 같았던 절망감 속에서 허우적대던 내가 책 덕분에 다시 살았다. 여러 사람이 비슷한 고민을 안고 힘겨워할 때, 내가 하는 일의 의미를 되새겨보곤 했다. 책과 사람, 책의 공간에 머물고 있다는 사실에 안도하고 감동했다. 책을 펼치면 나오는 아름다운 풍경들을 수시로 목격하며 책과 사람을 더 깊이 끌어안으며 살게 되었다.

북 코디네이터라는 일이 안정적인 수입을 보장한다든지, 전망이 밝은 일인지 아무것도 장담할 수 없다. 책의 비밀을 깊이 알아갈수록 혼자 누릴 수만은 없다는 사실을 절감할 뿐이다. 책이 내 삶에 점점 더 깊이 개입하여 의미 있는 일이 되고, 소중한 인연을 만들어준다는 사실을 누군가와 나누고 싶었다.

일 년의 장기 계획을 세우면서 겁이 났다. 끝까지 할 수 있을지, 자격이 되는지 수도 없이 물었다. 마음이 잘 맞지 않거나 준비한 내용에 불만을 가질 수도 있다는 두려움에 오래 망설였다. 11월 7일 첫 모임을 시작했다. 처음 『혼자 책 읽는 시간』을 읽을 때, 그 외롭고 막막했던 밤을 기억한다. 혼자 책 읽는 시간을 지나 지금 여기에 이르기까지 책은, 언제나 아무 조건 없이 나를 이끌어주었다. 책의 힘에 의지하며 나아가는 길에 한 사람 한 사람, 함께 걷는 이들을 만났고 그들과 나눈 책 이야기들은 더없이 풍요롭고 아름다웠다. 그 믿음이 이 모임의 원동력이 되었다. 북 코디네이터의 본령은 좋은 책을 공유하는 사람, 안내하는 사람, 책과 책, 책과 사람, 책과 삶을 연결해주는 역할을 하는 사람이다.

다시 한번 내 삶에 기회를 주고 싶은 사람, 스스로 전환점을 만들어내며 삶을 새롭게 가꾸어가고 싶은 사람, 더 망설이지도 핑계 대지도 않고 내 삶에 성의를 다하고 싶은 사람을 초대하고 싶었다. 함께 책을 읽고, 기록하고, 공유하며, 공부하는 모임은 그렇게 시작되었다.

비로소 진짜 공부

나는 정말로 공부가 하고 싶다

나는 이제 정말로 공부가 하고 싶다
나는 나에 대해 공부가 하고 싶다
내가 뭘 할 때 행복한 아이인지
뭘 잘 할 수 있는 사람인지
어떻게 살고 싶은지
뭘 하면서 살면 나도 내 주변도

함께 즐겁게 살 수 있을지

내 속에 어떤 꿈들이 있는지

학교 공부는 나에 대해 알 기회를 주지 않았다

나도 나에 대해 알 기회를 주지 않았다

나에 대해 내가 아는 게 이렇게도 없다니!

나는 나에 대해 알고 싶다

나를 둘러싼 세상에 대해 알고 싶다

나는 지금 진짜 공부에 대해 묻고 있는 것이다

– 김선우, 『아무것도 안 하는 날』, 단비, 61쪽

초등 6년, 중고등 6년, 대학 4년 총 16년 동안 학교에서 공부했다. 이 시를 처음 읽은 날 신선한 충격을 받았다.

진짜 공부는 스스로 하는 것이다. 궁금한 것, 자세히 알고 싶은 것, 모르는 세계에 대해 더 알고 싶어서 공부하는 게 진짜 공부다. 숙제나 시험을 위한 공부가 아니라 앎의 기쁨을 누리는 공부를 이제야 비로소 하고 있다. 누가 시켜서 하는 공부가 아니어서 재미있고, 스스로 세운 목표를 성취해 가는 즐거움도 누리고 있다. 북 코디네이터 공부 모임은 자발적인 공부의 즐거움을 누리는 자리다. 시간을 투자해 늦은 밤까지 책을 읽고 과제를 하는 시간이 힘들기는 해도 즐겁다고 얘기하는 사람이 많다. 나에 관한 공부, 나를 알아가는 공부, 나를 위한 공부여서 그렇다. 그렇게 조금씩 성장하는 우리는 고유한 자신의 이야기를 들려줌으로써 비슷한 처지에 있는 지인들을 책의 세계로 초대하고, 또 다른 책 경험의 장으로 안내한다.

북 코디네이터의 자격 조건은 없다

북 코디네이터가 되기 위해 필요한 조건이 있느냐고 묻는 사람이 많다. 책을 얼마나 많이 읽어야 그 일을 할 수 있는지 궁금해하기도 한다. 무슨 일을 하려면 자격증부터 생각하는 게 현실이다. 양성 과정이 넘쳐나고 자격증도 남발한다. 개개인의 역량과 성의에 따라 실력이 천차만별인 것을 수없이 겪었다. 국문과를 나오고 2급 정교사 자격증이 있어도 독서 교육에 필요한 자질과 실력을 연마하기 위해 두 개 기관에서 4개의 자격증을 딴 후 수업을 진행했다.

15년 전에 독서 지도를 할 당시 자격증 시험에서 최우수 성적을 받아 기관에 바로 취직을 했다. 대치동 논술 학원에 파견되어 2년 동안 강의를 한 적도 있다. 큰아이를 가르치면서 동네 아이들을 모아 팀 수업도 병행했다. 학습지 형식으로 독서 지도를 하던 것이 영 못마땅했다. 기계적인 발문, 영혼 없는 글쓰기. 책을 읽고 느끼고 생각하고 쓰기를 강요하는 교육 형태에 회의가 생겼다. 아이들은 오죽했을까. 강남과 강북을 오가며 다른 수업을 펼치는 것도 양심에 찔렸다.

내 아이와 친구들은 책을 읽고 깔깔거리며 책 놀이를 하고, 책을 읽다가 나무를 관찰하러 뛰어나가 놀면서 살아있는 글을 썼다. 책을 읽고 연극을 하고, 시로 만든 노래를 불렀다. 강을 건너면 제 수준보다 어려운 책을 읽고 원고지에 빽빽하게 글을 써내야 하는 아이들과 마주해야 했다. 양심에 가책을 느껴 다른 방식으로 질문을 던지거나 말을 걸면 벽과 얘기하는 느낌이

들곤 했다. 책 이야기에 감응하지 않는 아이들을 보면 마음이 아팠다. 동네에서 하는 수업보다 월등하게 높은 보수를 포기하고 학원을 그만두었다. 확고한 교육관이 선 계기가 되었다. 독서 교육만큼은 양보하고 싶지 않았다. 책으로 아이들을 행복하게 해주고 싶었고 스스로 삶을 가꾸는 책읽기를 경험하길 바랐다. 당시 수업의 타이틀은 '삶을 가꾸는 독서 논술'이었다.

북 코디네이터라는 명칭을 스스로 붙이기까지 묻고 또 물었다. '자격이 되는가?'

"자격증이 있나요?"

이 말에 숨겨진 많은 의미를 생각해보았다. 당신이 자격이 되느냐? 자격증을 따려면 어떻게 해야 하나? 자격을 어떻게 검증받을 수 있는가? 자격증 개설 과정을 만들 것인가? 그 답을 찾기 위해 만든 모임이 〈북 코디네이터 공부 모임〉이다. 책을 읽으며 나에 관해, 타인과 세상에 대해 공부하고 나눌 마음이 있다면 누구나 북 코디네이터가 될 수 있다. 외부로부터 주어지는 자격에 연연하고 싶지 않았다.

심리 상담을 한다든지, 전문 분야의 책 처방을 하는 일이라면 반드시 기본 요건을 갖추는 게 맞다. 사람의 마음과 정신을 상담하고 치료하는 일이라면 학위와 자격증은 당연히 필요하다.

내가 정의하는 북 코디네이터는 나에게 중요하고 의미 있는 책을 그 책이 필요할 것 같은 사람을 찾아 전해주는 일이다. 행복하게 해준 책, 위로와 힘을 준 책을 함께 읽고 그에게도 그 책이 선물이 되도록 나누는 일이다. 어떻게 살아야 할지 고민하는 순간마다 나아갈 길을 제시해준 책들을 비슷한 고민을 하는 이들에게 안내하는 일이다.

여러 분이 조언하셨다. 이제 곧 비슷한 일이 넘쳐나고 자격증이 생겨날 거라고 말이다. 나도 안다. 자격증 남발 시대가 아닌가. 그럴듯한 이름을 붙여 협회를 만들거나 기관과 협업하면 활동 범위도 늘어나고, 돈을 벌 기회도 많이 생길 거라고 이야기한다. 공공도서관이나 기관에서 강의하려면 제일 먼저 제출해야 하는 것이 '자격증'이다. 난 북 코디네이터 자격증이 없다.

'자격이 되는가?'

가장 잘 아는 사람은 나 자신이다. 그러니 더 두렵다. 공부하는 수밖에 없다. 실력을 갈고닦기 위해 얼마만큼 노력해야 하는지 그 끝도 없는 씨름을 감당해야 한다. 모임을 이끄는 사람으로서 '일'을 하는 의미와 책임감을 갖기 위해 유료로 진행한다. 모임에서 합당한 자격을 검증하는 방법은 모임에 참여한 분들의 평가를 통해서다.

'다시 오고 싶은 모임인가?' '기꺼이 다시 신청할 의향이 있나?' 그 두렵고 긴장되는 시간을 견뎌내기로 결심하고 모임을 시작했다. 감사하게도 1분기에 참석하신 열세 분이 모두 성원해주신 덕분에 무사히 2분기 모임을 열었다. 한 분은 강의하는 시간과 겹치는 이유로, 또 한 분은 개인적인 사정으로 그만두시고 두 분이 새로 합류하셨다. 공석이 생길 걸 우려해 추가 모집을 했는데 새로 모집하기를 오래 기다리셨다는 분들이 계셔서 여섯 분과 함께 2기 모임도 꾸렸다. 늘 시험대에 선 기분이라 스트레스도 받지만 일단 모임을 시작하면 어디서 그렇게 좋은 분들이 나타나시는지 늘 감사할 뿐이다.

다양한 사람들이 꿈꾸는 북 코디네이터

오전 반 일곱 명, 저녁 반 여섯 명이 모였다. 첫 시간에 우리는 '나를 말해주는 책들'이라는 주제로 각자의 책 역사를 발표하는 시간을 가졌다. 어릴 적 우리 삶에 처음 각인된 책부터 삶의 고비마다 친구가 되어주고 길잡이가 되어준 책들이 풍성하게 탁자에 쌓였다.

박지현 님은 '나의 책나무'를 그려왔다. 뿌리가 된 책부터 기둥을 이루는 책들을 소개한 뒤, 출산과 육아의 독서 암흑기를 지나온 이야기를 하는 목소리가 떨렸다. 세 아이를 어렵게 맡기고 인천 영종도에서 홍대입구까지 달려온 그녀는 아직은 약하고 가늘지만 새 가지로 뻗어 나가는 책들을 보여주었다. 저만치 밀어놨던 자신의 꿈을 다시 소중히 품에 안고 먼 길을 달려왔던 그녀는 오래 닫아두었던 블로그에 다시 글을 쓰기 시작했다.

엄마는 어제 굉장한 모임에 다녀왔어. 북 코디네이터 공부 모임인데 너도 알지? 엄마가 올해 들어 부쩍 책을 읽는다는 것. 책 읽느라 놀아달라는 요구를 거절한 적이 많아서 미안한 마음이 드네. 너희들에게 재미있는 이야기 많이 들려주는 엄마가 되고 싶어 시작한 책읽기인데 말이야. 오랜 만에 읽는 책이 너무 재미있고 책을 읽을 수 있는 시간이 엄마에게 생긴 게 너무 꿈만 같고 행복해서 그만 너희를 조금 아니 많이 외롭게 한 것 같아 미안해지는구나. 준아 그런데 말이야. 엄만 이렇게 엄마가 되고서야, 그것도 너와 민이 린이가 조금 크고 나서야 책이 재미있다는 걸 진심으로 알아가고 있어. 그래서 엄마는 앞으로 쭉~~~ 책과 함께 살고 싶단 꿈이 생겼어.

준이 네가 예전에 그랬지? 엄마는 꿈이 뭐였냐고…… 엄마가 선뜻 대답 못하니까 다시 물었잖아.

'그럼 지금 엄마 꿈은 뭐예요?' 엄만 그때 왜 아무 말도 하지 못했을까? 꿈이라는 말에 왜 그리 머리가 하얘졌을까? …….

사실 저녁에 가는 거고, 집에서 머니까, 너희에게 너무 미안했는데 늘 꿈 앞에 작아지던 엄마가 처음 느껴보는 형태의 감동과 기쁨, 행복을 그냥 다시 묻어 버리기 싫어 우여곡절 속에 모임에 참여하게 되었다는 말씀! 앞으로 종종 너희들에게 엄마의 이야기를 들려주고 싶어. 엄마가 지금부터 다시 배우게 되는 것, 열심히 하고 있는 공부, 공부하며 만나게 될 책, 이미 읽었지만 꼭 들려주고 싶은 책, 그런 책 이야기를 조잘조잘 너희에게 들려주고 싶어. 특히 준이 네게는 더욱. 컴퓨터보다 핸드폰보다 책이 얼마든지 재미있을 수 있다는 것. 가끔 엄마 안에 차곡차곡 쌓이는 것들이 넘쳐흐를 땐 (접어두었던) 동화도 열심히 써볼게!

– 네이버 블로그 MY ROMANCE DAY by 로맨스 패밀리

많은 엄마가 자신을 위해 투자하는 시간에 대해 이유 모를 죄책감을 느낀다. '아이들에게 더 신경 써 줘야 하는 게 아닐까? 내가 너무 이기적인 엄마일까?'라는 자기 검열에 시달리기도 한다. 집안일을 미뤄 두고 책을 읽는 시간이 마음 불편할 때도 있다. 나도 그랬다. 두 아이에게 '너희들은 너희 인생을 잘 살아. 엄마는 엄마 삶을 열심히 살 테니'라고 말하

면서도 살뜰하게 아이들을 챙기는 다른 엄마들을 보면 내가 너무 무심한 건 아닐까 자책하곤 했다. 나는 잘하지 못했지만 어린아이들을 키우는 엄마들이 균형감을 가지고 잘 지내도록 돕고 싶었다.

엄마의 삶과 아이의 삶은 분리될 수 없다. 그렇다고 언제까지 종속된 관계로 지내지는 않는다. 가장 긴밀하고 밀착된 삶을 보내야 하는 어린 시절, 그 접점에서 아이도 엄마도 행복하게 지내는 방법은 따로 또 같이 책을 읽는 것이다. 엄마는 엄마 책을, 아이는 아이 책을 읽으면서, 둘이 같이 읽어도 재미있고 유익한 책을 함께 읽는 것이다. 그림책은 유아가, 동화책은 어린이가, 청소년 문학은 중고생이 주로 읽어야 한다는 생각부터 버리면 된다. 엄마가 재미있어서 읽어주는 그림책은 아이도 따라 즐긴다. 엄마가 감동에 겨워 읽은 동화의 가치는 그대로 아이에게 스며든다. 엄마가 그 책을 권해주는 마음이 남다를 것이기 때문이다.

청소년들이 또래 사이에서 겪는 관계의 어려움은 어른들도 별반 다르지 않다. 청년 문제를 다룬 책을 읽으면 자녀와 부모가 함께 공감할 확률이 높다. 책으로 물꼬를 튼 대화는 잔소리와는 차원이 다르다. 엄마가 북코디네이터의 역할을 할 수 있는 지점이 바로 여기다. 아이에게 보여주고 싶은 좋은 책을 고르되 자기에게도 유익하고 감동적인 책을 고르는 것이다.

그림책은 하나의 예술 작품과 같다. 아름다운 그림책을 읽으며 풍요로운 삶을 누리는 모습을 보여주는 것만으로도 교육적 가치는 충분하다. 그림책의 교훈을 전달하기에 앞서 엄마가 그림책을 통해 자신의 마음을 돌보는 모습을 보여주면 아이도 자신의 마음을 다루는 법을 배운다. 철학적인 질문을 던지는 그림책을 읽고 엄마가 느끼고 생각한 것을 먼저 표현하면 좋겠다. 그런 엄마를 보고 자란 아이는 다르게 살 수밖에 없다. 답안지만 채우는 아이가 아니라 스스로 질문하고 답을 찾아가는 아이로 자랄 수있다.

북 코디네이터 공부 모임에 참여하는 사람들은 거의 엄마다. 우리가 먼저 책을 읽고 공부하는 모습을 보여주고 싶은 마음으로 참여한다. 우리가 경험하는 다채롭고 풍성한 책의 세계를 아이에게도 보여주고 싶어 애쓰는 사람들은 모두가 엄마 북 코디네이터다. 모임을 통해 잊고 있었던 꿈을 되찾아 책으로 삶을 일구는 방법을 아이들에게 보여주고 있는 지현 씨의 희망을 지지하고 응원한다.

잃어버린 꿈을 다시 찾아 일구는 모임

- 박지현

얼마나 오랜 시간 꿈 없이 살았는지 기억도 안날만큼 그저 그런 인생이었다. 끝없는 육아로 몸과 마음이 피폐해진 어느 날, 일상이 치열한 전쟁 같던 어떤 날. 문득 보게 된 거울 속엔 짜증에 겨워 어찌할 줄 모르는 내가 있었다. 그리고 그 옆엔 한없이 후줄근한 나를 엄마라 부르는 훌쩍 자란 세 아이가 있었다. 둘째 아이가 초등학생, 막내가 유치원생이 되면서 쉴 틈 없던 내 삶에 여유가 찾아왔다.

그토록 바라던 자유와 휴식이 막상 주어졌는데도 마음에 난 구멍은 메꿔지지 않았다. 그날도 하루 종일 SNS를 붙들고 앉아 있던 그저 그런 날이었다. 우연히 '온라인 독서 모임' 글을 보고 눈이 번쩍 뜨였다. 책이라면, 허전함을 채우려다 만든 지금의 쓸데없는 루틴을 과감히 깨부술 '도끼'가 되어 줄 것 같았다. 또, 온라인이라는 장점이 있었다. 굳이 어색한 미소와 과잉친절로 무장하지 않아도, 얼굴을 맞대지 않아도, 타인의 미묘한 말투나 표정에 마음 쓰지 않아도 되는, 처음부터 끝까지 책에 맞춰 움직이는 모임이라는 것이 좋았다.

『산티아고 혼자이면서 함께 걷는 길』이란 책을 함께 읽고 이야기 나누는데 책 내용이 훌륭했음은 물론이고 책과 독서 모임을 대하는 팀원들의 자세와 태도에 무척 감동했다. 책을 읽고 무척 감동했음에도 어찌 표현해야 할지 몰라 수박 겉핥기식 감상만 늘어놓는 나와는 달리, 팀원들은 책을 자신들의 삶에 끌어들여 적극적으로 이야기를 풀어냈다. 저마다 풀어놓는 이야기는 남다른 깊이가 있었고, 진실한 감동이 있었다. 사람 사이가 늘 버겁던 내게 폭포처럼 쏟아지는 그들의 다채로운 이야기는 그야말로 충격의 도가니였다. 저렇게까지 오픈해도 되나 싶을 정도로 내밀한 자신들의 이야기를 절절하게 들려줬다. 늘 마음을 숨기고 감추는 게 익숙한 내게 그들이 건네는 이야기는 뜨거운 감동이 되어 전해졌고, 감사하게도 그 여운은 깊었다. 뭐랄까, 오래도록 방황하고 또 방황했던 나의 모든 시간이 한 번의 모임으로 구원받는 느낌이었다. 이 모든 것들이 책과 사람으로 가능하다니. 책이 있고 그것을 이야기하는 사람이 있다면 나도 조금 다른 사람이 될지 모른다는 희망이 생겼다.

어느 날, 북 코디네이터 공부 모임을 시작한다는 이야기를 들었다. 책과 사람을 연결한다는 문장에 나도 모르게 얼른 손을 들었다. 거리도, 시간도, 아무것도 신경 쓰이지 않았다. 언제나 무의미하던 내 인생이 한 번의 모임을 통해 새롭게 느껴지기 시작했다. 아무짝에도 쓸모없는 내가 아니라는 것을, 조금 늦게 가고 빨리 가는 차이는 있어도 나는 나의 길을 걷고 있다는 것을, 함께 읽은 책이 같이 나눈 사람들이 일깨워 주었다. 그 무엇으로도 위로받지 못했던 내 삶에 등불이 하나 켜진 느낌. 그 행복한 마음을 좀 더 오래 지속하고 싶었다. 단순한 겉핥기식 책읽기가 아니라 책의 저 밑바닥까지 깊게 파고드는 진짜 '공부'가 하고 싶었기 때문이었다. 누군가의 강요 따위 전혀 없는, 오로지 내가 너무너무 하고 싶어 하는 공부! 공부라는 말에 이토록 가슴이 설렐 줄 몰랐다.

2주에 한 번 공부 모임 날이 되면, 남편에게 세 아이를 맡긴 채 서울로 갔다. 나를 위해 준비된 여정인 만큼 힘듦과 피곤함보다는 설렘과 기쁨이 가득했다. 모임 횟수가 한 번 두 번 늘어갈수록 함께 나눈 책이 한 권 한 권 쌓일수록 켜켜이 쌓여가는 벅찬 마음을 누군가와 나누고 싶었다. '책'이 주는 기쁨과 행복을 혼자만 간직하기엔 어쩐지 아쉽다는 마음이 들었다. '블로그나 SNS에 지속적인 글쓰기를 해 보세요.'

어느 날 선생님이 하신 말씀에 힌트를 얻어, 오랜 시간 방치했던 블로그에 글을 쓰기 시작했다. 요즘 한창 사춘기 문턱에 접어든 큰 아이에게 편지를 띄우는 심정으로, 한 권 한 권 책 이야기를 썼다. 핸드폰과 컴퓨터게임에 푹 빠진 아이가 심히 걱정될 때마다 꾸역꾸역 올라오는 잔소리를 삼키며 펜을 들었다. 글을 쓰는 건, 생각보다 어려웠다. 하지만 쓰고 나면 '해냈다'는 성취감이 충만해졌다. 블로그에 글을 쓰고 예전에 쓴 글들을 정리하던 새벽. 무심코 클릭한 글 하나에 오랫동안 잊고 살던 꿈 하나가 생각났다.

큰아이가 돌 될 무렵, 내가 쓴 글을 책으로 엮어 주고 싶어 이리저리 적어 둔 글이었다. 내용도 유치하고, 구성도 엉망진창이었지만, 아이를 사랑했던 그때의 마음이 떠올라 눈시울이 붉어졌다. 매일이 힘들고 괴로웠던 것은 아니었구나. 짜증스럽고 힘에 부치는 날들에서도 아이와 침대 맡에 나란히 기대앉아 책을 읽고, 내 목소리에 작은 손발을 파닥거리며 눈을 반짝이는 아이를 보며 행복했구나 싶었다. 그런 아이에게 들려주려고 아이가 잠든 밤이면 늦도록 돌아오지 않는 남편을 기다리며 글을 썼던 기억도 함께 떠올랐다. 지금까지 힘들다, 괴롭다, 지친다는 말을 입에 달고 살아온 나는 정작 얼마나 소중한 추억들을 놓치고 살아왔을까? 안타까움에 하염없는 눈물이 흘렀다. 블로그에 그 시절들이 고스란히 묻혀 있었다. 그땐, 내 꿈을 펼치기는커녕 그게 꿈인지도 모른 채 여러 우울한 이유 앞에 그냥 포기해버렸다.

오랜만에 발견한 그 시절들이 미안하고 반가워 묵혀 둔 이야기에 요리조리 살을 붙이기 시작했다. 그 시절 돌쟁이 아기는 이제 초등학교 5학년이 되었지만 마무리 짓지 못한 이야기는 여전히 돌쟁이에 머물러 있어 끝을 맺고 싶었다. 마침 동네 미술학원 선생님의 도움을 받아 이야기에 그림을 더해 그림책을 만들 수 있게 되었다. 글도, 그림도 어설프기 그지없는 아마추어지만 이제라도 마무리 지어 선물로 아이에게 주고 싶어졌다. 벌써 수개월째 고전하고 있지만 아이 손에 꼭 들려줄 날을 떠올리며 노력 중이다. 그와 동시에 세 아이 모두에게 들려줄 다른 이야기를 쓰고 싶단 꿈도 생겼다. 나의 어린 시절 일 몇 개를 써서 들려줬더니 아이들이 무척 즐거워했다. 다음 이야기도 얼른 듣고 싶다며 오던 잠도 쫓아 보내고 수다 꽃을 피웠다. 그런 아이들의 모습을 보며 막연하게 품었다 번번이 포기해 버린 글 쓰는 삶을 열망하게 되었다. 하지만 또다시 포기해 버리진 않을까, 이제 와 너무 늦은 건 아닐까 싶어 덜컥 겁이 났다. 온갖 부정적인 생각이 꼬리에 꼬리를 물고 늘어졌다. 항상 꿈을 이루기보다, 꿈을 포기해 버리는 것에 익숙했기에 이번 역시 또 그러지 않을까 생각하고 있었다.

그런데 웬일인지 공부 모임에서 함께 나눴던 책들과 그 책이 건네는 위로에 가슴 벅차던 시간이 떠올랐다. 한심해도 괜찮다고 있는 그대로의 너를 사랑한다고 뜨겁게 응원해 준 <피프티 피플>, 내게도 꿈꿀 권리가 있다고 절절히 가르쳐 준 <꿈꿀 권리>, 비를 멈추게 할 순 없지만 내리는 비를 함께 맞아 주겠다며 다독인 <아픔이 길이 되려면> 등등. 알록달록 밑줄 치고 귀퉁이를 접은 책들이 눈앞에 자꾸 떠올랐다. 그리고 결정적으로 같이 공부하는 팀원들의 따뜻한 응원과, 이화정 선생님의 열렬한 격려가 풀죽은 내 어깨를 힘껏 끌어안았다.

"지현 씨는 꼭 동화를 써야 해요! 한 걸음씩 뚜벅뚜벅 걷다 보면 언젠가 반드시 도착하는 날이 와요! 꿈꿀 권리를 포기하지 마요!"

일대일 면담을 했던 정초 어느 날, 선생님의 응원에 힘입어 나는 더 망설이고 포기하는 삶은 살지 않겠다고 결심했다. 나만이 걸을 수 있는 그 길을 서두르지 않고 힘차게 내디뎌 보리라!

요즘의 나는 하루하루가 즐겁고 감사하다. 꿈이 있어 행복하고, 그 꿈을 응원하는 사람들이 함께 있어 고맙다. 내가 나를 소중히 여기며 스스로 다독일 수 있는 변화가 어색해도 반갑다. 최근엔 꿈을 향해 한 발 더 내딛기 위해 동화교실에도 등록했다. 매주 글을 쓰며 차근차근 열심히 기본기를 익혀가고 있다.

이 모든 게 책이 내게 준 선물이라 생각한다. 책과 사람을 잇는 공부를 하며 무엇보다 내 마음과 책이 이어진 것도 가장 큰 수확이다. 책을 통해 함께하는 사람들의 깊은 마음마저 공유할 수 있었고, 책을 통해 방치되었던 마음을 돌볼 수 있게 되었으며, 그것으로 인해 다시 꿈을 꿀 수 있게 되었으니 말이다. 내가 공부 모임에 들어오지 않았더라면, 이화정 선생님을 만나지 못했더라면, 책을 읽지 않았더라면 이러한 기쁨과 행복을 결코 깨닫지 못했을 것이다. 지금도 여전히 혼돈과 고통의 시간을 배회하고 있을지 모른다.

앞으로 더욱 책과 가까이 살고 싶다. 다시 찾은 동화작가의 꿈도 이뤄 더 이상 좌절의 아이콘이 아닌 희망의 아이콘으로 아이들과 남편에게 그리고 내 자신 앞에 당당히 서고 싶다.

책으로 연결된 학습 공동체를 꿈꾸는 프리랜서 강사 김은주 님

김은주 선생님과는 2017년에 〈그림책으로 삶을 읽다〉 저녁 모임을 통해 만났다. 모임이 있는 날마다 한파주의보가 발령되어 인천, 선릉, 고속터미널 쪽에서 홍대입구역까지 달려오시는 분들께 늘 미안한 마음이었다. 오전 그림책 모임은 열심히 공부하고 탐구하는 분위기로 후끈 달아올랐다면 저녁 모임은 옹기종기 네 사람이 모여 하하 호호 그림책을 즐기느라 여념이 없는 훈훈한 분위기였다. 그렇게 만난 모임에서 선생님과 나눈 이야기가 생생히 기억난다.

우리는 억지로 입은 역할들 때문에 자신의 본모습을 꽁꽁 감추고 살았던 세월을 서로 위로해주는 사이가 되었다. 숨겨 두었던 꿈을 끄집어내어 가슴 뛰는 일들을 다시 찾아 나가는 길에서 가장 든든한 동지가 된 기분이다. 둘 다 아들을 군대에 보내놓은 엄마로서 의지가 되는 부분도 남달랐다. 아무도 나의 마음을 읽어내지 못할 때 그림책을 읽으며 마음을 달래곤 했다. 그 시간이 힘이 되고 행복해서 함께 읽고 싶어 만났는데, 오히려 참석한 분들이 주는 선한 기운에 삶이 환해지곤 했다. 나의 마음을 잘 읽을 수 있도록 도와주는 책들을 좋은 사람들과 함께 읽으니 서로의 마음을 읽어줄 수도 있게 되었다. 우리 곁에 그림책이 필요한 이유다.

석 달에 걸쳐 매서운 추위를 뚫고 먼 길 달려오신 선생님과 실컷 웃고, 감동하고, 사는 얘기도 나누었던 그 겨울밤은 평생 잊지 못할 것이다. 선생님이 꿈꾸는 학습 공동체 속에 함께하는 날을 나 또한 꿈꾸고 있다.

관심과 사랑을 담아 정성스럽게 준비하여
공감하고 연대하는 자리를 만드는 사람

- 김은주

내 이름은 지워진 채 누구의 엄마, 아내, 며느리로 살아가는 시간이 전에는 경험해 보지 못한 사랑과 뿌듯함을 안겨 주었지만, 때로는 즐겁지 않았습니다. 이대로 나의 이름이 지워질까 두렵기도 했습니다. 내가 원하는 역할을 찾는 노력이 진로를 찾아가는 여정이라고 생각합니다.

내가 원하는 삶의 모습을 꿈꾸고 실현하기 위해 구체적으로 설명할 수 있는 언어를 책을 통해 배웁니다. 막연하게 활자중독자처럼 읽기를 좋아한다고 생각했는데 내 생각을, 나 자신을 표현하는 언어가 그동안 읽고 고민하던 책에서 나온다는 것을 알게 되었습니다. 혼자서 읽고, 좋아서 다른 사람에게 책을 권하고, 이제는 책을 읽는 사람들이 모이는 곳에 자발적으로 찾아가서 함께 이야기를 나눕니다.

낯 가리고 일 벌이기 싫어하고 소극적인 사람이 왜 모르는 사람들과 함께하는 자리에 겁도 없이 자꾸 가게 될까요? 책은 혼자 읽어도 내용과 작가와의 공감만으로도 충분히 만족스럽고 재미있습니다. 그 감동을 다른 사람과 공유하며 공감받으면 동지를 얻은 것처럼 마음이 든든해집니다. 나와 공감의 지점이 다른 사람의 이야기를 들으면 불쑥 머릿속이 혼란스럽지만 그것이 자극이 되어 생각의 세계가 더욱 넓어지는 경험을 합니다. 아직은 수많은 책 중에서 읽고 싶은 책을 골라서 읽고 다른 사람과 이야기를 나누고 공감하는 것만으로도 마음이 흡족합니다. 이 마음을 내 주변의 사람에게도 전하고 싶거나, 내가 걷고 있는 길을 함께 걷고 있거나 이제 발을 내디디고 있는 사람과 연대하고 싶어질 때 내가 모임을 만들 때가 된 것이라고 생각합니다.

독서 모임에서 함께 읽고 나눈 경험을 통해 북 코디네이터가 되고 싶다는 꿈을 그려봅니다. 내가 생각하는 북 코디네이터의 역할은 책과 사람을, 책을 매개로 사람과 사람이 함께 하는 자리를 마련하고 초대하는 일입니다. 관심과 사랑을 담아 정성스럽게 자리를 준비하여 공감하고 연대하는 자리를 만드는 사람.

북 코디네이터 공부 모임 신청서를 다시 읽어보니, 자기 생각을 표현하고 확장할 수 있는 좋은 질문을 만드는 사람, 책을 통해 자신을 표현할 수 있는 단어를 배우는 사람, 다른 사람과 그것을 나누기 위해 함께 읽는 사람이 되고 싶다고 썼더라고요.

북 코디네이터 공부 모임에서 함께 읽고 이야기 나누고 배우는 시간을 통해 한 발 더 내딛어보려는 용기가 생깁니다. 다양한 분야의 사람들과 함께 주제를 정해 책을 읽고 공부하는 학습 공동체를 만들고, 다양한 역량을 가진 개인을 연결하는 인적 네트워크의 플랫폼으로써 지속가능한 공동체의 모델을 만들고 싶다는 꿈을 그립니다.

그 안에서 타인의 삶 이야기에 공감할 수 있는 사람, 공교육을 보완하는 프로그램으로 학생들과 만나는 강사, 누구나 누려야 할 권리에 대해 생각하고 연대하는 민주시민으로서의 삶을 실현할 수 있도록 노력할 것입니다.

투쟁의 독서에서 책과의 연애로, 작가 김지연 님

공무원이자 열 살 딸과 세 살 아들을 키우는 김지연 님은 『생각 읽는 독서의 힘』을 쓴 저자다. 육아 휴직 중에 모임에 참석하신 작가님은 넘치는 열정으로 모임에 활력을 불어넣어주셨다. 필사 노트 공동 구매를 추진했고, 매시간 간식을 챙겨서 모임 시작 전에 오늘은 가방에서 뭐가 나오나 다들 기대감을 가지고 지켜보게 만들었다. 어느 날은 직접 만든 마카롱을 들고 오셨는데 무지갯 빛 아름다운 색깔과 환상적인 맛에 감탄을 금치 못했던 적도 있다. 뭐든 열심히 하는 성격이 독서 인생에도 그대로 반영되었을 터. 열혈독자의 이력을 가진 작가님은 이 모임을 통해 그동안의 독서 생활을 점검하며 새로운 읽기와 쓰기의 세계로 힘찬 발걸음을 내딛는 중이다.

『아픔이 길이 되려면』을 가지고 모임을 한 뒤 작가님이 블로그에 쓴 글이 인상 깊었다.

이 책은 현재 이화정 쌤과 함께하는 북 코디네이터 공부 모임의 선정도서였다. 이런 책들은 자칫 사람을 무기력하게 만든다. 꿈을 이야기 하는 것도 달콤한 이야기가 있는 것도 아닌, 그래서 응, 그렇구나~ 식의 맺음으로 끝나는 책 덮음.

지구 반대편 재난으로 고통받는 지구촌 사람들의 안위보다는 내 손가락에 박힌 가시가 더 아프고 급하다. 지구 반대편까지 갈 것도 없다. 나 그리고 가족 조금 멀리 가자면 내가 아는 사람 외의 다른 이의 아픔에 대해서 공감하는 척 할 뿐이다. 우리는 시간과 함께 무뎌지고 메말라간다.

아주 오래전, 사고 현장에 유독 사람들이 모여드는 이유에 대해서 설명한 글을 읽은 적이 있다. 너무 오래전이라 잘 기억나지 않지만 대충 이런 내용이 었던 듯하다. 그러한 현장에 '웅성웅성' 사람들이 모여드는 이유는 타인의 죽음이나 안타까운 불행 안에서 자신의 무사함에 대한 안도감을 찾는 행위라고. 무자비하구나! 라는 생각도 들었지만 인간의 안전욕구와 관련된 본능이라면 응당 당연할 것 같다는 생각도 들었다. 평범한 소시민인 우리가 할 수 있는 일은 그리 많지 않다. 하지만 이화정 쌤이 그러셨다. '이 책을 묵묵히 읽어내는 것이 우리가 할 일이다.' 맞는 말이다. 작년 여름 SBS《영재 발굴단》에 한 소년이 출연했다. 소년은 멸종 동물의 심각성을 고하고자 뜨거운 태양 아래 피켓을 들고 거리로 나섰다. 성인의 눈에 비친 나의 어리석은 한 줄 생각은 "네가 그런다고 뭐가 달라질 것 같아?"였다. 그렇게 스치는 생각 뒤에 오는 깨달음이 있었다. 너의 이런 행동이 당장 뭔가를 변화시켜 주진 않겠지만. 그러는 사이에 사람들이 한 번씩만이라도 멸종 위기 동물에 대해 생각을 떠올린다면 그 생각들은 분명 우주의 기적을 끌어당기지 않을까? 하는 기대였다.

이 책을 쓴 저자도 이런 마음이 아니었을는지. 나만의 언어로 생각해본다.

– 캐리작가 블로그에서

책을 읽는다고 뭐가 달라지냐고 묻는다면 선뜻 대답할 말이 떠오르지 않는다. 손이 잘 가지 않는 책들은 대부분 나를 불편하게 하는 책들이다. 내가 나선다고 뭐가 되겠냐는 체념, 은근슬쩍 모른 척하고 싶은 이기심, 금방 사그라드는 연민과 공감 때문에 어딘가 찔리는 느낌에 시달리게 하는 책들이 그렇다. 알고 느낀 것을 따라가기 버거워하는 발을 자책하는 것도 지치는 일이다. 혼자서는 그렇다. 하지만 모이면 달라진다. 입 밖으로 내뱉은 말에 책임지고 싶어지기 때문이다. 우리가 모여서 책을 읽는 이유는 혼자서는 끝까지 읽어내지 못할 책들을 완독하기 위해서고, 머리와 가슴으로만 읽는 책을 어떻게든 몸과 삶으로 읽어내겠다는 의지를 다지기 위해서다. 모임 후기를 읽으며 번쩍 정신이 들었다. 김승섭 작가의 두 번째 책 『우리 몸이 세계라면』을 읽기 시작했다. 우선은 외면하지 말고 읽는 수밖에 없다.

나에게 큰 의미가 되어 주었던 시간들

– 김지연

독서를 되찾으려면 먼저 즐거움을 되찾아야 했다. 나의 독서는 언젠가부터 공부가 되어 있었다. 편안하게 읽는 책이 아닌 조금은 불편하고 삶에 자극을 주는 책이 아니면 펴지 않았다. 책으로 변화되는 삶이 즐거웠고 그렇기에 불편함쯤은 기꺼이 받아들였다.

어떤 면에서 나의 독서는 수행의 연속이었을지도 모른다. 하지만 투쟁의 독서가 아닌 즐거움을 이야기하는 책읽기, 목적도 부담감도 내려놓은 채, 순수하게 활자를 읽는 유희를 찾고 싶었다. 늘 혼자 읽고 혼자 생각했다. 그러다 문득 사람들은 어떤 책을 읽으며 책에 대해 어떤 이야기를 하는지 알고 싶어졌다. 책과 그것을 읽는 사람들이 궁금해지기 시작한 것이다. 함께 읽고 함께 나눈다는 것이 어떤 것인지, 타인의 말과 글에 귀기울이며 그들의 이야기에 나의 이야기는 어떻게 얹힐 수 있는 것인지 경험해 보고 싶었다.

이러한 찰나에 우연히 알게 된 이화정 선생님의 북 코디네이터 공부 모임은 그것을 실행할 수 있는 절호의 찬스가 되어주었다. 그간 함께 했던 자료들을 넘겨보며 흩어져있던 말과 글을 다시 모아본다. 소설책부터 그림책까지 아우르는 다양한 책 읽기를 통해 또 책으로 파생되어 나온 타인의 서사를 통해 나는 많은 것을 내려놓을 수 있었고 전보다 한결 순수해진 책읽기를 할 수 있게 되었다.

누군가는 말한다. 책을 읽는다는 것은 책을 나의 언어로 사랑하는 일이라고. 너무 멋진 말인 듯하여 입 밖으로 소리 내 또박또박 읽어보았다.

나는 책을 사랑할 자격이 충분한지 자문해 본다. 내가 가진 언어로 나는 얼마나 오랫동안 책을 사랑할 수 있을까? 책과의 연애에 걸림돌이 되는 내 언어의 한계를 인식하고 있긴 한 것일까? 과연 나는 나만이 이야기할 수 있는 나의 언어가 충분한가?

문장 하나를 읽었지만 생각은 꼬리를 물고 원문의 의도를 비틀며 쏠

데없는 가지 뻗기를 하고 있었다. 그러다 떠오르는 어느 문장 앞에서 더는 나아갈 수 없었다.

'그러니까 책을 읽어.'

결국 읽는 것만이 남았다. 내 언어로 책을 사랑하기 위해서, 부족한 나의 언어를 채우기 위해서 다시 또 책으로 파고들어야 할 것 같았다. 하나 마나 한 말들이 아우성치는 책들의 잔치는 끝났다. 나는 내 언어로 사랑할 수 있는 책과 그것의 이야기에 귀 기울이기로 했다. 읽는다는 것은 어떤 사람이 되어가는 일일지도 모르겠다. 나 또한 책을 통해 내가 만들어갈 세상을 꿈꾸며 어떠한 사람이 되어 보기로 했다.

엄마와 두 딸이 함께하는 북클럽을 만든 이은미 님

은미 씨는 책의 힘이 얼마나 센지 보여주는 사례로 손꼽고 싶은 사람이다. 스스로를 자신감 없고 부족한 게 많은 사람이라고 말했지만, 모임에 참여할수록 내면의 빛이 더 환해져 반짝이는 사람이다. 손글씨로 정성껏 쓴 북 코디네이터 공부 모임 신청서를 펴들었을 때의 감동을 잊지 못한다. 노란 편지지에 꾹꾹 눌러쓴 이 신청서를 다시 읽으며 눈앞이 흐려졌다. 꿈, 흔하디흔한 말이지만 내 것 같지 않았던 말, 늘 남에게만 이루어지는 것만 같아 쓸쓸했던 그 단어가 그녀와 내 것이 되어 있었다.

소중히 여기는 책과 이유
○ 뮈리엘 바르베르『고슴도치의 우아함』: 책읽기를 시작하게 해준 고마운 책. 겉모습의 화려함이 아닌 내면의 풍요로움을 갖고 싶다는 간절함이 생겼다.
○ 리베카 솔닛『멀고도 가까운』: 함께 읽는 책읽기의 감동과 내 아픔을 다시 생각하고 치유할 수 있는 계기가 되었다.
○ 마쓰이에 마사시『여름은 오래 그곳에 남아』: 혼자 하는 책읽기의 자유와 고독이 무엇인지 조금은 깨닫게 해준 책

북 코디네이터 공부를 하고 싶은 이유
○ 책을 읽으며 조금씩 변화되는 것을 느끼며 깊이 있게 공부하고 싶다는 마음이 들었습니다. 책으로 변화되고 더 나은 사람이 되어 좋은 어른이 되고 싶습니다.

정말 하고 싶은 게 있다면 무엇인가요?
○ 아직 구체적인 꿈을 그리진 못했습니다. 지금은 책을 어떻게 잘 읽고 내 것으로 만들지에 가장 관심이 있습니다. 읽고 공부하는 과정에서 책과 연결된 꿈을 발견하고 이루어나가는 모습을 제 자신과 가족들에게 보여주고 싶습니다.

공부 모임 세 번째 시간의 주제 '함께 읽기'의 활동 중 하나가 독서 모임 기획안을 짜보는 일이었다. 은미 씨는 초등학교 3학년, 6학년 딸과 진행하고 싶은 독서 모임에 대해 발표했다. '책 속의 아름다운 말과 우리 마음을 이야기하고 표현하는 북클럽'에 대한 계획이다.

큰딸과는 패트리샤 매클라클랜의 『가위 바위 보』를 함께 읽고 다음과 같은 이야기를 나누기로 계획했다. 일명 '말하는 서점'이라는 북클럽이다.

- 슬픔을 표현하는 방법
- 말없이 서로를 믿고 의지할 수 있는 친구의 존재에 대해
- 위로와 믿음을 주는 친구, 어른에 대해 이야기해보기
- 소중한, 슬픈, 아픈, 잊고 싶은, 즐거운, 나누고 싶은 것에 대해 이야기
  해보기
- 딱 한 번 지난 기억으로 되돌아갈 수 있다면 언제로 가고 싶은가?

작은딸과의 북클럽은 '아무거나 서점'이다. 아이가 원하는 책을 선택하면 함께 읽는다. 아이가 직접 책소개를 하면 엄마도 말과 글로 책에 대해 표현해야 한다. 그림, 만화, 짧은 글, 시 등등 아이는 자신이 원하는 방식으로 표현할 수 있다.

독서 논술 교육은 중요하다. 모든 공부의 기본 원리를 배우는 것이기 때문이다. 아이들 독서 지도를 하면서 가장 중점을 두는 부분은 책을 읽고 글을 쓰는 자신에게 자부심을 느끼게 해주는 것이다. 읽고 쓰는 행위

가 얼마나 인간답고 품위 있는 일인지 누누이 얘기한다. 오랜 시간 독서 수업을 쉬다가 다시 아이들을 가르치게 된 계기는 점점 더 책과 멀어지는 아이들이 안타까워서였다. 독서 교육 이전에 좋은 '독서 경험'을 하도록 돕는 것이 아이 인생에 더 중요한 일임을 실감했다. 은미씨의 딸 수민이와의 만남도 그런 취지에서 이루어졌다. 독서 모임에서 경험한 책 세계로 딸을 초대하고 싶은 은미 씨의 마음이 어떤 건지 알고 있었기 때문에 수업하기로 했다. 말이 수업일 뿐, 수민이와 나는 함께 동네 서점을 돌며 서점 문화를 향유하고, 도서관에 가서 자료를 찾는 법을 익힌다. 책을 고르는 안목을 갈고닦는다. 함께 읽고 같이 쓴다. 가르치는 게 아니라 동등한 관계에서 책 이야기를 나눈다. 선생인 나도 수없이 지우고 고치며 글을 써서 발표한다. 서로의 글에 의견을 주고받고 함께 고친다. 어떤 날은 수민이의 질문을 숙제로 받아오기도 한다. 독서 지도가 아니라 함께 책을 경험하는 시간이다. 아이는 책을 더 존중하는 법을 배우고 나는 아이처럼 즐기는 시간을 선물 받는다.

수민이는 『비밀의 화원』을 읽고 쓴 글에서 엄마에 대해 이렇게 말했다.

나도 메리와 마사처럼 누군가를 변화시켜주는 존재가 되고 싶다. 어쩌면 나도 누군가의 도움으로 변화하고 있을 텐데 요즘에 나를 변화시키는 사람은 엄마인 것 같다.

엄마는 원래 책을 좋아했지만 독서 모임을 하면서 책에 대한 열정이 느신 것 같다. 엄마는 책을 읽고 필사, 느낌 적기 등을 하시는데 그 모습이 정말 멋있어 보인다. 그 모습을 보고 나도 엄마처럼 해보고 싶었고 책에 대한 생각도 더 좋아졌다. 나에게 이런 변화를 가져다주신 엄마께 감사하다.

함께 공부하는 다른 선생님도 은미 씨의 변신을 놀라워하며 이렇게 말했다.

"딸에게 이런 엄마가 된 은미 씨는 정말 큰일을 해낸 거네요."

자식이 자랑스러워하는 엄마가 되는 일은 어렵지 않다. 엄마가 자신의 삶을 충실히, 행복하게 살면 된다. 엄마 북 코디네이터는 누구나 될 수 있다. 자녀에게 책을 소개하는 일, 그 책으로 꿈을 심어주는 일, 그 꿈을 함께 이루어나가는 가장 가까운 조력자가 되는 일이 바로 북 코디네이터가 하는 일이기 때문이다.

인정하고 함께 나누며 포용하는 감정의 대물림을 위해

- 이은미

며칠 전 이화정 선생님과 독서 수업을 마치고 오는 길에 큰아이가 물었다 "엄마에게 '책'은 뭐예요?" 망설임 없이 "책은 나야!"라고 말했다.

과거의 나, 되고 싶은 나, 안아 주고 싶은 나, 고마운 나, 안쓰러운 나, 눈물 흘리는 나, 그냥 나……

내가 '책이 나'라고 말할 수 있는 마음은 어디서 온 것일까?

늦은 나이에 아이를 낳고 잘 키워야 한다는 중압감에 시달렸다. 내 마음에 자리 잡은 소심함과 '난 남들보다 잘하는 것이 없어.'라는 자괴감이 큰아이에게서 보일 때, 나를 닮은 모습을 보는 것 같아 괴롭고 싫었다. 내 안의 좋은 점은 보지 못하고 아이를 탓하며 서로 마음의 상처만 주고받았다. 내 마음은 좋았다 나빴다를 반복했고 그러던 중 정말 우연히 이화정 선생님의 블로그를 알게 되었다. 나와 책의 인연은 그렇게 시작되었다.

지금 나는 '책 읽는 나'와 '미래의 나'를 위해 북 코디네이터 공부를 하고 있다.

처음 참석자들을 만나고 그분들의 독서 이력을 들으며, 나같이 책도 많이 안 읽은 사람이 하고 싶다는 마음만 앞세워 참석한 건 아닌가, 후회가 되었다. 모임이 진행되어가는 동안 나의 독서 수준이나 남 앞에서 말하기 힘들어하는 성격은 문제가 아니라는 사실을 조금씩 깨닫게 되었다. 떨어도 괜찮다고, 함께하니 괜찮다고 여기게 되었다. 지금도 이야기하기 전 긴장하고 떨기도 하지만 조금씩 변화하는 나의 모습에 벅찬 마음으로 오늘도 책을 읽고 필사를 한다.

내가 걱정이 있을 때, 지치고 어려울 때, 아이들 문제로 흔들리는 순간마다 놀랍게도 책이 내게 손 내밀고 안아주었다. 책과 함께한 변화와 놀라움을 내 아이들에게 전하고 싶다.

지금도 나는 내 어둠의 감정에 헤매기도 한다. 남에게 보이기 싫고 꺼내기 두렵지만 그것도 나이기에 인정하는 모습을 보이고 싶다. 아프고 울리는 감정의 대물림이 아닌, 인정하고 함께 나누며 포용하는 감정의 대물림을 하고 싶다. 책 읽는 엄마인 내가 노력한다면 할 수 있다고 믿는다.

『스토너』를 읽으며 나의 진짜 모습에 대해 생각하고 자신이 좋아하는 일에 성의를 다하는 모습을 경험했다. 『멀고도 가까운』을 읽으며 내 상처를 어루만지게 되었고 함께하는 힘을 느꼈다.

『피프티 피플』, 『아픔이 길이 되려면』을 읽고 필사하며 다름을 인정하고 존중하는 경험을 했다. 책으로 변화하는 나를 나 자신과 아이들에게 보여주고, 늦었지만 스스로 무언가를 해내고 있다는 성취감을 느끼고 있다. 함께 책 읽는 경험을 나누기 위해 공부한다.

처음 공부를 시작할 때 막연했던 나의 미래에 엄마 북 코디네이터가 되어야겠다는 구체적인 목표도 생겼다. 나와 내 아이들이 책을 읽고 말하는 즐거운 책 경험으로 말이다. 함께 읽고 나누며 파커 J. 파머의 『삶이 내게 말을 걸어올 때』에서 읽은 대로 '한계와 재능, 약점과 강점, 어둠과 빛이 복잡하게 뒤섞여 있는 나의 진실을 거절하지 않고 포용하는 사람'(128쪽)이 되고 싶다.

모임 자리에 도착했을 때 박애라 선생님이 탁자에 앉아계시면 긴장했던 마음이 탁 풀린다. '아, 선생님이다!' 반갑고 든든하다. 세상에 태어나 처음 경험해보는 일이 요즘 많이 일어난다. 반짝이는 눈으로, 마음을 활짝 열고 내 이야기에 귀를 기울여주는 선생님을 보면 내 존재 자체가 그대로 받아들여지는 느낌이 든다. 선물 같은 순간이다.

선생님은 책 모임 〈그림책으로 삶을 읽다〉와 〈그림책으로 삶을 품다〉에 연이어 참석하고 그림책 워크숍에도 와 주셨다. 〈실수를 모아 아름답고 탁월하게〉 이후 지금 모임까지 그림책 사랑이 남다른 선생님은 북 코디네이터 모임에서는 조금 버거워하셨다.

많은 이들이 물었다. "이 모임을 하면서 꼭 북 코디네이터로 활동을 해야 하나요?" 당연히 아니다. 자기 마음이다. 일로 선택하는 건 차후의 일이다. 처한 환경이 다르고 모임에 참석하는 목적도 다 다르니 일의 성격도 달라질 수밖에 없다. 이미 하고 있었던 일이고 누구나 마음만 먹으면 할 수 있는 엄마 북 코디네이터 이야기를 이미 했다.

박애라 선생님의 경우는 친정엄마의 북 코디네이터이자 딸의 북 코디네이터로 자신의 방향을 잡으셨다. 북 코디네이터는 특별할 게 없다. 지금 이 책을 읽고 어느 한 구절이 마음에 들거나 재미있거나 유익하면 누군가에게 추천해주면 된다. 책을 읽은 후 모여 앉아 이야기꽃을 피운다면 이미 북 코디네이터가 된 거나 다름없다.

"북 코디네이터가 뭐 별 거겠어? 지금처럼 하면 되지!"

– 박애라

일상에서 접할 수 있는 가장 쉬운 예술이 그림책 아닐까 생각하며 그림책 모임을 찾다가 선생님의 모임에 참여했다. 그 인연으로 독서 모임과 북 코디네이터 모임까지 참여하게 되었다.

북 코디네이터가 무엇인지 개념도 없으면서 참여한 이유는 단순했다. 1년간 좋은 책들을 소개받고, 읽으면서 독서의 수준을 업그레이드하고 책을 선택하는 안목을 배우기 위해서다. 이전 모임에서 아름다운 그림책을 보며 책과 함께 나누는 시간이 행복했다. 그런데 북 코디네이터 공부는 원래 읽던 분야가 아닌 다양한 책을 읽어야 하고, 과제도 있어 부담되기 시작했다. 일 년의 과정을 제대로 마칠 수 있을까 의심도 들기 시작했다. 좋아서 시작한 일이고 여전히 책을 읽는 건 좋은데 왜 부담이 되고 스트레스를 받는지 생각해보았다. 나는 아직은 북클럽을 만들 생각도 없고 누군가의 삶에 어떤 영향을 준다거나 관여하고픈 마음이 전혀 없는 철저히 개인적인 성향이다. 북클럽을 기획해보고 발표를 하는 일련의 과제들이 내게 부담이라는 걸 깨달았다. 그러다 알게 되었다.

연로하시고 삶에 큰 의욕이 없으신 엄마를 위해 재미난 책과 짧은 수필, 그림책 등을 권해드리고 있다. 함께 읽고 책 얘기를 나눈다. 다음에는 무슨 책을 권하면 좋을까 고민도 하게 되었다. 대학생 딸에게는 요즘 읽은 책에 대한 느낌을 얘기하고 읽어보라고 권한다. 이런 변화가 있었음에도 그것이 바로 북 코디네이터로서 모임에서 배운 걸 실천하고 있다는 건 깨닫지 못하고 있었다. 나로서는 어렵고 힘든, 새로운 독서 모임을 만들어서 시도해야 한다는 데 중점을 두고 있었다. 그래서 부담이 되었다는 생각이 문득 들었다.

원래 쉽게 적응하고 빠르게 변화하는 사람이 아니다 보니 부담스럽고 어려운 것에 스트레스를 받았다. 하지만 사실은 아주 천천히 조금씩 가족들에게 글을 읽는 즐거움과 책이 주는 위안을 전달하고 있었다는 걸 알게 되었다.

"북 코디네이터가 뭐 별거겠어? 지금처럼 하면 되지!"라고 마음먹으니 편안해졌다. 삶에 있어 불편함이 없이 편안하거나 새로운 도전 없이 가만히 있는 것은 현재 상태의 유지가 아니고 퇴보하는 것임을 알고 있다. 퇴근 후 기꺼이 북 코디네이터 모임에 참석할 것이다. 앞으로 시간이 더 흐르고 난 후 좋아서 읽던 책들이 내공이 될 만큼 쌓이게 되면 나는 아주 미지근하게나마 주변 친구들에게나 동호회 모임 등에서 아주 작은 소리를 내며 그들에게 한 권의 책을 권하고 있을 거란 확신이 든다.

그림책 활동가 문연숙 님이 공부 모임을 통해 얻은 것

문연숙 선생님은 그림책 활동가다. 그림책 모임을 계기로 〈선향〉 모임에도 합류했다. 그림책 강의, 학부모 강의를 충실히 준비하고 진행하면서도 늘 더 나은 강의를 위해 고민하는 모습이 인상적인 분이다. 공들여 만든 자료도 아낌없이 나누는 마음 넓은 분이기도 하다. 그림책 활동가로서 좀 더 깊이 있는 공부를 하고자 노력하는 분들은 신뢰감을 느끼게 된다. 어떤 일이든 익숙해지고, 경력이 쌓이면 새로운 것을 파고들기 위한 노력을 게을리하기 쉽다. 더 배우려고, 더 나은 강의안을 만들기 위해서 끊임없이 노력하는 분들을 존경하는 이유다. 문연숙 선생님이 그림책을 존중하고 사랑하는 모습, 더 알차고 의미 있는 모임을 열기 위해 공부하려 애쓰는 모습, 늘 자신을 돌아보고 점검하는 모습이 동종 업계에서 일하시는 분들의 귀감이 되리라 믿는다.

책 속에 숨어 있는 소중한 가치를 찾아 공유하는 사람 되기

- 문연숙

그림책 활동가로 활동하면서 항상 부족한 부분이 있다고 생각했다. 그 채워지지 않는 빈 곳을 메꾸기 위해서 관련 공부를 더 해볼까 하는 고민을 하고 있었다. 그럴 즈음 지인의 소개로 〈그림책으로 삶을 품다〉 모임에 참여하게 되었다.

이 모임은 소설, 에세이, 시집과 그림책을 엮어 읽었다. 2주에 한 번 만나 선생님과 독서 모임 참가자들의 생각을 서로 들었다. 다양한 이야기를 들으며 사고를 확장할 수 있는 편안한 분위기로 진행되었다.

어릴 적부터 글을 많이 읽지 않던 나는 긴 글책을 잘 읽어 낼 수 있을까 걱정했다. 하지만 금세 독서 모임에 푹 빠지게 되었다. 내가 책을 좋아한다는 걸 마흔이 넘어서야 알 수 있었다.

2주에 한 번 진행되는 책모임은 나를 책 안으로 점점 빠져들게 했다. 그곳에서 들은 이야기들이 점점 더 책의 세계 속으로 나를 안내했다. 그러던 중 '북 코디네이터 공부 모임' 과정 소식을 들었다. 매사에 자신감이 부족했던 나는 모임을 하고 싶다는 마음은 간절했지만 선뜻 용기가 나지 않았다. 그러던 중 선생님과의 전화 통화를 한 후 바로 신청했다. 북 코디네이터가 되고 싶기보단 선생님을 닮고 싶고 책을 더 많이 알고 싶다는 생각이 간절했다.

북 코디네이터 공부 모임 과정을 함께 하면서 선생님의 책 사랑과 열정에 다시 한번 감탄했다. 2주에 두 권의 책을 읽고 주어진 과제를 한 단계 한 단계 수행하면서 힘이 들기도 하고 버거울 때도 있었지만 조금씩 성장하는 나를 만날 수 있었다. 나의 책장에 책들이 늘어나면서 한 권 한 권마다 얽힌 소중한 의미도 차곡차곡 쌓여갔다. 함께 공부하는 선생님들의 이야기가 더해져서 더 풍성하고 귀한 책들로 자리 잡았다. 나 혼자라면 절대 읽지 못할 책들을 함께 읽으며 그 책이 아니면 알지 못했을 이야기들을 접하게 되었다. 책으로 내 주변을, 세상을 살펴보게 되는 계기가 되었다. 3월부터 다시 2기가 시작되는데 1기 때처럼 망설이지 않고 책을 사랑하는 마음 하나로 신청했다.

앞으로 나는 북 코디네이터가 되기보다는 사람들과의 관계 속에서 책으로 소통하고 함께 공유하는 사람으로 살고 싶다. 앞으로 나아갈 힘, 공감과 위로, 지혜와 용기가 필요한 누군가에게 책을 건네고 싶다. 책 속에 숨어 있는 소중한 가치를 찾아내 사람들과 함께 나누기 위해 북 코디네이터 공부 모임 과정에서 배워나갈 예정이다.

직장 독서 모임 운영을 기획한 장지혜 님의 야심찬 다짐

아기들이 낮잠을 자는 시간, 엄마들은 갈등한다. 녹초가 된 몸으로 나도 잠시 옆에 누울까? 폭탄 맞은 것 같은 집안을 대강 치워야 하지 않을까? 제대로 밥을 한 끼 차려 먹을까? 커피 한 잔 마시며 숨통을 틔우는 게 나을까? 함께 누워 등을 토닥이는 경우라면 무거워진 눈꺼풀을 이기지 못해 같이 잠들기 일쑤다. 그런 시간을 쪼개 책을 읽었다니. 신청서를 보고 마음이 복잡해졌다. 더군다나 쌍둥이 엄마라면……. 한 권은 묵직한 책, 다른 한 권은 좀 수월하게 읽을 수 있는 책으로 격주 모임마다 두 권 정도의 책을 읽어야 하는데 너무 벅차지 않을까? 글을 쓰며 자기를 돌아볼 과제를 할 수 있는 마음의 여유가 될까?

육아 휴직이라는 귀한 시간을 쪼개 공부 모임에 나오는 지혜 씨는 쌍둥이 엄마라고는 믿기지 않을 만큼 환하고 에너지 넘치는 모습으로 모두에게 신선한 자극을 주었다. 무엇보다 직장에서 독서 모임 계획을 세우고 있는 터라 내게도 도전 과제가 되었다. 업무와는 1%도 상관없는 책을 읽는 독서 모임을 만들고 싶다는 이야기에 모두가 웃음을 터뜨렸다. 온통 자기계발서 위주의 직장인 독서 모임에서 업무에 도움이 되는 실용서 스터디 모임보다는 문학 장르를 주로 읽는 모임을 하고 싶다는 지혜 씨를 적극적으로 돕고 싶었다. 모임 규칙을 어떻게 정할 것인가, 회원 모집은 어떻게 할 것인가, 책 선정은 어떤 방식이 좋을까에 대해 머리를 맞대고 의논하는 동안 근사한 직장 독서 동아리 기획안이 탄생했다. 복직과 동시에 추진하기로 약속하고 나는 초반에 모임 지원을 해주기로 약속했다. 무엇보다 서로에게 신나는 일이었다.

'모든 것의 시작은 이 작은 공부 모임이었다'라고 말할 그 날을 꿈꾸며

- 장지혜

결혼 5년 차에 생각지도 못했던 쌍둥이 엄마가 되었다. 10년 간의 긴 회사 생활을 잠시 접고 육아 휴직에 들어갈 때는 인생의 휴가가 주어진 것처럼 행복했다. 그러나 착각은 잠시, 쌍둥이 육아는 전쟁이었다. 쌍둥이를 키우면 우울증에 걸릴 시간도 없다는 말이 있지만 그 전쟁 통에도 우울감은 찾아왔다. 먹을 시간, 잘 시간, 쉴 시간도 없이 하루 종일 허덕이던 내가 숨 쉴 구멍을 만들기 위해 손에 잡은 것은 바로 책이었다. 아이들이 낮잠을 자는 귀중한 시간, 집안일을 미뤄두고 책을 읽었다. 절박한 상황에서 책은 큰 의미로 다가왔다. 한 권을 읽고 나면 다른 사람들의 후기가 궁금해 SNS로 책 제목을 검색했다. 그러다 우연히 알게 된 『모두의 독서』라는 책에서 이화정 선생님의 글을 읽었다. 전업주부로 오랜 시간을 보내다 책을 사랑하는 마음 하나로 용감하게 북 코디네이터라는 커리어를 만들어 가고 있는 한 인생 선배의 글을 보고 울컥했다. 나도 내 자신을 위해 뭔가를 시작할 수 있다는 용기를 얻었고, 마침 찾아 들어간 이화정 선생님의 블로그에서 북 코디네이터 공부 모임 모집 공지를 발견했다. 얼굴도 모르는 사람들과의 오프라인 모임은 생각해본 적도 없는 나인데 정신을 차려보니 길고 긴 신청서를 작성하고 있었다. 그렇게 북 코디네이터 공부 모임 1기가 시작되었다.

쉽지 않은 모임이었다. 격주로 두 권의 책을 읽고 모여야 했고 선생님이 내주신 과제(나의 책 역사 쓰기, 책에 대한 토론 주제 발제, 독서 모임 기획안 만들기 등)도 준비해야 했다. 육아와 살림의 바쁜 일상 속에서 시간을 내서 책을 읽고 과제를 작성하느라 머리를 싸맸다. 그러면서도 행복했다. 누가 시켜서가 아닌 나만을 위해 하는 일이라 좋았고, 앞으로 책과 함께 할 수 있는 일이 이렇게나 많겠구나 하는 생각에 설레었다. 꽤 오랫동안 책읽기를 즐겨왔지만 혼자 읽고 덮으면 끝이었는데, 함께 하는 독서를 지향하는 북 코디네이터 수업을 들으며 생각이 많이 넓어졌다. 책은 혼자 읽을 때보다 함께 읽을 때 그 즐거움과 의미가 더 확장된다는 것을 체험했다. 좋은 책을 다른 이들에게 나누고 누군가의 필요와 취향에 알맞은 책을 부드럽게 제안해 줄 수 있는 사람. 그것이 북 코디네이터가 아닐까 생각한다.

곧 복직하게 된다. 육아와 회사 생활을 병행할 생각에 벌써 걱정스럽다. 그런데 걱정 속에서도 작은 목표 하나가 생겼다. 사내에서 각자의 이유로 힘들어하는 동료들에게 책읽기를 권해주는 것이다. 사내 독서 모임을 만들어 책 이야기, 살아가는 이야기를 나누는 것부터 시작해서, 한 명두 명 책에 관심 두는 사람들을 늘려가는 것이 첫 번째 목표다. 책이 힘든 현실을 위로해주고 앞으로 나아갈 용기를 주는 것을 내가 직접 경험했기 때문이다. 그리고 가능하다면 소모임을 넘어 사내 전체에서 할 수 있는 북 코디네이터의 역할을 찾아보고 싶다. '함께 읽기'에 대한 작은 교육을 한다거나 이달의 책 큐레이션을 시도해보는 등 방법은 다양하겠지만, 누가 시키는 일이 아니라 내가 만들어가야 하는 길이기에 쉽지는 않을 것이다. 대신 그만큼 행복하고 보람도 있을 것이다. 좀 더 깊이 있고 모두에게 도움을 줄 수 있는 콘텐츠를 준비하기 위해서는 끝없는 공부가 필요하다. 남은 북 코디네이터 공부 모임을 더욱 기대하게 되는 이유다. 시간이 지나 내가 꿈꾸던 인생을 정말로 살게 된다면, '모든 것의 시작은 이 작은 공부 모임이었다'고 웃으며 이야기하고 싶다.

대학생 최윤주 님이 내린 북 코디네이터의 멋진 정의

신청서를 받고 놀랐다. 25살 대학생이라고? "아이고, 기특하기도 해라." 소리가 절로 나왔다. 신청서를 읽으며 흡족한 마음은 더해졌다. 그

야말로 학업의 현장에 있는 학생의 생생하고 활력 넘치는 표현들이 혼자 보기 아까웠다.

독서 경험을 들려주세요

독서 모임 경험은 많은 편인 것 같아요. 대학을 다니는 5년 동안, 기억하기로는 열 개 정도의 모임을 거쳐 왔는데요. 기간, 인원, 방식 모두 제각각이었습니다. 기간은 책 한 권으로 끝난 경우도 있고(책 한 권을 한 번에 나누기도, 여러 차례에 걸쳐 나누기도 했어요.) 한 학기로 끝나기도 하고, 길게는 여러 해를 매주 보기도 하고, 한 달에 한 번 보기도 하고, 분기마다 만나기도 했던 것 같아요. 인원으로 따지면 저를 포함해 두 명부터 열 명 이상까지였는데, 편하게 사석에서 만들어진 자리도 있고, 대학이나 단체 등 기관에서 주최된 모임도 있었어요. 그러다 보니 어떤 자리는 편하게 담소를 나누는 분위기였고, 또 다른 자리는 집중해서 공부하듯 읽고 나눴고, 그 중간쯤 되는 느낌을 주었던 자리도 있었습니다. 그중 오래 기억에 남는 모임 하나는 청소년단체에서 제가 좋아하는 소설가님을 강사로 섭외해 사람들을 모은 자리였는데요, 6주짜리였고요. 주최하는 단체 특성상 현직 교사분들이 특히 많았는데 연령층도 20대부터 50대까지 다양했어요. 소설이 좋은 매개체가 되어준 덕에 모임이 거듭될수록 보다 인간적인 고민을 나눌 수 있었고요. 어떨 땐 학교 다닐 때 보았던 선생님들의 모습을 그대로 보는 듯하면서도 동시에 직업인으로서, 한 사람으로서, 그분들의 고민을 들을 수 있다는 것, 무엇보다 다양한 연령층의 사람들과 진솔하게 이야기 나눌 수 있었던게 저한테는 무척 좋은 경험으로 남아 있네요. 지금은 지인과 일 대 일로 하는 책모임 하나만 하고 있어요. 혼자 집중하는 시간이 필요하단 생각이 들어 잠시 모든 모임을 쉬고 있는데요. 그래도 너무 없으니 독서량과 폭이 좁아지는 것 같기도 하고, 또 책을 함께 읽을 때 함께 호흡하는 듯한 그 느낌이 그리워서 딱 하나만 만들었어요. 둘 다 다양하게, 꾸준히 읽자는 결의하에 만든 터라 아직은 좀 포부에 차 있고, 오순도순 단란하기도 하고 그렇습니다.

북 코디네이터 공부를 하고 싶은 이유

저는 대화하면서 자주, 자신을 두고 인용이 많은 사람이라고 느껴요. "어제 만난 친구가 해줬던 말인데," "며칠 전 책에서 봤던 말인데," "일기에도 썼던 말인데," "내가 좋아하는 드라마에서 나온 말인데," 등등. 자주 말을 빌려오고, 꼭 주석을 다는 습관이 있죠. 그러다 보면 그 말을 넘어 출처를 궁금하게 여겨주는 사람들이 종종 있어요. 자기도 봐야겠다고 흥미를 가져주기도 하고, 정말로 보고 나서 감상을 전해주기도 하고. 반대로 제가 소개를 해주는 경우도 있고요. "너도 만나면 좋아할 거야, 분명."이라며 아끼는 사람한테 아끼는 사람을 소개해주는 그런 기분으로요. 사람마다 말에 결이 있는데, 그 결이 맞는 사람들을 이어주는 거죠. 주석을 달면 본문과 주석 사이 '1)' 이런 이음새가 생기잖아요. 반쪽짜리 괄호로 완전히 숨지도, 드러내지도 않는 자리에서 말과 말을 이어주는 역할을 하는 그 기호들이요. 그런 사람으로 자리할 수 있으면 참 좋겠다고 생각합니다. 서로 출처가 되어 서로를 구성하게 되는 일, 가끔은 미안하고 두렵기도 하지만 고맙고 반가울 때가 더 많은 일, 그런 일에 일조하는 건 정말 기쁘고 벅찬 일인 것 같아요. 우리 각자가 서로라는 각주를 달아 말과 삶의 결이 더 분명하고, 그러면서도 풍성해졌으면 좋겠습니다.

정말 하고 싶은 게 있다면 무엇인가요?

계속해서 배우는 사람으로 있는 것. 계속 성장하는 것. 아직은 방법을 못 찾았지만, 어디에서 뭘 어떻게 하면 계속 배우며 성장하는 사람일 수 있는지 고민 중이에요. 책을 함께 읽는 자리는 명징한 배움의 장 중 하나라는 생각에 자꾸 찾게 되네요. 평론 공모를 준비 중인데, 평론가 자체가 되고 싶다기보다는, 그런 배움의 장에 진입할 기회가 좀 더 많아졌으면 하는 바램 때문입니다.

윤주 씨는 1분기 모임은 방학을 이용해 참석해서 시간 여유가 좀 있었지만 2분기 시작 후 몹시 힘든 발걸음을 하고 있다. 하루 종일 학교에서 공부하다가 왕복 세 시간의 거리를 오가는 모습을 보니 마음이 짠하다. 무엇보다 50대 엄마뻘의 우리를 보고 '사람책'이라 불러주는 윤주 씨 덕에 뿌듯함과 고마움 뒤에 묵직한 책임감을 느끼곤 한다. 읽을 만하고 가까이할 만한 사람책이 되고 싶다는 생각이 간절하다. 윤주 씨를 봐서라도 잘 살고 싶다.

6명의 사람책을 읽는 시간

고백하자면 나는 읽으라는 책을 읽는 일보다 책 읽는 선생님들을 바라보는 일에 더 마음이 뺏겨버렸다. 선생님들이 신나고 무해한 일들을 잔뜩 '작당'할 때 그분들 얼굴에 떠오르는 아주 흥미진진한 웃음들이 있다. 그 웃음을 나는 돌아오는 지하철에서 자주 떠올리곤 한다.

'젊을 때가 제일 좋을 때다'라는 말을 오래 싫어했다. 지금이 제일 좋을 때면 앞으로 점점 나빠질 일만 남았다는 것일까. 늙어감에 어떤 애착도 없는 어른들의 모습을 볼 때면 가능성 없는 불모지를 보는 것처럼 우울해졌다. 동시에 초조해졌다. 성장하는 것도, 즐거운 것도 젊어서만 가능하다면 아무리 노력해도 내게 남은 시간은 언제나 부족하기만 했기 때문이다. 기쁨과 성장에의 한정된 기회 아래 나는 자주 두려워하고 갈피를 못 잡곤 했다.

북 코디 모임을 통해 상당한 양의 글을 접하고도 내게 가장 오래 남아 있는 것이 그 어떤 구절보다 말 없는 웃음인 것은 아마 이런 이유이지 않을까.

사소한 것에도 설렘을 감추지 않고 웃음이 그치지 않으며, 하고 싶은 것, 그래서 하고 있는 것이 계속되고 있는 사람이 어째서 '소녀'로만 한정되어야 할까. '소녀 같은' 것이 아니라, 그저 우리 각자가 '나'다운 것뿐인데. 모임 시작 전의 사소한 수다에 내가 말없이 귀를 기울이는 것은 선생님들 각자가 들려주는 '나'의 이야기가 반가워서다. 엄마가 새로 사신 운동화나 딸과 주고받은 우스갯소리들을 듣는다. 그리고 그 사이사이 들어찬 읽었거나 읽고 있는, 읽고 싶은 책 이야기, 그 책만큼이나 생생한 기억과 꿈 이야기들을 듣는다.

그 이야기들을 듣고 있자면 소녀나 엄마, 딸 같은 단어들은 역시나 너무 조그맣다는 생각이 든다. 당연한 말이지만, 사람들 모두 각자의 책장이 제각각이듯 삶의 모습 역시도 단 하나도 같은 것이 있을 리 없다. 수요일 저녁 커다란 카페 테이블에 모인 사람들은 이처럼 조금은 복잡한 말로 소개되어야 마땅하다. 정확히는 '엄마인 동시에 엄마가 있는 사람', '딸이 있지만 딸이기도 한 사람', '나이 들었지만 여전한 사람', '그렇지만 소녀일 때와는 분명 달라진 사람'이라고. 말하자면 명료하면서도 복잡한 그저 '한 사람'이라고 말해야 하지 않을까.

저마다의 서사와 표현을 가진 단 한 권의 책을 읽는 느낌, 한 사람을 지그시 바라본다는 것은 마치 그런 책 한 권을 읽는 것과 꼭 같은 기분을 선사한다. 그러니 북 코디네이터 모임에서 내가 얻은 가장 큰 경험은, 6명의 새 책을 읽은 것이라 할 수 있겠다.

북 코디네이터 모임을 설명하기 위해 나는 '재미공작소'라는 말을 빌려 오고 싶다. 원래 '재미공작소'는 재미있는 일을 많이 하는 서울에 있는 한 공간의 이름이지만, 부지런히 '재미를 공작한다'는 말만큼 선생님들을 정확히 설명하는 표현이 달리 없는 것 같다.

예비 편집자 김다슬 님이 북 코디네이터 공부를 하는 이유

윤주 씨와 나란히 참석한 또 한 명의 반짝이는 젊은이는 편집자가 되기 위해 열심히 준비 중인 다슬 씨다. 책 만드는 일을 하는 사람을 동경한다. 출판관계자들이 쓴 글을 읽으며 깊숙이 들여다볼수록 책 한 권에 얼마나 많은 사람의 노고가 들어있는지 놀라게 된다. 책 한 권도 허투루 대할 수 없다. 특히 편집자들은 책의 표지는커녕 맨 뒷장 깨알 같은 글씨로 이름 석 자를 남길 뿐이다. 저자가 쓴 원고를 편집자가 어떻게 매만지느냐에 따라 잘 읽히는 글로, 보기 좋은 모양새로, 흐름이 자연스러운 글로 재탄생한다.

'훌륭한 글은 잘 편집된 서투른 글이다.'라는 케빈 애슈턴의 『창조의 탄생』에 나오는 문장이 너무 인상 깊어 적어놓았다. 다슬 씨에게도 전해주고 싶은 문구다. 다슬 씨가 모임에 임하는 자세를 보며 상상해 보았다. 훗날 서로 역량을 좀 더 키운 뒤 저자와 편집자로 만나 머리를 맞대고 회의하는 모습이다. 괜히 가슴이 뛴다.

독서 경험을 들려주세요

대학 다닐 때 했던 소규모 독서 모임을 최근에 다시 시작했습니다. 한국어문학 전공자와 부전공자들의 모임이어서 작년까지만 해도 문학 위주의 책모임을 했었는데, 최근에 다시 연 모임에서는 '최대한 나를 무지에 노출시키자.'는 마음으로 문학과 더불어 다른 분야 책읽기도 도전하고 있습니다. 읽은 책들을 바탕으로 저는 독서이력서나 블로그에 올릴 글을 써오기도 하고, 친구는 공모에 써낼 글을 준비하기도 합니다. 같이 북토크를 가기도 하

고, 소설을 주제로 한 현대무용을 보기도 하면서 자유롭게 진행 중입니다.

북 코디네이터 공부를 하고 싶은 이유

최근 읽은 책에서 좋아하는 작가들 책을 읽으면 그 사람의 목소리가 재생된다는 구절을 읽은 적이 있습니다. 저 또한 그런 식으로 나만의 풍성한 플레이리스트가 있다면 얼마나 내 삶이 든든할까 생각합니다. 흔히 음악을 좋아하는 사람들이 노래를 추천해주고 싶어 하듯, 저 또한 책마다의 미묘한 결을 잘 알아서 가장 흡족할 만한 책을 사람들에게 추천해주고 싶습니다.

정말 하고 싶은 게 있다면 무엇인가요?

문학 편집자를 준비하고 있습니다. 책 만드는 일에 대하여, 편집에 대하여 누구보다 겸손하며, 자긍심을 갖는 편집자가 되고 싶습니다. 아직은 일 해본 적도 없어 풋내기라고도 말할 수 없지만, 얼른 이것저것을 해보고 싶습니다. 예를 들면, 좋아하는 저자 리스트를 만들고, 맘에 드는 디자이너들을 알아두고, 저만의 교정 교열 수첩을 정리하고, 교정 교열 보는 내공이나 신념이 생기고, 해보고 싶은 기획들이 생기고, 좋아하던 작가와 일로 만나보고, 서울국제도서전에 부스를 차려서 책도 직접 팔아보는 등 제가 생각한 소소한 꿈들이 이뤄지고, 어그러지는 경험을 직접 해보고 싶습니다.

책과 나를 긴밀히 연결해 준 북 코디네이터 공부 모임

- 김다슬

책을 만들 사람으로서, '책은 나에게 어떤 의미인가'를 묻는다면 사실 자신이 없었다. 편집자를 준비하면서도 책에 대해 많이 알고, 읽어야 한 다는 부담에 이리저리 읽기는 바빴지, 오로지 책에 대해 깊이 생각해보거 나 책과의 개인적인 관계를 쌓을 시간은 부족했기 때문이다. 물론 이 고 민을 꼭 짚고 넘어가야겠다고 생각했지만 북 코디네이터 공부 모임이 그 계기가 될 줄은 몰랐다. 아니, 실은 몰랐다기보다 자연스레 변해가고 있 는 나를 깨닫지 못했다고 해야 맞다.

책과 공간이라는 주제로 『모든 일이 드래건플라이 헌책방에서 시작되 었다』를 읽을 때였다. 책에 등장하는 책방 분위기가 좋아 동네서점에 가 보고 싶은 마음이 들어 몇 군데 둘러보았다. 평소 자주 이용하는 대형서 점과는 달리 작은 공간에 서점 사장님이 애정을 담아 고른 책들이 각 서 가에 배치되어 있었다. 그것을 가만히 보고 있자니 책과 마주한 느낌이 들었다. 이리저리 꺼내 보고 읽어보며 한 권의 책을 골라 샀다. 책을 사고 나오는데 문득 '내가 읽어야 할 책이 아닌 직접 골라 읽고 싶은 책을 산 게 얼마 만이지.' 싶었다.

또 한번은 내일로 여행을 할 때였다. 여행 코스로 단양에 갔는데 숲속 에 400평이나 되는 헌책방이 있다는 소리를 들었다. 그런데 문제는 우리 의 경로와 반대 방향으로 왕복 택시비만 4만 원 가까이 드는 거리였다.

무리인 건 알았지만 너무 가보고 싶은 마음에 같이 간 친구를 설득해 〈새한서점〉으로 향했다. 택시에서 내려 굽이진 길을 더 걸어가니 정말 서점이 나왔고, 사장님은 장작을 패고 계셨다. 진기한 풍경에 신이 나 이리저리 구경하다가 내친김에 평소 나오는 달리 사장님께 이것저것을 묻기 시작했다. 그렇게 시작한 인터뷰는 한 시간 가까이 대화로 이어졌다. 사장님은 우리가 찾아온 사정을 들으시더니 돌아갈 때는 차를 태워줄 테니 택시비로는 책이나 더 사라고 하셨다. 그 덕에 책을 몇 권 더 고르고, 칡즙도 얻어 마시며 책방을 편안히 누리다 사장님과 함께 문을 닫았다. 깜깜한 숲속에서 〈새한서점〉의 마지막 불이 꺼지던 순간을 잊지 못한다. 불이 꺼지자 기다렸다는 듯이 펼쳐지는 깜깜한 밤하늘과 쏟아지는 수많은 별들. 순간 감격하고 말았다. 나는 어쩌다 이곳에 와있고, 무엇 때문에 이런 인연에 가닿았나. 그 모든 시작이 책 한 권이었다. 『모든 일이 드래건플라이 헌책방에서 시작되었다』라는 이름의 책이 선사한 선물 같은 순간이다.

편집자를 준비하며 "책에 대한 낭만을 깨야 한다."는 말을 수없이 듣는다. 늘 유념하는 말이지만, 책에는 분명 부인할 수 없는 마법 같은 순간이 있는 것도 사실이다. '한 권의 책을 만든다는 일, 누군가에게 책을 건넨다는 일'의 의미를 다 알 수 없지만, 모임을 통해 얻은 소중한 경험으로 조금은 더 묵직한 징검다리가 되진 않을까. 책과 사람을 연결한다는 북 코디네이터 공부 모임이 결국 책과 '나'를 긴밀히 연결해 주었으니 말이다.

홈스쿨링 전문가 변미숙 님이 들려주는 엄마표 독서 교육

변미숙 선생님은 나보다도 독서 모임 경험이 풍부한 분이다. 오랫동안 독서 모임 리더로 봉사하셨다고 한다. 더 존경스러웠던 건 열두 살 딸아이를 위해 홈스쿨링을 하고 계신다는 것.

아이와 책을 읽고, 여행하고, 연주회를 다니는 사진을 보고 감탄했다. 아이의 표정 때문이었다. 온몸으로 웃고 있었다. 세상의 온갖 아름다움에 반해 있는 게 틀림없었다. 겸손함이 몸에 밴 분이셨다. 모임을 이끄는 나를 세심하게 배려하시는 걸 나중에 알고 무척 고마웠다. 독서 모임 기획안 발표 때 '마음의 힘을 잃은 엄마들을 위한 책읽기'라는 주제가 인상적이었다. 제목만 보고도 참석하고 싶다는 생각이 절로 들었다.

선생님의 귀한 독서 모임 자료와 홈스쿨링에 필요한 책 목록을 기꺼이 공유해주셔서 감사하다. 후기는 사정상 못 쓰셨지만 자료 속에 선생님이 추구하시는 삶이 그대로 보이는 것 같다. 많은 이들에게 도움이 되리라 확신한다.

– 마음의 힘을 잃은 엄마들을 위한 책읽기 – (변미숙)

대상 : 나를 세우고 싶은 의지가 있는 엄마

목표 : 1. 자발적 책읽기와 글쓰기를 통해 마음에 촛불을 켠다.

      2. 함께 나누며, 지지하고 보호하고 격려한다.

      3. 긍정적 성장의 길을 바라보게 한다.

시점	책	이야기 나누기	활용 과제
멈춤	30년 만의 휴식 – 이무석	나는 어디쯤 있을까?	인생 그래프
나와 엄마	나는 아이보다 나를 더 사랑한다 – 신의진	나는 어떤 부모인가?	에너지를 충전하는 방법 10가지 MBTI ①
나와 아내	5가지 사랑의 언어 – 게리 채프먼	우린 같은 언어로 이야기하는가?	나의 제1언어, 배우자의 제1언어 MBTI ②
나와 사회	스피릿 베어 – 벤 마이켈슨	나는 어떻게 관계 맺고 사는가?	나에게 위로가 되는 친구 내가 위로가 되어주는 친구
나와 나	바다의 선물 – 린드버그	내 삶의 균형과 자유로움	혼자만의 하루 나들이 나를 표현하는 마스코트 사기
다시 걷기	그건, 사랑이었네 – 한비야	어떤 꿈을 꿀 것인가?	10년 안에 꼭 하고 싶은 일 리스트 만들기

책의, 책에 의한, 책을 위한 공동 보물창고 만들기

2019. 1. 30. 변미숙

1. 카렌 안드레올라, 『배우면서 가르친다』, 꿈을이루는사람들

2. 이신영, 『오뚱이네 홈스쿨링 이야기』, 민들레

3. 메리 후드, 『엄마는 최고의 선생님이야!』, 꿈을이루는사람들

4. 장영란, 김광화, 『아이들은 자연이다』, 돌베개

5. 글쓴이 다수, 『한국에서 홈스쿨하기』, 꿈을이루는사람들

6. 김용희, 임종진, 『선이골 외딴집 일곱식구 이야기』, 샨티

7. 존 애보트, 『자녀의 미래를 사라』, 꿈을이루는사람들

8. 마이클·데비 펄, 『온전한 훈련, 기쁨으로 크는 자녀』, 홈앤스쿨

9. 테리 브라운, 엘리사 월, 『우리의 자녀 학교 보내지 말라!』, 꿈을이루는사람들

10. 장윤희, 『함께한 시간만큼 자라는 아이들』, 한빛라이프

11. 다이아나 웨어링, 『다이아나웨어링과 시작하는 홈스쿨링』, 꿈을이루는사람들

12. 임하영, 『학교는 하루도 다니지 않았지만』, 천년의상상

13. 에릭 브레스클리 외, 『크리스천 홈스쿨링』, 꿈을이루는사람들

14. 강성미, 『내 아이가 사랑한 학교』, 샨티

15. 캐서린 레비슨, 『살아있는 책으로 공부하라』, 꿈을이루는사람들

16. 전병국, 『고전 읽는 가족』, 궁리

17. 캐서린 레비슨, 『샬롯메이슨 교육법』, 꿈을이루는사람들

18. 수잔 쉐퍼 맥콜리, 『아이들을 위한 라브리 가정교육』, 그리심

19. 이스라엘 웨인, 『성경적 세계관으로 홈스쿨하기』, 꿈을이루는사람들

20. 서덕희, 『홈스쿨링을 만나다』, 교육과학사

21. 다이아나 웨어링, 『십대 자녀를 위한 홈스쿨링』, 꿈을이루는사람들

22. 카렌 안드레올라, 『샬롯메이슨 교육을 만나다』, 꿈을이루는사람들

23. 샬롯 메이슨, 『샬롯메이슨의 살아있는교육 1~6권』, 꿈을이루는사람들

우리는 이미 북 코디네이터

코디네이터는 전체적으로 조화롭게 갖추어 꾸미고 조정하고 꿰는 일을 하는 사람이다. 패션 코디네이터는 그 사람에게 어울리는 아이템들을 골라 아름답게 돋보이도록 돕는다. 병원 코디네이터는 병원 경영의 기획, 관리, 개선 업무를 전담하는 의료 서비스를 담당한다. 《스카이 캐슬》이라는 드라마로 화제가 된 입시 코디네이터는 학생 성적을 관리하고 입시에 필요한 포트폴리오를 짜는 일을 한다. 북 코디네이터는 말 그대로 책과 관련된 모든 일에 관여할 수 있다. 책을 읽는 사람이라면 누구나 할 수 있는 일이다. 자신이 좋아하는 영역을 선택하면 된다. 책이 자신의 삶에 중요하고 가치가 있으며, 책에서 배우고 느끼고 깨달을 바를 나누고 싶은 마음만 있으면 누구라도 할 수 있다.

나는 책으로 사는 사람이다. 책이 삶의 모든 영역에 긴밀히 연결되어 있다. 책과 책을 연결하여 읽고 소개하는 일에 힘쓴다. 독서 선생이지만 강의하기보다 함께 읽고 같이 쓰는 사람이 되기 위해 노력한다. 독서 모임 리더로서 더 열심히 읽고, 조금 더 깊이 파고들어야 한다는 신념을 갖고 있다. 리더는 가장 깊이 경청하고 배려하는 사람이어야 한다고 믿는다. 책을 읽어 똑똑해 보이는 게 아니라 책이 나의 무지를 벗겨내는 과정에서 느끼는 희열과 보람을 나누는 사람이고 싶다. 타인에 대해 무심했던 마음을 흔들어 깨운 책들을 함께 읽고 조금씩 마음을 열고 끌어안는 사람이 되었으면 좋겠다. 서로의 온기에 울컥하는 그 순간 각자 길을 나서 또 다른 누군가에게 책을 건네는 사람이길 바란다. 그렇게 연결된 책이 누군가에게 다시 이어져 새로운 이야기로 태어나기를 기도한다.

책을 읽어야 하는 당위를 주장하거나 책이 주는 유익을 설명하지 않고 책을 아끼고 좋아하는 모습을 보여주는 데서 북 코디네이터의 역할이 시작된다. 책과 더불어 사는 사람들은 자연스레 책의 향기를 풍긴다. 책이 자신에게 어떤 의미인지를 증명하는 사람들은 경력이나 자격 이전에 선한 영향력을 끼친다. 책으로 삶을 가꾸는 사람이라면 누구나 자기 삶의 북 코디네이터다.

'그림책으로 삶을 품다'에서 만난 정은 씨가 나를 '책을 엮는 사람. 여러 가지 색실로 무늬를 수놓는 자수처럼, 책과 책을 엮어 멋진 작품을 만드는 사람'이라고 말해준 적이 있다. 누군가 내가 가진 자질 이상으로 나를 믿고 바라봐 줄 때 큰 힘이 된다. 책을 읽은 우리가 서로에게 그런 존재가 되어

주었으면 좋겠다.

세상 돌아가는 상황에 비관적인 마음이 들고, 다들 멋지고 당당하고 성공적인 삶을 사는 것처럼 보여 쓸쓸해질 때 책을 읽었다. 열심히 노력해도 잘 풀리지 않는 인생 같아 좌절될 때 책으로 버텼다. 그렇게 만난 책들이 지금의 나를 만들었다. 책으로 활동하는 지인들이 각자의 영역에서 눈부시게 성장해나가는 모습을 보며 무기력해질 때 글을 쓰며 다시 일어서려고 노력했다. 사람들을 만나 책 이야기를 나누며 위로받고 힘을 얻었다.

두 번째 책이 나오기까지 숱한 밤들을 까맣게 뒤척였다. 귀한 소명을 주신 하나님, 가족들, 선향, 북 코디네이터 공부 모임, 처음 북클럽 회원들이 함께해주어 여기까지 올 수 있었다. 내가 연 독서 모임에 와주셨던 분들의 응원 덕분에 포기하지 않았다. 얼굴도 모르고 만나본 적도 없는 블로그 이웃, 인스타그램 친구들의 따스한 댓글을 보며 계속 글을 쓸 수 있었다. 교정지를 받아들고 그들이 쓴 글을 읽을 때마다 눈물이 났다. 고마운 마음을 표현할 길이 없다. 그들 모두가 내 삶의 든든한 후원자들이다.

책 한 권으로 마음을 전하는 일은 누구나 할 수 있다. 친절하게 건넨 책 한 권이 그 사람의 일상에 잠시나마 환한 빛이 되어줄 수 있다.

마지막 장에는 이 문구를 꼭 넣고 싶었다. 이 책을 읽은 당신은 이미 북 코디네이터다. 반짝이는 당신의 이름을 떠올려본다. 책의 길에서 만나게 될 우리, 다정한 눈빛으로 마주칠 날을 기대한다.

나는 북코디네이터 _____입니다.

우리는 책으로 삶을 가꾸는 사람들입니다.

부록

- 책모임에서 읽으면 좋을 책들
- 북 코디네이터 모임에서 공부한 것들
- 이 책에서 소개한 책

책모임에서 읽으면 좋을 책들

○ 모임을 처음 시작할 때

– 아끼는 시집 한 권

– 최근에 읽은 재미있는 책

– 특별한 추억이 깃든 책 혹은 사연 있는 책

○ 사람 사는 이야기

『그리운 메이 아줌마』 신시아 라일런트, 사계절

누구나 편하고 쉽게 읽을 수 있다. 책모임은 각자가 어떤 상황에 처해 있든지 '햇빛 속에 굳건히 서서 눈부시게 빛나는 장엄하고도 우아한 존재'로 서로를 바라보는 자리다.

『여름은 오래 그곳에 남아』 마쓰이에 마사시, 비채

거의 모든 사람이 다시 읽고 싶다고 한 책. 같은 책을 읽었다는 사실만으로도 서로가 특별해진다.

『건지 감자껍질파이 북클럽』 애니 베로스, 메리 앤 셰퍼, 이덴슬리벨

이 책을 읽고 나면 누구라도 북클럽에 가고 싶어진다. 책으로 연결된 사람들의 아름다운 이야기

『엄마와 함께한 마지막 북클럽』 윌 슈발브, 21세기북스
이 책을 읽고 일곱 살 딸과 북클럽을 시작한 이가 있으며 초등생 자녀들과 북클럽을 시작한 엄마들이 늘고 있다. 자녀를 위한 가장 좋은 유산은 함께 읽은 책들을 통해 자녀의 마음속에서 계속 살아가는 것이 아닐까.

『바다 사이 등대』 M.L.스테드먼, 문학동네
아름답고 슬픈 이야기를 읽는 동안 깊고 묵직한 질문이 우리 앞에 놓인다. 함께 감동을 나누고 치열하게 토론하고 나면 책과 삶을 더 깊이 끌어안게 된다.

『스토너』 존 윌리엄스, 알에이치코리아
정말 아끼는 책은 책모임 도서로 선정하고 싶지 않다. 그럼에도 결국은 이 책을 얘기하지 않을 수 없다.

○ 마음 먹고 시 낭송

『흔들린다』 함민복 한성옥, 작가정신
시는 시대로 그림은 그림대로 모인 수만큼 다양하게 읽고 느낄 수 있는 책

『그녀에게』 나희덕, 예경
백만 가지도 넘는 여자의 마음을 다 읽어낼 수는 없어도 시를 낭송하고 이야기를 나누고 나면 각자의 내밀한 언어 몇 마디를 찾아 손에 쥐고 돌아갈 수 있다.

『**어린 나무의 눈을 털어주다**』 울리브 하우게, 봄날의책

그림책과 음악을 곁들여 이 시집을 낭송하는 책모임을 하고 나면 순하고 착한 마음으로 살고 싶어진다. 대자연의 품을 닮은 할아버지 시인의 따스한 마음에 분위기가 훈훈해진다.

『**아무것도 안 하는 날**』 김선우, 단비

아이부터 어른까지 누구라도 자기 이야기를 이 시집 속에서 만날 수 있다. 박장대소하거나 몹시 찔려 숨고 싶어 하거나 크게 고개를 끄덕이는 풍경이 연출된다.

○ 더불어 함께 사는 법

『**사소한 부탁**』 황현산, 난다

인문학 공부의 본질을 돌아보게 해주는 책. 우리가 책을 읽는 이유, 책모임에 나와 앉아 있는 이유를 설명해준다. 결국 인간이 인간다워지기 위한 공부를 하기 위해 책모임을 하고 있다는 결론

『**사랑하는 안드레아**』 룽잉타이, 안드레아, 양철북

엄마와 아들 사이에 오가는 편지를 읽으면서 어떤 부모여야 하는지, 사회구성원으로서 어떻게 자리매김해야 하는지, 한 인간으로서 어떻게 성장해야 하는지 돌아보게 된다. 엄마들이 모이는 책모임이라면 추천하고 싶은 책

『**아픔이 길이 되려면**』『**우리 몸이 세계라면**』 김승섭, 동아시아

읽기만 하는 삶에서 길 위로 올라서는 삶으로의 초대. 사려 깊은 어조로 강력하게 잡아이끄는 책. 기꺼이 그 손을 잡고 싶게 만드는 책. 함께 읽어야 길이 될 수 있다.

『**모멸감**』김찬호, 문학과지성사

'자신의 귀중함을 깨닫고 서로의 존엄을 북돋아 주는 관계'가 책모임에서 가능하다고 생각하게 한다.

『**아픈 몸을 살다**』아서 프랭크, 봄날의 책

병자, 환자, 피해자, 희생자의 개별적인 경험이 사회적 이야기로 전환될 때, 비로소 우리의 이야기일 수 있다는 사실을 깨닫는다. 자신의 경험과 연결 지으며 삶의 가치와 의미를 새롭게 바라보게 해주는 책이다.

『**백년 아이**』김지연, 다림

3.1 운동 및 대한민국 임시정부 수립 100주년을 맞아 만든 이 그림책을 읽으며 독서 모임 회원들과 관련 책들을 찾아 읽고 있다. 방대한 자료들을 조금씩 나눠 조사하고 소개함으로써 역사의 흐름 속에 우리도 주체로 서는 연습을 하는 중이다.

○ 한 권의 책으로 다양한 방식의 책모임이 가능한 책

『**랩걸**』호프 자런, 알마

나무, 과학, 사랑 이야기라는 부제에 걸맞게 크게 세 가지 키워드로 모임을 나눠 할 수 있다. 식물 이야기/ 여성 과학자-페미니즘적 관점에서 보기/ 부모와 자식 간의 관계, 직장 동료와 우정에 관한 이야기, 사랑과 우정 사이/ 타인과 가족의 경계 등 다양한 지점에서 깊이 있는 이야기를 나눌 수 있다.

『**멀고도 가까운**』 리베카 솔닛, 반비

'읽기, 쓰기, 고독, 연대에 관하여'는 부제가 붙어 있다.

작가의 방대한 독서 여정을 따라갈 수도 있고, 글쓰기의 의미와 가치에 대해서도 돌아볼 수 있다. 책이 던져주는 연결 고리들을 꿰어나가는 과정에서 수많은 그림책과 연계하여 책모임을 진행할 수도 있다.

『**유럽의 그림책 작가들에게 묻다**』 최혜진, 은행나무

열 명의 그림책 작가가 그림책의 힘에 대해 말하는 책이지만 훌륭한 육아서이기도 하다. 아이를 행복하게 키우는 방법, '엄마 이전에 자기만의 삶을 가진 좋은 사람'이 되는 법을 알려준다. 작가별로 그림책을 깊이 있게 공부하는 모임을 할 수도 있다. 예술가의 시선, 창작자의 태도를 배워 일상의 삶을 풍요롭게 하는 방법을 연구하는 모임도 가능하다. 그림책 작가들에게 '책'은 어떤 의미였는지 따로 추려 음미해보는 시간도 즐겁다.

북 코디네이터 모임에서 공부한 것들

	큰 주제	작은 주제	함께 읽을 책	나누기
2008 12/5	[책과 책] 혼자 읽다	- 책 속에서 나를 만나다 - 책 속에서 길을 찾다 - 메모 독서, 필사 방법	- 니나 상코비치 <혼자 책 읽는 시간> - 우치누마 신타로 <책의 역습>	- 나의 책역사 기록하기 (나를 말해주는 책들) - 나와 책의 미래 그리기
12/19	[책과 사람] 함께 읽다	- 당신을 읽는 시간 - 책이라는 길에서 만나는 세상 - 장르별/ 분야별 책읽기 방법	- 정세랑 <피프티 피플> - 김승섭 <아픔이 길이 되려면>	- 나만의 책 읽기 방식 - <아픔이 길이 되려면> 발제 (한 챕터씩 분담)
원하는 날짜	1:1 모임	- 우리는 왜 이 모임을 함께 하는가 - 나는 어디서, 누구의 북 코디네이터가 되고 싶은가	- 존 윌리엄스 <스토너>	- 각자 나누고 싶은 이야기, 질문을 준비해주세요
2019 1/16	[책과 사람] 함께 읽다	- 함께 읽어 서로 빛나는 우리 - 책과 북클럽 이야기 - 기획안 만드는 법	- 메리 앤 새퍼, 애니 베로스 <건지 감자껍질 파이이 북클럽> - 리베카 솔닛 <멀고도 가까운>	- 독서 모임 기획안
1/30	[책과 공간] 연결 짓다	- 우리가 책을 손에 든 이유 - 서점, 도서관, 헌책방 이야기 - 체계적인 책 관리	- 박영숙 <꿈꿀 권리> - 셸리 킹 <모든 일이 드래건플라이 헌책방에서 시작되었다>	- 책의, 책에 의한, 책을 위한 공동 보물창고 만들기 (책에 관한 책 목록 수집)
2/13	[책과 일] 일하다	- 주제 독서 모임 사례 - 책 관련 강좌 살펴보기 - 나만의 콘텐츠 만드는 법	- 은유 인터뷰집 <출판하는 마음> - 레진 드탕벨 <우리의 고통을 이해하는 책들>	- 책문화 콘텐츠 기획안
2/27	우리는 이미 북 코디네이터	- 나는 어디서, 누구의 북 코디네이터가 될 것인가? - 책은 죽지 않는다 - 내가 심을 책 씨앗	- 호프 자런 <랩걸> - 이시바시 다케후미 <서점은 죽지 않는다>	- 명함(디자인) 만들기

	큰 주제	작은 주제	함께 읽을 책	나누기
3/13 수	[책과 책] 파고드는 독서	- 다시 읽기 - 깊이 읽기 - 엮어 읽기	- 박총 <읽기의 말들> - 권여선 <모르는 영역> <전쟁이의 맛> *<2018년 이효석문학사 수상집>에 수록	- 2019년 나의 화두는 무엇인가? 관심사/추구하는 가치/집중 계획 관련 분야의 책 조사해오기 (한 권 골라서 소개해 주세요)
3/27 수	[책과 사람] 탐구하는 독서	- 주제 독서 모임 사례 - 주제별 큐레이션 사례 (죽음과상실/관계/역사/사회/자아/자연 외)	- <나는 죽음이에요><나는 생명이에요> - 아서 프랭크 <아픈 몸을 살다>	- 유서 써 보기 (자유 선택)
4/10 수	[책과 사람] 즐기는 독서	- 행복한 책읽기 : 그림책 세상 - 다른 방식으로 읽기 : 책과 영화	- M.L스테드먼/홍한별<바다 사이 등대> 영화 : 파도가 지나간 자리	- 책 vs 영화 목록 만들기
4/17 수	[책과 공간] 연결 짓는 독서	- 내가 곧 움직이는 책방이라면 - 서점의 역할과 서점인의 길	- 이시바시 다케후미 <서점은 죽지 않는다>	- 책의 공간에서 태어난 아름다운 말들 수집하기 (서점, 도서관 관련 책들 중 좋은 문장을 소개해주세요-A4 한 장 이상)
5/8 수	[책과 일] 일을 창출하는 독서	- 독서 모임의 다양한 형태 - 독서 모임 운영 방법과 사례 - 자녀 독서 경험 사례	- 신시아 라일런트 <그리운 메이 아줌마> - 호프 자런 <랩걸>	- 독서 모임 기획안 만들기 두 책 중 한 권을 골라 독서 모임을 자유롭게 기획해봅시다.(낭독/ 필사/ 글쓰기/ 토론? 1회 혹은 다회? 대상은? 나누고 싶은 이야기는? 자유롭게 짜 오세요)
6/6 목	[책과 삶] 워크숍 피어나는 독서	- 지금껏 함께 공부한 내용들을 토대로 책으로 할 수 있는 다양한 프로그램 짜기(매 시간마다 시간을 할애하여 워크숍 준비를 함께 합니다)	요시타케 신스케 <있으려나 서점> *매 시간 제가 읽어 드릴게요.(머리를 맞대고 아이디어 회의를^^)	가족, 친구를 초대해 주세요. (초대장 구상하기-5/8까지 완료)

이 책에서 소개한 책

1. 나를 말해주는 책들

『혼자 책 읽는 시간』 니나 상코비치 저, 김병화 역, 웅진지식하우스

『다시 나무를 보다』 신준환 글, 알에이치코리아

『1그램의 용기』 한비야 저, 푸른숲

『엄마의 의자』 베라 B. 윌리엄스 지음, 최순희 옮김, 시공주니어

『브로큰 휠 독자들이 추천함』 카타리나 비발드 지음 최민우 옮김, 시공사

『괜찮아 다 잘 하지 않아도』 샤우나 니퀴스트 지음 유정희 옮김, 두란노

『반짝이는 날들』 샤우나 니퀴스트 지음, 이지혜 옮김, 청림출판

『그녀에게』 나희덕, 예경

2. 책 속에서 찾은 또 다른 나

『그리운 메이 아줌마』 신시아 라일런트 지음, 햇살과나무꾼 옮김, 사계절

『작가의 시작』 바버라 애버크롬비 지음, 박아람 옮김, 책읽는수요일

『기록이 상처를 위로한다』 안정희 지음, 이야기나무

『멀고도 가까운』 리베카 솔닛 지음, 김현우 옮김, 반비

『모든 것의 가장자리에서』 파커 J. 파머 지음, 김찬호, 정하린 옮김, 글항아리

3. 책 속에서 찾은 길

『나의 산티아고, 혼자이면서 함께 걷는 길』 김희경, 푸른숲

『밤이 선생이다』 황현산 지음, 난다

『역설에서 배우는 삶의 지혜』 파커 J. 파머 지음, 김명희 옮김, 아바서원

『손녀딸 릴리에게 주는 편지』 앨런 맥팔레인 지음, 이근영 옮김, 랜덤하우스코리아

4. 함께 읽어 서로 빛나는 우리

『엄마와 함께한 마지막 북클럽』 윌 슈발브 지음, 전행선 옮김, 21세기북스

『흔들린다』 함민복 글, 한성옥 그림, 작가정신

『진심의 공간』 김현진, 자음과모음

『자기만의 방』 버지니아 울프, 이미애 옮김, 민음사

『랩걸』 호프 자런, 김희정 옮김, 알마

『82년생 김지영』 조남주, 민음사

『글쓰기의 최전선』 은유, 메멘토

『싸울 때마다 투명해진다』 은유, 서해문집

『센서티브』 일자 샌드, 다산지식하우스

『서툰감정』 일자 샌드, 다산지식하우스

『마음 가면』 브레네 브라운, 더퀘스트

『행복의 디자인』 김지원, 지콜론북

『그림책 상상 그림책 여행』 김수정, 친상현, 안그라픽스

『쿠슐라와 그림책 이야기』 도로시 버틀러, 김중철 옮김, 보림

『그림책의 힘』 가와이 하야오 외, 햇살과나무꾼 옮김, 마고북스

『유럽의 그림책 작가들에게 묻다』 최혜진, 은행나무

『그림책의 그림 읽기』 현은자, 마루벌

『나를 불편하게 하는 그림책』 최은희, 낮은산

『은밀한 생』 파스칼 키냐르, 송의경 옮김, 문학과지성사

『백조 왕자』 한스 크리스티안 안데르센 지음 요안나 콘세이요 그림, 논장

『어느 날 길에서 작은 선을 주웠어요』 세르주 블로크, 권지현 옮김, 씨드북

『나는 기다립니다』 다비드 칼리 글, 세르주 블로크 그림, 안수연 옮김, 문학동네어린이

『그 길에 세발이가 있었지』 야먀모토 켄조 글, 이세 히데코 그림, 봄봄

『다정해서 다정한 다정씨』 한성옥, 윤석남, 사계절

『올리브 키터리지』 엘리자베스 스트라우트 지음, 권상미 옮김, 문학동네

『두이노의 비가』 라이너 마리아 릴케 지음, 손재준 옮김, 열린책들

『다시 그곳에』 나탈리아 체르니셰바, JEI재능교육

『사샤의 돌』 애런 배커 지음, 웅진주니어

『슬픔을 공부하는 슬픔』 신형철. 한겨레출판

『뜻밖의 좋은 일』 정혜윤, 창비

『아름다운 실수』 코리나 루이켄, 김세실 옮김, 나는별

『숲에서 보낸 마법같은 하루』 베아트리체 알레마냐 지음, 이세진 옮김, 미디어창비

『밤이 선생이다』 황현산, 난다

『여우와 별』 코랄리 빅포드 스미스, 최상희 옮김, 사계절

『책이 된 선비 이덕무』 이상희 글, 김세현 그림, 보림

『선』 이수지, 비룡소

『읽기의 말들』 박총, 유유

『미스 럼피우스』 바버러 쿠니 지음, 우미경 옮김, 시공주니어

『그림책 테라피가 뭐길래』 오카다 다쓰노부 지음, 김보나 옮김, 나는별

『아픔이 길이 되려면』 김승섭, 동아시아

『건지 감자껍질 파이 북클럽』 애니 배로스, 메리 앤 셰퍼 지음, 이덴슬리벨

『서재 결혼 시키기』 앤 패디먼 지음, 정영목 옮김, 지호

5. 책이라는 길 위에서 만난 세상

『노란 불빛의 서점』 루이스 버즈비 지음, 정신아 옮김, 문학동네

『피프티 피플』 정세랑, 창비

『토지』1-20 박경리, 마로니에

『아픈 몸을 살다』 아서 프랭크 지음, 메이 옮김, 봄날의책

『눈을 감고 느끼는 색깔 여행』 메네나 코틴, 로사나 파리아, 유 아가다 옮김, 고래이야기

『바닷가 탄광 마을』 조앤 슈워츠 글, 시드니 스미스 그림, 김영선 옮김, 국민서관

『위를 봐요』 정진호, 은나팔

『여자들은 자꾸만 같은 질문을 받는다』 리베카 솔닛, 김명남 옮김, 창비

『송민령의 뇌과학 연구소』 송민령, 동아시아

『아내를 모자로 착각한 남자』 올리브 색스, 이정호 옮김, 알마

6. 나의 자리를 찾아 읽다

『아들과 함께 걷는 길』 이순원, 실천문학사

『여덟 단어』 박웅현, 북하우스

『기획은 2형식이다』 남충식, 휴먼큐브

7. 나를 기다리는 책을 찾아가다

『여름은 오래 그곳에 남아』 마쓰이에 마사시, 비채

『꿈꿀 권리』 박영숙, 알마

『세상에서 가장 아름다운 서점』, 시미즈 레이나, 학산문화사

『A가 X에게』 존 버거 지음, 김현우 옮김, 열화당

『우리들의 파리가 생각나요』 정현주, 예경

『작가의 책상』 질 크레멘츠, 위즈덤하우스

『어느 날 서점 주인이 되었습니다』 페트라 하르틀리프 지음, 류동수 옮김, 솔빛길

『완벽한 날들』 메리 올리버 지음, 민승남 옮김, 마음산책

『오직 하나뿐』 웬델 베리 지음, 배미영 옮김, 이후

『내가 라면을 먹을 때』 하세가와 요시후미, 장자현 옮김, 고래이야기

『누군가를 사랑한다는 걸 어떻게 알까요?』 린 판덴베르흐, 카티예 페르메이레, 지명숙 옮김, 고래이야기

『처음처럼』 신영복, 돌베개

『애너벨과 신기한 털실』 맥 바넷 글, 존 클라센 그림, 홍연미 옮김, 길벗어린이

『거리에 핀 꽃』 존아노 로슨, 시드니 스미스, 국민서관

『느영나영 제주』 조지욱 글, 김동성 그림, 나는별

『라면은 멋있다』 공선옥, 창비

『이것이 인간인가』 프리모 레비, 이현경 옮김, 돌베개

8. 책을 말하는 공간을 찾아 듣다

『한 걸음씩 걸어서 거기 도착하려네』 나희덕, 달

『일상, 그 매혹적인 예술』 에릭 부스, 강주헌 옮김, 에코의서재

『안녕 주정뱅이』 권여선, 창비

『이효석 문학상 수상작품집 2018 '모르는 영역'』 생각정거장

『쇼코의 미소』 최은영, 문학동네

『소년이 온다』 한강, 창비

『내 여자의 열매』 한강, 문학과지성사

『출판하는 마음』 은유, 제철소

9. 안내하다

『기록이 상처를 위로한다』 안정희, 이야기나무

『마음의 진보』 카렌 암스트롱, 이희재 옮김, 교양인

『중력과 은총』 시몬 베유, 이희영 옮김, 동서문화사

『모든 일이 드래건플라이 헌책방에서 시작되었다』 셸리 킹, 이경아 옮김, 열린책들

『빨래하는 페미니즘』 스테퍼니 스탈, 고빛샘 옮김, 민음사

『숨결이 바람될 때』 폴 칼라니티, 이종인 옮김, 흐름출판

『어떻게 죽을 것인가』 아툴 가완디, 김희정 옮김, 부키

『죽음과 죽어감』 엘리자베스 퀴블러 로스, 이진 옮김, 청미

『모친 상실』 에노모토 히로아키, 박현숙 옮김, 청미

『죽음과 죽어감에 답하다』 엘리자베스 퀴블러 로스, 안진희 옮김, 청미

『아버지의 유산』 필립 로스, 정영목 옮김, 문학동네

『헤아려본 슬픔』 C.S. 루이스, 성바오로출판사

『슬픔을 공부하는 슬픔』 신형철, 한겨레출판

『소설처럼』 다니엘 페나크, 이정임 옮김, 문학과지성사

『너의 아름다움이 온통 글이 될까봐』 문학과지성사

『예술 수업』 오종우, 어크로스

『전태일 평전』 조영래, 아름다운 전태일(전태일 기념사업회)

『체공녀 강주룡』 박서련, 한겨레출판

『옷장 속의 세계사』 이영숙, 창비

『열두 발자국』 정재승, 어크로스

『자연 그 경이로움에 대하여』 레이첼 카슨, 표정훈 옮김, 에코리브르 – 구판 절판 『센스 오
브 원더』

『코스모스』 칼 세이건, 홍승수 옮김, 사이언스북스

『스토너』 존 윌리엄스, 김승욱 옮김, 알에이치코리아

10. 만들다

『오버 스토리』 리처드 파워스, 김지원 옮김, 은행나무

『모두의 독서』 박소영, 이화정, 지은이, 한선정, 하나의책

『사소한 부탁』 황현산, 난다

『논어』 공자, 김형찬 옮김 홍익출판사

『씨앗 100개는 어디로 갔을까?』 이자벨 미뇨스 마르틴스 글, 야라 코누 그림, 홍연미 옮김,
토토북

『나무의 아기들』 이세 히데코, 김소연 옮김, 천개의바람

『어치와 참나무』 이순원 글, 강승은 그림, 북극곰

『아주 작은 씨앗』 잰 캐론 글, 로버트 갠트 스틸 그림, 최순희 옮김, 느림보

『커다란 나무같은 사람』 이세 히데코, 고향옥 옮김, 청어람미디어

『어린 나무의 눈을 털어주다』 울라브 하우게, 임선기 옮김, 봄날의책

『나무』 이순원, 놀

『알레나의 채소밭』 소피 비시에르, 김미정 옮김, 단추

『리디아의 정원』 사라 스튜어트 글, 데이비드 스몰 그림, 이복희 옮김, 시공주니어

『한밤의 정원사』 테리 펜, 에릭 펜, 이순영 옮김, 북극곰

『정원사 바우어새』 김경아, 봄의정원

『호미』 박완서, 열림원

『나는 아이로서 누릴 권리가 있어요』 알랭 세레스, 오렐리아 프롱티, 이경혜 옮김, 고래이야기

『두고 보라지』 클레르 클레망, 오렐리 귀으리, 마음물꼬 옮김, 고래이야기

『내가 지구를 사랑하는 방법』 토드 파, 장미정 옮김, 고래이야기

『두근두근』 이석구, 고래이야기

『앞으로의 책방』 기타다 히로미쓰, 여름의숲

『엄마는 해녀입니다』 고희영, 난다

『오가닉 미디어』 윤지영, 오가닉미디어랩

『아무것도 안하는 날』 김선우, 단비

도서출판 이비컴의 실용서 브랜드 **이비락**樂 은 더불어 사는 삶에 긍정의 변화를
가져다 줄 유익한 책을 만들기 위해 노력합니다.
원고 및 기획안 문의 : bookbee@naver.com